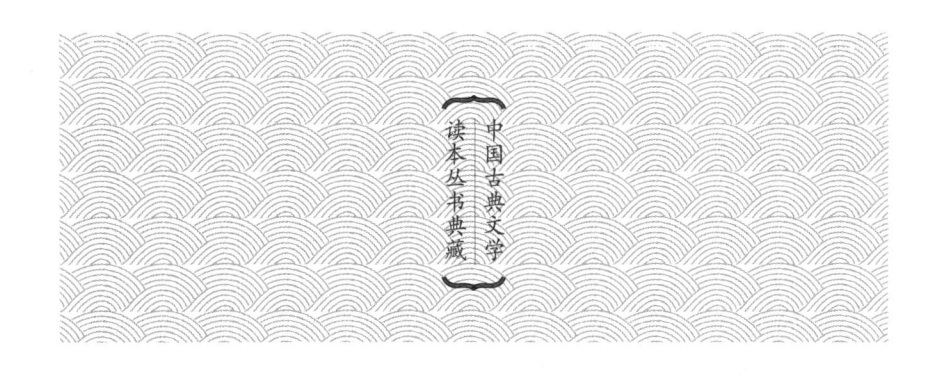

中国古典文学
读本丛书典藏

吴梅村诗选

叶君远 选注

人民文学出版社

图书在版编目(CIP)数据

吴梅村诗选/叶君远选注.—北京:人民文学出版社,2021
(中国古典文学读本丛书典藏)
ISBN 978-7-02-016714-2

Ⅰ.①吴… Ⅱ.①叶… Ⅲ.①古典诗歌—诗集—中国—清代 Ⅳ.①I222.749

中国版本图书馆 CIP 数据核字(2020)第 210449 号

责任编辑　李　俊　张梦笔
装帧设计　陶　雷
责任印制　王重艺

出版发行　人民文学出版社
社　　址　北京市朝内大街 166 号
邮政编码　100705
网　　址　http://www.rw-cn.com

印　　刷　三河市鑫金马印装有限公司
经　　销　全国新华书店等

字　　数　273 千字
开　　本　880 毫米×1230 毫米　1/32
印　　张　11.375　插页 3
印　　数　1—5000
版　　次　2000 年 3 月北京第 1 版
印　　次　2021 年 3 月第 1 次印刷

书　　号　978-7-02-016714-2
定　　价　39.00 元

如有印装质量问题,请与本社图书销售中心调换。电话:010-65233595

目 录

前言 1

五月寻山夜寒话雨 1

夜泊汉口 1

穿山 2

墙子路 3

临江参军 4

梅村 13

洛阳行 14

子夜歌十三首(选二) 24

白门遇北来友人 25

有感 26

永和宫词 28

避乱六首 43

琵琶行并序 51

读史杂感十六首(选四) 61

再简子俶 68

采石矶 69

感事 70

和王太常西田杂兴八首(选一) 71

与友人谈遗事 73

追悼 74

吴门遇刘雪舫 75

晚泊 83

遇旧友 83

毛子晋斋中读吴匏庵手抄宋谢翱西台恸哭记 84

后东皋草堂歌 95

松鼠 103

座主李太虚师从燕都间道北归寻以南昌兵变避乱广陵赋呈八首(选二) 112

课女 114

海市四首次张石平观察韵(选一) 115

乱后过湖上山水尽矣赋一绝 116

海溢 117

琴河感旧四首(选二)并序 118

听朱乐隆歌六首(选二) 124

听女道士卞玉京弹琴歌 125

萧史青门曲 131

圆圆曲 140

杂感二十一首(选三) 147

冬霁 151

鸳湖感旧 152

鸳湖曲为竹亭作 153

过朱买臣墓 160

芦洲行 161

捉船行 166

马草行 168

董山儿 171

遇南厢园叟感赋八十韵　172

自叹　185

钟山　186

台城　188

鸡鸣寺　190

功臣庙　191

秣陵口号　193

赠寇白门六首（选二）　194

野望二首　197

江楼别孚令弟　198

扬州四首　199

过淮阴有感二首　206

新河夜泊　208

下相怀古　209

项王庙　213

旅泊书怀　216

临清大雪　216

任丘　217

自信　217

将至京师寄当事诸老四首（选一）　218

曹秋岳龚芝麓分韵三首赠赵友沂得江州书三字（选一）　219

病中别孚令弟十首（选三）　221

送孙令修游真定　223

送周子俶张青琱往河南学使者幕六首（选一）　224

送穆苑先南还四首（选一）　225

题帖二首（选一）　226

读史偶述四十首(选三) 227

怀古兼吊侯朝宗 230

临淮老妓行 233

雁门尚书行并序 240

松山哀 248

送纪伯紫往太原四首(选一) 252

猿 253

打冰词 254

雪中遇猎 256

郯城晓发 259

矾清湖并序 259

赠陆生 275

吾谷行 279

悲歌赠吴季子 283

送友人出塞二首 286

赠辽左故人八首(选二) 287

遣闷六首(选四) 290

江城远眺 295

过韩蕲王墓四首(选二) 297

石公山 300

登缥缈峰 302

咏拙政园山茶花并引 303

哭亡女三首 308

送王子维夏以牵染北行四首(选二) 311

别维夏 313

中秋看月有感 314

咏月　315

楚两生行并序　316

口占赠苏昆生四首(选二)　323

短歌　325

赠学易友人吴燕馀二首(选一)　328

三峰秋晓　330

戏题士女图十二首(选一)　331

古意　332

楼闻晚角　333

暑夜舟过溪桥示顾伊人　334

过吴江有感　335

叶君允文偕两叔及余兄弟游寒山深处　336

寒山晚眺　337

丁未三月廿四日从山后过湖宿福源精舍　337

题华山蘖庵和尚画像二首(选一)　339

直溪吏　340

临顿儿　342

感旧赠萧明府　343

临终诗四首(选二)　346

前　言

一

　　吴梅村,名伟业,字骏公,号梅村,江南太仓(今属江苏)人。明万历三十七年(1609)出生于一个家道中落的读书人家中。父亲连举人也没有考取,长期靠当塾师维持生计。他小时候随着父亲在一些大户人家的私塾中读书。禀赋聪颖,十四岁就以擅长文章受到同乡张溥的赏识,成为张溥的得意门生。后来张溥创立复社,他便成了复社骨干。

　　吴梅村的科举一帆风顺,崇祯元年(1628)考中秀才,三年中举,四年高中会试第一名、殿试榜眼,被授翰林院编修,那一年,只有二十三岁。他曾制辞云:"陆机词赋,早年独步江东;苏轼文章,一日喧传天下。"[①]可见当时的春风得意、踌躇满志之状。不久,有人借他的试卷参劾主考官周延儒,崇祯帝亲自审阅了试卷,批下"正大博雅,足式诡靡"八字,随即又赐假准他回乡娶亲,一时间,"天下荣之"[②]。他把这些看成是旷世恩遇,终其身念念不忘。

　　从个人历史来看,吴梅村在二十三岁之前过的是一段难得的平静日子,读书、应试是其生活的主要内容。但是,从入仕起,他的这份平静就再不能维持下去了。

　　这首先是因为他赶上了一个矛盾空前尖锐复杂的时代。万历朝后期,延续了二百五十多年的大明王朝便已经显露出末世的气象。朝政

---

① 陈廷敬《吴梅村先生墓表》。
② 顾湄《吴梅村先生行状》和陆世仪《复社纪略》卷二。

之黑暗、吏治之腐败,都为历史上所少见,及至天启朝,阉宦当权,政治更是坏烂到无以复加的地步。广大农民被苛捐杂税和贪官污吏弄得倾家荡产,无所聊生,有人形容当时"天下之势,如沸如煎,无一片安乐之地"①。农民起义已是此伏彼起。同时,明王朝还面临着可怕的外患:努尔哈赤领导女真族在万历末年建立起后金国,公开对明宣战。天启时,山海关以外的绝大部分疆土都已被其吞并。崇祯帝继位之初,虽力图有所振作,但衰乱之势已成,腐朽已极的官僚机器不仅无力扭转局面,反而加速了败亡的进程。到吴梅村出仕时,本来零星分散的农民起义已经连成一片,如火如荼。而后金更得寸进尺地开始攻入明朝腹地,大肆掳掠。明王朝的危机进一步加重。原来一直生活在风平浪静的东南一隅的吴梅村突然置身于全国政治中心,耳闻目睹的一切,使他的忧患意识大大加重了。

阶级矛盾和民族矛盾的加剧还激化了统治阶级内部的矛盾,万历时就已经形成的以东林党为一方和以大官僚、宦官等腐朽势力为另一方的你死我活的党争,一直延续到崇祯朝,只是东林党换成了复社。当政大臣及其党羽大多极端仇视复社,时时伺机倾陷复社人士。吴梅村为复社骨干,自立朝之始,就身不由己地卷入了党争的漩涡。当他娶亲假满,返回朝廷以后,斗争就更为激烈。他多次上疏弹劾权相奸党,"直声动朝右"②,可也数番险遭不测,处忧危之中。

崇祯十年,吴梅村充东宫讲读,十三年,出任南京国子监司业。待到十四年,天下形势已经岌岌可危,李自成、张献忠两支起义军的力量完全超过了官军,清兵对内地的骚扰也愈加肆无忌惮,大乱将至的气氛越来越浓重,而朝廷之上的党争却没有止息,反而愈演愈烈。吴梅村深

---

① 《明神宗实录》卷三七六。
② 《吴梅村先生行状》。

感处境之险恶,于是"绝意仕进"①,挂冠而去,此后虽然接连升为左中允、左谕德、左庶子,但都没有赴任。

崇祯朝被李自成军推翻时,他正在家中。闻讯,他悲痛欲绝。不久,弘光朝建立,他被召为少詹事,然在朝仅两月,因目睹弘光帝之种种腐败荒唐和权臣马士英、阮大铖之流之种种倒行逆施,"知天下事不可为"②,毅然辞归。

就在吴梅村辞官后两三个月,清军攻下江南,弘光朝顷刻间土崩瓦解。为了躲避战乱,他曾和普通百姓一样流离转徙。之后,杜门不出,在清廷的民族高压下,过着"惴惴莫保"③的日子。在隐居的九年之间,他写下了大量诗歌,很多代表作都是这一时期创作的。由于其遗民身份和文学创作上的辉煌成就,他在汉族文人心目中的地位日重,声誉日隆。

清廷在相继攻灭了几个南明政权,比较稳固地控制了大半个中国以后,越来越重视对汉族士人的笼络。由于吴梅村"虚名在人"④,清廷把他当成了能够带领汉族士人"入彀"的头羊,强令他出仕。他明知"一失足成千古恨",但又"惧祸及门",没有勇气抗命,只好违心仕清。顺治十年秋赴京,十一年授秘书院侍读,十三年转国子监祭酒,同年底以嗣母丧为由告假归,遂不复出。这段不光彩的经历成了他的一块心病,此后,他不断地表达悔恨交加的沉痛心情,述说"竟一钱不值"⑤的羞愧心理。

吴梅村归里之后的三四年间,清廷为压制汉族士人而畜意制造的

---

① 《梅村家藏稿》卷五七《与子暻疏》。
② 《吴梅村先生行状》。
③ 《梅村家藏稿》卷五七《与子暻疏》。
④ 《梅村家藏稿》卷五七《与子暻疏》。
⑤ 《梅村家藏稿》卷二二《贺新郎·病中有感》。

"科场案"、"通海案"、"奏销案"相继发生。"奏销案"中,他被牵连褫革,"几至破家"①;而后又险些被其儿女姻家陈之遴案牵累;紧接着又有小人告他与海上抗清义师相通,更是危险万分,让他惊疑惶怖,忧心忡忡。自此,他小心避世,尽量远离政治,以游山玩水、寻访名胜打发掉最后的岁月。

康熙十年十二月二十六日(1672年1月23日),吴梅村去世,享年六十三。

二

"国家不幸诗家幸,赋到沧桑句便工。"清人赵翼的这两句名言揭示了一个带有普遍性的规律:巨大的社会灾难往往催生出卓绝的诗人。

经历了明清易代之变的吴梅村正是这种应时运而生的一代诗坛大家。

有材料证明,吴梅村是从考中进士以后才开始学习作诗的②。那时,明王朝已是危机四伏。吴梅村受复社人士慨然以天下为己任的风气影响,十分关心国事,而当时的危殆局面更引起他的关注与焦虑。另外,他从小就喜读史书,一入仕,又做了史官(明清两代,翰林院掌编修国史之职),很早就有了要为一代历史作传的自觉意识,萌生了"诗与史通"③的思想。这些因素,深刻影响了其早期诗歌的题材取向。翻检一下其明亡前的作品,可以看出直接以时事为题材者所占比例很大,就连不少赠友、怀人、纪行之作也往往语涉时事。这些诗,弥漫着时代风云,融合着作者感伤,意绪苍凉而沉重。读一读《临江参军》、《殿上

---

① 《梅村家藏稿》卷五七《与子暻疏》。
② 见乾隆《镇洋县志》卷一四《杂缀类》引《焚馀补笔》。
③ 吴梅村《且朴斋诗稿序》。按此为佚文,见徐懋曙《且朴斋诗稿》卷首。

行》《洛阳行》《怀杨机部军前》,就不难体会出来了。

以前有一种说法,称吴梅村"入手不过一艳才耳"①,"其少作大抵才华艳发,吐纳风流,有藻思绮合、清丽芊眠之致"②,认为其诗风是在经历了鼎革之变以后才发生根本转变的。这其实是一种误解。吴梅村早期作品中确有一些绮丽缠绵的艳诗,但只是少数,就其总体而言,却是悲慨抑郁,颇具风骨的。

当崇祯朝和弘光朝相继灭亡,原来的家国沦丧的隐忧变成了残酷的现实,并且他本人还亲历乱离,其内心受到更为剧烈的刺激与震荡,诗情郁勃,盘梗于胸中,不吐不快,于是便更加汹涌地喷发出来。

吴梅村现存诗歌百分之九十以上都是入清以后所作,较之明亡前,其题材更广泛,现实感更强,格调也变得更为激楚苍凉了。

感时伤事仍然是最有分量的一类。战争破坏,清军暴行,经济压榨,生产凋敝,百姓苦难……一一被摄入诗中。如《新河夜泊》:

> 百尺荒冈十里津,夜寒微雨湿荆榛。非关城郭炊烟少,自是河山战鼓频。倦客似归因望树,远天如梦不逢人。扁舟萧瑟知无计,独倚篷窗暗怆神。

诗中勾画的是一幅多么萧条的图景,足以让人想见清初长时间的战乱造成了怎样可怕的后果了。再如《感事》:

> 不事扶风掾,难耕好畤田。老知三尺法,官为五铢钱。筑土惊传箭,呼门避棹船。此身非少壮,休息待何年。

试想,连诗人这样的士大夫都被清初苛重的赋税和贪暴的官吏弄得心惊肉跳,那老百姓呢?还用说吗?

---

① 朱庭珍《筱园诗话》卷二。
② 《四库全书总目》卷一七三。

同这些抒情短诗相比,在反映社会的深度和广度上,吴梅村笔下的一大批以明清易代之际的人物、事件为题材的长篇叙事诗显然更胜一筹。它们对一代兴亡做了全景式的采录,写照存真,构成了一部形象化的"编年史"。翻阅之,我们会在《雁门尚书行》中看到明王朝如何在决定最后命运的决战中又一次处置失当而招致惨败;在《吴门遇刘雪舫》中看到李自成军如铁流一般直捣北京的攻势和明朝皇族贵戚凄凉的末日;在《松山哀》、《圆圆曲》中看到叛臣逆子置民族利益于不顾而追求个人私利的丑恶行径;在《听女道士卞玉京弹琴歌》、《临淮老妓行》中看到弘光朝君臣荒淫误国的表演;在《遇南厢园叟感赋八十韵》中看到初下江南的清军恣意蹂躏百姓和摧残文物的罪行;在《芦洲行》、《捉船行》、《马草行》中看到清初百姓所蒙受的种种盘剥;在《赠陆生》、《吾谷行》、《悲歌赠吴季子》中又可觇清朝统治者对汉族士人的滥施淫威……你会感觉,金戈铁马、政坛风云、蔓草铜驼、灌莽丘墟、斑斑血泪,俯仰间尽收眼底,让人顿生无限感慨。

故国之思也是吴梅村入清后反复吟咏的一个主题。虽然故国之思同样浸透在其长篇叙事诗中,但是由于叙事方式的要求,诗人很难直接出面,完全以自己的身份、口吻说话,只能借事抒怀,因而那种"换羽移宫万里愁"的感喟往往不得不有所节制,隐而不显,而在抒情诗中就没有了这种限制,诗人每每打开感情的闸门,任其宣泄流淌了:"乱馀仍老屋,恸哭故朝恩"(《再简子俶》),"旧事已非还入梦,画图金粉碧阑干"(《辛卯元旦试笔》),"形胜当年百战收,子孙容易失神州。金川事去家还在,玉树歌残恨怎休"(《台城》)……句句发自内心,一字一泪,真有"天长地久有时尽,此恨绵绵无绝期"的情味。

在吴梅村入清后的作品中还有一类是写身世之哀的,如《避乱六首》、《遣闷六首》吐露生逢动荡之世的悲痛,《追悼》、《哭亡女三首》倾诉妻子女儿夭折于丧乱的不幸,等等。尤可注意的是吴梅村在迫于压

力违心仕清之后自怨自艾的篇章,如《过淮阴有感二首》其二:

> 登高怅望八公山,琪树丹崖未可攀。莫想阴符遇黄石,好将鸿宝驻朱颜。浮生所欠止一死,尘世无由识九还。我本淮王旧鸡犬,不随仙去落人间。

《临终诗四首》其一:

> 忍死偷生廿载馀,而今罪孽怎消除?受恩欠债应填补,总比鸿毛也不如。

这些诗感慨沉重,词情恳切,是发自内心的真诚表白。他对自己人格与品节所做的这种坦率而严厉的解剖与自责,不仅当时,就是在全部文学史上也是少见的。

三

一个诗人在诗歌史上的地位是由他是否对诗歌发展做出了独特贡献决定的。吴梅村之所以杰出,就是因为他做出了这种独特贡献。

他的主要贡献是在长篇歌行体叙事诗上。我国古代,叙事诗虽然一直不绝如缕地发展着,但是始终数量不多,难以和抒情诗相提并论。在叙事诗发展的长链上,吴梅村的创作无疑是十分光辉夺目的一环。以往还没有任何一位诗人写过像他那样多的以重大时事为题材的叙事诗,白居易比不上,杜甫也比不上。并且他在这一领域的佳作之多在历史上也属罕见。

其佳作集中于七言歌行一体。如《圆圆曲》、《永和宫词》、《萧史青门曲》、《鸳湖曲》、《听女道士卞玉京弹琴歌》等等,无不脍炙人口。前人对梅村此体给予了极高评价,如《四库全书总目》谓:"其中歌行一体,尤所擅长,格律本乎四杰,而情韵为深;叙述类乎香山,而风华为胜;

韵协宫商,感均顽艳,一时尤称绝调。"袁枚《语录》谓其歌行"用元、白叙事之体,拟王、骆用事之法,调既流转,语复奇丽,千古高唱矣"。汪学金《娄东诗派》谓:"梅村歌行以初唐格调,发杜、韩之沉郁,写元、白之缠绵,合众美而成一家。"以上看法虽不尽一致,但都肯定吴梅村歌行融汇了唐代诸大家之长。就大量使用律句并结合转韵法以使平仄协调,大量使用对偶句以使语言整饬,大量用典等等方面,它是继承了初唐四杰;就敷演情节的手段以及将叙事与抒情相融合的技巧等等方面,它是继了元稹和白居易;就其凄怨沉郁、激楚苍凉的风貌来说,则又接近杜甫和韩愈;就其色泽秾艳的词藻来看,又不无温庭筠和李商隐的影响:这就是说,单从某一方面来看,它很像某一家某一派,可是综合起来,却和历史上存在过的歌行都不相同了,它只属于吴梅村个人。人们把其歌行呼为"梅村体",原因就在于此。

吴梅村歌行体叙事诗在叙事结构方面的创新尤其值得一提。以往此类作品大体都是采用与时间顺序同步的单线发展结构。吴梅村的歌行打破了陈规,用笔腾挪变化,情节错综穿插,例如讲述吴三桂与陈圆圆悲欢离合故事的《圆圆曲》,一开篇,先从吴三桂为了夺回陈圆圆而勾引清兵入关写起,直截了当揭破全诗主旨。然后折转笔锋,回写吴陈二人的初次相见,以引出陈圆圆。之后,再进一步倒叙,转入对圆圆身世的交代,洋洋洒洒,转了一个大圈子之后,才重新回到开头的情节上来,写吴陈二人的战场重逢。等到故事的主要部分叙述完了,忽然又来了两段插叙,写教曲妓师和女伴的感慨和陈圆圆自己的哀怨。整个叙事部分的结构是如此大开大阖,突兀跳宕,简直令人目不暇接,却又无不合情合理,圆转自如。这种结构,是以往的叙事诗从来没有出现过的。联系吴梅村的时代小说和戏曲的盛行,联系吴梅村本人曾写过戏剧,就不难考察出这种结构的渊源所自了。

吴梅村其他诗体虽未能像歌行体那样形成鲜明的个人风格,但也都达到很高水准,都有一批出色的篇章。五古如《临江参军》、《遇南厢园叟感赋八十韵》、《矾清湖》,五律如《病中别孚令弟十首》、《过吴江有感》,七律如《秣陵口号》、《扬州四首》,七绝如《赠寇白门六首》、《口占赠苏昆生四首》,等等,就都是托兴遥深、格圆句秀的好诗。

  从艺术上说,吴梅村各体诗歌都十分讲究形式美。其构思之巧,遣词之工,用事之妙,设色之艳,音调之谐,当时诗坛罕有其比,以至钱谦益说他是"以锦绣为肝肠,以珠玉为咳唾"①。当然,这种美是刻意修饰而成的,缺少自然天成之趣,连他自己也说:"镂金错彩,未到古人自然高妙之极地"②,这是其作品的一个严重不足。但是,我们却不能不承认,他的作品很少轻率滑易之作,多数都像精雕细刻的工艺品,让人爱不释手。

  吴梅村诗歌这种精美绝伦的艺术形式,同其史诗般的宏阔场景与丰富内容,发自内心的哀感怨情相融合,造成了一种既激楚苍凉、沉雄悲壮又缠绵凄婉、富丽精工的艺术风格。清人高奕《传奇品》在形容吴梅村的戏曲风格时用了一个绝妙的比喻:"女将征西,容娇气壮。"其实,这个比喻移来形容其诗风也是满恰当的。正是这种"容娇气壮"的诗风征服了一代又一代的读者,赢得了广泛的赞誉。

四

  吴梅村现存诗歌一千一百首左右,主要保存在五十八卷本《梅村家藏稿》中。

  本选本共选诗一百五十一首,绝大多数选自《家藏稿》。只有几首

---

① 钱谦益《牧斋有学集》卷一七《梅村诗集序》。
② 杜濬《变雅堂遗集·文集》卷八《祭少詹吴公文》。

不见于《家藏稿》,系选自四十卷本《梅村集》或当时的某些诗歌总集。不同版本文字上有差异者基本以《家藏稿》为准,而如果《家藏稿》明显有误,则据其他版本径改,不出校记。

为了使读者更方便和更清楚地了解吴梅村思想以及诗歌创作的发展变化,本书没有像《家藏稿》或《梅村集》那样按体编排,而是按照诗歌的作期排序。每首诗的第一项注释中都标明了作期,并对创作背景、主旨及艺术特点略作说明。

在同一首诗的注文中,重复征引的资料最初注明作者,以下则省去。

诗歌题目之下和正文中间的作者原注一概移到注文之中。

五月寻山夜寒话雨[1]

客衣轻百里[2],长夏惜登临[3]。正尔出门夜[4],忽逢山雨深。聊将斗酒乐[5],无作薄寒吟[6]。年少追凉好[7],难为父母心[8]。

〔1〕此诗作于明崇祯朝,在吴伟业诗作中,是作期较早的一首。寻,探寻,探访。诗写诗人仲夏游山遇雨的一段经历与感受,写得自然流畅、亲切有味,似不甚着力,实则十分工炼。
〔2〕客衣:离家远行者的衣着。轻百里:把百里之游看得很轻易。
〔3〕长夏:指夏日。因白昼较长,故称。惜登临:非常喜爱登山。
〔4〕正尔:正巧,正好。尔,词缀。
〔5〕聊:姑且。
〔6〕薄寒:轻寒。
〔7〕追凉好:"好追凉"的倒装。好(hào 耗),喜欢,喜爱。
〔8〕"难为"句:意思说难免让父母感到担心。

夜泊汉口[1]

秋气入鸣滩[2],钩帘对影看[3]。久游乡语失[4],独客醉歌难。星淡鱼吹火[5],风高笛倚阑[6]。江南归自近[7],尽室寄长安[8]。

〔1〕此诗作于明崇祯九年(1636)。这一年秋,吴伟业奉命主持湖广乡试,至汉口,因有此作。诗中描绘出秋江之上略显凄清的夜景,表达了久客在外的淡淡哀愁。情与景融,颇有意境。汉口,今属湖北武汉。
〔2〕鸣滩:哗哗作响的湍急河滩。
〔3〕钩帘:挂起帘子。影:指自己身影。
〔4〕乡语失:指乡音发生变化。
〔5〕鱼吹火:唐郑谷《滩上渔者》诗:"一尺鲈鱼新钓得,儿孙吹火荻花中。"此用其意。"鱼吹火"的意思是吹火烧鱼。
〔6〕阑:指船栏杆。
〔7〕江南:指诗人家乡一带。
〔8〕"尽室"句:当时诗人家人正寄居北京。长安,汉唐首都,今陕西西安。此代指明朝首都北京。

穿山[1]

势削悬崖断[2],根移怒雨来[3]。洞深山转伏[4],石尽海方开[5]。废寺三盘磴[6],孤云五尺台[7]。苍然飞动意,未肯卧蒿莱[8]。

〔1〕此诗作于明崇祯朝。穿山,一名驷山。在诗人故乡太仓州(今江苏太仓县)。原在海中,后海退,遂与陆相连,高十七丈,山下有洞穴,通南北往来,因名"穿山"。见民国《太仓州志》卷一《封域上》。此诗刻

画生动,语言工炼,末二句以动写静,赋予静止的山以勃勃生气,更显出笔力遒逸。

〔2〕"势削"句:谓山势陡峭如断裂的悬崖。

〔3〕根移:谓穿山由海中连根移到陆地。按,山虽不会动,但位移是相对的,海退,等于山移。这样写,更形象生动。

〔4〕"洞深"句:诗意思说由于山底宽阔,山反而显得矮了。

〔5〕"石尽"句:意思说走到山石尽头,海才一览无馀地尽收眼底。

〔6〕废寺:穿山之上原有真武庙。三盘蹬:曲折盘旋的石蹬,即"崩云蹬",在穿山左侧。

〔7〕五尺台:即"钓鳌台",在真武庙东。"真武庙"、"崩云蹬"、"钓鳌台"俱见民国《太仓州志》卷一《封域上》。

〔8〕"苍然"二句:意思说苍莽的穿山好像要凌空而起,不肯久卧在野草丛中。蒿莱,野草,杂草。

墙子路〔1〕

匈奴动地渔阳鼓〔2〕,都护酣歌幕府钟〔3〕。一夜蓟门风雪里〔4〕,军前樽酒卖卢龙〔5〕。

〔1〕此诗选自朱隗《明诗平论》,《梅村家藏稿》未收。墙子路,今北京密云县东北九十里有山名墙子岭,岭上有城,为军事要地,明崇祯时在此设墙子路(路,军事单位)总兵。据清谷应泰《明史纪事本末补遗》卷六《东兵入口》载,崇祯十一年(1638)九月,清兵入墙子岭,"墙子岭峻隘,(清兵)蚁附而上,三日夜始入内地,俱困乏甚,竟无一袭击者。总兵吴国俊守墙子路,战败走密云。总督蓟辽吴阿衡败没于密云。初,监视

3

内监邓希诏诞日,阿衡及国俊等俱趋贺,闻警仓卒而返,调御失措,故及于难"。此诗即写其事,表达了对明军将领当国家危急时分贪图逸乐、松弛守备的不满。

〔2〕匈奴:古代活动于燕、赵、秦以北地区的民族。这里代指满族。动地渔阳鼓:语出白居易《长恨歌》:"渔阳鼙鼓动地来",比喻清兵入侵。渔阳,古郡名。辖境相当今北京市东面的地区,包括今蓟县、平谷等。唐玄宗时这一带属安禄山管辖。鼓,指鼙鼓,古代军中用的小鼓。

〔3〕"都护"句:意思说明军将领们正沉酣于歌舞音乐之中。都护,古官名。这里代指蓟辽总督吴阿衡、墙子路总兵吴国俊。酣歌,沉湎于歌乐。幕府,军队出征,施用帐幕,所以古代将军的府署称"幕府"。钟,古代的一种乐器。这里泛指乐器。

〔4〕蓟门:即蓟丘,古地名,在今北京德胜门外西北隅。此指京城。

〔5〕樽:酒杯。卢龙:古塞名。在今河北喜峰口附近,古有塞道,是交通河北平原与东北的要道,此代指墙子岭上的关塞。卖卢龙,典出《三国志·魏书·田畴传》。畴曰:"畴负义逃窜之人耳……岂可卖卢龙之塞,以易赏禄哉?"唐陈子昂诗:"莫卖卢龙塞,归邀麟阁名。"

临江参军[1]

临江髯参军[2],负性何贞栗[3]。上书请赐对,高语争得失。左右为流汗,天子知质直[4]。公卿有阙遗,广坐忧指摘[5]。鹰隼伏指爪[6],其气常突兀[7]。同舍展欢谑,失语辄面斥[8]。万仞削苍崖,飞鸟不得立[9]。予与交十年,弱节资扶植[10]。忠孝固平生,吾徒在真实[11]。去年羽书来[12],

中枢失筹策[13]。桓桓尚书公[14],提兵战力疾[15]。将相有纤介,中外为危栗[16]。君拜极言书,夜半片纸出。赞画枢曹郎,迁官得左秩[17]。天子欲用人,何必历显职[18]。所恨持禄流,垂头气默塞[19]。主上忧山东,无能恃缓急。投身感至性,不敢量臣力[20]。受词长安门[21],走马桑乾侧[22]。但见尘灭没,不知风惨栗。四野多悲笳,十日无消息[23]。苍头草中来,整暇见纸墨[24]。唯说尚书贤,与语材挺特[25]。次见诸大师,骄懦固无匹[26]。逗挠失事机,倏忽不相及[27]。变计趣之去,直云战不得[28]。成败不可知,生死予所执[29]。予时读其书,对案不能食[30]。一朝败问至[31],南望为於邑[32]。忽得别地书,慰藉告亲识[33]。云与副都护,会师有月日。顾恨不同死,痛愤填胸臆[34]。先是在军中,我师已孔亟[35]。剽略斩乱兵,掩面对之泣:我法为三军,汝实饥寒极[36]。诸营势溃亡,群公意敦逼[37]。公独顾而笑,我死则塞责[38]。老母隔山川,无繇寄凄恻[39]。作书与儿子,无复收吾骨[40]。得归或相见,且复慰家室[41]。别我顾无言,但云到顺德[42]。犄角竟无人,亲军惟数百[43]。是夜所乘马,嘶鸣气萧瑟。椎鼓鼓声哀,拔刀刀芒涩[44]。公知为我故,悲歌壮心溢[45]。当为诸将军,挥戈誓深入。日暮箭镞尽[46],左右刀铤集[47]。帐下劝之走[48],叱谓吾死国[49]。官能制万里[50],年不及四十[51]。诏下诘死状[52],疏成纸为湿[53]。引义太激昂,见者忧谗疾[54]。公既先我亡,投迹复奚恤[55]。大节苟弗明,后世谓吾笔[56]！此意通鬼神,至尊从薄谪[57]。生还就耕钓[58],志愿自此毕[59]。匡庐何巀嶪[60],大江流不测[61]。君看磊落士[62],艰难到蓬荜[63]。犹见参军船,再访征东宅[64]。风雨怀友生[65],江山为社稷[66]。生死无愧辞,大义照颜色[67]。

〔1〕题下原注："杨公廷麟,字伯祥,临江人。崇祯中以兵部赞画参督师卢象升军事。"可知"临江参军"是指杨廷麟。据《明史》卷二七八《杨廷麟传》,廷麟于崇祯四年(1631)中进士,改庶吉士,授编修。十年,任东宫讲读官。十一年九月,清兵大举入塞,侵入明朝腹地,京师戒严。兵部尚书杨嗣昌主张与清兵议和,廷麟上疏痛斥之。嗣昌大怒,诡称廷麟知兵,调为兵部职方主事,参宣大总督卢象升军事。十二月卢象升率军与清兵战于河北钜鹿,由于孤立无援、敌众我寡而大败,象升战死。廷麟因战前被象升遣往他处运粮而幸免。战后,廷麟据实上报象升殉难和战役经过,却被嗣昌诬为欺罔,被贬官外调。崇祯朝灭亡后,南明唐王授廷麟兵部尚书、东阁大学士。顺治三年(1646),廷麟在赣州抵御清兵,城陷,投水自杀。由此诗"去年羽书来"一句可知此诗当作于钜鹿之战的第二年,即崇祯十二年。据《梅村家藏稿》卷五八《梅村诗话》,这一年,已被贬官外调的杨廷麟至宜兴访卢象升子孙,又乘舟至太仓,与作者及张溥会饮十日。作者就是在这时候写下这首诗。诗中以写杨廷麟为主,兼写卢象升,对卢象升英勇抗清、以身殉国的崇高行为和杨廷麟耿介刚直、坚持正义的优秀品格作了生动的刻画和热烈的赞颂。作者自称："余与机部(廷麟一字机部)相知最深,于其为参军周旋最久,故于诗最真,论其事最当。即谓之诗史,可勿愧。"足见作者对此诗的自信。临江,府名,辖境相当今江西新余、清江、新干、峡江四县地,治所在清江,因此《明

史·杨廷麟传》又说他是清江人。

〔2〕髯:长须。

〔3〕贞栗:坚定正直。

〔4〕"上书"四句:意思说杨廷麟自请陈说政见,敢在朝廷上情绪激昂地争议朝政得失,左右人为此而惊惧,天子则了解他,知道他禀性正直。赐对,赐与陈说政见的机会。高语,高声大气,形容情绪激昂。质直,质朴而率直。

〔5〕"公卿"二句:意思说权贵们有了过失,害怕杨廷麟会在大庭广众之中直言不讳地指斥他们。阙遗,过失。广坐,大庭广众。

〔6〕鹰隼:比喻嫉害正人的狠毒之辈。伏指爪:蜷缩起指爪。比喻气焰收敛。

〔7〕其气:指杨廷麟的风节、正气。突兀:高耸突出的样子,形容卓特不凡。

〔8〕"同舍"二句:意思说同僚在一起欢聚、戏谑,无论谁说了越轨的话,杨廷麟都当面责备。同舍,犹同僚。展欢谑,无拘束地开玩笑。失语,说话有失。

〔9〕"万仞"二句:比喻杨廷麟的品格的刚直峻洁,邪曲不能侵。仞,古代长度单位,一仞八尺。削,形容山崖陡直,如刀削斧劈。

〔10〕"予与"二句:意思说我和杨廷麟相交十年,我懦弱无能,多亏得到他的扶助。十年,作者与廷麟同在崇祯四年中进士,彼此相识,之后,又同在翰林院任职,至作者写此诗时,二人相交已经九年。"十年"是举成数而言。弱节,软弱无能的资质。资,依赖,凭借。

〔11〕"忠孝"二句:意思说我们平生所坚持的就是"忠孝"二字,并且做到真诚不虚。

〔12〕去年:指崇祯十一年。羽书来:指清兵大举入侵明境。羽书,古代的调兵文书,上插鸟羽,表示情势紧急必须速递。《梅村诗话》著录

7

此诗,这一句作"去年东兵来",意思比较显豁。后来为了避讳,"东兵"改为"羽书"。

〔13〕中枢:指杨嗣昌。当时他任东阁大学士兼兵部尚书。失筹策:意谓束手无策。

〔14〕桓桓:威武的样子。尚书公:指卢象升。据《明史》卷二六一《卢象升传》,他字建斗,宜兴(今属江苏)人。天启二年(1622)进士。崇祯九年总督宣大山西军务,十一年进兵部尚书。但不久又削夺尚书衔,降为侍郎。这里以从前的官衔称呼他。

〔15〕提兵:率兵。战力疾:勇猛大力作战。

〔16〕"将相"二句:意思将相之间有所不和,朝野都为此感到危机和忧惧。将,指卢象升。相,指杨嗣昌。纤介,嫌怨、不和。据《明史·卢象升传》,清兵入侵,象升主战,而嗣昌和太监高起潜主和,意见不一致。嗣昌和高起潜多方阻挠卢象升与清兵开战。中外,指朝廷内外。危栗,感到危险和忧惧。

〔17〕"君拜"四句:写杨廷麟由于上疏激烈地抨击杨嗣昌而被贬为兵部职方主事,参卢象升军事。君,指杨廷麟。极言疏,措词极为激切的奏章。据《明史·杨廷麟传》载,崇祯十一年冬,他上疏弹劾嗣昌议和误国,疏中有"夫南仲在内,李纲无功;潜善秉成,宗泽陨命"之语,把嗣昌比做南宋臭名昭著的投降派的代表人物耿南仲和黄潜善。片纸,指调杨廷麟为兵部职方主事的诏令。赞画,佐助筹画。枢曹郎,指卢象升。"曹"的意思是官署。"枢曹"指枢密院。宋元两代枢密院主要掌管军事机密和边防。这里用"枢曹"代指兵部。卢象升当时任兵部左侍郎,因此称他为"枢曹郎"。左秩,古代尊右而卑左,左秩指相对较低的官秩。

〔18〕"天子"二句:意思说天子想要用人,何必一定要在高官显贵中挑选呢。历,选择。

〔19〕"所恨"二句:意思说可恨那些一心只求保住官位俸禄之人,

在国家危急之际,却垂头丧气,吓得缄默不语。

〔20〕"主上"四句:写杨廷麟内心活动,意思说皇上为山东、河北一带忧心忡忡,我虽无能,不是解救危难之才,但出于一腔炽热的爱国之情,决心舍身忘死去履行参军职责,决不吝惜力量。山东,古代把太行山以东地区称为山东,包括今天的山东和河北的一部分地区。缓急,偏义复词,偏向"急"的意思,指情势急迫。至性,性情纯厚。

〔21〕"受词"句:写杨廷麟受皇帝嘱咐。受词,听……讲话、指示。长安门,明皇城一城门。代指皇宫。

〔22〕桑乾:水名。发源于山西朔县,东入河北,注入永定河。当时卢象升军驻扎在河北。"桑乾侧"指卢象升军驻地。

〔23〕"但见"四句:写作者为杨廷麟送行和对他的挂念。尘灭没,指杨廷麟消失在尘埃之中。惨栗,寒冷凛冽。四野,指北京四郊。

〔24〕"苍头"二句:意思说杨廷麟的仆人历尽艰险送来廷麟的书信,廷麟从容不迫的气度从来信中充分显现出来。苍头,古代用为仆隶的通称。整暇,"好整以暇"的省语。《左传·成公十六年》:"日臣之使于楚也,子重问晋国之勇,臣对曰:'好以众整(喜好整齐,按部就班)。'曰:'又何如?'臣对曰:'好以暇(喜好从容不迫)。'"后因以"好整以暇"或"整暇"形容既严整而又从容不迫。

〔25〕"唯说"二句:意思说廷麟来信口口声声称道卢象升的才能,说与象升交谈后深感他的卓越出众。挺特,挺拔突出。按,自"唯说尚书贤"至"生死予所执"十句是转述廷麟书信中的内容。

〔26〕"次见"二句:意思说接下来去见其他各位大帅,却是无比的骄横而又胆怯。

〔27〕"逗挠"二句:意思说由于诸大帅怯阵避敌而失掉有利战机,转眼间情势变化,一切都来不及了。逗挠,因怯阵而观望、迟疑,避免与敌人接战。据《明史》卷二五二《杨嗣昌传》载,嗣昌主和议,告诫诸将不

许轻敌。诸将本来胆怯,于是都借口慎重而观望不前,所守城郡多被攻破。嗣昌根据军中所报军情,请旨后,才指示策略。等到策略下达到军前,而情况已经发生变化,军队进退失据。

〔28〕"变计"二句:意思说千方百计催促逃走,一味说战不得。趣,同"促"。

〔29〕"成败"二句:意思说成败无法预卜,但生死却完全是由自己掌握的。言外之意是不管成败如何,决定舍身抗击入侵清兵。予,廷麟自称。

〔30〕"予时"二句:写作者读廷麟来信之后的激动感奋和悲愤的情绪。案,食具。语本鲍照《拟行路难》:"对案不能食,拔剑击柱长叹息。"

〔31〕败问:指卢象升军战败的消息。

〔32〕於邑:同"呜唈(wū yì 屋义)",因悲哀而气结、抽噎。

〔33〕"忽得"二句:意思说忽然接到杨廷麟从其他地方寄来的书信,得知他未死,感到慰藉,并立即转告亲朋好友。别地,指真定(旧县名,今河北正定)。钜鹿之战前,卢象升遣杨廷麟往真定转运粮食。

〔34〕"云与"四句:意思是来信中说本来与督师卢象升不久就将会师(没想到他会殉难)。恨只恨不能与之一同战斗牺牲,心中充满悲愤。副都护,官名。唐代设有大都护、副都护等官,以管理所辖境地的边防、行政和各族事务。这里用"副都护"代指兵部侍郎一职。有月日,有了准确日期。意谓时间不久。顾,特。按,从"云与副都护"至"后世谓吾笔"四十六句是转述杨廷麟又一封来信的内容。

〔35〕"先是"二句:意思说当初尚在督师军中之时,我军形势已经十分危急。孔,很、甚。亟,紧急。据《明史·卢象升传》,钜鹿之战前,杨嗣昌竟命令巡抚张其平断绝象升军粮饷。"我军已孔亟"指的就是这件事。

〔36〕"剽略"四句:意思说掠夺百姓的乱兵就要被杀头正法,卢象

升对着他们掩面而泣,说我这样做是为三军严明法纪,但我知道你们实在出于无奈,饥寒已极。剽略,抢劫,掠夺。

〔37〕"诸营"二句:意思说其他各军都溃散逃走,杨嗣昌、高起潜等逼迫退兵。群公,指掌握军权的杨嗣昌、高起潜等人。敦逼,逼迫。据《明史·卢象升传》,象升请求增兵,而杨嗣昌只拨宣、大、山西三帅属象升,"象升名督天下兵,实不及二万"。不久,又借口云、晋等地有警,催促出关,大同总兵王朴竟独自率兵而去。

〔38〕塞责:尽责。《汉书·公孙弘传》:"恐先狗马填沟壑,终无以报德塞责。"

〔39〕无繇:无由。凄恻:哀伤。

〔40〕"无复"句:卢象升母亲信中的话,意思说不必惦记收葬我的遗骨。也就是不必惦记我的生死之意。

〔41〕"得归"二句:仍是象升母亲信中的话,意思说如果你能获胜归来,我们母子或许还能相见,并且可以安慰你的妻子。

〔42〕"别我"二句:这是杨廷麟讲述卢象升与之告别的情形。顺德,府名。辖境相当今河北巨鹿、广宗、邢台等地。据《明史·卢象升传》,崇祯十一年十二月十一日,象升军进至钜鹿(今巨鹿)贾庄,与清兵决战。"到顺德"指此。

〔43〕"犄角"二句:写卢象升军势孤力单。犄角,分布兵力于不同处所,以便牵制或夹击敌人或互相支援。亲军,亲信部队。据《梅村诗话》载,象升与清兵决战前夕,听说高起潜军在附近,寄书约合军,而高起潜竟拔营夜遁,致使象升孤军作战。

〔44〕"是夜"四句:写象升军战前凄凉悲壮的气氛。椎,击。涩,暗淡。

〔45〕"公知"二句:意思说卢象升知道为了自己,战士们悲歌慷慨,充满决死一战的豪情。

11

〔46〕箭镞(zú 足):箭头。

〔47〕铤(yán 延):铁柄小矛。

〔48〕帐下:指部下。走:逃走。

〔49〕叱:呵斥。死国:为国捐躯。

〔50〕"官能"句:意思说卢象升的官职本能够控制广大地区。据《明史·卢象升传》载,清兵侵入之后,崇祯帝立即召象升入卫,赐给尚方宝剑,督率天下援兵。

〔51〕"年不"句:象升死时年三十九。

〔52〕"诏下"句:写崇祯帝下诏询问卢象升死的情况。诘,诘问。

〔53〕疏:指杨廷麟上报卢象升"死状"的疏文。纸为湿:由于悲痛,以至眼泪洒湿了纸。

〔54〕"引义"二句:意思说杨廷麟为了伸张正义,疏文中的措辞十分激烈,见到的人都担心会招致谗毁灾祸。据《梅村诗话》载,廷麟的朋友冯元飙(号邺仙)见到其奏疏,对吴伟业说:此疏一上,廷麟恐怕活不成了。

〔55〕"公既"二句:意思说卢象升已先我而亡,我为伸张正义而受累又怎么能有所顾恋呢?这是杨廷麟对为他担忧的人的回答。投迹,投身。奚,何。恤,忧虑。

〔56〕"大节"二句:意思说卢象升以死报国的崇高节操如果得不到显扬表彰,后世人将耻笑责骂我不能秉笔直书!

〔57〕"此意"二句:意思说杨廷麟维护正义的诚心鬼神可鉴,皇帝只给了他略微降职的处分。薄,轻微。谪,贬官。

〔58〕就耕钓:指去过隐居生活。就,趋,往。

〔59〕毕:指了结一生。

〔60〕匡庐:庐山。在今江西九江市南。相传周代有匡氏兄弟七人上山修道,结庐为舍,因名匡庐。巀嶪(jié yè 截业):山势高峻的样子。

〔61〕大江：长江。不测：不可探测。杨廷麟历尽忧危艰险才回到家中，因为其故乡在江西，所以以上二句提到庐山和长江，有比喻廷麟风裁高峻，而世事变化难测之意。

〔62〕磊落士：襟怀坦白之士。指杨廷麟。

〔63〕蓬荜（bì 毕）：贫者所居的简陋屋室。

〔64〕"犹见"二句：典出晋王徽之故事：徽之字子猷，初为桓温参军，尝雪夜泛舟剡溪访戴逵（字安道）。寄居空宅中，种竹。仕黄门侍郎，弃官东归。其弟献之卒，有"人琴俱亡"之叹。见《晋书·王徽之传》。参军船，指其访戴船；征东宅，指其所居空宅。据《梅村诗话》载，杨廷麟返回故乡不久，即前往宜兴访问卢象升子孙。这两句诗即写其事。

〔65〕友生：朋友。

〔66〕社稷：古代帝王、诸侯所祭的土地和谷神。旧时用作国家的代称。

〔67〕"生死"二句：意思说无论生者还是死者对于国家都毫无愧怍，他们大义凛然，光耀当世。生，生者，指杨廷麟。死，死者，指卢象升。辞，言辞。

梅村[1]

枳篱茅舍掩苍苔[2]，乞竹分花手自栽[3]。不好诣人贪客过[4]，惯迟作答爱书来[5]。闲窗听雨摊诗卷，独树看云上啸台[6]。桑落酒香卢橘美[7]，钓船斜系草堂开。

〔1〕此诗作于明崇祯年间。梅村,为作者别墅名。在太仓卫(今江苏太仓县)东。原为明朝吏部侍郎王士骐(王世贞之子)的别墅,名贲园,又名新庄。作者购置后加以整修扩建,改名梅村。参见乾隆《镇洋县志》。此诗写出作者散淡、悠闲的生活,流露出恬适、怡然的心境。三、四句尤其有名。

〔2〕枳(zhǐ)篱:枳树围成的篱笆。枳,灌木或小乔木,有粗刺,常栽作绿篱。苍苔:青苔。

〔3〕乞竹分花:向别人讨取竹、花。

〔4〕诣(yì意):前往,去到。

〔5〕作答:写回信。

〔6〕啸台:据说三国魏末阮籍善啸(撮口发出声音),常登台长啸。其所登台名为阮公啸台,故址在今河南尉氏县东南。此代指梅村别墅之内的高台。

〔7〕桑落酒:古代美酒名。据北魏郦道元《水经注·河水四》载,河东郡(今山西沁水以西、霍山以南地区)有个人名叫刘白堕,擅长酿酒,因成于"桑落之辰",因名"桑落酒"。而据刘绩《霏雪录》载,则说是河东郡桑落坊有井,每至桑叶飘落时节取井水酿酒,酒味甚美,故名"桑落酒"。卢橘:金橘的别称。据明李时珍《本草纲目·果二·金橘》载,此橘生时青卢(青黑)色,一黄熟则如金,故有金橘、卢橘之名。

洛阳行[1]

诏书早洗洛阳尘,叔父如王有几人[2]?先帝玉符分爱子[3],西京铜狄泣王孙[4]。白头宫监锄荆棘[5],曾在华清内承值[6]。遭乱城头乌夜啼[7],四十年来事堪忆[8]。神皇倚瑟楚歌时[9],百子池边袅柳丝[10]。早见鸿飞四海翼[11],可怜花发万年枝[12]。铜扉未启牵衣谏,银箭初残泪如霰[13]。几年不省公车章[14],从来数罢昭阳宴[15]。骨肉终全异母恩[16],功名徒付上书人[17]。贵强无取诸侯相[18],调护何关老大臣[19]。万岁千秋相诀绝[20],青雀投怀玉鱼别[21]。昭丘烟草自苍茫,汤殿香泉暗呜咽[22]。析圭分土上东门[23],宝毂雕轮九陌尘[24]。骊山西去辞温室,渭水东流别任城[25]。少室峰头写桐漆,灵光殿就张琴瑟[26]。愿王保此黄发期[27],谁料遭逢黑山贼[28]。嗟乎龙种诚足怜[29],母爱子抱非徒然[30]。江夏漫裁修柏赋[31],东阿徒咏豆萁篇[32]。我朝家法逾前制,两宫父子无遗议[33]。廷论鰫来责佞夫[34],国恩自是优如意[35]。万家汤沐启周京,千骑旌旗给羽林[36]。总为先朝怜白象[37],岂知今日误黄巾[38]。邹枚客馆伤狐兔[39],燕赵歌楼散烟雾[40]。茂陵西筑望思台[41],月落青枫不知路[42]。今皇兴念缌帷哀[43],流涕黄封手自裁[44]。殿内遂停三部伎[45],宫中为设八关斋[46]。束薪流水王人戍[47],太牢加璧通侯祭[48]。帝子魂归南浦云[49],玉妃泪洒东平树[50]。北风吹雨故宫寒,重见新王受诏还[51]。唯有千寻旧松栝[52],照人落落嵩高山[53]。

〔1〕此诗作于明崇祯十六年(1643),咏明神宗子福王朱常洵事。据《明史》卷一二〇《诸王传五》,朱常洵为神宗第三子,光宗弟。其母郑贵妃,最受宠幸,常洵因此最为神宗所钟爱。万历二十年(1601)被封为

福王。至万历四十二年,始令就藩。朱常洵在封地,豪奢无度,搜刮无厌。崇祯十四年正月,李自成起义军攻破洛阳,被处死。因朱常洵封地在洛阳,故诗以《洛阳行》为题。此诗属于吴伟业的早期作品。由其述事叙史、感慨深沉、用典繁富、韵律和谐等等方面看,"梅村体"的一切特点均已具备。它一问世,就引起时人的称叹。诗人陈子龙有一次与吴伟业同宿,说伟业诗"绝似李颀",接着便朗诵了这首诗,赞之为"合作"(见《梅村家藏稿》卷五八《梅村诗话》)。

〔2〕"诏书"二句:上句写神宗对福王的钟爱,下句写崇祯帝对福王的尊礼。洗尘,本意是设宴欢迎远方来人。这里是说在洛阳营建邸第以待福王就藩。据《明史》卷一二〇《诸王传五》,福王婚费多达三十万,邸第营建费多达二十八万,是常规的十倍。另外,"洗尘"在古代还有馈物之意(参阅清翟灏《通俗编·仪节》)。《明史·诸王传五》说福王赴藩时,神宗将朝廷所遣税使、矿使从天下各地搜刮来的各种珍宝财物、数以亿计的"赢羡"大量赏给了福王,又诏赐庄田四万顷。因群臣力谏,才减为二万顷。叔父,福王是崇祯帝的叔父。《明史·诸王传五》载:"及崇祯时,常洵地近属尊,朝廷尊礼之。"

〔3〕先帝:指神宗。玉符:玉制信物。《史记》卷八五《吕不韦传》载,秦太子安国君有子二十馀人,而爱姬华阳夫人无子。吕不韦劝说华阳夫人从安国君诸子中拔子楚为嫡嗣。华阳夫人认为有理,于是乘机向安国君请求,安国君允诺,并刻玉符给她作为信物。后安国君继位为秦王,子楚立为太子。此用其典,以暗寓神宗曾经想立常洵为太子之意。

〔4〕西京:指洛阳。五代晋以汴州为东京,洛阳为西京。后汉、后周及北宋沿袭不改。铜狄:即铜人。秦始皇所铸。《后汉书》卷八二下《方术列传·蓟子训》载,有人在长安东霸城见到蓟子训与一老人共摩挲铜人,说曾见当年铸此铜人,至今已近五百年了。后常用"重摩铜狄"表示时移世换。按:开头四句诗高度概括了福王一生命运。

〔5〕宫监:看管宫殿的宦官。

〔6〕华清:唐代宫名。此借指福王宫室。承值:当值,侍奉。

〔7〕遭乱:指遭遇洛阳城被李自成军攻陷之乱。

〔8〕四十年来:自万历二十九年朱常洵被封为福王至崇祯十四年洛阳城破被杀(1601—1641),整整四十年。

〔9〕神皇:即万历帝朱翊钧,庙号神宗。倚瑟楚歌:据葛洪《西京杂记》卷一载,汉高祖姬戚夫人善于鼓瑟击筑。高祖常拥夫人倚瑟而歌,歌毕,每泣下。又据《史记》卷九《吕太后本纪》载,高祖常欲废太子,另立戚夫人子如意。此句诗综合二典而用之,既写出当年神宗对郑贵妃的宠爱,也暗寓想立常洵为太子之意。

〔10〕百子池:晋干宝《搜神记》卷二载,戚夫人侍儿贾佩兰说在宫内时,曾以弦管歌舞相欢娱。至七月七日,临百子池,奏于阗乐。乐毕,以五色丝线互相联结,称为"相连绶"。此用其典,写神宗对郑贵妃之宠爱。

〔11〕鸿飞四海翼:《史记》卷五五《留侯世家》载,汉高祖欲废太子,另立戚夫人子如意。吕后用张良计,请来四皓辅翼太子。后高祖见到四皓,大惊,于是对戚夫人说:我想废掉太子,可是此四人辅佐他,羽翼已成,难以动摇了。并作歌曰:"鸿鹄高飞,一举千里。羽翮已就,横绝四海。横绝四海,当可奈何!虽有矰缴,尚安所施!"太子终得不废。此用其典,是说神宗长子朱常洛(即光宗)得到群臣护持,终于被立为太子。

〔12〕万年枝:树名。即冬青。

〔13〕"铜扉"二句:大意说郑贵妃恃宠请立常洵为太子,因未能如愿而悲泣。铜扉,铜门。即金门、金马门。汉代宫门名。"铜扉未启"指天初明时。银箭,银饰的标记刻度以计时的漏箭。"银箭初残"指夜已深沉。霰(xiàn线),雪珠。

〔14〕"几年"句:据《明史·诸王传五》载,神宗迟迟不立常洛为太

子,群臣纷纷上章言其事;待常洛立为太子,常洵封为福王之后,神宗又迟迟不令福王就藩,廷臣又纷纷上章请令福王赴藩。神宗置大量奏章于旁而不阅。此句即写其事。公车,汉代官署名。为卫尉的下属机构,设公车令。吏民上书言事,均由公车令接待。

〔15〕"从来"句:写神宗对群臣纷纷上章言立太子事与促福王赴藩事的恼怒。昭阳,汉代宫殿名。后泛指后妃所住宫室。

〔16〕"骨肉"句:据清谷应泰《明史纪事本末》卷六七《争国本》、卷六八《三案》以及《明史》卷一一四《后妃传二》载,万历四十一年,锦衣卫百户王曰乾告发奸人孔学同郑贵妃宫中太监多人,请妖人王子诏诅咒皇太子与皇太后,又约赵思圣在太子宫中侍卫,伺机带刀行刺。话多牵涉郑贵妃和福王。神宗对此案不了了之。太子亦不多问。万历四十三年,某男子手执木棍,闯进太子宫中,打伤守门太监。被执后自供姓名张差,系郑贵妃手下太监庞保、刘成引入宫中。时人怀疑此事件为郑贵妃暗中策划,欲谋杀太子。郑贵妃泣诉于神宗,神宗令其自白于太子。太子不愿株连,神宗亦不深究,只杀张差、庞保、刘成了结了案件。此句即就上述事情而言。

〔17〕"功名"句:是说上章奏言立太子事、福王就藩事以及郑贵妃之事的朝臣却徒然获得了名声。

〔18〕"贵强"句:据《史记》卷九六《张丞相列传》载,汉高祖为赵王如意年少而其母戚夫人与吕后不睦而忧虑。赵尧献策说:"陛下独宜为赵王置贵强相,及吕后、太子、群臣素所敬惮乃可。"此句诗反其意而用之,是说没有为福王安排一位"贵强相"以辅佐之。贵强,指地位尊贵,性格刚强。诸侯,这里代指藩王。

〔19〕"调护"句:谓常洛被立为太子,常洵被封为福王并终于赴藩,神宗一家人"骨肉终全",其实与年高位重的大臣的调护没有关系。据吴伟业《绥寇纪略》卷八《汴渠垫》载,神宗和太子之间没有芥蒂;福王赴

藩之后,一心享乐,没有野心。从神宗到光宗再到熹宗,三朝继统,骨肉和睦。伟业认为此"原本祖宗家法之善,而光庙因心笃爱,为卓绝已"。这段记载可为这句诗之参考。

〔20〕万岁:旧时用为皇帝的尊称。这里指神宗。千秋:即千岁。旧时王公尊称为"千岁"。这里指福王。诀绝:永别。据《绥寇纪略》卷八《汴渠垫》载,福王赴藩之时,神宗依依不舍。福王临出宫门,召还再三,并约定三年一入朝。分手后,神宗忽忽不乐。

〔21〕青雀投怀:青雀是唐太宗第四子魏王李泰的小名。据《资治通鉴·唐太宗贞观十七年》载,太子承乾获罪后,太宗当面许立魏王为太子,对侍臣说:"昨青雀投我怀云:'臣今日始得为陛下子,乃更生之日也。'"此句诗用其典,写神宗对福王的钟爱,并暗含欲立其为太子之意。玉鱼:据唐韦述《两京新记》载,宣政门内的宣政殿刚刚建成时,常见数十骑在殿前奔突。唐高宗命巫祝刘门奴查其究竟。有一鬼说自己是汉朝楚王戊太子。吴楚七国造反时,恰当入朝进京,未被牵连获罪。死后即葬于殿前。当时天子曾命敛以玉鱼一双。唐高宗令改葬。掘墓时,果见玉鱼。此用其典。"玉鱼别"含有死别之意,与上句诗中的"相诀绝"同意。按福王于万历四十二年赴洛阳。四十八年神宗去世。味诗意,神宗与福王分别后未曾再次见面。

〔22〕"昭丘"二句:写郑贵妃与爱子生离死别之痛。昭丘,春秋时楚昭王之墓。故址在今湖北省当阳县。这里用"昭丘"泛指福王所赴之藩地。汤殿,温泉浴室。唐王建《华清宫感旧》诗:"公主妆楼金锁涩,贵妃汤殿玉莲开。"此用其典,乃以"汤殿"指郑贵妃,以"暗呜咽"形容其悲伤。

〔23〕析圭:古代帝王按爵位高低分颁玉圭。分土:分封土地。上东门:古代洛阳东边的一个城门。这里代指洛阳。

〔24〕宝毂雕轮:装饰讲究的车。毂(gǔ 古),车轮中心的圆木。代

19

指车。九陌：旧谓都城之中的大路。

〔25〕"骊山"二句：写福王告别母亲和兄弟。骊山，在陕西临潼东南。温室，温室殿，汉宫殿名。此以"骊山温室"代指郑贵妃所居宫殿。渭水，源出甘肃渭源县西鸟鼠山，流经陕西，东流至潼关入黄河。任城，今山东济宁市。三国魏曹植《赠白马王彪》诗序："黄初四年五月，白马王、任城王与余俱朝京师，会节气。"任城王指曹植兄曹彰。这里"任城"代指福王的兄弟们。据《明史·诸王传五》载，万历二十九年，神宗长子立为太子，其馀诸子同日封为福、瑞、惠、桂四王。福王年长，先赴藩。按，从"万岁千秋相诀绝"至"渭水东流别任城"八句均写福王赴藩。前四句从神宗、郑贵妃处下笔，写他们与爱子分别时的伤感。后四句从福王处下笔，写他离京时的情况。

〔26〕"少室"二句：写福王在洛阳大兴土木，歌舞享乐。少室，中岳嵩山三座主峰之一，地近洛阳。灵光殿，汉景帝子鲁恭王所建宫殿。故址在今山东曲阜市东。这里用来指代福王所建宫室。写桐漆、张琴瑟，《诗经·鄘风·定之方中》："定之方中，作于楚宫，揆之以日，作于楚室。树之榛栗，椅桐梓漆，爰伐琴瑟。"此用其典。据朱熹《诗集传》卷三注，原诗是写春秋卫文公迁都于楚丘后兴建宫室，广植树木之事。椅、桐、梓、漆，均为木名。朱熹说："四木皆琴瑟之材也。"此处用典，乃综合全诗之意而用之。所谓"写桐漆"是说从少室山上取来桐木、漆木以作为营建宫室的材料。写，移置、输送之意。所谓"张琴瑟"是说盛陈歌舞。张，张设、陈设之意。据《明史·诸王传五》载："常洵日闭阁饮醇酒，所好惟妇女倡乐。"此二句诗暗含讽意。上句用反衬。卫文公广植树木，大力兴作，是为振兴国家。而福王却是采伐树木，营建宫室，以图享乐。下句用类比。鲁恭王"好治宫室苑囿狗马，季年好音。"福王与他倒是如出一辙。

〔27〕"愿王"句：典出曹植《赠白马王彪》诗："王其爱玉体，保此黄

发期。"是说希望福王长寿。黄发期,谓高寿。老年人的头发由黑转黄。

〔28〕黑山贼:东汉末年河北的农民起义军。此代指李自成起义军。

〔29〕龙种:旧时用龙象征皇帝,因称皇帝子孙为"龙种"。

〔30〕母爱子抱:《史记》卷五五《留侯世家》:"臣闻'母爱者子抱',今戚夫人日夜侍御,赵王如意常抱居前,上曰:'终不使不肖子居爱子之上。'明乎其代太子位必矣。"此用其典,以写郑贵妃欲使神宗立常洵为太子。明沈德符《野获编补遗·刑部·癸卯妖书》附《续忧危竑议》:"大率母爱者抱,郑贵妃之专权,回天转日何难哉。"这段话可以作为参证。

〔31〕"江夏"句:南朝齐江夏王萧锋,字宣颖,高帝子。工书法,善写文章。历官辅国将军、散骑常侍、徐州刺史、侍中等。及明帝掌权,诸王危惧,萧锋常闷闷不乐,著《修柏赋》以见志。后终为明帝所害。见《南史》卷四三《齐高帝诸子下》。

〔32〕东阿:指三国魏曹植,曾被封东阿王。豆萁篇:指他所作的《七步诗》。据《世说新语·文学》载,魏文帝曹丕令曹植七步内作诗,不成将行大法。曹植应声作诗曰:"煮豆持作羹,漉菽以为汁。萁在釜下燃,豆在釜中泣。本自同根生,相煎何太急?"曹丕闻之,深有惭色。此用其典。按,以上两句均举历史上帝王子孙骨肉相残的例子,以反衬明万历朝以后皇族兄弟间的和睦。又按,萧锋、曹植虽作文以见志或表示抗议,然而仍旧受到嫉害,所以诗中用了"漫裁"、"徒咏"这样的词语。

〔33〕"我朝"二句:称赞明皇族家法完美,父慈子孝,兄弟和睦。逾前制,超过前代的制度。无遗议,没有留下被人议论的话柄。

〔34〕廷论:朝廷上的议论。繇来:从来。佞夫:春秋周灵王之子,周景王之弟。灵王死,儋括想立佞夫为王,而佞夫本人并不知道。结果佞夫被周大夫所杀。见《左传·襄公三十年》。此用其典,是说有人想立常洵为太子,常洵本人并无此意,可是朝廷的议论却始终指责常洵。

〔35〕如意:汉高祖戚夫人所生子,封赵王。汉高祖多次想改立他为

21

太子。高祖死后,吕后将他毒死。见《汉书》卷三八《高五王传》和《史记》卷九《吕太后本纪》。此以"如意"喻指福王。

〔36〕"万家"二句:写朝廷给予福王的待遇之优、规格之高。汤沐,即汤沐邑。周朝时,诸侯朝见天子,天子赐以王畿以内的供住宿和斋戒沐浴的封邑叫"汤沐邑"。后来皇帝、皇后、皇子和公主等收取赋税的私邑也称"汤沐邑"。周京,指洛阳,东周王城所在地。羽林,禁军的名称。

〔37〕先朝怜白象:"白象"是齐高帝子萧晃的小名。晃为高帝所爱,封长沙王。高帝死,武帝立,拜萧晃为都督、南徐州刺史。入朝为中书监。当时禁止诸王私蓄仪仗。萧晃却从徐州私自载还数百人的仪仗。武帝闻之大怒,欲纠以法。豫章王萧嶷流泪劝说:"晃罪诚不足宥,陛下当忆先朝念白象。"见《南史》卷四三《齐高帝诸子下》。此用其典。"先朝"指神宗。"白象"代指福王。

〔38〕黄巾:汉末农民起义军。这里代指李自成起义军。

〔39〕邹枚:西汉文学家邹阳和枚乘,二人均作过梁孝王的门客。这里代指福王门客。客馆:接待宾客的馆舍。狐兔:指建筑废圮,成为狐兔栖身之所。

〔40〕燕赵:指燕赵之地的美女。

〔41〕茂陵:汉武帝陵。故址在今陕西兴平县东北。常用以指代汉武帝。这里借指明神宗。望思台:汉武帝长子刘据死后,武帝可怜其死得无辜,乃下令建思子宫,并建"归来望思之台"于湖成县。见《汉书》卷六三《武五子传》。

〔42〕"月落"句:杜甫《梦李白二首》其一:"魂来枫林青,魂返关塞黑。……落月满屋梁,犹疑照颜色。"此用其意,是说福王之魂无法归来。

〔43〕今皇:指崇祯帝。縗(suī 穗)帷:灵帐。

〔44〕黄封:烧化给死者的黄色纸封。

〔45〕三部伎:唐玄宗把宫廷乐伎分为三部:堂下立奏为立部伎,堂

上坐奏为坐部伎,又选坐部伎教于梨园为法曲部,故后世有"三部伎"之称。这里借指一切歌舞娱乐。

〔46〕八关斋:佛教指在家信徒一昼夜受持的八条戒律。参见《资治通鉴·齐武帝永明元年》胡三省注。这里泛指斋戒。

〔47〕"束薪"句:《诗经·王风·扬之水》:"扬之水,不流束薪。彼其之子,不与我戍申。"据朱熹《诗集传》,周平王因为申国与楚国近,多次遭受楚国侵伐,所以派遣王畿之内的百姓为申国戍守。戍者怨思,而作此诗。前两句的意思是缓缓的流水,流不动一捆薪柴。这里活用其典,意谓朝廷所派军队未能保卫福王。

〔48〕太牢加璧:古代帝王诸侯祭祀,用牛、羊、豕三牲者称为"太牢"。专用牛者也可称为"太牢"。再加上玉璧,更显隆重。据《绥寇纪略》卷八《汴渠垫》,福王死讯传来,崇祯帝震惊,停止上朝三日,特命"以特牛一告慰定陵,特羊一告于皇贵妃之园寝。"通侯:古爵位名。这里指神宗之女寿昌公主的丈夫冉兴让。崇祯帝曾派遣他去慰恤从洛阳逃出的福王嫡长子朱由崧。参见《绥寇纪略》卷八《汴渠垫》。

〔49〕"帝子"句:唐王勃《滕王阁》诗有"画栋朝飞南浦云,珠帘暮卷西山雨";"阁中帝子今何在?槛外长江空自流"之句。此用其典。"帝子"指福王。魂归南浦云,指魂归天上。南浦,这里为虚指,非为具体地名。

〔50〕玉妃:指福王妃。洛阳陷落后,福王妃邹氏与朱由崧逃往怀庆。见《明史·诸王传五》。东平树:"东平"指汉东平思王刘宇。其陵墓在今山东东平县。传言刘宇在封地时思归京师。葬后,其墓上松柏枝皆西向长安。见《汉书》卷八〇《宣元六王传》颜师古注。后常用"东平树"来形容人死后灵魂犹然眷恋故国。

〔51〕新王:指朱由崧。据《明史·诸王传五》,崇祯十六年七月,朱由崧袭封福王。

〔52〕栝(kuò阔):木名。即桧。

〔53〕落落:稀疏,零落。嵩高山:即中岳嵩山,河南省登封县北。

子夜歌十三首(选二)〔1〕

一

欢是南山云,半作北山雨〔2〕。不比薰炉香〔3〕,缠绵入怀里〔4〕。

〔1〕这组诗作于明崇祯年间,写作者早年冶游狎妓的生活。《子夜歌》原为南朝乐府旧题,据《宋书·乐志》,此歌为一个名叫子夜的女子所造。《乐府诗集》收录了晋代和南朝的《子夜歌》四十二首,内容上全是关于男女情思,形式上全是采用五言四句的体制,语言清新流利,好用双关隐语,并且全是采用女子口吻咏唱。吴伟业的这组诗可以说深得古辞的神韵,遣词明丽,设喻巧妙,具有浓厚的民歌色彩。此选其一、其五两首。

〔2〕欢:对所爱者的昵称。这两句诗明喻、暗喻兼用。以云化雨的现象明喻郎心不专一,朝三暮四;同时又用"云雨"暗喻男女私情。

〔3〕薰炉:香炉。炉内燃香,香烟缭绕,使居室内充满香气。

〔4〕缠绵入怀:指香烟萦绕怀中。

二

双缠五色缕〔1〕,与欢相连爱〔2〕。尚有宛转丝〔3〕,织成合欢带[4]。

〔1〕双缠:一种缠线的方法。五色缕:五色丝线。
〔2〕相连爱:据晋葛洪《西京杂记》卷三载,汉代皇宫,每至七月七日,宫中之人来到百子池边,演奏于闐的乐曲。演奏完了以后,"以五色缕相羁(相互牵连),谓之'相连受(绶)'"。此用其典,只是易"受"为"爱"。
〔3〕宛转丝:柔软盘曲的丝线。丝,与"思"谐音,故"宛转丝"又含有缠绵不尽的情思之意。
〔4〕合欢带:象征男女欢爱的丝带。

白门遇北来友人[1]

风尘满目石城头[2],樽酒相看话客愁。庾信有书谈北土[3],杜林无恙问西州[4]。思深故国频回首,诏到中原尽涕流[5]。江左即今歌舞盛[6],寝园萧瑟蓟门秋[7]。

〔1〕此诗作于清顺治元年(1644)秋。当时作者在南京,任弘光朝少詹事。诗中表达了对北方形势的关切和对故园的思念,并对弘光君臣当国家处于危急存亡之秋而醉生梦死、寻欢作乐表示了忧虑与不满。白门,南京别称。
〔2〕风尘满目:形容眼前友人风尘仆仆。石城:即石头城。故址在今江苏南京市清凉山。
〔3〕庾信:字子山,南阳新野(今属河南)人。初仕南朝梁,后出使

西魏,值西魏灭梁,被留。官至骠骑大将军、开府仪同三司。善诗赋、骈文,有《庾子山集》。此用以喻指作者友人中被迫仕清者。疑指李雯。李雯,字舒章,上海(今上海市)人。与陈子龙、夏允彝齐名。同作者交往密切。清兵进入北京时,他正在京为父守孝,被荐为内阁中书舍人。据说清初朝廷文书,多出其手。见嘉庆《松江府志》卷五六《古今人传》。北土:指当时被清朝占领的北方。

〔4〕杜林:字伯山,扶风茂陵(今陕西兴平东北)人。博学多闻,世称通儒。西汉末王莽失败,他与弟杜成等迁居河西(今甘肃河西走廊)。隗嚣闻其名,欲召他做官,终不屈节。其弟杜成死,隗嚣允他持丧东归,随即又后悔,派刺客追杀他。刺客见他身推鹿车,自载弟丧,叹曰:"我虽小人,何忍杀义士。"东汉光武帝知其返回故乡,征拜为侍御史,引见,"问以经书故旧及西州事,甚悦之。"后官至大司空。见《后汉书》卷二七《杜林传》。此当喻指历尽艰险归还南方的"北来友人"。无恙:无病。西州:隗嚣所占据的天水、武都、金城(均在今甘肃省)一带称"西州"。隗嚣曾自称"西州上将军"。这里用以代指清朝所占据的地方。

〔5〕"诏到"句:写北方中原人民思念明朝的心情。诏,指弘光朝的诏书。

〔6〕江左:指弘光朝统治的江南地区。

〔7〕寝园:帝王的陵墓。此指北京明十三陵。蓟门:即蓟丘。在今北京德胜门外西北隅。此代指北京。

有感〔1〕

已闻羽檄移青海,是处山川困白登〔2〕。征北功惟修坞壁,防秋策在打河冰[3]。风沙刁斗三千帐,雨雪荆榛十四陵[4]。回首神州漫流涕[5],酹杯江水话中兴[6]。

〔1〕清顺治元年(1644)五月,弘光朝建立后,不思收复失地,施行苟安政策,引起作者的强烈不满,于是在这年冬写下此诗加以讽刺,对所谓"中兴"表示了极度的失望。

〔2〕"已闻"二句:用唐李白《关山月》诗"汉下白登道,胡窥青海湾"句意,形容当时形势的危急。羽檄,古代征调军队的文书,上插鸟羽,表示紧急必须速递。青海,湖名,在今青海省,此泛指边塞之地。是处,到处。白登,山名,在今山西大同市东北。公元前200年,汉高祖刘邦亲率大军北进,抗击匈奴,被匈奴冒顿单于围困在白登山。这两句诗都暗含了"胡"字,以指清朝。

〔3〕"征北"二句:意思说弘光朝将领们征讨北方敌人建立功业的大话只表现在修筑防御工事上,而防备敌人入侵的策略也只剩下打碎河冰,使敌人难以过江一条了。坞壁,防御用的土堡、土障。防秋,古代西北各游牧部落,往往趁秋高草肥之际南侵。届时边军特加警卫,调兵防守,称作"防秋"。

〔4〕"风沙"二句:意思说弘光朝军队虽然不少,可是明朝皇帝的陵寝却无人守护,任其荒废。刁斗,古代军中用具,铜质,有柄,能容一斗。白天用来烧饭,夜晚用来击打巡更。帐,军队营帐。十四陵,指从明永乐帝朱棣到崇祯帝朱由检十四个皇帝的陵墓,均在北京。

〔5〕神州:指全中国。

〔6〕酹(lèi 泪)杯:把杯中酒洒在地上或水中表示祭奠。中兴:国家复兴。

永和宫词[1]

扬州明月杜陵花[2],夹道香尘迎丽华[3]。旧宅江都飞燕井[4],新侯关内武安家[5]。雅步纤腰初召入[6],钿合金钗定情日[7]。丰容盛鬋固无双[8],蹴踘弹棋复第一[9]。上林花鸟写生绡[10],禁本钟王点素毫[11]。杨柳风微春试马[12],梧桐露冷暮吹箫[13]。君王宵旰无欢思[14],宫门夜半传封事[15]。玉几金床少晏眠[16],陈娥卫艳谁频侍[17]？贵妃明慧独承恩,宜笑宜愁慰至尊。皓齿不呈微索问[18],蛾眉欲蹙又温存。本朝家法修清燕[19],房帏久绝珍奇荐[20]。敕使惟追阳羡茶[21],内人数减昭阳膳[22]。维扬服制擅江南[23],小阁炉烟沉水含[24]。私买琼花新样锦[25],自修水递进黄柑[26]。中宫谓得君王意[27],银镮不妒温成贵[28]。早日艰难护大家[29],比来欢笑同良娣[30]。奉使龙楼贾佩兰,往还偶失两宫欢[31]。虽云樊嬺能辞令,欲得昭仪喜怒难[32]。绿绨小字书成印,琼函自署充华进。请罪长教圣主怜,含辞欲得君王愠[33]。君王内顾惜倾城,故剑还存敌体恩。手诏玉人蒙诘问,自来阶下拭啼痕[34]。外家官拜金吾尉[35],平生游侠多轻利[36]。缚客因催博进钱,当筵便杀弹筝伎[37]。班姬才调左姬贤[38],霍氏骄奢窦氏专[39]。涕泣微闻椒殿诏[40],笑谭豪夺灞陵田[41]。有司奏削将军俸[42]，贵人冷落宫车梦[43]。永巷传闻去玩花[44]，景和门里谁陪从[45]？天颜不怪侍人愁，后促黄门召共游。初劝官家伴不应，玉车早到殿西头[46]。两王最小牵衣戏，长者读书少者弟[47]。闻道群臣誉定陶[48]，独将多病怜如意[49]。岂有神君语帐中[50]，漫云王母降离宫[51]。巫阳莫救仓舒恨[52]，金锁凋残玉箸红[53]。从此君王惨不乐[54]，丛台置酒风萧索[55]。已报河南失数州[56]，况经少子伤零落[57]。贵妃瘦损坐匡床[58]，慵鬐啼眉掩洞房[59]。豆蔻汤温冰簟冷[60]，荔枝浆热玉鱼凉[61]。病不禁秋泪沾臆，裴回自绝君王膝[62]。苔没长门有梦归[63]，花飞寒食应相忆[64]。玉匣珠襦启便房[65]，薤歌无异葬同昌[66]。君王欲制哀蝉赋[67]，谏笔词臣有谢庄[68]。头白宫娥暗蹙蹙[69]，庸知朝露非为福[70]。宫草明年战血腥[71]，当时莫向西陵哭[72]。穷泉相见痛仓黄[73]，还向官家问永王[74]。幸免玉环逢丧乱[75]，不须铜雀怨兴亡[76]。自古豪华如转毂[77]，武安若在忧家族[78]。爱子虽添北渚愁[79]，外家已葬骊山足[80]。夜雨椒房阴火青[81]，杜鹃啼血濯龙门[82]。汉家伏后知同恨，止少当年一贵人[83]。碧殿凄凉新木拱[84]，行人尚识昭仪冢[85]。麦饭冬青问茂陵[86]，斜阳蔓草埋残垅[87]。昭丘松槚北风哀[88]，南内春深拥夜来[89]。莫奏霓裳天宝曲[90]，景阳宫井落秋槐[91]。

〔1〕此诗作于清顺治二年（1645），咏崇祯帝田贵妃事。据吴伟业

《绥寇纪略·虞渊沉中》和毛奇龄《胜朝彤史拾遗记》载,田贵妃,本陕西西安人,家于扬州。崇祯元年(1682)封为礼妃,进皇贵妃。她容貌秀丽,禀性巧慧,多才多艺,受到崇祯帝宠幸。崇祯十五年七月病逝。永和宫,在明皇宫内东二长街东。据《明史》卷一一四《周皇后传》,田贵妃曾一度被崇祯帝疏远,三月不召,后崇祯帝和周皇后在永和门看花,周皇后令人迎田贵妃至,崇祯帝才与田贵妃相见如初。永和宫看花是田贵妃一生中重要事件,又是此诗内容、情绪上的过脉,故诗以"永和宫"为题。在"梅村体"的代表作之中,此诗是写作较早的一首。它借崇祯宫闱今昔,写出一代兴亡。叙事宛曲,词雅韵深。魏宪说它"从繁华说到寂寞,是一部诗史"(《皇清百名家诗·吴梅村诗》)。袁枚说它"新声古调,寓事含情,具子安(王勃)之高韵",并称它为"神品"(袁子才录本)。

〔2〕"扬州"句:"扬州"与"杜陵"分别就田贵妃生长之地与籍贯言之。扬州明月,语本唐徐凝《忆扬州》:"天下三分明月夜,二分无赖是扬州。"杜陵花,语本唐宋之问《军中人日登高赠房明府》诗:"泾水桥南柳欲黄,杜陵城北花应满。"杜陵,县名。本杜县,西汉时宣帝筑陵于此,故改名。治所在今陕西西安市东南。

〔3〕夹道香尘:据晋王嘉《拾遗记》卷七载,三国魏文帝曹丕迎美人薛灵芸入京,路边烧石叶之香。京师之外数十里,夹道点燃蜡烛,相续不灭。车辆塞路,尘起蔽天。时人作歌曰:"青槐夹道多尘埃,龙楼凤阙望崔嵬。清风细雨杂香来,土上出金火照台。"丽华:指张丽华,南朝陈后主妃。容色端丽,聪慧过人,善于察伺陈后主心意,故深受宠幸。隋军攻破建康后,被杀。此句融合以上二典,写田贵妃被选入宫。

〔4〕"江都"句:照应"扬州明月",接写田贵妃生长之地。江都,旧郡名。治所在今扬州市。飞燕,指赵飞燕。她生于江都,后至长安。善于歌舞。因体轻,故称"飞燕"。汉成帝时入宫,封婕妤,后立为皇后。见《汉书》卷九七《外戚传》及汉伶玄《赵飞燕外传》。井,此处当作"市

井"解。

〔5〕"新侯"句:照应"杜陵花"点明田贵妃家的籍贯及其地位。关内,秦朝以咸阳为都,汉朝以长安为都,故古代习惯称函谷关或潼关以西地区为关内,或称关中。相当今陕西一带。武安,汉景帝、汉武帝时外戚田蚡。他是景帝皇后同母弟,生于长陵(今陕西咸阳市东北)。景帝后元三年(前141)被封为武安侯。见《史记》卷一〇七《魏其武安侯列传》。这里用田蚡喻指田贵妃父田弘遇。

〔6〕纤腰:细腰。《明史》卷一一四《田贵妃传》说她"生而纤妍"。初召入:指入宫。据王誉昌《崇祯宫词》周理注,田贵妃选于朱阳馆。周皇后亲下聘礼迎入,居承乾宫。

〔7〕"钿合"句:唐陈鸿《长恨传》写唐玄宗与杨贵妃定情之日,玄宗曾"授金钗钿合以固之"。白居易《长恨歌》:"唯将旧物表深情,钿合金钗寄将去。"此用其典。钿合,饰钿之盒。

〔8〕丰容:丰满美丽的姿容。鬋(jiǎn剪):下垂的鬓发。盛鬋,鬓发浓密。语出《楚辞·招魂》:"盛鬋不同制,实满宫些。"

〔9〕蹴鞠(cù jū促鞠):中国古代的一种足球运动。据《崇祯宫词》注,崇祯朝宫内喜蹴鞠,田贵妃蹴鞠时风度安雅,众人不能及。弹棋:古代博戏之一。后亦称弈棋为弹棋。据《崇祯宫词》注,田贵妃每与崇祯帝下围棋,总输二三子,没有完全发挥技艺。

〔10〕"上林"句:写田贵妃善画。《崇祯宫词》注称田贵妃工于写生,曾作《群芳图》进崇祯帝。崇祯帝留于御几,时常展玩。上林,古代宫苑名。秦旧苑,汉武帝时扩建。故址在今西安市西及周至、户县界。这里指明朝宫苑。生绡,未漂煮过的丝织品,古代多用以作画。

〔11〕"禁本"句:写田贵妃善于书法。禁本,常人难以见到的宫中藏本。钟王,钟繇和王羲之,分别为三国魏和东晋书法家。点,题写。素毫,指毛笔。据《崇祯宫词》注,田贵妃自幼学习钟王楷书。入宫后,得

见禁本临摹,书艺大进,臻于能品。凡书画卷轴,崇祯帝每命她题签。

〔12〕试马:据《崇祯宫词》注,崇祯帝曾在射场试马,知田贵妃善骑,命她骑。田贵妃姿容美妙,控驭自如,名骑手也不过如此。

〔13〕吹箫:据《崇祯宫词》注,田贵妃每当风日晴美,就吹箫一曲。崇祯帝非常欣赏,曾说"裂石穿云,当非虚语"。

〔14〕宵旰(gàn 赣):"宵衣旰食"的略语。是说天不亮就穿衣起身,天晚了才吃饭。旧时用来形容帝王勤于政事。

〔15〕封事:古时臣子上书奏事,防有泄漏,用袋封缄,称为封事。

〔16〕玉几:玉饰的矮桌。金床:尊者所坐的交椅。晏眠:安适的休憩与睡眠。

〔17〕陈娥卫艳:泛指美女。南朝梁江淹《别赋》:"下有芍药之诗,佳人之歌,桑中卫女,上宫陈娥。"

〔18〕不呈:不露。

〔19〕家法:指皇族法规。《明史》卷一〇三《后妃传》:"……终明之代,宫壸肃清,论者谓其家法之善,超轶汉、唐。"清燕:指不铺张、不奢华的饮宴。

〔20〕房帷:房帘。这里代指内宫。珍奇荐:指进献的珍羞美味。

〔21〕敕使:指皇帝派遣的使者。追:催要。阳羡茶:宜兴出产的上等名茶。宜兴,在今江苏省,秦汉时称阳羡。宋吴曾《能改斋漫录·方物》:"张芸叟《画墁录》云:'有唐茶品,以阳羡为上供,建溪、北苑未著也。'"据《崇祯宫词》注,周皇后父周奎每年贡阳羡茶。

〔22〕内人:宫人。数减昭阳膳:据《绥寇纪略·虞渊沉下》和《胜朝彤史拾遗记》,崇祯朝后期,兵火灾荒迭至,天下动乱,国事日非。崇祯帝食不甘味。以往宫中有月宴,有时宴,外戚公主家按节令进奉甘果,此时皆传旨停免。宫中常"蔬食"(粗饭)。数(shuò 硕):屡次。昭阳:汉宫殿名。后泛指后妃所住的宫殿。

〔23〕维扬:旧扬州府别称。服制:衣服式样。

〔24〕小阁:小巧的房间。据《胜朝彤史拾遗记》,田贵妃嫌宫殿过于高大空旷,居住不舒适,命人在廊房中利用楄扇围成小屋,从扬州采买来家具摆设其中。沉水:即沉水香。香木名,产于亚热带。木质坚硬而重,黄色,有香味,心材为著名熏香料。

〔25〕"私买"句:据《胜朝彤史拾遗记》,崇祯朝时,每逢节令,宫女都插戴锦花。一次,田贵妃宫婢所戴锦花式样新奇,其他宫中没有。皇后宫婢请求崇祯帝赏赐。崇祯帝派宦官采买,出京城几百里尚不能得。崇祯帝问田贵妃,田贵妃说这种名叫象生花的锦花,出自嘉兴,吏部郎中吴昌时的家人从嘉兴携来京城,因而买得。崇祯帝听后不悦。琼花,一种珍贵的花。宋周密《齐东野语·琼花》称"扬州后土祠琼花,天下无二本"。

〔26〕水递:宋丁用晦《芝田录》:"李德裕取惠山泉,自常州至京置递,号水递。"本意是送水的驿站。这里指水路运送贡品的驿站。

〔27〕中宫:皇后所居之处,亦用为皇后的代称。这里指崇祯帝皇后周氏。谓得君王意:《绥寇纪略·虞渊沉中》云:"上(崇祯帝)重周后贤,伉俪恩甚备。"

〔28〕"银镮"句:是说周皇后不嫉妒田贵妃的得宠。银镮,据《诗经·邶风·静女》"贻我彤管"句毛传,古时候,后妃侍寝于君王,有女史负责记录月日,并授以金镮、银镮决定进退。凡允许侍寝者,授以银镮。反之则授以金镮。温成,据《宋史·仁宗本纪》,仁宗妃张氏巧慧多智,有盛宠。庆历八年(1048)册为贵妃。死后追册为皇后,谥温成。这里用张贵妃喻指田贵妃。

〔29〕"早日"句:据《绥寇纪略·虞渊沉中》,崇祯帝正式登位之前,周皇后曾协助崇祯帝共同渡过一段艰难危险的时日。大家,古代宫中近臣或后妃对皇帝的称呼。

33

〔30〕"比来"句：写周皇后与众妃相处亲密。比来，近来。良娣，古代太子姬妾的称号，位在妃下。

〔31〕"奉使"二句：写周后与田贵妃失和事。据《崇祯宫词》注，皇太子居兴龙宫。一日，周后赐太子茶果。宫女道经田贵妃所居承乾宫，在宫门前戏弄石狮子，笑乐喧哗，惊扰了田贵妃的午睡，致使两宫关系失和。龙楼，汉代太子宫门名。这里代指崇祯太子所居宫室。贾佩兰，汉高祖姬戚夫人侍儿的名字。见葛洪《西京杂记》卷三。这里代指周后侍女。

〔32〕"虽云"二句：大意说侍女难以用言辞打动田贵妃，而使两宫和好。樊嬺，汉成帝时宫中女官，能说会道，曾巧言劝说赵飞燕召其妹赵合德入宫为妃。后又周旋于飞燕与合德之间。见汉伶玄《赵飞燕外传》。昭仪，赵合德入宫后受到宠幸，被封为昭仪。这里代指田贵妃。

〔33〕"绿绨"四句：写田贵妃上书崇祯帝事。据《绥寇纪略·虞渊沉中》载，田贵妃因宠而骄。周皇后想用礼法节制她。正月初一朝见时，天气寒冷。田贵妃乘车停于皇后宫殿廊下很久才得到召见。皇后态度冷淡，相见时无一言。而袁贵妃来朝见，非常欢洽。田贵妃心怀怨恨，向崇祯帝哭诉。田贵妃父田弘遇教她上书，表面引咎自省，实则暗含微词以引起崇祯对周后的不满。绿绨(tí题)，绿色厚缯。这里指盛放书信的口袋。琼函，盛放书信的玉匣。这里代指田贵妃上给崇祯帝的书启。署，署名，充华，古代女官名，九嫔之一。圣主，圣明的君主。含辞，话里有话。愠(yùn运)，怒，恨。

〔34〕"君王"四句：写崇祯帝与周后失和复好的一段经历。据《明史》卷一一四《后妃传》与《绥寇纪略·虞渊沉中》载，崇祯帝曾在交泰殿因与周皇后言语不合，将其推倒在地。周后愤懑不食。崇祯帝不久后悔，派宦官问候周后起居，并赐给貂皮床褥。内顾，本指对家事的顾念。这里指对周后的顾念。倾城，美貌女子。指周后。故剑，据《汉书》卷九

七上《外戚传·孝宣许皇后》载,汉宣帝即位前,曾娶许广汉之女君平。及即位,封为婕妤。时公卿议立霍光之女为皇后,宣帝乃"诏求微时故剑"。群臣知其意,乃议立许氏为皇后。后因以'故剑'指元配之妻。敌体,谓彼此地位相等,无上下尊卑之分。皇后与皇帝可称"敌体"。手诏,亲手书诏。玉人,容貌美丽的女人。这里指周皇后。诘问,询问,问候。

〔35〕外家:外戚。这里指田贵妃父田弘遇。金吾尉:掌管皇帝禁卫、扈从等事务的亲军。据《绥寇纪略·虞渊沉中》和《胜朝彤史拾遗记》,田弘遇曾被授为游击将军、锦衣卫指挥。"官拜金吾尉"指此。

〔36〕"平生"句:《明史》卷一一四《后妃传》说田弘遇"好佚游,为轻侠"。

〔37〕"缚客"二句:《绥寇纪略·虞渊沉中》说"田弘遇怙贵妃宠,数骄恣不法"。此二句即写其骄恣不法之状。博进钱,赌博所用的钱。当筵杀伎,《晋书》卷九八《王敦传》:"时王恺、石崇以豪侈相尚,恺尝置酒,敦与(王)导俱在坐。有女伎吹笛小失声韵,恺便殴杀之,一坐改容。"此用其典。

〔38〕班姬:指汉成帝姬班婕妤。据《汉书》卷九七下《外戚传》载,班婕妤好书知礼,善于文辞。初见宠,后因赵飞燕姊妹骄妒,恐被害,退居长信宫,曾作赋自伤悼。左姬:指晋武帝姬左芬。据《晋书》卷三一《后妃传》载,左芬是晋文学家左思之妹,少好学,善文章。晋武帝纳为妃,拜为贵嫔。"以才德见礼。体羸多患,常居薄室,帝每游华林,辄回辇过之。"这里用有才调的班姬与有贤德的左姬来比喻聪慧多艺的田贵妃。

〔39〕霍氏:指霍光。据《汉书》卷六八《霍光传》载,霍光女为汉宣帝皇后。霍光执掌朝政达二十馀年。其族人倚势多骄奢不逊。窦氏:指窦宪。据《后汉书》卷二三《窦宪传》载,窦宪妹为汉章帝皇后。和帝时,

35

窦宪官拜侍中,后任大将军,操纵朝政。刺史守令等地方官吏多出其门。弟兄横行京师。霍氏、窦氏均代指田弘遇。

〔40〕"涕泣"句:《绥寇纪略·虞渊沉中》:"上数戒饬田氏,贵人亦以此小被遣。"《崇祯宫词》注:"田贵妃父弘遇恃宠横甚。上知之,责妃曰:'祖宗家法汝岂不知?行将及汝矣。'妃惧,戒所亲曰:'汝辈于外犯事,已风闻大内矣。若上再问,吾当自杀耳。'弘遇震慑,稍自辑。"此句即写其事。椒殿,即椒房殿。汉皇后所住宫殿。殿内用花椒子和泥涂壁,取其温暖、芬芳以及多子之义。后常用以泛指后妃所居宫室。

〔41〕"笑谭"句:写田弘遇依旧横行不法。豪夺,凭借势力强占。灞陵,古地名,在汉长安城东南,今陕西西安东。汉文帝葬此。

〔42〕有司:官吏。古代设官分职,各有所司,故称。将军:指田弘遇。

〔43〕"贵人"句:《明史》卷一一四《后妃传》谓田贵妃"以过斥居启祥宫,三月不召"。此句即写此事。贵人,妃嫔的称号。东汉光武帝时始置。当时其地位仅次于皇后。这里指田贵妃。

〔44〕永巷:宫中长巷。也用以指妃嫔住所。

〔45〕景和门:据明刘若愚《明宫史·金集·宫殿规制》载,皇后所居坤宁宫后有二门,左为景和门,右为龙德门。

〔46〕"天颜"四句:《绥寇纪略·虞渊沉中》:"(周)后于永和门看花,请召(田)妃。上不应,后遽令以车迎之,乃相见如初。"此四句即写其事。天颜,皇帝的容颜。怿(yì意),喜悦。黄门,汉代给事内廷有黄门令、中黄门诸官,皆以宦者充任,故后以"黄门"指称宦官。官家,旧时对皇帝的一种称呼。佯,假装。玉车,以玉为饰的帝王妃嫔所乘之车。

〔47〕"两王"二句:写田贵妃的两个儿子,即皇四子慈炤、皇五子慈焕。慈炤生于崇祯六年,慈焕生于崇祯九年。见《明史》卷一二〇《诸王传五》和《绥寇纪略·虞渊沉中》。

〔48〕定陶:汉元帝姬傅昭仪所生子刘康,被封为定陶恭王。多才艺,为元帝所爱。见《汉书》卷九七下《外戚传》。这里代指慈炤。

〔49〕"独将"句:谓崇祯帝更喜爱田贵妃第二子慈焕。如意,汉高祖宠姬戚夫人所生子,封赵王,为高祖所喜爱,认为"如意类我"。高祖多次想废太子孝惠帝,另立如意为太子。见《史记》卷九《吕太后本纪》。这里用以代指慈焕。慈焕五岁时病死。

〔50〕神君语帐中:据《汉书》卷二五上《郊祀志》载,汉武帝迷信鬼神,曾建寿宫以供奉神君(神仙)。据云神君居寿宫帷帐之中,只闻其言,不能见面,说话与人音相同。

〔51〕王母降离宫:据《崇祯宫词》注、《胜朝彤史拾遗记》和《明史》卷一二〇《诸王传五》、卷三〇〇《外戚传》载,崇祯十三年,崇祯帝因军饷匮乏,诏令戚臣捐助,逼迫武清侯李国瑞捐资数十万。李国瑞推辞不能,被削爵。国瑞惊悸而死。当时皇五子慈焕正患重病,崇祯帝去看望,他忽然有如鬼神附体,说"九莲菩萨有言,帝待外戚恩薄,天将降灾于皇诸子"。慈焕所说"九莲菩萨"指已故明神宗的生母李太后。李太后好佛,信奉观音,曾在宫中做九莲菩萨像。宫人于是呼李太后为"九莲菩萨"。而李国瑞乃李太后的侄孙。崇祯帝闻慈焕言而惧,急命停止逼戚臣助饷。据说慈焕说的话乃有人指使乳母所教。其后不久,慈焕病逝。"王母降离宫"写的就是这件事。王母,祖父母。李太后为崇祯帝曾王母,此处省去"曾"字。

〔52〕巫阳:古代传说中的女巫。据《崇祯宫词》注,慈焕死后,崇祯帝曾在宫中大作斋醮。仓舒:曹操之子曹冲,字仓舒。少时聪慧异常。十三岁病夭。曹操非常哀痛。见《三国志·魏志·武文世王公传》。这里用以代指慈焕。

〔53〕金锁:金制的长命锁。旧俗小儿颈上悬挂长命锁以祈求吉祥长命。这里用'金锁凋残'比喻慈焕夭亡。玉箸红:意同"泣血",形容极

37

度悲伤。旧时常用"玉箸"比喻眼泪。

〔54〕"从此"句：《崇祯宫词》注："皇五子薨，田贵妃遂茹素焚修。上亦为之减膳，于宫中大作斋醮。盖自是皇情少怿豫矣。"

〔55〕丛台：台名。战国赵筑，数台相连，故名。在河北邯郸城内。丛台置酒，《后汉书·马武传》："及世祖（光武帝）拔邯郸，请（谢）躬及武等置酒高会，因欲以图躬，不剋；既罢，独与武登丛台。"似用此典，喻君臣不洽。

〔56〕河南失数州：崇祯十四年正月，李自成起义军攻破洛阳。二月，张献忠攻破襄阳。十一月，李自成又破南阳。"河南失数州"指此。

〔57〕少子：指慈焕。伤零落：谓慈焕夭折。

〔58〕匡床：方正而安适的床。

〔59〕慵髻：散乱不整的发髻。与"啼眉"均用以形容悲伤的容颜。

〔60〕豆蔻汤：豆蔻是一种多年生草本植物，产岭南，种子可入药。据汉伶玄《赵飞燕外传》载，飞燕妹合德每用豆蔻煮成的水洗浴。冰簟（diàn 电）：精美而凉爽的竹席。

〔61〕"荔枝"句：据唐李肇《唐国史补》载，杨贵妃生于蜀地，喜食荔枝，又据五代王仁裕《开元天宝遗事》卷下载，杨贵妃体胖，至夏苦热，患肺渴病，燥热思饮。每日含一玉鱼在口中，借生凉津以润肺。此句合用以上二典。荔枝浆，据明徐燉《荔枝谱》卷下，当荔枝初熟，味带微酸时，榨出白浆，和以蜜煮，制成膏状，食之甘美如醴酪。玉鱼，用美玉雕成的鱼形珍玩。按，此句与上句均是形容对已患病的田贵妃的养护调理。

〔62〕"病不"二句：写田贵妃之死。据《明史》卷一一四《后妃传》载，田贵妃死于崇祯十五年七月。"病不禁秋"指此。禁，承受。萦回，这里是忧思牵萦的意思。自绝君王膝，典出《晋书》卷三一《武元杨皇后传》："（杨皇后）临终，枕（晋武）帝膝曰：'叔父（杨）骏女男胤有德色，愿陛下以备六宫。'因悲泣，帝流涕许之。泰始十年，崩于明光殿，绝于帝

膝,时年三十七。"据《胜朝彤史拾遗记》卷六载,田贵妃病逝前,崇祯帝曾多次亲往承乾宫探视。临殁,田贵妃将"外家女兄弟"托付给崇祯帝。

〔63〕苔没长门:形容田贵妃死后宫室荒凉。长门,汉宫名。这里借指明承乾宫。有梦归:据晋王嘉《拾遗记》卷五载,汉武帝宠姬李夫人死后,武帝常思之。一次,武帝在延凉室休息,梦见李夫人来,送他蘅芜之香,不觉惊醒,而香气犹在衣袖间。此用其典。

〔64〕"花飞"句:唐韩翃《寒食》诗:"春城无处不飞花,寒食东风御柳斜。日暮汉宫传蜡烛,轻烟散入五侯家。""花飞寒食"用此典。韩翃诗中"五侯家"原指宦官之家。然典故活用,亦可用以指近君而多宠的外戚之家。这句诗是说当寒食禁烟,宫中传烛分火,恩及外戚之家的时候,大概又要忆念田贵妃了吧。

〔65〕玉匣珠襦:古代帝后诸侯王的葬服。晋葛洪《西京杂记》卷一:"汉帝送死皆珠襦玉匣。匣形如铠甲,连以金缕。"便房:古代帝后诸侯王墓葬中象征生人卧居之处的建筑,棺木即放置其中。

〔66〕薤(xiè谢)歌:即古乐府中的《薤露》歌。是古代王公贵族的送葬曲,相传为汉武帝时音乐家李延年所作。同昌:唐懿宗女同昌公主。据唐苏鹗《同昌公主传》,同昌公主死,懿宗十分哀痛,自制挽歌词,且令百官继和。此用其典,以写崇祯帝的哀痛。

〔67〕哀蝉赋:即《落叶哀蝉赋》,相传为汉武帝因思念李夫人而作。见晋王嘉《拾遗记》卷五。

〔68〕诔笔:指善于写诔文的作家。诔,悼念死者的文章。谢庄:南朝宋文学家,字希逸,陈郡阳夏(今河南太康)人。曾任吏部尚书,明帝时官金紫光禄大夫。能文章,善诗赋。据《南史》卷一一《后妃传上》,宋孝武帝妃殷淑仪去世,谢庄作哀策文上奏。孝武帝卧读毕,起坐流涕说:"不谓当今复有此才。"这里代指崇祯朝的词臣。

〔69〕颦蹙(pín cù 频醋):皱眉蹙额。

〔70〕庸知:岂知,怎知。朝露:早晨的露水易干,故常用以比喻人生短促。这里指田贵妃病夭。

〔71〕"宫草"句:写明皇城被李自成起义军攻陷,崇祯帝及后妃等死去。据《明史》卷二四《庄烈帝纪二》、卷一一四《后妃传》和卷一二一《公主传》,崇祯十七年三月丁未晨,内城被李自成攻破。内城陷落前夕,崇祯帝令周皇后、袁贵妃自缢。袁贵妃缢绳断,贵妃苏醒,崇祯帝用剑砍伤其肩。又用剑杀死妃嫔数人以及昭仁公主,砍断长平公主左臂。之后,他自己也吊死于万岁山(今景山)。

〔72〕西陵:据晋鱼豢《魏略》,魏武帝曹操临终立下遗嘱,要妃嫔歌伎于每月初一和十五帐中奏乐,时时登铜雀台"望我西陵墓田",此用其典。全句意思说田贵妃已死,未能为崇祯帝之死哀哭。

〔73〕穷泉:泉下,指人埋葬的地方。仓黄:匆促,急遽。指崇祯朝顷刻间垮台,崇祯帝在田贵妃死后不久即自杀身亡。

〔74〕永王:指皇四子慈炤。崇祯十五年三月封永王。李自成攻陷北京后,不知所终。见《绥寇纪略·虞渊沉中》。

〔75〕玉环:杨贵妃小字。这里代指田贵妃。按,据宋乐史《杨太真外传》载,唐天宝十五载(756)潼关失守,杨贵妃随玄宗奔蜀,至马嵬驿,被缢死。其时,长安尚未被安史叛军攻破,故云"幸免玉环逢丧乱"。田贵妃在北京城被李自成攻破之前一年多死去,情况与杨贵妃近似。

〔76〕铜雀:台名。为魏武帝曹操建于建安十五年(210)。见《三国志·魏志·武帝纪》。

〔77〕转毂(gǔ谷):转动的车轮。

〔78〕"武安"句:据《史记》卷一○七《魏其武安侯列传》,武安侯田蚡生前曾私下交接淮南王刘安,接受刘安所赠黄金财物。后刘安谋反,时田蚡已死。汉武帝说:如果武安侯还活着,就该灭族了。此用其典,意思说如果明朝灭亡时田弘遇还活着,就该为家族的命运忧虑了。据《明

实录附录·崇祯长编》,田弘遇死于崇祯十六年十一月。

〔79〕北渚愁:屈原《九歌·湘夫人》:"帝子降兮北渚,目眇眇兮愁予。"这里活用其典。"帝子"指永王慈炤。全句用田贵妃的口吻,说爱子永王丧乱中不知下落,让人忧愁。

〔80〕外家:指田弘遇。骊山:在陕西临潼东南。秦始皇墓建于此。唐朝建华清宫于此山山麓,为王室权贵休养之所。这里代指明朝王公贵族的陵墓区。

〔81〕阴火:磷火,俗称鬼火。

〔82〕杜鹃啼血:传说杜鹃昼夜悲鸣,啼至血出乃止。常用以形容极度悲伤。濯龙门:汉代宫苑门,在洛阳西南角。这里"濯龙门"借称明皇宫城门。

〔83〕"汉家"二句:意思说周皇后死时,田贵妃已先死。汉家伏后,指东汉献帝伏皇后,被曹操所杀。贵人,指董承女,献帝之妃,封贵人。也被曹操所杀。按,吴伟业诗中典故多数引用精当,但也有不伦不类者,此即一例。清赵翼《瓯北诗话》卷九云:"'汉家伏后知同恨,只少当年一贵人。'此言周后殉难时,田妃已先死也;然周后奉旨自尽,何得以曹操之弑伏后为比!"

〔84〕碧殿:金碧辉煌的宫殿。这里指田贵妃陵前享殿。新木拱:典出《左传·僖公三十二年》:"尔墓之木拱矣!"意思说陵墓周围新植的树木已经有两手合抱粗细了。

〔85〕昭仪冢:指田贵妃墓。据顾炎武《昌平山水记》卷上,田贵妃墓在昌平鹿马山,在西山口北一里馀。又据《明史》卷二四《庄烈帝纪二》和《昌平山水记》卷上,崇祯帝死时,未及营建陵墓。李自成命将崇祯帝与周皇后棺木移置昌平。后昌平士民将其葬于田贵妃墓内。移田贵妃棺于右,崇祯帝棺居中,周皇后棺居左。此即为明十三陵之一的思陵。

〔86〕麦饭:祭祀用的饭食。冬青:一种耐寒常绿乔木。古时多植于坟墓。据元陶宗仪《南村辍耕录》卷四《发宋陵寝》载,宋朝灭亡后,元朝僧人杨琏真伽发掘宋皇室陵寝。遗民唐珏收葬遗骸,移宋故宫冬青树种植墓上。此用其典,寓不忘先朝之意。茂陵:汉武帝陵墓,在今陕西兴平东南。这里代指崇祯帝陵。

〔87〕堍:坟墓。

〔88〕昭丘:春秋楚昭王墓,在今湖北当阳县东南。当阳县,明朝时属承天府。这里"昭丘"实代指嘉靖帝生父兴献王朱祐杬(嘉靖帝即位后,追尊为兴献帝)的陵墓。其陵墓也在承天府境内。槚(jiǎ假):木名,即楸。常与松树一起植于坟墓周围。按,此诗写田贵妃事,至此句忽然插入对于楚地的描写,疑与诗人写作此诗时楚地的形势有关。此诗作于何时?联系最后三句写弘光帝事并点明了"春"字,可断定当作于清顺治二年春。据《绥寇纪略》卷九《通城击》,顺治二年二月,李自成败于西安,率军经商州至武昌。时弘光朝左良玉军南下,武昌空虚。李自成遂乘机占据武昌及周围地区,直至四月二十四日才撤离武昌一带。可知,顺治二年大半个春季,楚地大部为李自成所有,承天府也在其掌握之中。所谓"昭丘松槚北风哀"当即指此种情况而言。"北风",典出《诗经·邶风·北风》:"北风其凉,雨雪其雱。"朱熹《诗集传》解释:"言北风雨雪,以比国家危乱将至,而气象愁惨也。"这里用这个典故,与当时弘光朝所面临的危险局面正相吻合。

〔89〕"南内"句:写弘光帝荒淫。南内,唐代长安的兴庆宫,原系玄宗为藩王时故宅,后为宫,因位于大明宫(东内)之南,故名。此用以代指南京的弘光朝皇宫。夜来,三国魏文帝将宠姬薛灵芸改名为夜来。见晋王嘉《拾遗记》卷七。

〔90〕霓裳天宝曲:即《霓裳羽衣曲》,唐代著名法曲。为开元中河西节度使杨敬忠所献,初名《婆罗门曲》。经唐玄宗润色并制歌词,改用

今名。据宋乐史《杨太真外传》，天宝中，杨贵妃进见玄宗之日，曾奏《霓裳羽衣曲》。

〔91〕景阳宫井：南朝陈景阳宫殿之井，又名胭脂井。故址在今南京市玄武湖侧。陈祯明三年（589），隋朝军队南下过江，攻占台城。陈后主闻兵至，与宠妃张丽华投入此井之中。至夜，为隋兵所执，后人因称此井为辱井。落秋槐：唐王维《菩提寺禁裴迪来相看说逆贼等凝碧池上作音乐供奉人等举声便一时泪下私成口号诵示裴迪》："万户伤心生野烟，百僚何日更朝天。秋槐叶落空宫里，凝碧池头奏管弦。"此用其典，隐寓弘光朝将要灭亡之意。

避乱六首〔1〕

其一

我生江湖边，行役四方早〔2〕。所历皆关河〔3〕，故园迹偏少〔4〕。归去已乱离〔5〕，始忧天地小〔6〕。从人访幽栖〔7〕，居然逢浩渺〔8〕。百顷矾清湖〔9〕，烟清入飞鸟。沙石晴可数，凫鹭乱青草〔10〕。主人柴门开〔11〕，鸡声绿杨晓。花路若梦中，渔歌出杳杳〔12〕。白云护仙源〔13〕，劫灰应不扰〔14〕。定计浮扁舟〔15〕，于焉得终老〔16〕。

〔1〕这组诗作于清顺治二年（1645）。这一年五月，清兵下江南，入南京，攻灭弘光朝。战火所至，人民流离失所。吴伟业在此前即已预感

43

大乱将至,寻访得矾清湖作为避乱之地。弘光朝覆灭消息传来后,他携家人百口仓皇前往矾清湖躲避兵乱,在矾清湖居住了两个月。参阅《矾清湖》诗序。这组诗记录了他避乱的经历。

〔2〕行役:因服公务而在外跋涉。作者二十三岁中进士,开始仕宦生涯,因此说"行役四方早"。

〔3〕关河:关塞山河。

〔4〕"故园"句:意思说家乡居停反倒很少。

〔5〕归去:指南明弘光元年(顺治二年)元月,作者辞去少詹事,由南京返回太仓。

〔6〕天地:指家乡区域。

〔7〕幽栖:幽静少人的栖身之地。

〔8〕浩渺:广阔无边的样子。指矾清湖。

〔9〕矾清湖:位于长洲县(在今江苏苏州),西连陈湖,南接陈墓。参见《矾清湖》诗序。

〔10〕凫鹭:凫是野鸭;鹭是鸥鸟。

〔11〕主人:指吴繇倩、吴青房、吴公益兄弟。参见《矾清湖》诗序。

〔12〕杳杳:幽远深暗之地。

〔13〕仙源:即桃花源。这里用世外桃源比喻美好幽静的矾清湖。

〔14〕劫灰:佛教用语。劫是"远大时节"的意思。佛教认为世界要经过很多劫。劫末有劫火出现,烧毁一切,然后重新创造世界。劫灰就是劫火馀灰,这里代指战乱兵火。

〔15〕定计:决计,决心。浮扁舟:《史记》卷一二九《货殖列传》:"范蠡既雪会稽之耻……乃乘扁舟,浮于江湖。"此用其典,以指隐居。

〔16〕于焉:于此。

其二

长日频云乱,临时信孰传[1]。愁看小儿女,仓卒恐纷然[2]。缓急知难定[3],身轻始易全[4]。预将襁褓寄[5],忍使道途捐[6]。天意添漂泊[7],孤舟雨不前。途长从妾怨,风急喜儿眠。水市湾头见[8],溪门屋后偏[9]。终当淳朴处[10],不作畏途看[11]。未得更名姓,先教礼数宽[12]。因人拜村叟[13],自去榜渔船[14]。多累心常苦[15],遭时转自怜[16]。干戈犹未作[17],已自出门难。

〔1〕"长日"二句:意思说每日不断听到传说战乱将至,到时却不知道该相信谁的话。孰,谁。

〔2〕仓卒:同"仓促"。急迫,匆促。纷然:忙乱,一团糟。

〔3〕缓急:指局势的和缓与紧急。

〔4〕身轻:指没有拖累,行动方便。

〔5〕襁褓:本意是背负婴儿所用的东西。这里代指婴儿。寄:寄托。

〔6〕忍使:怎能忍心。捐:舍弃,抛弃。

〔7〕"天意"句:意思说上天好像有意增加漂泊之苦。

〔8〕水市:水乡的集市。

〔9〕溪门:面水之门。

〔10〕当:本意是对着、向着,这里有抵达之意。淳朴处:民风淳朴的地方。

〔11〕畏途:艰险可怕的道路。

〔12〕礼数:礼节。

45

〔13〕因人:随顺别人。
〔14〕榜:本意是摇船的工具,这里是摇动船只之意。
〔15〕累:烦劳,拖累。
〔16〕遭时:指遭遇乱世。
〔17〕作:发生。

其三

骤得江头信[1],龙关已不守[2]。繇来嗤早计[3],此日尽狂走[4]。老稚争渡头,篙师露两肘[5]。屡唤不肯开,得钱且沽酒。予也仓皇归[6],一时携百口。两桨速若飞,扁舟戢来久[7]。路近忽又迟,依稀认杨柳。居人望帆立[8],入门但需寻[9]。依然具盘飧[10],相依赖亲友[11]。却话来途中,所见俱八九。失散追寻间,啼呼挽两手。屡休又急步,独行是衰朽。村女亦何心,插花尚盈首。

〔1〕骤:突然。信:消息。
〔2〕龙关:指龙江关。在明应天府(今南京市)西仪凤门外。据吴翌凤《吴梅村先生诗集笺注》引《识小录》载,清兵于顺治二年五月初九日渡江,十一日抵达龙江关,逼近南京,弘光帝连夜逃走。
〔3〕繇来:由来,从来。嗤早计:讥笑提早有所准备的行为。
〔4〕狂走:狂奔乱跑。
〔5〕篙师:船工。
〔6〕"予也"句:指作者从矾清湖慌忙返回太仓去接家人。
〔7〕戢:"楫"的假借字。这里的意思是划船。

〔8〕居人:指吴青房兄弟。

〔9〕帚:古代风俗,有客人来,主人执箕帚以示尊敬。这里是打扫之意。

〔10〕具盘飧:备饭。飧(sūn 孙),亦作"飱",晚饭。

〔11〕赖:靠。《矶清湖》诗序云:"余以乙酉五月闻乱,仓皇携百口投之中流。风雨大作,扁舟掀簸。榜人不辨水门故处,久之始达。主人开门延宿,鸡黍酒浆,将迎洒扫。"以上十句诗写此。不过此诗所写与《矶清湖》略有不同。据此诗,作者携家人百口前往矶清湖途中并没有遇到风雨,遇风雨事发生在他预将妾和婴儿送往矶清湖之时。《矶清湖》作于顺治十四年,距离顺治二年已十馀年,一定是记忆有误。

其四

此方容迹便,止为过来稀[1]。一自人争避,溪山客易知[2]。有心高酒价,无计掩渔扉[3]。已见东郭叟,全家又别移。总无高枕地,只道故园非[4]。为客贪虾菜,逢人厌鼓鼙[5]。兵戈千里近,隐遁十年迟[6]。唯羡无家雁,沧江他自飞。

〔1〕"此方"二句:意思说在矶清湖藏身很适宜,只因为这里人迹稀少。容迹,藏身。止,只,仅。过来稀,指到过矶清湖的人稀少。

〔2〕"一自"二句:意思说自从人们争着到这里避乱,矶清湖也就容易为人所知了。

〔3〕无计:没有办法。渔扉:渔户的家门。掩渔扉,意谓把渔家的门掩蔽起来,不为人知。

〔4〕"已见"四句:意思说已见邻居全家又从矶清湖转移到别的地

47

方去避乱了。哪里也没有让人安心的地方,只是都以为自己的家乡最不安全。东郭叟,居住在东郭的老人,这里泛指邻居。郭,外城。高枕地,和平安宁、无忧无虑的地方。

〔5〕鼙鼛(pí 皮):军中所用的鼓,代指战争。厌鼙鼛,意谓不愿听到战乱的消息。

〔6〕"兵戈"二句:意思说战乱即使发生在千里之外,也仍然感觉好像近在身边;隐居即使已然十年,也仍然感觉太迟了。这二句是写作者的心情。

其五

月出前村白,溪光照澄练[1]。放楫浮中流[2],临风浩歌断[3]。天堑非不雄[4],哀哉日荒燕[5]。嗟尔谋国徒[6],坐失江山半[7]。长年篙起舞,扁舟疾如箭。可惜两河士,技击无人战[8]。孤篷铁笛声,闻之泪流霰[9]。我生亦何为,遭时涉忧患[10]。昔也游九州[11],今来五湖畔[12]。麻鞋习奔走[13],沦落成愚贱[14]。

〔1〕"月出"二句:意思说月亮从前村升起,一片皎洁。月光照耀下,澄澈的溪水有如一条白练。澄练,语出南齐谢朓《晚登三山还望京邑》"澄江静如练"句。练,洁白的熟绢。

〔2〕放楫:放任船只在水上漂流。楫,短桨,代指船。中流:水流之中。

〔3〕浩歌:情绪激昂的高歌。断:这里形容歌声因哽咽而中断。

〔4〕天堑:天然壕沟,指长江。

〔5〕荒燕:荒废事务,耽于佚乐。清计六奇《明季南略》卷二《朝政浊乱》:"时上(指弘光帝)深居宫中,惟渔幼女、饮火酒、杂伶官演戏为乐。修兴宁宫,建慈禧殿,大工繁费,宴赏赐皆不以节,国用匮乏。""日荒燕"指此。

〔6〕嗟:感叹。谋国徒:谋划决定国家大计的人。这是指操纵弘光朝政的马士英、阮大铖之流。

〔7〕江山半:半壁河山。指弘光朝所控制的地区。据《明季南略》和其他有关史料记载,马士英、阮大铖之流操纵朝政,一味招权纳贿,搜刮民财,排斥贤良,而不作防御清兵的准备,致使弘光朝灭亡。

〔8〕"长年"四句:大意说可惜那些训练有素的水军步兵,未经一战就土崩瓦解了。长(zhǎng 掌)年,蜀人把船工称为"长年"。见宋陆游《入蜀记》四。这里代指水军战士。两河,战国、秦、汉时,黄河自今河南武陟县以下东北流,经山东西北隅折北至河北沧县东北入海,略呈南北流向,与上游今晋、陕之间的北南流向一段东西相对,当时合称"两河"。《尔雅·释地》:"两河间曰冀州。"大致为今河北南部一带。古代这一带人豪勇剽悍。"两河士"指出身于两河地区的战士。技击,战国时齐国经过技巧训练的步兵。后世因称搏击敌人的武艺为技击。

〔9〕"孤篷"二句:意思说听到孤舟之上传来的无比哀怨的笛声,不禁让人泪流滚滚。孤篷铁笛,用元末明初诗人杨维桢之典。据《明史》卷二八五《杨维桢传》和清顾嗣立《元诗选》辛集,维桢字廉夫,号铁崖,又自称铁笛道人。他常常"戴华阳巾,被羽衣坐船屋上,吹铁笛,作《梅花弄》"。其诗歌有许多是写改朝换代的悲哀的。霰(xiàn 线),雪粒。

〔10〕遭时:指遭遇乱世。涉:经历。

〔11〕九州:指全中国。

〔12〕五湖:先秦古籍常提到吴越地区有五湖,至于哪五湖,则众说不一。一说指太湖。这里代指矾清湖。

〔13〕麻鞋:麻编的鞋。唐杜甫《述怀》诗:"麻鞋见天子,衣袖露两肘。"习奔走:指习惯于奔走逃亡。

〔14〕愚贱:愚昧卑贱之人。

其六

晓起哗兵至〔1〕,戈船泊市桥〔2〕。草草十数人〔3〕,登岸沽村醪〔4〕。结束虽非常〔5〕,零落无弓刀〔6〕。使气挝市翁〔7〕,怒色殊无聊〔8〕。不知何将军,到此贪逍遥〔9〕。官军昔催租,下令严秋毫。尽道征夫苦,不惜耕人劳〔10〕。江东今丧败〔11〕,千里空萧条。此地村人居,不足容旌旄〔12〕。君见大敌勇,莫但惊吾曹〔13〕。

〔1〕哗兵:指当地农夫、渔民组成的抗清义军。据无名氏《鹿樵纪闻·南国愚忠》和徐秉义《明末忠烈纪略》载,陆世钥,字兆鱼,明诸生,为陈墓镇富户。而陈墓镇,即在矾清湖之畔。顺治二年六月十五日,清廷下剃发令。世钥在乡里举兵反抗,农夫、渔民纷起响应。明进士吴易也几乎同时举兵,聚众得千馀人,屯于附近的长白荡。这两支义军曾合兵一道,攻入苏州城,拿下并焚烧了巡抚公署和县衙门。但这些匆促拼凑而成的军队缺乏严密的组织和坚强的战斗力,纪律性也较差,不久,就被清军击败。吴伟业当时对这些军队毫不了解,只因为其纪律性差,有欺负百姓的行为,因此称之为"哗兵"。

〔2〕戈船:战船。

〔3〕草草:杂乱、毫无纪律的样子。

〔4〕村醪(láo 劳):农村出产的浊酒。

〔5〕结束:装束,打扮。非常:不一般。

〔6〕零落:形容散乱、狼狈。

〔7〕使气:故意闹气儿。挝(zhuā抓):打。

〔8〕无聊:没有意思。

〔9〕逍遥:自在。

〔10〕"官军"四句:意思说以前官军下令催租索饷,严厉得连老百姓的一点一滴的财产也不放过。只讲士兵的苦处,却丝毫也不体恤农民的艰辛劳苦。秋毫,鸟兽在秋天新长出来的细毛,比喻非常细小的事物。征夫,指士兵。

〔11〕江东:芜湖、南京以下的长江南岸地区旧称江东,这里泛指江南。

〔12〕旄旌:古时用旄牛尾装饰杆头的旗帜,多用于军队。这里代指大军。

〔13〕"君见"二句:意思说但愿您能同清军勇猛作战,不要只来惊扰我们这些避乱之人。君,指陆世钥等,含讥讽意味。见大敌勇,典出《后汉书》卷一上《光武帝纪》:"诸部喜曰:'刘将军(指刘秀)平生见小敌怯,今见大敌勇,甚可怪也,且复居前。请助将军!'"但,只。吾曹,我辈。

琵琶行并序[1]

去梅村一里[2],为王太常烟客南园[3]。今春梅花盛开,予偶步到此,忽闻琵琶声出于短垣丛竹间。循墙侧听,当其妙处,不觉拊掌[4]。主人开门延客,问向谁弹[5],则通州白在湄子或如[6],父子善琵琶,好为新声。须臾花下置酒[7],白生为予朗弹一曲,乃先帝十七年以来事[8],叙述乱离,豪嘈凄切[9]。坐客有旧中常侍姚公[10],避地流落江南,因言先帝在玉熙宫中[11],梨园子弟奏水嬉、过锦诸戏[12],内才人于暖阁,赍镂金曲柄琵琶弹清商杂调[13]。自河南寇乱[14],天颜常惨然不悦,无复有此乐矣。相与哽咽者久之。于是作长句纪其事,凡六百二言,仍命之曰《琵琶行》。

琵琶急响多秦声[15],对山慷慨称入神[16]。同时渼陂亦第一[17],两人失志遭迁谪[18]。绝调王康并盛名,昆仑摩诘无颜色[19]。百馀年来操南风[20],竹枝水调讴吴侬[21]。里人度曲魏良辅[22],高士填词梁伯龙[23]。北调犹存止弦索[24],朔管胡琴相间作[25]。尽失传头误后生[26],谁知却唱江南乐。今春偶步城南斜,王家池馆弹琵琶。悄听失声叫奇绝,主人招客同看花。为问按歌人姓白,家住通州好寻觅。袴褶新更回鹘装[27],虬须错认龟兹客[28]。偶因同坐话先皇,手把檀槽泪数行[29]。抱向人前诉遗事,其时月黑花茫茫。初拨鹍弦秋雨滴[30],刀剑相磨觳相击[31]。惊沙拂面鼓沉沉,砉然一声飞霹雳[32]。南山石裂黄河倾,马蹄迸散车徒行。铁凤铜盘柱摧塌[33],四条弦上烟尘生[34]。忽焉摧藏若枯木[35],寂寞空城乌啄肉。辘轳夜半转呷哑[36],呜咽无声贵人哭。碎珮丛铃断续风[37],冰泉冻壑泻淙淙。明珠瑟瑟抛残尽[38],却在轻笼慢捻中[39]。斜抹轻挑中一摘[40],漻慄飋飁憯肌骨[41]。衔枚铁骑饮桑干[42],白草黄沙夜吹笛。可怜风雪满关山,乌鹊南飞行路难。猕啸鼯啼山鬼语[43],瞿塘千尺响鸣滩[44]。坐中有客泪如霰[45],先朝旧值乾清殿[46]。穿宫近侍拜长秋[47],咬春燕九陪游宴[48]。先皇驾幸玉熙宫,凤纸金名唤乐工[49]。苑内水嬉金傀儡[50],殿头过锦玉玲珑。一自中原盛豺虎,暖阁才人撤歌舞。插柳停挡素手筝[51],烧灯罢击花奴鼓[52]。我亦承明侍至尊[53],止闻古乐奏云门[54]。段师沦落延年死[55],不见君王赐予恩。一人劳悴深宫里,贼骑西来趋易水[56]。万岁山前鼙鼓鸣[57],九龙池畔悲笳起[58]。换羽移宫总断肠[59],江村花落听霓裳[60]。龟年哽咽歌长恨[61],力士凄凉说上皇[62]。前辈风流最堪羡,明时迁客犹嗟怨[63]。即今相对苦南冠[64],升平乐事难重见。白生尔尽一杯酒,舐来此伎推能手[65]。岐王席散少陵穷[66],五陵召客君知否[67]?独有风尘潦倒人[68],偶逢丝竹便沾巾[69]。江湖满地南乡子,铁笛哀歌何处寻[70]?

〔1〕此诗作于清顺治三年(1946)。诗中由听人弹琵琶写到崇祯朝十七年以来的往事,倾吐了"故国不堪回首"的无限感伤哀怨。前人评论吴伟业的歌行源于元、白,此诗可以说是一个最明显的例证。它不仅袭用了白居易《琵琶行》的标题,而且从创作缘起、结构形式到表现技巧,无不显示出与白作一脉相承的痕迹。但是,白作抒发的仅仅是一己的迁谪之感,而此诗却是写世事沧桑、麦秀黍离的哀痛。所感者大,所痛者深,因此在当时曾引起广泛共鸣,拨动了许许多多遗民志士的心弦。朗诣即曾说过:"详折萧飒,固不能加于太傅(应作"少傅",指白居易);然风雨骤至,哀促繁乱,或序或悲,倏往倏来,则宫尹(指吴伟业)独擅名

山之技。"(见《吴越诗选》)袁枚也说:"序既哽咽,诗复哀怨,以配江州,当无娣姒之恨。江州《琵琶》止叙一身流落之感耳,不如作此关系语。"(见上海图书馆藏过录袁子才录本)

〔2〕梅村:吴伟业所建别墅。故址在今江苏太仓。原为明吏部侍郎王士骐别墅,名贲园,又名新庄。吴伟业购得后,重新经营,改建扩建,有乐志堂、梅花庵、交芦庵、娇雪楼、鹿樵溪舍、楷亭、苍溪亭等胜景,改名为"梅村"。见民国刊《镇洋县志》卷一《封域》。

〔3〕王太常烟客:指王时敏。他字逊之,号烟客,太仓人。明大学士王锡爵孙,以荫官至太常寺少卿。他是明末清初著名画家。南园:王时敏的别墅。

〔4〕拊掌:拍手,击掌。

〔5〕向:刚才。

〔6〕白在湄、白彧如:据靳荣藩《吴诗集览》引徐釚《续本事诗》和程穆衡语,白在湄名珏,字在湄,又字璧双,南通人。当时号为琵琶第一手。其子彧如,亦善琵琶,流落到太仓州,将琵琶演奏技法传授给贾二,贾二又传授给李佳誉,后失传。

〔7〕须臾:不久,一会儿。

〔8〕先帝:指崇祯帝,在位十七年。这句说白彧如所弹琵琶曲讲述的是崇祯帝十七年以来的往事。

〔9〕豪嘈:形容声音宏大、急骤、繁杂。

〔10〕中常侍:官名。出入宫廷,侍从皇帝,常为列侯至郎中的加官。东汉时专用宦官任此职,以传达诏令和管理文书。这里代指宦官。

〔11〕玉熙宫:清高士奇《金鳌退食笔记》卷下:"玉熙宫,在(北京)西安里门街北,金鳌玉蝀桥之西……明愍帝(崇祯帝)每宴玉熙宫,作过锦、水嬉之戏。一日,宴次报至,汴梁失守,亲藩被害。遂大恸而罢,自是不复幸玉熙宫矣。……今改为内厩,豢养御马。"

〔12〕梨园子弟:梨园是唐玄宗时教授伶人的处所,后因称戏剧演员为梨园子弟。水嬉:一种类似木偶戏的表演。据高士奇《金鳌退食笔记》卷下《玉熙宫》载,所谓"水嬉",是用轻木雕成各种人物像,高约二尺,饰以彩画,有臀而无足,底部平,下安卯榫,用竹板承托。设方木池,贮满水,置于木凳之上。池中放入鱼虾萍藻,用纱将木凳围住。表演之人,在纱围之内,将木人托浮水面,以操纵之,并代为问答。过锦:一种戏剧表演。据《金鳌退食笔记》卷下载,此种戏剧,大约有百回,每回十餘人不拘,扮演杂剧故事。有引旗一对,在鼓乐声中引导演员登场。所演备极世间种种情态,为的是让深居宫中之人增广见识,了解民情。

〔13〕内:同"纳"。才人:指宫中艺人。暖阁:在大殿之内构建的更加蔽风的小房间。赍(jī基):抱着。清商:古代乐曲名,声调比较清越,故名。

〔14〕河南寇乱:指崇祯十四年(1641)李自成和张献忠起义军分别攻破洛阳、襄阳,包围开封。

〔15〕多秦声:明弘治至嘉靖年间,弹奏琵琶的两位高手——康海与王九思均为陕西人。陕西为古秦地,故云琵琶"多秦声"。

〔16〕对山:康海(1475—1540),字德涵,号对山,陕西武功人。明代文学家,"前七子"之一。弘治十五年(1520)状元,任翰林院修撰。曾为了营救李梦阳而拜谒宦官刘瑾。后刘瑾败,他名列瑾党,落职为民。归田三十餘年,去世时,遗产萧然,却有大小鼓三百副,由此可想见其风致。擅长演奏琵琶,连老乐工都击节叹赏,自认不如。见《明史》卷二八六《康海传》和钱谦益《列朝诗集小传·丙集》。

〔17〕渼陂(měi bēi美碑):王九思(1468—1551),字敬夫,号渼陂,陕西鄠县(今户县)人。明代文学家,"前七子"之一。弘治九年进士,曾任翰林院检讨、吏部郎中。正德年间,宦官刘瑾被杀。他名列瑾党,谪为寿州同知。不久又被论劾,被迫致仕。他曾花重金聘请琵琶高手传授技

55

艺,闭门学习多时,终于精通其技。见《明史》卷二八六《王九思传》和钱谦益《列朝诗集小传·丙集》。

〔18〕迁谪:贬官。

〔19〕昆仑:指康昆仑,唐代琵琶演奏家。德宗贞元年间有"长安第一手"之称。摩诘:唐朝著名诗人王维,字摩诘。据尤袤《全唐诗话》卷一,王维年未及二十,妙能琵琶。会试前夕,岐王引他至公主府,扮成伶人弹奏新曲,并出所作文章,公主大奇。无颜色:脸面无光,自惭形秽。

〔20〕百馀年来:指从康海、王九思去世至清初的一百多年。南风:南方曲调。

〔21〕竹枝、水调:古曲调名。多咏地方风土或儿女柔情。讴:唱。吴侬:吴俗自称我侬,指他人曰渠侬、他侬、个侬,因用"吴侬"代指吴人。

〔22〕里人:同里之人,同乡之人。度曲:作曲。魏良辅:明嘉靖、隆庆年间的戏曲音乐家。字尚泉,本豫章(今江西南昌)人,寄居太仓,故吴伟业称他为"里人"。他熟谙南北曲,曾对流行于昆山一带的戏曲腔调进行整理加工,创制出一种新腔,即昆腔,对以后的戏曲音乐的发展影响较大。

〔23〕梁伯龙:梁辰鱼,字伯龙,明代著名戏曲作家。大约在魏良辅创制昆腔的同时,他创作了用昆腔演唱的传奇剧《浣纱记》,流行一时。

〔24〕北调:北方乐调。止:同"只"。弦索:各种弦乐器的泛称。

〔25〕朔管:泛指北方的管乐器。胡琴:琵琶古称胡琴。

〔26〕传头:指正宗的弹奏技法。

〔27〕袴褶(kù dié 裤迭):袴,同"裤";褶,夹衣。"袴褶"泛指衣服。回鹘(hú 胡):即回纥,古代民族名。唐朝时主要生活于西域一带。

〔28〕虬须:蜷曲的胡须。龟兹(qiū cí 秋磁):古国名,汉代西域诸国之一,位于天山南麓。

〔29〕檀槽:本意是用檀木制成的弦乐器上架弦槽格。这里代指

琵琶。

〔30〕鹍弦:用鹍鸡筋制成的琵琶弦。按,此句诗以下八句是通过对琵琶声的描写折射出崇祯朝走向灭亡的历程,从初始的烽烟四起、雨骤风狂到最终的天崩地裂、大厦倾覆。

〔31〕毂(gǔ 谷):车轮中心的圆木。相击:相碰撞。

〔32〕砉(huā 花)然:形容声音急骤响亮。

〔33〕铁凤:古代屋脊上的一种装饰物。铁制,形如凤凰,下有转枢,可随风而转。铜盘:指汉承露盘。汉武帝曾在建章宫内立铜柱,高二十丈,上有铜人,手捧承露盘。三国魏明帝时,令拆铜人承露盘移置魏都邺城(今河北临漳)。此句诗用其典,喻崇祯朝灭亡。

〔34〕四条弦:古代琵琶有四根弦,不像今天有六根弦。

〔35〕摧藏:哀伤。唐太宗《琵琶》:"摧藏千里态,掩抑几重悲。"按,此句以下八句通过乐声刻画明朝覆亡后的凄凉景象。

〔36〕辘轳(lù lú 鹿卢):汲取井水的装置。呀哑(yī yā 衣鸭):象声词。

〔37〕碎珮丛铃:形容声音的短促、断续,就好像是由零碎的珮玉和许多铃铛互相撞击发出的那样。

〔38〕瑟瑟:碧色宝石。与"明珠"均为琵琶声的形象化说法。这是由白居易《琵琶行》"大珠小珠落玉盘"一句转化而来。

〔39〕笼、捻:弹奏琵琶的指法。白居易《琵琶行》有"轻笼慢捻抹复挑"句。

〔40〕抹、挑、摘:均为弹奏琵琶的指法。按此句以下八句是通过乐声隐喻当时天下形势:满族入主,江南战乱以及张献忠起义军占据蜀地。

〔41〕漻慄(liáo lì 辽栗):寒冷貌。飕飀(sōu liú 搜留):风凛冽貌。憯(cǎn 惨):痛。宋玉《风赋》:"直憯悽惏慄,清凉增欷。"

〔42〕桑干:河名。今永定河上游。

〔43〕猨:同"猿"。鼯(wú 无):鼠名。外形像松鼠,生活在高山树林中。

〔44〕瞿塘:长江三峡之一。在四川奉节东三十里。

〔45〕霰(xiàn 线):雪珠。

〔46〕值:当值,值班。乾清殿:明朝北京皇宫大殿之一,建于明永乐十八年(1420),是皇帝居住和处理政务的场所。

〔47〕穿宫:出入宫禁。长秋:古代官名,负责宣达皇后旨意,管理宫中事宜,为皇后的近侍。

〔48〕咬春:旧时京津一带立春日有吃春饼和生萝卜的习俗,称为"咬春"。燕九:据明刘侗、于奕正《帝京景物略》卷三《白云观》,道人邱处机生于正月十九日,旧时北京人每到这一天到邱处机得道处——白云观祭奠、游玩,称为"燕九节"。游燕:游乐宴饮。

〔49〕凤纸:绘有金凤的名纸。

〔50〕金傀儡:指水嬉戏所用的饰金的木偶。

〔51〕插柳:古代寒食节的一种风俗。据宗懔《荆楚岁时记》载,江淮之间,每到寒食节,家家折柳插门。这里代指寒食节。挡(chōu 抽):用手指弹拨乐器。

〔52〕烧灯:指元宵节。旧俗于正月十五日晚张灯结彩,供人观赏。花奴鼓:唐玄宗时汝南王李琎小名花奴。他善击羯鼓,后因称羯鼓为"花奴鼓"。

〔53〕承明:汉承明殿旁有屋名承明庐,为侍臣值宿所居。这里泛指侍臣值宿之处。

〔54〕云门:也称《云门大卷》。相传为黄帝时的乐舞,周代用以祭祀天神。

〔55〕段师:唐代琵琶家。长安庄严寺僧,僧名善本,俗姓段,人称段师。上文提到的康昆仑是他的弟子。延年:汉代音乐家李延年,善歌,又

善创制新声。武帝时任协律都尉。这里用段师和延年喻指明宫廷音乐家。

〔56〕"贼骑"句:指李自成起义军逼近北京。易水,河名。源出河北省易县,流经定兴县。

〔57〕万岁山:今北京景山一名万岁山。崇祯帝吊死于此山东侧的树上。鼙(pí皮)鼓:古代军中所击的小鼓。"鼙鼓鸣"指发生战乱。

〔58〕九龙池:水池名。在北京昌平明穆宗昭陵西南。在山崖下凿石为龙头,泉水从龙嘴出,下积为池,故名。见顾炎武《昌平山水记》卷上。崇祯帝死后葬在附近。一说皇宫内也有九龙池。悲筅起:隐指崇祯帝之死。

〔59〕换羽移宫:羽和宫分别为我国古代五声音阶的两个音级。"换羽移宫"原意是变换曲调,这里喻指改朝换代。

〔60〕江村花落:唐杜甫《江南逢李龟年》诗:"正是江南好风景,落花时节又逢君。"此用其意,以写明朝灭亡后的凄凉心情。霓裳:即《霓裳羽衣曲》。唐代著名法曲,从西域传入,经唐玄宗润色并制成歌词。这里喻指白彧如所弹琵琶曲。

〔61〕龟年:即李龟年,唐玄宗时著名歌唱家。安史之乱后,流落江南,每逢良辰美景,为人歌数曲,闻之者无不伤感。见唐郑处诲《明皇杂录》卷下。这里用以喻指白彧如。

〔62〕力士:指高力士,唐玄宗时宦官。本姓冯,后为宦官高延福养子,改姓高。玄宗时知内侍省事,权力极大。安史之乱时,随玄宗入蜀。这里用以喻指姚常侍。上皇:指唐玄宗。安史之乱后,太子李亨(肃宗)即位,他被尊为太上皇。这里喻指崇祯帝。

〔63〕"前辈"二句:意思说康海、王九思等前辈的文采风流最令人羡慕,他们生活在政治清明之时,遭到了贬谪尚且要嗟叹抱怨。

〔64〕相对苦南冠:南冠即楚冠。《左传·成公九年》:"晋侯观于军

府,见钟仪,问之曰:'南冠而絷者谁也?'有司对曰:'郑人所献楚囚也。'"后因以"南冠"指囚徒。这里"相对苦南冠"还包含了另一个典故:《世说新语·言语》载,西晋覆灭后,中州士族流落江南者在天气良好之日,相邀至新亭饮宴。想起故国,都相视流泪。王导批评说:"当共戮力王室,克复神州,何至作楚囚相对!"这里,"相对苦南冠"是写在王时敏酒席上诸人的故国沦丧之痛。

〔65〕繇来:从来、由来。

〔66〕岐王:据《旧唐书·睿宗诸子传》,岐王名李范,睿宗子,玄宗弟。他好学工书,雅爱文章之士。杜甫《江南逢李龟年》诗有"岐王宅里寻常见"之句,是说安史之乱发生前常在岐王府里见到李龟年。这里说"岐王席散",则是指动乱发生后,盛事已成为过去。少陵穷:杜甫自称少陵野老。他写作《江南逢李龟年》时,已到晚年,穷苦困顿不堪。这句诗隐喻明朝灭亡之后汉族文人落魄潦倒。

〔67〕五陵:西汉长陵、安陵、阳陵、茂陵、平陵五县的合称。五县均在今陕西渭水北岸咸阳附近,为从高祖至昭帝五位皇帝陵墓所在地。汉元帝以前,每立陵墓都要迁徙四方富豪及外戚在此居住,令供奉园陵,称为陵县。这里"五陵"喻指清朝新贵。召客:指召纳为其办事、取乐的清客。

〔68〕风尘潦倒人:作者自谓。

〔69〕"偶逢"句:据《世说新语·言语》,东晋谢安对王羲之说自己中年以来,伤于哀乐,与新友别,则数日不愉快。王羲之回答说:"年在桑榆,自然至此,正赖丝竹陶写。"这里反其意而用之。

〔70〕"江湖"二句:这二句诗难于求得确切的解释。下句中的"铁笛"当指元末诗人杨维桢。他字廉夫,号铁崖,因善吹铁笛,又自称"铁笛道人"。"哀歌"当指其感时伤乱的诗篇。吴伟业在诗文中多次提到他和他的作品。而上句中的"南乡子"却有两种解释,一说"南乡子"就

是"南乡",旧县名,故城在淅川县(今属河南)东南,明末属南阳府。而南阳为唐王朱聿键封地。明王朝灭亡后,聿键在福州即帝位,年号隆武。次年,清兵攻破福州,被俘杀。吴伟业写作此诗正当隆武朝垮台之后不久,其意在凭吊唐王,然不敢直言,故借"南乡"以言之。见靳荣藩《吴诗集览》卷四上。但是,此说将"南乡子"释为"南乡",又将"南乡"释为"南阳",再将"南阳"同唐王相联系,殊为牵强,实不足信。另一说"南乡子"为词牌名。《吴诗集览补注》卷四引程迓亭(按程穆衡号迓亭)语云:"此句梅村自指,杜诗'江湖满地一渔翁',杨廉夫用之入《南乡子》诗馀,故下句云'铁笛哀歌何处寻'。"此说将"南乡子"释为词牌名,显然比较合理,但笔者查阅《全金元词》,杨维桢并无一首词作流传,不知程穆衡所说《南乡子》词是他亲眼所见,而如今已佚失呢,还是凭想当然言之。由于资料缺乏,关于这两句诗目前尚难以作出确切的解释。待考。

读史杂感十六首(选四)[1]

一

莫定三分计,先求五等封[2]。国中惟指马[3],阃外尽从龙[4]。朝事归诸将[5],军输仰大农[6]。淮南数州地[7],幕府但歌钟[8]。

〔1〕这组诗似作于清顺治三年(1646)。题目虽为《读史杂感》,实则每一首诗都"妙合今情"(邓汉仪《诗观初集》),或讽刺弘光帝的好色

荒淫、宠信佞幸,或揭露柄政者的专权跋扈、卖官鬻爵,或指斥弘光群臣的文恬武嬉、苟且偷安,或咏叹弘光朝的灭亡,或影写其他南明政权的相继倒台,言在此而意在彼,一唱三叹,流连俯仰,寄寓了诗人无尽的哀伤。组诗十六首,此选其二、其三、其五、其八共四首。

〔2〕"莫定"二句:意思说弘光朝大臣们不首先确定立国的根本大计,却争着封爵。三分计,据《史记》卷九二《淮阴侯列传》,韩信占据齐地后,盱眙人武涉和齐人蒯通都劝说他与汉、楚三分天下,鼎足而立,自成势力。又据《三国志·蜀书·诸葛亮传》,刘备初见诸葛亮于隆中,诸葛亮即提出据有荆州、益州,而与曹操、孙权三分天下之计。这里"三分计"是指与清朝抗衡,稳固弘光朝基业的根本大计。五等封,公、侯、伯、子、男五等爵位。

〔3〕指马:即指鹿为马。据《史记》卷六《秦始皇本纪》,丞相赵高欲作乱,恐群臣不服,想先测试群臣态度,于是将一匹鹿献给秦二世,说是马。二世笑着说:"丞相错了吧,指鹿为马。"问左右,有的沉默,有的附会赵高说是马,有的说是鹿。凡是说鹿的,赵高都暗害之。后因以"指鹿为马"比喻有意颠倒黑白,混淆是非。此用其典,以喻弘光朝政的混乱。另外,弘光朝的掌权者为马士英,当时阿附马士英者称他为"马公",因而这句诗又有讽刺马士英专权,朝中事唯马士英之言是听的意思。

〔4〕阃(kǔn捆)外:郭门以外。《史记》卷一〇二《张释之冯唐列传》载,冯唐曾对汉文帝说:"臣闻上古王者之遣将也,跪而推毂,曰:'阃以内者,寡人制之;阃以外者,将军制之。'"后因用"阃外"指负军事专责的人。这里特指拥立福王的明末凤阳总督马士英和江北四总兵高杰、刘泽清、黄得功、刘良佐。从龙:旧谓随从帝王创立帝业为"从龙"。

〔5〕诸将:指高杰、刘泽清、黄得功、刘良佐四镇将。据《明史》卷二七三《高杰传》,弘光朝廷"许诸镇与闻国是"。这句诗即指此而言。

〔6〕军输:指军队所需物资的供给。仰:仰仗,依靠。大农:官名。

秦朝置治粟内史,汉景帝时改称大农令,汉武帝时改称大司农,简称大农,掌租税钱谷盐铁和国家财政收支。明清时用作户部尚书的别称。按,当时弘光政权为抵御清兵和李自成余部的进攻,保持着一支庞大的军队,军费负担十分沉重。据清李清《三垣笔记》下卷《弘光》载,当时四镇和左良玉频索军饷,虚支冒领,无人敢于核实。加上京营和其他各路军队的开支,军饷总需银七百余万两,而"大司农综计所入,止六百万"。

〔7〕淮南数州:淮南为古行政区划名,唐宋时治所在扬州,辖境屡有变动,大致包括扬州、楚州、和州、寿州、庐州、舒州等,相当今江苏、安徽两省长江以北、淮河以南的大部分地区。弘光时,这一地区为四镇将所驻守。据《明史》卷二七四《史可法传》,刘泽清辖淮、海,驻淮北;高杰辖徐、泗,驻泗水;刘良佐辖凤、寿,驻临淮;黄得功辖滁、和,驻庐州。

〔8〕"幕府"句:意思说四镇将只知寻欢作乐,而不作抵御清军的准备。幕府,军队出征,施用帐幕,所以古代将军的府署称"幕府"。

二

北寺谗成狱[1],西园贿拜官[2]。上书休讨贼[3],进爵在迎銮[4]。相国争开第[5],将军罢筑坛[6]。空余苏武节[7],流涕向长安[8]。

〔1〕北寺:即北司。唐代内侍省专用宦官,以掌管宫廷内部事务。因官署设在皇宫北面,故称。后习惯上称宦官权势所在为北司或北寺。此指阉党余孽阮大铖,他天启时阿附魏忠贤,崇祯初名列"逆案"而遭禁锢。弘光朝由于马士英举荐以及宦官韩赞周、李承芳等帮忙,得到重用。谗成狱:指进谗言制造冤狱。据《明史》卷三〇八《奸臣传》载,阮大铖执

63

政后,为报复东林党和复社,制造了"顺案",以和"逆案"相对。所谓"顺案",是指明朝官吏投降李自成起义军的案件,因为李自成国号为"大顺",故称。阮大铖借此案"诬逮顾杲及左光斗弟光先下狱,劾周镳、雷縯祚杀之"。被杀的还有周钟、光时亨等。当时又有"大悲案":狂僧大悲出语不类,被总督京营戎政赵之龙逮捕下狱。阮大铖又欲借此兴大狱,"以诛东林及素所不合者",他捏造了"十八罗汉"、"五十三参"等名目,书写了史可法、高弘图、姜曰广等人姓名,偷放在大悲衣袖中,希冀一网打尽,弄得朝士人人自危。只是因为马士英不欲兴大狱,仅将大悲以妖言律处斩而结案。

〔2〕西园:汉代上林苑的别名。贿拜官:据《后汉书》卷八《孝灵帝纪》载,灵帝光和元年(178),初开西邸,出卖官爵,并于西园立库以贮存所收入钱币。这里用此典以讽刺弘光朝朝政浊乱,贿赂公行。据《明史·奸臣传》载,当时,"大僚降贼者,贿入,辄复其官。诸白丁、隶役输重赂,立跻大帅,都人为语曰:'职方贱如狗,都督满街走。'"

〔3〕上书:臣子向皇帝上奏章。休讨贼:据《明史》卷二七四《史可法传》和清计六奇《明季南略》卷二《史可法请恢复》,弘光初,李自成起义军虽被清军战败,撤军到陕西,然实力仍然雄厚。史可法曾上奏章,请求讨伐,朝廷置之不理。

〔4〕进爵:进升爵位。迎銮:指迎立福王朱由崧为皇帝。銮,皇帝的车驾。据《明史·奸臣传》载,崇祯十七年(1644)三月,李自成起义军攻陷北京,崇祯帝自杀。南京诸大臣闻变,商议拥立新君。多主张拥立潞王,而凤阳总督马士英暗中与总兵高杰、刘泽清、黄得功、刘良佐等勾结,发兵将福王从淮安迎至南京,立为皇帝。因迎立有功,马士英升为东阁大学士,加太子太师,进太保;原靖南伯黄得功进封侯爵,高杰、刘泽清、刘良佐皆封伯。

〔5〕相国:指马士英。争开第:争着建造相国府第。实际上指马士

英争着入朝辅佐政事。据《明史》中《奸臣传》和《史可法传》,福王即位后,任命史可法、高弘图和马士英为东阁大学士,史可法仍掌兵部事,马士英仍督师凤阳。马士英大怒,上书告发史可法曾不赞成拥立福王之事,并且拥兵入朝,又令高杰、刘泽清等上书要求史可法督师淮、扬。于是福王留马士英在朝辅政,史可法自请出镇淮、扬。

〔6〕将军:当指路振飞。筑坛:筑坛拜将。"罢筑坛"指罢免将军职务。据《明季南略》卷一《路振飞》,弘光朝初,路振飞任淮阳巡抚,驻军淮上。他治军有方,力保江、淮不失。然而马士英因其不亲附自己,并忌其威名,不仅不表彰其功劳,反诬告其糜费军饷,罢免其职务,起用亲信田仰代之。

〔7〕苏武节:苏武出使匈奴时所执的符节。据《汉书》卷五四《苏武传》,汉武帝天汉元年(前100),苏武以中郎将使持节出使匈奴,被扣留。匈奴欲其降,苏武守节不屈,持汉节牧羊于北海(今俄罗斯境内贝加尔湖)畔十九年。始元六年(前81)得归。这里用苏武喻指左懋第。据《明史》卷二七五《左懋第传》,福王即位后,派遣右佥都御史左懋第北上,与清朝议和,同时祭祀崇祯帝后陵墓。到北京后他被扣留。南京失守后,因拒绝降清被杀。

〔8〕长安:汉唐首都,这里代指弘光朝首都南京。据《三垣笔记》卷下《弘光》,南京失陷后,左懋第"向南哭尽哀"。

三

闻筑新宫就[1],君王拥丽华[2]。尚言虚内主,广欲选良家[3]。使者螭头舫[4],才人豹尾车[5]。可怜青冢月,已照白门花[6]。

〔1〕新宫:南朝陈后主曾在光照殿前新建临春、结绮、望仙三阁,后主自居临春阁,让宠妃张丽华居结绮阁,龚、孔二贵嫔居望仙阁。见《陈书》卷七《皇后列传》。"新宫"即指"三阁"。这里喻指弘光帝所建宫殿。据《明季南略》卷二《朝政浊乱》载,朱由崧上台后,即"修兴宁宫,建慈禧殿,大工繁费"。就:建成,完工。

〔2〕君王:指陈后主。喻指弘光帝。丽华:张丽华,陈后主宠妃。这里喻指弘光帝的妃子。

〔3〕"尚言"二句:还说缺少皇后,要在良家中大选淑女。虚,空。内主,指皇后。良家,清白人家。据《明季南略》卷二《诏选淑女》和卷三《声色》,弘光帝即位不久,即下令"遴选中宫(皇后)",派遣宦官田成、李国辅等,分路到各地"速选淑女",并且传旨:"挨门严访淑女,富室官家隐匿者,邻人连坐。"见选来的人不中意,又传旨:"选婚大典,地方官漫不经心,且以丑恶充数,殊为有罪。责成抚按道官于嘉兴府加意遴选,务要端淑。如仍前玩忽,一并治罪。"后来"贡院选七十人,中选阮姓一人。田成浙选五十人中,中选王姓一人。周书办自献女一人,俱进皇城内。"

〔4〕使者:指派往各地选淑女的宦官。螭头舫:雕绘有龙头图案的船只。螭,传说中蛟龙一类的动物。

〔5〕才人:宫中女官名。多为妃、嫔的称号。豹尾车:用豹尾装饰的车子,帝王属车之一。这里泛指宫中车乘。

〔6〕青冢:汉王昭君墓。王昭君名嫱,汉元帝时被选入宫。后为了和亲嫁给匈奴呼韩邪单于,死在匈奴。其墓在今内蒙古呼和浩特市南。传说当地多白草而此冢独青,故称"青冢"。白门:南京市的别称。六朝时,都城建康(今南京)的正南门宣阳门,世称白门,因名建康为白门。"白门花"喻指弘光帝的妃嫔。以上两句诗大意说可怜弘光帝所选中的那些妃子全部被清兵掳去,落得和王昭君同样悲惨的结局。

四

偏师过采石[1],突骑满新林[2]。已设牵羊礼[3],难为刑马心[4]。孤军摧韦粲,百战死王琳[5]。极目芜城远[6],沧江暮雨深[7]。

[1]"偏师"句:意思说清军分兵过采石矶追捕朱由崧。偏师,全军的一部分,以区别于主力。采石,即采石矶,在今安徽马鞍山市长江东岸。为牛渚山北部突出江中而成,江面较狭,形势险要,自古为江防重地。明朝时,采石矶属太平府。据《明季南略》卷四,清军刚一过江,朱由崧即慌忙逃出南京,经太平(府名,治所在今安徽当涂)至芜湖,入黄得功军中。又《明史》卷二六八《黄得功传》:"时大清兵已渡江,知福王奔,分兵袭太平。"

[2]"突骑"句:意思说清军骑兵主力已兵临南京城下。突骑,用于冲锋陷阵的精锐骑兵。新林,即新林浦。在今南京市西南。

[3]"已设"句:意思说留在南京的弘光朝的臣子们已经准备投降清兵了。牵羊,《史记》卷三八《宋微子世家》:"周武王克殷,微子乃持其祭器造于军门,肉袒面缚,左牵羊,右把茅,膝行而前以告。于是武王乃释微子,复其位如故。"后以"牵羊"表示降服。"牵羊礼"指投降的仪式。

[4]刑马:古代结盟要杀马歃血,立誓为信,称"刑马"。这里"刑马心"指抗击清兵的决心。据《明史·黄得功传》载,弘光帝逃至黄得功军营,黄得功大惊,哭泣说:"陛下死守京城,臣等犹可尽力,奈何听奸人言,仓卒至此。"这句话即写其事,意思说即使黄得功等将领有抗击清兵的决心,也难以有所作为了。

〔5〕"孤军"二句:意思说黄得功孤军抗击清兵,终于战死。韦粲,字长蒨,杜陵(今陕西西安东南)人。南朝梁武帝大同年间任衡州刺史,召还至庐陵(今江西吉安),闻侯景作乱,率军兼程赴援。至青塘(今南京附近),侯景见其营栅未立,率精锐来攻。韦粲军败,侯景兵乘胜入营。左右牵韦粲躲避,韦粲不动,于是被杀。见《梁书》卷四三《韦粲传》。王琳,字子珩,会稽山阴(今浙江绍兴)人。南朝梁元帝时历官湘州、衡州、广州刺史。王琳果敢有力,超出常人,轻财爱士,得将士之心。梁朝灭亡,他拥立永嘉王萧庄于荆州。后与陈朝军战,兵败被杀。见《南史》卷六四《王琳传》。这里以韦粲和王琳喻指黄得功。黄得功身世品格与韦、王二人有很多相似之处,据《明史·黄得功传》,他为人忠义,胆略过人。福王逃至其军中后,他率兵与清军战。时刘良佐已降清,大呼招降,他怒斥之。忽一箭飞来中其喉,他知事不可为,以箭刺喉而死。

〔6〕极目:纵目远望。芜城:指扬州。历史上扬州多次由于战乱而荒毁,南朝宋鲍照曾作《芜城赋》以咏叹之。弘光时,扬州为督师史可法驻守之地。清军来攻,史可法率军民坚守。城破,史可法不屈,死。清军为泄愤,屠城十日,扬州人几乎被杀光,扬州又一次成为"芜城"。参见王秀楚《扬州十日记》。按,本诗主要写黄得功,而得功最为史可法所了解与信任,称知心。因此写到黄得功战死,提及史可法曾经驻守且已陷落多时的扬州。

〔7〕沧江:指长江。沧,青绿色。

再简子俶〔1〕

旧识天下尽〔2〕,与君兄弟存。异书安废壁〔3〕,苦酒泼残樽〔4〕。住处欣同里〔5〕,相依好闭门。乱馀仍老屋,恸哭故朝恩[6]。

〔1〕此诗作于清初,是以诗代信,写给朋友周肇的。周肇,字子俶,号东冈,太仓人。年轻时曾加入复社,为张溥高足。入清后,更加发愤治学。顺治十一年(1654)贡入太学,十四年中举。康熙十年(1671)授青浦县教谕,二十一年升江西新淦县知县,不久病卒。见黄与坚《愿学斋文集》卷三八《新淦县知县周君子俶墓志铭》。此诗写故国灭亡、乱后馀生的沉痛,除首尾二联直抒胸臆外,中间二联中的"废"字、"残"字、"欣"字、"好"字,也都透露出动乱的惨酷和心中的馀悸。

〔2〕旧识:旧交,老朋友。

〔3〕异书:稀见奇书。安废壁:谓藏书于壁中。典出孔子宅壁藏周书事。见《汉书·艺文志》。

〔4〕泼:这里是倾倒的意思。残樽:残留的酒杯。

〔5〕"住处"句:值得庆幸的是我们同乡居住。这句诗的言外之意是,因为同乡近邻,彼此尚能知道对方还活着,并且有所往来,倘不是同乡,在这乱世中就会完全隔绝了。

〔6〕故朝:指前明崇祯朝。

采石矶[1]

石壁千寻险[2],江流一矢争[3]。曾闻飞将上[4],落日吊开平[5]。

〔1〕此诗大约作于清初,是为了凭吊明朝开国功臣常遇春。采石

矶,在今安徽马鞍山市长江东岸,为牛渚山北部突出江中而成,江面狭窄,形势险要,自古为兵家必争之地,元至正十五年(1355),朱元璋率军攻打采石矶。元兵陈于矶上,舟距岸三丈多,难以登岸。此时,常遇春飞舸而至,奋戈杀敌,乘势跃登岸上。诸将紧跟而进,终于大破元兵,拔取采石矶。见《明史》卷一二五《常遇春传》。此诗即写其事。但采石矶不仅展现过明军大败元兵的有声有色的一幕,南明弘光帝被清兵俘获的凄凉往事也曾发生在这一带。联系到这一点,那么"落日吊开平"一句所蕴含的复杂沉痛的感情也就不难体会了。

〔2〕寻:古代长度单位。八尺为寻。

〔3〕一矢:一箭。据《左传·成公十六年》载,周简王给神箭手养由基两矢,使射敌将吕锜。养由基仅用一矢便射杀吕锜,而以另一矢复命。此用其典,以形容常遇春的神勇,不费周折便克敌制胜。

〔4〕飞将:《史记》卷一〇九《李将军列传》载,汉代名将李广镇守右北平时,匈奴闻风丧胆,称他为"汉之飞将军",数年不敢侵入右北平。此喻指常遇春。

〔5〕开平:常遇春死后追封为开平王。

感事[1]

不事扶风掾[2],难耕好畤田[3]。老知三尺法[4],官为五铢钱[5]。筑土惊传箭[6],呼门避棹船[7]。此身非少壮,休息待何年。

〔1〕此诗约作于清顺治四年(1647),是有感于时事而作,诗中揭露

了当时徭役的苛重与官吏的贪暴。

〔2〕事:逢迎巴结。扶风掾:汉代扶风郡郡守的属官,这里泛指地方官。扶风,汉武帝太初元年(前104),改主爵都尉置,分右内史西半部为其辖区,称"右扶风"。与京兆尹、左冯翊同为拱卫首都长安的三辅重地。辖境约相当于今陕西秦岭以北,户县、咸阳、旬邑以西地。掾(yuàn 院),官府中佐助官吏的通称。

〔3〕好畤(zhì 志)田:好畤的田地,代指良田。好畤,汉县名,治所在今陕西乾县东。《汉书》卷四三《陆贾传》:"孝惠时,吕太后用事,欲王诸吕,畏大臣及有口(有口才,善辩论)者。贾自度不能争之,乃病免。以好畤田地善,往家焉。"

〔4〕三尺法:法律的代称。古时把法律条文写在三尺长的竹简上,故称为"三尺法"。这里指有关赋税徭役的严酷法令。

〔5〕五铢钱:古钱币名。钱重五铢,上有"五铢"二篆字,故名。最初铸于汉武帝元狩五年(前118),东汉至隋各朝大多也都有铸造。铢,古代重量单位,二十四铢为一两。

〔6〕筑土:筑土构木。指建房或兴建土木工事。传箭:传令。古代北方少数民族起兵令众,以传箭为号。这里含有强令、强使,不准违误的意思。

〔7〕呼门:指官吏上门呼喝,征差催赋。《南史》卷五三《昭明太子统传》:"吏一呼门,动为人蠹。"避棹船:逃避到船上去。棹船,装有桨的船。

和王太常西田杂兴八首(选一)〔1〕

乱后归来桑柘稀〔2〕,牵船补屋就柴扉〔3〕。游鱼自见江湖

71

阔,野雀何知身体微[4]。听说诗书田父喜,偶谈城市醉人围[5]。昨朝换去机头布,已见新缝短后衣[6]。

〔1〕这组诗作于清顺治四年(1647)。王太常,指王时敏,字逊之,号烟客,太仓人。明朝大学士王锡爵孙。以荫官至太常寺少卿(专司祭祀礼乐之官),故作者称之"王太常"。他是明末清初著名画家,与作者交往颇密。《清史稿》卷五〇四有传。西田,王时敏别墅名,故址在太仓县城西十里之归村。始建于顺治三年秋。建成后,王时敏曾作《首夏西田杂兴用沈景清家林诸作韵十首》。伟业的这组诗是步原韵与之唱和。组诗八首,此选其五。所选的这一首描绘出清初战乱之后江南农村生产凋敝、家园破败的景象,隐约反映出时代的变迁,吐露了作者希望隐居江湖、自由自在地生活的愿望。

〔2〕桑柘:桑树和柘树,叶子可喂蚕。古代村庄和房屋周围多种植以养蚕。这里用"桑柘稀"表示人烟稀少、农业生产遭到破坏。

〔3〕"牵船"句:据《南史》卷三二《张融传》载,张融家贫,一次给假东出,齐武帝问他居住何处,他说:"臣陆处无屋,舟居无水。"武帝不解。其从兄张绪解释说,张融未有住地,"权牵小船于岸上住"。此用其典,意思说牵船上岸靠近柴门,权且当作房屋。实际上是说房屋多被毁坏,只剩下柴门。

〔4〕"游鱼"二句:"游鱼"和"野雀"比喻隐居者;"自见江湖阔"和"何知身体微"比喻隐居天地的无限空阔、自由自在。

〔5〕"偶谈"句:透露出城市、乡村由于战乱阻隔,已多时不通消息。

〔6〕短后衣:后幅较短的上衣,便于活动,多为武士之衣,此疑指征派下来的为清兵所缝制的衣服。

与友人谈遗事[1]

曾侍骊山清道尘[2],六师讲武小平津[3]。云旄大纛星辰动[4],天策中权虎豹陈[5]。一自羽书飞紫塞[6],长教钲鼓恨黄巾[7]。孤臣流涕青门外[8],徒使田横客笑人[9]。

〔1〕此诗作于清顺治四年(1647)。诗的前半首铺陈十年前崇祯帝阅城的盛况,后半首痛惜明朝的灭亡,并为自己未能殉节表示愧疚。遗事,往事。

〔2〕"曾侍"句:用唐杜甫《九日》诗"酒阑却忆十年事,肠断骊山清路尘"句意,点明了自己曾侍从崇祯帝阅城。据《明史》卷八九《兵志一》,崇祯十年(1637)八月,崇祯帝乘车驾检阅城防,"铠甲旌旗甚盛,群臣悉鸾带策马从。六军望见乘舆皆呼万岁,帝大悦"。作者当时任翰林院编修、实录纂修官,也在侍从之列。从崇祯十年至作者写诗之时整整十年,与所用杜甫诗"却忆十年事"一典恰相切合。又杜诗"骊山清路尘"原谓天宝十四载(755)冬唐玄宗驾幸骊山华清宫事,此借指崇祯帝阅城。清道尘,旧时帝王出行,须先清扫道路。

〔3〕六师:犹"六军"。据《周礼·夏官·司马》,古代规定一万二千五百人为一军,"王六军,大国三军,次国二军,小国一军"。后因以"六军"泛指朝廷的军队。讲武:讲习武事,指阅兵。小平津:古津渡名。在今河南孟津东北,为古代黄河重要渡口。据《资治通鉴》卷一四〇《齐纪六》,齐明帝建武三年(496),"魏主(北魏孝文帝)讲武于小平津"。此用其典,以喻崇祯帝阅城。

〔4〕云旄：亦作"云髦"，大旗，因其高，故称。纛（dào道）：古时军队或仪仗队的大旗。星辰动：指旗帜上的星辰图案随旗帜而动。此句写皇帝仪仗。

〔5〕天策：据《明史》卷七六《职官五》，明初守卫京城的亲军分成十卫，"天策卫"为其中之一。中权：指中军。虎豹陈：谓勇猛如虎豹的将士排成阵。此句写京城守军。

〔6〕羽书：指边境告急文书。紫塞：指长城。据说秦筑长城，土色皆紫，汉塞亦然。后世因称长城为"紫塞"。这句诗写清朝的入侵。

〔7〕钲（zhēng征）鼓：古代行军时用的两种乐器，喻战争。黄巾：东汉末年农民起义军称"黄巾军"。此代指明末农民军。

〔8〕孤臣：先朝灭亡后孤立无助的臣子。青门：汉长安城东南门。本名霸城门，因门色青，俗称为"青门"。汉初，故秦东陵侯召平种瓜于青门之外，因此"青门外"往往泛指隐居之地。

〔9〕田横：本齐国贵族，秦末，追随兄田儋起兵，重建齐国。楚汉相争时，自立为齐王。汉朝建立，他率徒党五百馀人逃往海岛。汉高祖命他到洛阳，被迫前往。因不愿称臣于汉，于途中自杀。留居海岛者闻其死讯，也全部自杀。见《史记》卷九四《田儋列传》。"田横客"指田横的徒党。这句诗大意说由于自己没有追随崇祯帝而死，只得让重义轻生的田横的门下客们所讥笑了。

追悼[1]

秋风萧索响空帏[2]，酒醒更残泪满衣[3]。辛苦共尝偏早去[4]，乱离知否得同归[5]。君亲有愧吾还在[6]，生死无端事总非[7]，最是伤心看稚女[8]，一窗灯火照鸣机[9]。

〔1〕清顺治四年(1647),作者原配郁氏去世,遂写下这首悼亡之作。诗中,哀悼之情与身世之感、家国之痛融合在一起,显得格外沉重。

〔2〕帏:帐子。"空帏"是说妻子死后帐子变得空空荡荡。

〔3〕更残:夜将尽之时。更,旧时夜间计时的单位。一夜分为五更,每更约两小时。

〔4〕早去:过早去世。

〔5〕"乱离"句:顺治二年清兵下江南之时,作者携家人往矾清湖躲避战乱,稍定,全家返回太仓。此句即写这件事。意思说,当年乱离之中,不知还能不能一起返回家中。言外之意是生死未卜的乱离我们都一起经过了,如今乱离已过,你却不在了。

〔6〕"君亲"句:意思说明朝灭亡,作为明臣应该殉国,我却还活着,实在有愧于君亲。君,指崇祯帝。亲,指父母。

〔7〕无端:无因。"生死无端"是说生死难以预料。事总非:事事不合心意。

〔8〕稚女:幼女。

〔9〕鸣机:指妻子使用过的织布机。

吴门遇刘雪舫〔1〕

出门遇高会〔2〕,杂坐皆良朋〔3〕。排阁一少年,其气为幽并〔4〕。羌裘虽裹膝,目乃无诸伧〔5〕。忽然笑语合〔6〕,与我谈生平:亡姑备宫掖〔7〕,吾父天家婚〔8〕。先皇在信邸〔9〕,降礼如诸甥〔10〕。长兄进彻侯〔11〕,次兄拜将军〔12〕。先皇

75

早失恃，瘖寐求音形。太庙奉睿容，流涕朝群臣[13]。新乐初受封，摺笏登王廷。至尊亦丰颐，一见惊公卿[14]。两宫方贵重[15]，通籍长安门[16]。周侯累纤微，鄙哉无令名[17]。田氏起轻侠，宾客多纵横[18]。不比先后家，天语频谆谆[19]。独见新乐朝，上意偏殷勤。爱其子弟谨，忧彼俸给贫。每开三十库，手赐千黄金[20]。长戈指北阙，鼙鼓来西秦[21]。宁武止一战，各帅皆投兵[22]。渔阳股肱郡，千里无坚城[23]。呜呼四海主，此际惟一身。仿佛万岁山，先后辒辌迎[24]。辛苦十七年，欲诉知何因[25]。今才识母面，同去朝诸陵[26]。我兄闻再拜[27]，恸哭高皇灵[28]。烈烈巩都尉，挥手先我行[29]。宁同英国死，不作襄城生[30]。我幼独见遗，贫贱今依人[31]。当时听其语，剪烛忘深更。长安昔全盛，曾记朝元正[32]。道逢五侯骑[33]，顾晰为卿兄[34]。即君貌酷似，丰下而微黔[35]。贵戚诸旧游，追忆应难真。依稀李与郭，流落今谁存[36]？君曰欲我谭，清酒须三升[37]。旧时白石庄，万柳徐空根[38]。海淀李侯墅，秋雁飞沙汀[39]。博平有别业[40]，乃在西湖滨[41]。惠安蓄名花，牡丹天下闻[42]。富贵一朝尽，落日浮寒云。走马南海子，射兔西山阴[43]。路旁一寝园[44]，御道居人侵[45]。碑镌孝纯字[46]，僵石莓苔青[47]。下马向之拜，见者疑王孙。询是先后侄，感叹增伤心。落魄游江湖，踪迹嗟飘零。倾囊纵逋博，剧饮甘沉沦[48]。不图风雨夜，话旧同诸君。已矣勿复言[49]，涕下沾衣襟。

〔1〕此诗作于清初。诗中通过刘雪舫的讲述,从一个特殊的视角展现出一代兴亡。不管作者的主观感情如何,此诗客观上反映出明朝末年的形势,写出了在李自成起义军摧枯拉朽般的打击下崇祯朝土崩瓦解的局面和那些原来不可一世的皇亲国戚凄凉惨淡的下场。吴门,苏州的别称。刘雪舫,名文炤,号雪舫。宛平(今属北京)人。崇祯帝生母刘太后的侄子。明亡时,年仅十五岁。后流落于海州、高邮(今江苏东海、高邮),辟畦种菜为生。见清徐鼒《小腆纪传》卷二〇《刘文炤传》。

〔2〕高会:盛会,盛宴。

〔3〕良朋:好友。

〔4〕"排阁"二句:写刘雪舫豪爽的气概。排阁,推门直入。阁,这里指门。少年,指刘雪舫。幽并,幽州和并州。古代二州。其地相当今河北、山西北部一带。史书上称幽并之民"好气任侠"。

〔5〕"羌裘"二句:意思说刘雪舫虽然穿着简陋,精神气度却毫无寒贱粗鄙之态。羌,古代民族名。古代汉人对居住在中国西部、以游牧为主体经济的各族的通称。羌裘,指制作粗糙的少数民族式样的皮衣。伧(chéng 成),粗野;鄙陋。晋南北朝时的文人士大夫常讥骂人为"伧"或"伧父"。

〔6〕笑语合:指言语投机。

〔7〕亡姑:指刘雪舫的姑姑、崇祯帝的生母孝纯刘太后。死于万历年间。宫掖:宫中。按自此句至"贫贱今依人"是刘雪舫自叙家世。

〔8〕吾父:指刘雪舫的父亲刘效祖。他是孝纯刘太后的弟弟。天家婚:指与皇室通婚。刘效祖的长子文炳娶明光宗皇后的侄子王天瑞的长女,次子文燿娶懿安皇后的妹妹,长女嫁明神宗皇太后的侄子。

〔9〕先皇:指崇祯帝朱由检。信邸:信王府邸。天启二年(1622),朱由检封信王,六年十一月,出居信王府邸。见《明史》卷二三《庄烈帝一》。

〔10〕降礼:屈尊而礼事。甥:按辈分论,朱由检是刘雪舫的父亲刘效祖的外甥。

〔11〕长兄:刘雪舫的长兄刘文炳。彻侯:爵位名。秦统一后所建立的二十级军功爵中的最高级。汉初因袭之,多授予有功的异姓大臣。后泛指侯伯高官。崇祯九年(1636),文炳封新乐侯。所谓"进彻侯"指此。

〔12〕次兄:刘雪舫的次兄刘文燿。文燿官至左都督,所谓"拜将军"指此。

〔13〕"先皇"四句:据《明史》卷一一四《后妃传》载,朱由检五岁时,孝纯刘太后去世。朱由检即位后,思念生母,命画工根据宫人回忆画成太后像,并亲自在午门跪迎肖像,悬挂宫中。后来,朱由检命在宫中奉先殿旁另建一殿,奉祀太后。这四句诗即写此事。失怙,失去依靠,指丧母。寤寐,犹言日夜。寤,醒时。寐,睡时。音形,音容。睿(ruì锐),智慧。"睿容",这里指刘太后画像。

〔14〕"新乐"四句:写刘雪舫的父亲刚刚被封爵时的情形。大意说刘效祖刚刚被封为新乐伯,在宫中朝见皇帝。他长着和崇祯帝一样丰满的下巴,大臣们见了,都惊讶他们面貌的相似。新乐,这里指新乐伯刘效祖(不是指新乐侯刘文炳)。据《明史》卷三〇〇《外戚传》,朱由检即帝位不久,即封刘效祖为新乐伯。搢笏(jìn hù晋户),插笏于腰带。笏,古时臣子朝见君王时所执的狭长板子,用玉、象牙或竹片刻成,用以记事。丰颐,丰满的下巴。

〔15〕两宫:这里指崇祯帝周皇后和田贵妃。

〔16〕通籍:意思是记名于门籍,可以进出宫门。籍是二尺长的竹片,上写姓名、年龄、身份等,挂在宫门外,以备出入时查对。长安门:明皇宫城门名。这句是说周皇后、田贵妃的家人可以自由出入皇宫。

〔17〕"周侯"二句:意思说周皇后的父亲周奎出身微贱,庸庸碌碌,没有树立好名声。周侯,指周奎,据《明史》卷三〇〇《外戚传》,他于崇

祯三年被封为嘉定伯。累纤微,累世微贱。令名,好名声。据《明史·外戚传》载,周奎在外戚中,"碌碌而已"。李自成起义军逼近北京时,崇祯帝命他带头捐饷,他推辞说没有。起义军攻克北京后,抄其家得数万金,"人以是笑奎之愚云"。

〔18〕"田氏"二句:意思说田贵妃的父亲田弘遇本为好狠斗勇之徒,其门客也多横行不轨。田氏,指田弘遇。据《明史·后妃传》载,田弘遇凭借田贵妃而显贵,官至左都督。他为人"好佚游,为轻侠"。轻侠,原指轻己之身而急人之难的侠义之士。这里指轻薄斗狠之人。纵横,横行不法。

〔19〕"不比"二句:意思说周奎和田弘遇都比不上刘效祖受到崇祯帝的眷顾,频频召见,言谈不倦。先后家,刘太后的家人。特指太后弟刘效祖。谆谆,教诲不倦的样子。

〔20〕"独见"六句:意思说只有当新乐伯刘效祖朝见时,崇祯帝才显得格外亲切和关心。他喜爱效祖家年轻一辈的恭敬小心,担心效祖的俸禄不足,常常取出国库的黄金重赏效祖。殷勤,情意恳切深厚。三十库,宋洪迈《容斋三笔》卷一三《元半库》载,宋神宗有恢复幽燕之志,因而设置三十二库以储钱财,预筹军费。此用其典,以"三十库"总称国库。《梅村家藏稿》作"十三库",误。此依《梅村集》改。

〔21〕"长戈"二句:写李自成起义军从陕西进军北京。北阙,古代宫殿北面的门楼,为臣子等候朝见或上书之所。旧亦用为朝廷的别称。鼙鼓,古代军中所击的小鼓、骑鼓。"长戈"和"鼙鼓"均代指李自成起义军。西秦,指陕西。

〔22〕"宁武"二句:意思说李自成进军北京,只有宁武守军打了一仗,其馀各将领无不弃甲投降。宁武,关名。明朝属代州崞县,今在山西宁武县境内。据《明史》卷二六八《周遇吉传》载,李自成取道山西进军北京,在宁武关,遭到山西总兵官周遇吉的顽强抵抗,农民军伤亡很大。

而此后,守卫大同、宣府、居庸关等地的明军都望风而降,农民军遂长驱直入,很快攻至北京城下。止,只。投兵,放下武器。

〔23〕"渔阳"二句:意思说千里之内,拱卫北京的郡城没有一座坚不可摧。渔阳,古郡名,所辖之地约在今北京东面的地区,包括今蓟县、遵化、平谷、通州等县境。股肱郡,指屏卫京师的郡城。股肱,大腿和小臂。"渔阳股肱郡"泛指北京周围的军事要塞。

〔24〕"呜呼"四句:写崇祯帝朱由检之死。意思说可叹这位统治天下的帝王,此时只剩下孑然一身,被迫吊死在万岁山,仿佛是万岁山神用车辆把他迎接到这最后的归宿之地。万岁山,又名煤山、景山,在北京城内,皇宫玄武门北面。李自成攻破北京后,崇祯帝在此山东麓上吊自杀。辎軿(zī píng 资平),古代有帷盖的车子。

〔25〕"辛苦"二句:意思说崇祯帝在位苦心费力十七年,想向人诉说却无有倚傍。因,因依,倚傍。《明史·庄烈帝纪》称朱由检在位时"忧勤惕励,殚心治理"。因此这里说:"辛苦十七年。"

〔26〕"今才"二句:意思说崇祯帝死后到了阴间,才认识了母亲的面容,一起去朝见祖先。诸陵,指朱由检之前各位明朝皇帝的陵墓。

〔27〕我兄:指刘文炳、刘文燿。按,自此句至"不作襄城生"六句写文炳、文燿之死。据《明史·外戚传》载,北京被攻破后,文炳、文燿投井自杀。

〔28〕高皇灵:指明太祖朱元璋的灵位。

〔29〕"烈烈"二句:写巩永固在刘文炳、刘文燿之前而死。烈烈,形容刚烈不屈。巩都尉,指驸马都尉巩永固。他字鸿图,宛平人。娶明光宗女乐安公主。北京城破之后,自刎而死,阖家自焚。我,指文炳、文燿。

〔30〕"宁同"二句:写文炳、文燿誓死决心。英国,指英国公张世泽。北京城破以后他被农民军处死。襄城,指襄城伯李国桢。关于他的死,有两种说法。一说北京城破以后,他往见李自成,提出三条要求:不

可毁坏明陵寝;以帝后之礼葬崇祯帝;不可伤害太子诸王。李自成一一照办之后,他随即自杀。见陈济生《再生记》、无名氏《燕都日记》和程源《孤臣纪哭》。另一说李国桢投降了李自成,然而不久,又被拷掠追赃而死。见钱𫄧《甲申传信录》、王士德《崇祯遗录》等。吴伟业显然持后一说。伟业写作此诗之时距明亡不久,又是亲闻经历过甲申之变的刘雪舫的讲述,其说当可信。后《明史》卷一四六《李濬传》采纳了这种说法。

〔31〕"我幼"二句:刘雪舫自述北京城破后的遭遇。据《小腆纪传·刘文炳传》载,北京城破时,雪舫的母亲、哥哥、家人自尽,文炳牵雪舫手说:"汝幼,可无死,留延刘氏祀。"于是他逃回海州故里。

〔32〕长安:汉唐首都,今陕西西安,此代指北京。朝元正:即朝正。古代诸侯于正月朝见天子的一种礼仪。按,自此二句至"流落今谁存"十句诗是作者对刘雪舫所说的话,回忆雪舫兄刘文炳,并询问诸侯贵戚的下落。

〔33〕五侯:汉成帝母舅王谭、王根、王立、王商、王逢同日封侯,号五侯。这里代指崇祯朝诸侯伯贵戚。

〔34〕颀晰:身材颀长,肤色白净。卿兄:指刘雪舫的长兄刘文炳。

〔35〕"即君"二句:意思说你的相貌与乃兄非常相像,只是你的脸型较方而且肤色略黑些。丰下,面方。黔,肤色黑。

〔36〕"贵戚"四句:作者询问明朝贵戚下落。依稀,好像,似乎。李与郭,李指武清侯李伟的后裔。李伟是明神宗生母李太后的父亲。郭指博平伯郭维城的后裔。郭维城是明光宗郭皇后的父亲。

〔37〕"君曰"二句:自此二句至"话旧同诸君"二十八句诗是刘雪舫对作者问题的回答。

〔38〕"旧时"二句:写原驸马庄的败落。白石庄,即万驸马庄,在北京白石桥北面,其地以柳多闻名。见明刘侗、于奕正《帝京景物略》卷五。

〔39〕"海淀"二句:写明亡后原武清侯李氏别墅的荒凉。李侯墅,指武清侯李氏的别墅畅春园。园在北京西郊海淀(镇名,今属北京海淀区),园中多水。见《帝京景物略》卷五。汀,水中或水中平地。

〔40〕博平:指博平伯郭维城。别业:别墅。

〔41〕西湖:水名。在北京西郊玉泉山下。

〔42〕"惠安"二句:写惠安伯别墅昔日以种养牡丹闻名。惠安,指惠安伯张元善及其后人。据《明史·外戚传》,明英宗正统五年(1440),张升封为惠安伯。嘉靖时,张元善嗣爵。崇祯时,张庆臻嗣爵。惠安伯别墅为张元善始建,在北京西郊。园内种牡丹数百亩,多名贵品种,花开时,美丽异常,远近闻名。见《帝京景物略》卷五。

〔43〕"走马"二句:刘雪舫自叙刚刚逃离京城时的活动。南海子,在北京永定门南二十里,原为皇家园囿。元代叫飞放泊,明清时叫南海子。西山,在北京西郊,为太行山馀脉。按,由这二句诗,可知刘雪舫在北京城破之后没有马上逃回海州故里,而是在北京郊区度过一段打猎为生的日子。

〔44〕寝园:指皇家陵园。

〔45〕御道:这里指皇家陵区的道路。御道本不准百姓行走,但明亡后,无人守卫,已为普通人侵占,所以说:"御道居人侵。"

〔46〕镌:刻。孝纯:崇祯帝生母刘太后的谥号。

〔47〕僵石:仆倒在地的碑石。

〔48〕"倾囊"二句:刘雪舫自叙流落江湖以后的落魄生活。倾囊,把口袋里东西全都倒出来,形容竭尽所有。蒱(pú 葡)博,古代一种赌博游戏。剧饮,过量饮酒。

〔49〕"已矣"句:意思是算了吧,不要再说了。

晚泊[1]

寒锄依岸直,轻桨荡潮斜。树脱馀残叶[2],风吹乱晚鸦。沙深留豕迹[3],溪静响鱼叉。乞火村醅至[4],炊烟起荻花[5]。

〔1〕此诗作于清代初年,写秋天傍晚泊舟村边的情景。诗中每一句都扣紧"晚"字或"泊"字来描写,构成了一幅意境浑成的画面。
〔2〕树脱:指树叶脱落。
〔3〕豕(shǐ 始):猪。
〔4〕醅(pēi 胚):未过滤的酒。
〔5〕"炊烟"句:指荻花深处的人家升起了炊烟。

遇旧友[1]

已过才追问,相看是故人。乱离何处见,消息苦难真[2]。拭眼惊魂定,衔杯笑语频。移家就吾住[3],白首两遗民[4]。

〔1〕此诗作于清初。诗中层次井然而又细腻入微地刻画出刚刚经历大动乱之后与旧友相逢的刹那间的感情变化,由乍逢相认到追叙乱离,由惊魂甫定到衔杯共饮,无不写得准确传神,而首联尤为警策。沈德潜认为此联"与'乍见翻疑梦'(唐司空曙《云阳馆与韩绅宿别》)同妙"。

(《清诗别裁集》卷一)细细品味之,首联两句的确包含着丰富的社会内容和巨大的哀痛,没有亲自经历过天下动乱的人恐怕是写不出来的。

〔2〕"消息"句:用唐杜甫《遣忧》"乱离知又甚,消息苦难真"原句,意思说乱离之中苦于难以判断消息的真假。

〔3〕就吾住:到我家附近来居住。就,趋,从。

〔4〕遗民:指改朝换代后残留的人。

毛子晋斋中读吴匏庵手抄宋谢翱西台恸哭记[1]

扁舟访奇书[2],夜月南湖宿[3]。主人开东轩[4],磊落三万轴[5]。别庋加收藏,前贤矜手录[6]。北堂学士钞[7],南宋遗民牍[8]。言过富春渚,登望文山哭[9]。子陵留高台[10],西面沧江绿[11]。妇翁为神仙[12],天子共游学[13]。携家就赤城[14],高举凌黄鹄[15]。尚笑君房痴,宁甘子云辱[16]。七里溪光清[17],千仞松风谡[18]。庐陵赴急难[19],幕府从羁仆[20]。运去须武侯[21],君存即文叔[22]。臣心誓弗谖,汉祚忧难复[23]。昆阳大雨风,虎豹如猬缩[24]。诡谲滹沱冰[25],仓卒芜亭粥[26]。所以恢黄图,无乃资赤伏[27]。即今钱塘潮,莫救厓山麓[28]。空坑战士尽[29],柴市孤臣戮[30]。一死之靡它[31],百身其奚赎[32]!龚生夭天年[33],翟公湛家族[34]。会稽处士星,求死得亦足[35]。安能期故人,共卧容加腹[36]。巢许而萧曹,遭遇全高蹢[37]。文山竟以殉,赵社终为屋[38]。海上悲田横,国中痛王蠋[39]。门人蒿里歌,故吏平陵曲[40]。彼存君臣义[41],此制朋友服[42]。相国诚知人[43],举事何颠蹶[44]。丈夫失时命[45],无以辞碌碌[46]。看君书一编[47],俾我愁千斛[48]。禹绩荒烟霞[49],越台走麋鹿[50]。不图叠山传,再向严滩续[51]。配食从方干[52],丰碑继梅福[53]。主人更命酒[54],哀吟同击筑[55]。四坐皆涕零,霜风激群木[56]。嗟乎诚义士[57],已矣不忍读[58]!

〔1〕清顺治五年(1648),作者至常熟拜访毛晋,写下了这首诗。据《清史列传》卷七一《毛晋传》,毛晋,初名凤苞,字子九,后改名晋,字子晋,常熟(今属江苏)人,是明清之际著名的藏书家和出版家。其家中构筑了汲古阁、目耕楼,储书达数万册,且多珍本秘籍。他延请名士校勘,广为刊布印行。其所刊之书,校订精审,印刷精美,受到学者珍视。作者访问毛晋之时,在他那里看到明代书法家吴宽手抄的南宋遗民谢翱的著名散文《西台恸哭记》,不禁勾惹起强烈的亡国之痛。在酒宴之上,作者与几位明遗民悲情难抑,涕泗横流。他于是借事抒怀,慷慨悲歌,将难言之痛尽情宣泄。吴宽,字原博,号匏庵,长洲(今江苏苏州)人。明成化进士,历任修撰、少詹事、吏部右侍郎,正德间官至礼部尚书。他善诗文,兼工书法。《明史》卷一八四有传。谢翱,字皋羽,号晞发子,南宋长溪(今福建霞浦南)人。元兵南下,他散家财募乡兵数百人,参加文天祥抗元义军,任谘事参军。文天祥被俘就义,宋朝灭亡,他流落民间。几年后与友人登上富春江边严子陵钓台吊祭文天祥,并作《西台恸哭记》以述其事。文中长歌当哭,抒发了对文天祥的悲悼之情和对先朝的缅怀。他死后即葬于严子陵台侧。著有《晞发集》。参阅明程敏政《宋遗民录》。

85

〔2〕扁舟:小船。

〔3〕南湖:毛子晋宅中有"南湖草堂"。

〔4〕主人:指毛子晋。轩:有窗槛的小室。

〔5〕"磊落"句:唐大臣李泌累封邺县侯,家富藏书。宋周密《齐东野语·书籍之厄》:"若士大夫之家所藏,在前世如张华载书三十车,杜兼聚书万卷,韦述蓄书二万卷,邺侯插架三万卷……皆号藏书之富。"唐韩愈《送诸葛觉往随州读书》诗:"邺侯家多书,插架三万轴。"此用其典,以称美毛晋藏书之丰。磊落,众多的样子。

〔6〕"别庋"二句:意思说对前代名人的手抄本格外珍爱,单另置放与收藏。庋(guǐ鬼),置放,收藏。"前贤矜手录"是"矜前贤手录"的倒装。矜,珍重,珍爱。前贤,前代名人。手录,指手抄本书籍。

〔7〕北堂学士:指虞世南。北堂是隋朝秘书省的后堂。虞世南摘抄这里的藏书,汇编成著名类书《北堂书钞》。他在唐太宗时任弘文馆学士,因此称他北堂学士。此喻指吴宽。

〔8〕南宗遗民:指谢翱。牍(dú独):古代写字用的木片。南宋遗民牍,指谢翱《西台恸哭记》。

〔9〕"言过"二句:意思说谢翱《西台恸哭记》自叙渡过富春江,登上钓台,遥望北方,哭祭文天祥。参阅《西台恸哭记》:"买榜江涘,登岸谒子陵祠……须臾雨止,登西台设主于荒亭隅,再拜跪伏祝毕,号而恸者三,复再拜起。"富春,江名,钱塘江从桐庐至萧山一段的别称,流贯浙江桐庐、富阳两县,长110公里。渚,水中小州。登望:指登上严子陵钓台遥望。文山,文天祥,字履善,一字宋瑞,号文山,吉州庐陵(今江西吉安)人。南宋末年著名的抗元民族英雄。理宗宝祐四年(1256)中进士第一名。曾任刑部郎官,知瑞、赣等州。帝㬎德祐元年(1275)元兵入寇,他在赣州组织义军,入卫临安(今浙江杭州)。次年任右丞相,被派往元军营中谈判,被扣留。后脱险,流亡至通州,由海路南下。至福州,端宗

86

拜为左丞相。出兵江西,与元兵战于空坑,失败后退入广东。卫王立,加少保,封信国公。后在五坡岭(在今广东海丰北)被俘。次年送至大都(今北京),被拘四年,迭经威胁利诱,始终不屈,终遇害。见《宋史》卷四一八《文天祥传》。

〔10〕子陵:东汉严光,字子陵,会稽馀姚(今属浙江)人。他曾与汉光武帝刘秀同学。刘秀做皇帝后,召他到京都,授谏议大夫。他坚辞不受,归隐于富春山。见《后汉书》卷八三《逸民列传·严光》。高台:浙江桐庐县富春江边有东西二台,各高十馀丈,下临富春江。相传为严子陵隐居时垂钓之所。后人因称之为"子陵台"。其西台即为谢翱哭祭文天祥处。

〔11〕沧江:指富春江。沧,通"苍"。青绿色。

〔12〕妇翁:丈人。指严子陵岳丈梅福。梅福,字子真,寿春(今安徽寿县)人。少学于长安,精通《尚书》和《谷梁春秋》,为郡文学,补南昌尉。后弃官家居。王莽专政时弃家人去九江,相传化为神仙。见《汉书》卷六七《梅福传》。

〔13〕天子:指汉光武帝刘秀。游学:交游、学习。严子陵与光武帝少同游学。见《后汉书·严光传》。

〔14〕携家:携带全家。就:趋,往。赤城:山名。在浙江天台北,为天台山之南门。

〔15〕高举:即高蹈,指隐居。凌:凌驾。黄鹄:天鹅。"凌黄鹄"是形容严光品节高卓。

〔16〕"尚笑"二句:意思说君房位至三公,严子陵尚且加以嘲讽,他又怎么肯像扬雄那样,仕宦本不得意,却贪恋官位,以至招来侮辱呢?君房,侯霸字君房,东汉初河南密县(今属河南)人。曾师事九江太守房元,治《谷梁春秋》。新莽时,任淮平大尹。东汉初,为尚书令。后为大司徒,封关内侯。他是严光旧友。据晋皇甫谧《高士传》,严光被刘秀召

87

到京都后,"霸使西曹属侯子道奉书,光不起,于床上箕踞抱膝发书,读讫,问子道曰:'君房素痴,今为三公,宁小差否?'子道曰:'位已鼎足,不痴也。'光曰:'遣卿来何言?'子道传霸言。光曰:'卿言不痴,是非痴语也?天子征我三乃来,人主尚不见,当见人臣乎!'""尚笑君房痴"典故出此。子云,扬雄字子云,蜀郡成都(今属四川)人。汉成帝时官给事黄门郎,后长期不得拔擢。王莽时,始转为大夫,校书天禄阁。以事株连,扬雄恐不能免罪,投阁自杀,几乎死去。"子云辱"指此。

〔17〕七里溪:水名。在严子陵台之西,又名严濑。

〔18〕仞:古代长度单位。一仞八尺。千仞,极言其高。松风谡(sù速):语出南朝宋刘义庆《世说新语·赏誉》:"世目李元礼:'谡谡如劲松下风。'"谡,形容风声有力。比喻严子陵人品之刚正。

〔19〕庐陵:指文天祥。因为他是吉州庐陵(今江西吉安)人。赴急难:指文天祥闻元兵东下,在赣州组织义军,入卫临安(今浙江杭州)事。

〔20〕幕府:军队出征,施用帐幕,所以古代将军的府署称为幕府。南宋端宗即位于福州之后,任文天祥为枢密使,同都督诸路军马。不久文天祥至南剑州(今福建南平)建立督府,招兵筹饷,坚持抗元。从:跟从。羁仆:语出《左传·僖公二十四年》:"居者为社稷之守,行者为羁绁之仆。"原指马夫,后泛指忠心耿耿的臣仆。诗中指谢翱等官吏部将。

〔21〕"运去"句:意思说国家危亡之际必须仰仗诸葛亮那样的忠臣才士。运,指国运。宿命论者认为国家的兴亡盛衰都是注定的。国家走向衰亡就是"运去"。武侯,"武乡侯"的略称。三国蜀汉建兴元年(223),刘禅继位,诸葛亮被封为武乡侯。

〔22〕"君存"句:典出《后汉书》卷一《光武帝纪》:建武元年(25),刘秀在顺水(今河北徐水)北与尤来、大抢、五幡等起义军交战,大败,刘秀乘部下马逃脱,军中不见刘秀,以为已死,诸将不知所为。吴汉说:"卿曹努力,王兄子在南阳,何忧无主?""王兄子"指刘秀胞兄刘伯升的儿子

刘章和刘兴。吴汉的话对安定军心起了很大作用。"君存即文叔"字面意思是只要刘章、刘兴等可以做君主的人在,就要像拥戴刘秀(字文叔)一样拥戴他。诗中实际上是说南宋末年皇帝赵㬎、赵昰尽管年幼无知,但在文天祥看来,他们同样代表了大宋王朝。

〔23〕"臣心"二句:意思说文天祥矢志不渝,一心忠于宋朝,但是令人忧伤的是宋朝大势已去,已经难以复兴了。誓弗谖(xuān宣),语出《诗经·卫风·考槃》"永矢弗谖"句。"矢",发誓。弗,不。谖,忘记。引申为改变。汉祚,指宋朝天下。祚,国统;皇位。

〔24〕"昆阳"二句:写汉光武帝刘秀歼灭王莽主力军之战。昆阳,古县名,在今河南叶县。猬缩,形容极度恐惧,如刺猬缩成一团。据《后汉书·光武帝纪》载,新莽地皇四年(23),王莽军在昆阳包围了刘秀军,刘秀率敢死士三千人从城西水上冲击王莽军中坚,莽军阵乱,"城中亦鼓噪而出,中外合势,震呼动天地,莽兵大溃,走者相腾践,奔殪百馀里间。会大雷风,屋瓦皆飞,雨下如注,滍川盛溢,虎豹皆股战,士卒争赴,溺死者以万数,水为不流"。按,自"昆阳大风雨"以下六句是写刘秀历尽艰险苦战加上天意佑助而使汉朝复兴,诗中用以反衬文天祥终于不能挽救宋朝。

〔25〕"诡谲"句:《后汉书》卷二〇《王霸传》载,王郎军追击刘秀,刘秀军将至虖(同滹)沱河,前往探察的小吏还报说河中漂着冰块,无船,无法渡河。官员部属大惧。刘秀又命王霸前往探看。王霸担心众人惊乱,回来诡称"冰坚可渡"。官吏们都很高兴。等到了滹沱河,由于天气寒冷,河冰竟真的冻合了。刘秀大军得以渡河。然而还有数名骑兵没有来得及渡过,河冰又解冻了。刘秀对王霸说:"安吾众得济免者,卿之力也。"王霸回答:"此明公至德,神灵之佑。"这句诗就是写这件史事。诡谲,欺诈。滹沱,水名。源出山西繁峙东大戏山,东流入河北,在献县同滏阳河汇合为子牙河。

〔26〕"仓卒"句：《后汉书》卷一七《冯异传》载，刘秀与王郎争战，败逃至饶阳(县名，今属河北)无蒌亭，当时天气寒凛，众人饥疲。冯异寻得豆粥献给刘秀。第二天早晨，刘秀对诸将说："昨得公孙豆粥，饥寒俱解。"等到了南宫(县名，今属河北)，遇大风雨。冯异又向刘秀进献麦饭。建武六年(30)，刘秀追述冯异功劳时说："仓卒无蒌亭豆粥，虖沱河麦饭，厚意久不报。"这句诗就是写这一史事。仓卒，匆促，急迫。芜亭，《后汉书》作"无蒌亭"。

〔27〕"所以"二句：意思说刘秀所以能够恢复汉朝天下，大约就是凭借赤伏符所预示的那种运气吧。黄图，《三辅黄图》的略称。这是一本记载京都形胜的著作。诗中代指中国。"恢黄图"是说恢复汉朝天下。无乃，犹言"莫非"、"似乎是"，表示委婉推测的语气。资，凭借，依仗。赤伏，即伏符。西汉末东汉初流行的一种谶语。据《后汉书·武帝纪》载，建武元年，"光武先在长安时同舍生强华自关中奉赤伏符，曰：'刘秀发兵捕不道，四夷云集龙斗野，四七之际火为主。'"谶语大意是说刘秀起兵讨伐天下不道之人，四方豪杰云集争斗就像《易·坤》所说的"龙战于野"。一旦满了二十八之数(自汉高祖至光武初，计二百二十八年)，汉朝仍然要主宰天下。(古代迷信，以为金木水火土五行生克，为帝王嬗代之应。刘汉以火德王。"火为主"就是说汉朝要复兴了。)

〔28〕"即今"二句：大意说文天祥领导的保卫临安、坚持抗元的斗争不能挽救宋朝最终在厓山覆灭的命运。钱塘潮，即钱塘江大潮，是由于江口呈喇叭状，海水倒灌而形成的，为天下闻名的自然景观。南宋的钱塘县属京师临安府。诗中"钱塘潮"喻指文天祥所领导的抗击元兵、保卫首都的斗争。厓(yá牙)山麓，指南宋的覆灭。厓山，又名厓门山。在广东新会县大海中。与汤瓶嘴对峙如门，形势险要。宋绍兴时置厓山塞，为扼守南海门户。宋末成为抗元最后据点。厓山被元兵攻破后，陆秀夫负帝昺投海于此。

〔29〕空坑：江西地名。文天祥率军在此与元兵战，大败，全军溃散。见《宋史·文天祥传》。

〔30〕柴市：元大都地名，当时行刑之所。元至元十九年十二月初九日（1283年1月9日），文天祥被害于此。见《宋史·文天祥传》。孤臣：封建王朝中孤立无助的臣子。指文天祥。戮：杀死。

〔31〕"一死"句：语出《诗经·鄘风·柏舟》："之死矢靡它。"靡，无。它，指其他打算。意思说只愿一死，没有二志。这句诗是赞颂文天祥忠诚不屈的节操。

〔32〕"百身"句：语出《诗经·秦风·黄鸟》："如可赎兮，人百其身。"百身，指一百个人。奚，何，怎么。这句诗意思说虽然人们愿意用一百个人去赎回他的生命，又怎么能办得到呢？

〔33〕"龚生"句：用西汉龚胜的典故。据《汉书》卷四二《两龚传》，龚胜，字君实。年少时好学明经，哀帝时征为谏议大夫。王莽篡政，他归隐乡里。王莽胁迫他做官，他对门人说："旦暮入地，岂以一身仕二姓。"于是绝食十四日而死，年七十九。死时，有老父来吊，说："嗟乎，薰以香自烧，膏以明自销，龚生竟夭天年，非吾徒也。"夭，夭折。天年，指人的自然的年寿。这里用龚胜的杀身取义来比拟文天祥的义不降元，用龚胜的"夭天年"来比拟文天祥的被害早亡。

〔34〕"翟公"句：用西汉翟氏的典故。据《汉书》卷八四《翟方进传》，王莽摄政时，翟方进少子翟义起兵讨之，失败被俘。王莽杀死翟义，并下令发掘翟方进及其先祖墓，夷灭三族。湛（chén沉），诛灭。这里用来比拟文天祥的毁家纾难。

〔35〕"会稽"二句：据《晋书》卷九四《隐逸传》载，谢敷字庆绪，会稽人。性情清淡寡欲，入太平山隐居十馀年。最初，月亮与少微星光芒相触及，少微一名处士星，占者认为会死一隐士。谯园（郡名。治所在今安徽亳县）戴逵有美才，人或忧之。不久谢敷死，因此会稽人士嘲笑吴人

91

说:"吴中高士,便是求死不得死。"这里用这一典故以写谢翱的感慨。谢敷"求死得死",而谢翱在文天祥就义后隐居民间,未能即死,他说:"余恨死无以藉手见公(指文天祥),而独记别时语,每一动念,即于梦中寻之,或山水池榭,云岚草木与所别处,及其时,适相类,则徘徊顾盼,悲不敢泣。"(《西台恸哭记》)"求死得亦足"正是写他这种心情。

〔36〕"安能"二句:据《后汉书·逸民列传》载,严光被光武帝召到京都后,曾共睡卧。"光以足加帝腹上。明日,太史奏客星犯御座甚急。帝笑曰:'朕故人严子陵共卧耳。'"这里用这一典故,是写谢翱感慨不能再与文天祥亲密无间地在一起了。安能,怎能。期,期望,希冀。故人,原指光武帝,这里借指文天祥。

〔37〕"巢许"二句:意思说谢翱和文天祥,遭遇不同,却同样保全了高尚的节操。巢许,巢父和许由。相传是唐尧时的隐居之士,尧想把君位让给他们,他们都不接受。这里用以比喻谢翱。而,语助词,表并列关系。萧曹,萧何和曹参,西汉初年两位著名大臣,都曾从刘邦起义,屡立大功。萧何在刘邦时期任丞相,死后曹参继任。这里用以比喻文天祥。高躅(zhuó浊),崇高的行为。

〔38〕"文山"二句:意思说文天祥终于以身殉国,而宋朝也终于灭亡。竟,终于。赵社,指赵宋。社,社稷,指国家。屋,以屋覆盖。《礼记·郊特牲》:"是故丧国之社屋之,不受天阳也。"意思是灭亡的国家的社坛上建起屋子,使它不能接受天日之光。后因用"屋社"作为王朝覆灭的代称。

〔39〕"海上"二句:意思说无论文天祥的部下还是国人都为文天祥的死感到悲痛。田横,事见《与友人谈遗事》诗注〔9〕。王蠋(zhú 烛),战国时齐国画邑(在今山东临淄西北)人。燕军侵入齐国,闻王蠋贤,号令军中:"画邑周围三十里之内不准进入。"而后派人对王蠋说:"齐国人多赞美您的节操,我将用您为将,封给您万户。"王蠋坚决谢绝。燕人说:

"如果你不服从,我将率领三军屠杀画邑。"王蠋说:"忠臣不事二君,贞女不更二夫……国家既已破亡,我不能再活。何况现在还要胁迫我为燕将,这是要我助桀为暴,与其生而无义,不如被烹死。"于是自杀。见《史记》载八二《田单列传》。这里田横和王蠋都用来比喻文天祥。

〔40〕"门人"二句:意思说谢翱痛悼文天祥,并对杀害文天祥的元朝统治者充满怨愤。蒿里歌,乐府相和曲名。相传原为齐国东部(今山东东部)的挽歌,出殡时挽柩人所唱。"蒿里"是古人所认为人死后魂魄聚居的地方。据晋崔豹《古今注》,田横自杀后,门人伤之,为作蒿里之歌。平陵曲,即《平陵东》,乐府相和曲名。据《古今注》,此歌为汉翟义门人所作。翟义为东郡太守,起兵讨王莽未成,被杀。其门人作此歌以怨之。这二句诗中的"门人"和"故吏"均借指谢翱。

〔41〕"彼存"句:意思说文天祥以身殉国体现了君臣大义。彼,他。指文天祥。

〔42〕"此制"句:大意说谢翱吊祭文天祥体现了"同僚相友之义"。朋友服,指为朋友所服的丧服。典出孔鲋《孔丛子》卷一《记义》,秦庄子死,孟武伯问孔子:"古者同僚之间有服丧的吗?"孔子回答:"有。同僚有相友之义。……听老聃说,以前虢叔、闳夭、太颠、散宜生、南宫括五臣同僚,同心同德辅佐周文王、周武王,及虢叔死,其馀四人为他服朋友之服。"这里泛指对朋友的祭奠、悼念。

〔43〕相国:指文天祥。诚:确实。知人:指善于了解人和任用人。

〔44〕举事:指举兵抗元。颠蹙(cù 醋):忙乱急迫。据《宋史·文天祥传》,元军东下攻打临安,文天祥当时任赣州知州,闻讯,立即变卖家产,招募一万多人,星夜赶往临安"勤王"。有人劝告他:"如今元军大兵压境,你用新招募的乌合之众去迎敌,犹如驱群羊去斗猛虎,不是白白去送死吗?"文天祥说:"我也知道事实确实如此,但是国家有难,我不能坐视不救,所以只好不自量力,以身赴难。""举事何颠蹙"即指此而言。

〔45〕时命：即时运。旧时宿命论者认为世事变迁或个人遭遇都是命中注定，因称"时命"或"时运"。

〔46〕"无以"句：意思说明知空忙一场，却无法逃避。碌碌，忙碌却无所作为。

〔47〕君：指毛子晋。书一编：指吴宽手抄的谢翱《西台恸哭记》。

〔48〕俾（bǐ笔）：使。斛（hú胡）：古代容量单位。十斗为一斛。"千斛"是极言其多。

〔49〕禹绩：语出《诗经·大雅·文王有声》："丰水东注，维禹之绩。"原指夏禹治水的业绩。这里指夏禹在浙江的遗迹。相传夏禹治水，足迹遍及天下。他巡视至会稽（今浙江绍兴之会稽山）而死，于是葬于此地。其葬地和下句所说"越台"均与严子陵台相近。荒烟霞：谓在烟水云霞的变幻中荒芜湮没了。

〔50〕越台：春秋时越王勾践所筑，故址在今浙江绍兴会稽山。走麋（mí迷）鹿：喻指亡国。典出伍子胥"今见麋鹿游于姑苏之台"。见《史记·淮南王安传》。麋鹿，俗称四不像。

〔51〕"不图"二句：大意说不想在写下《西台恸哭记》之后，另一位抗元英雄谢枋得也不屈而死，谢翱又写诗吊祭他。不图，不料，不想。叠山，南宋诗人谢枋得，字君实，号叠山，弋阳（今属江西）人。宝祐四年进士。曾任信州知州，率兵抗元。城陷后，流亡建阳，以卖卜教书度日。后元朝迫其出仕，被送往大都，乃绝食死。其死日距文天祥之死已有六年。谢翱在其死后，写下《哭广信谢公》《谢叠山有〈绝粒示儿诗〉，用其语结为楚歌》等诗（见明程敏政《宋遗民录》），所谓"叠山传"，当即指这些诗作而言。严滩，即严陵濑，为严光垂钓处。北魏郦道元《水经注》卷四〇《浙江水》："自县（桐庐）至於潜，凡十有六濑，第二是严陵濑。濑带山，山下有石室，汉光武时，严子陵之所居也。故山及濑，皆即人姓名之。"

〔52〕"配食"句：意思说谢翱和方干一起祔祭于严子陵祠。配食，配享，祔祭。方干，唐朝新定人，字雄飞。貌丑，兼以缺唇，故科举不被取录。于是隐居于会稽（今浙江绍兴）之镜湖，终身不出。去世之后，宰相张文蔚奏文人不第者十五人，追赐其第，方干在其中。据《吴诗集览》卷一上引胡子山《游钓台记》，钓台之上严子陵遗像两廊分别为方干像和谢翱像。

〔53〕丰碑：高大的石碑。这里指谢翱的墓碑。梅福：即严子陵"妇翁"。

〔54〕命酒：劝酒。

〔55〕击筑：用战国高渐离的典故。据《史记》卷八六《刺客列传》，荆轲与高渐离是好朋友，二人常饮于燕市，酒酣耳热之际，"高渐离击筑，荆轲和歌于市中，相乐也，已而相泣，旁若无人者"。后荆轲刺杀秦王嬴政不成被害。高渐离以善击筑接近秦始皇，乘机用筑扑杀而不中，也被害。这里用这一典故，以写当时坐客激昂慷慨之情，暗寓对清朝的不满和反抗之意。击，击打，弹奏。筑，古击弦乐器，形似筝，有十三弦。

〔56〕霜风：秋风。激：振荡。

〔57〕嗟乎：感叹声。诚：确实。义士：指文天祥、谢翱等。

〔58〕"已矣"句：意思说算了吧，不忍再读一遍《西台恸哭记》了。

后东皋草堂歌[1]

君家东皋枕山麓[2]，百顷流泉浸花竹[3]。石田书画数百卷[4]，酷嗜平生手藏录[5]。隐囊麈尾寄萧斋[6]，鸿鹄高飞鹰隼猜[7]。白社青山旧居在[8]，黄门北寺捕车来[9]。有诏怜君放君去,重到故乡栖隐处[10]。短策仍看屋后山[11],扁舟却系门前树。此时钩党虽纵横[12],终是君王折槛臣[13]。放逐纵缘当事意[14],江湖还赖主人恩[15]。一朝龙去辞乡国[16],万里烽烟归未得[17]。可怜双戟中丞家[18],门帖凄凉题卖宅[19]。有子单居持户难[20],呼门吏怒索家钱[21]。穷搜废箧应无计[22],弃掷城南五尺山[23]。任移花药邻家植[24],未剪松杉僧舍得[25]。渔舟网集习家池[26],官道人牵到公石[27]。石础虽留不记亭[28],槿篱还在半无门[29]。攲桥已断眠僵柳[30],醉壁谁扶倚瘦藤[31]。尚有荒祠丛废棘[32],丰碑草没犹堪识[33]。阶前田父早歌呼[34],陌上行人增叹息[35]。我初扶杖过君家,开尊九月逢黄花[36]。秋日溪山好图画[37],石田真迹深咨嗟[38]。传闻此图再易主[39],同时宾客知存几[40]？又见溪山改旧观[41],雕栏碧槛今已矣[42]。摇落深知宋玉悲[43],衡阳雁断楚天秋[44]。斜晖有恨家何在[45],极浦无言水自流[46]。我来草堂何处宿[47],挑灯夜把长歌续[48]。十年旧事总成悲[49],再赋闲愁不堪读[50]。魏寝梁园事已空[51],杜鹃寂寞怨西风[52]。平泉独乐荒榛里[53],寒雨孤村听暝钟[54]。

〔1〕此诗作于清顺治五年(1648)。关于此诗写作的原委,《梅村家藏稿》卷五八《梅村诗话》有一段说明:"瞿式耜,字稼轩,常熟人。由进士为兵给事中。好直谏,为权相所讦,与其师钱宗伯(谦益)同罢归。筑室于虞山之下,曰东皋,极游观之胜。酷嗜石田翁(沈周)画,购得数百卷,为耕石轩藏之。未几,里中儿飞文诬染,偕宗伯逮就狱。余时在京

96

师,所谓《东皋草堂歌》者,赠稼轩于请室也。后数年,余再至东皋,则稼轩唱义粤西,其子伯升门户是惧,故山别墅,皆荒芜斥卖,无复向日之观。余为作《后东皋草堂歌》,盖伤之也。又二年,知稼轩以相国留守桂林,城陷不屈,与张别山(同敌)俱死。"可知《后东皋草堂歌》乃《东皋草堂歌》的续篇,创作于瞿式耜殉难之前两年,当时,式耜正在粤西(今广西)奋勇抗清。东皋草堂"荒芜斥卖,无复向日之观",显然不仅与瞿式耜个人命运息息相关,而且也折射出社会的沧桑巨变。作为瞿式耜的故友,吴伟业目睹了一代名园的兴废,勾惹起他内心无尽的悲凉,于是借题发挥,以沉郁怅恨的笔调,写出了因故友毁家纾难的壮举而引发的追思,表达了对先朝覆亡的哀痛和对南明茫茫前途的慨叹。据同治《苏州府志》卷四八《第宅园林》,东皋草堂在常熟(今属江苏)县城北郭外。为瞿式耜之父汝说所创建。式耜加以开拓改造,新建了浣溪草堂、贯清堂、镜中来等胜境,成为常熟著名的园林之一。又据《明史》卷二八〇《瞿式耜传》,式耜为万历四十四年(1616)进士,崇祯元年(1628)擢户科给事中,后获罪回乡。南明弘光帝时起为右金都御史,巡抚广西。弘光朝灭亡后,拥立桂王朱由榔即位于广东肇庆,建立了永历朝。累进文渊阁大学士,封临桂伯。在两广领导抗清斗争。顺治七年在桂林抵御清兵,兵败殉国。

〔2〕君:指瞿式耜。枕:凭倚。山麓:山脚。山,指虞山。虞山为常熟主山,在县城西北。相传周太王子虞仲隐于此,故名。又名乌目山、海隅山。绵延十馀里,林木茂密,青葱苍翠。东皋草堂坐落于山之东麓。

〔3〕百顷:形容泉水面积大。浸:浸润,这里是浇灌的意思。

〔4〕石田:明代画家沈周,字启南,号石田,晚号石田翁,长洲(今江苏苏州)人。不应科举,长期从事绘画和诗文创作。擅画山水,取景多江南山川和园林景物。兼工花卉、鸟兽、人物。笔墨坚实豪放,形成沉着浑厚的风貌。在明中叶画坛上享有盛誉。书画:书法和绘画。

〔5〕嗜:喜爱。手:亲自。

〔6〕隐囊:供人凭倚的软囊,犹今之靠枕、靠褥之类。北齐颜之推《颜氏家训·勉学》:"梁朝全盛之时,贵游子弟……驾长檐车,跟高齿屐,坐棋子方褥,凭斑丝隐囊,列器玩于左右。"麈(zhǔ 主)尾:即拂尘。古人用以驱虫、挥尘的一种工具。麈,驼鹿,俗称四不像。相传麈的尾巴可避尘土。制作麈尾本应用麈尾毛,实际上大都用马尾毛代替。古人清谈时必执麈尾,相沿成习,为名流雅器,不谈时,亦常执在手。寄:寓。萧斋:唐张怀瓘《书断》:"(梁)武帝造寺,令萧子云飞白大书'萧'字,至今一字存焉。李约竭产自江南买归东洛,建一小亭以玩,号曰'萧斋'。"后人称寺庙、书房为萧斋。这里指瞿式耜的书斋。全句诗是写瞿式耜崇祯初年废官隐居之后安适闲逸的生活。

〔7〕鸿鹄高飞:形容瞿式耜志向远大。鸿鹄,即天鹅,善高飞,因常用以比喻志向远大之人。《史记》卷四八《陈涉世家》:"陈涉太息曰:'嗟乎,燕雀安知鸿鹄之志哉!'"鹰隼猜:据宋尤袤《全唐诗话》卷一载,张九龄居相位,为李林甫所忌,在唐玄宗面前屡次谗毁他。九龄惶恐,作《燕诗》以赠林甫,中有"无心与物竞,鹰隼莫相猜"之句。林甫览之,知其必退,恚怒稍解。"鹰隼猜"三字出此。鹰隼,猛禽,善于袭击其他鸟类。比喻伤害正人的奸邪之臣。猜,猜忌。据《明史·瞿式耜传》,崇祯元年,瞿式耜任户科给事中时,纠弹阉党,奏雪冤狱,荐举忠良,"矫矫立名,所建白多当帝意",然而"搏击权豪,大臣多畏其口"。其废官之后,由于有前隙,仍然受到权臣猜忌。

〔8〕白社:丛祠名。在河南洛阳东。晋葛洪《抱朴子·杂应》:"洛阳有道士董威辇常止白社中,了不食,陈子叙共守事之,从学道。"后用"白社"借指隐士所居之地。青山:指虞山。

〔9〕黄门北寺:"黄门北寺狱"的省称,后汉狱名。《后汉书》卷六七《党锢列传·李膺》:"帝愈怒,遂下膺等于黄门北寺狱。"后以"黄门北寺

狱"泛指冤狱。捕车:逮捕犯人的车子。据《明史·瞿式耜传》、《梅村家藏稿》卷二四《复社纪事》及谈迁《国榷》卷九六,崇祯朝权相温体仁忌恨钱谦益,由于瞿式耜是钱的门人,也遭猜忌。钱、瞿虽久已废官,犹欲置之于死地。崇祯九年,温体仁唆使常熟县吏张汉儒讦告钱、瞿贪肆不法。崇祯十年正月,温体仁拟旨逮钱、瞿下刑部狱。吴伟业《东皋草堂歌》即作于钱、瞿入狱之时。

〔10〕"有诏"二句:写瞿式耜被释回乡。据金鹤翀《钱牧斋先生年谱》,钱谦益在狱中曾求解于太监曹化淳。化淳追查拷问,尽得张汉儒与温体仁之阴谋,汉儒立枷死,而体仁则于崇祯十年六月以病辞归。钱、瞿之狱渐解,至崇祯十一年五月,终被释放。诏,皇帝诏书。

〔11〕策:手杖。

〔12〕钩党:谓互相牵连为同党。《后汉书》卷八《灵帝纪》:"中常侍侯览讽有司奏前司空虞放、太仆周密……皆为钩党,下狱,死者百馀人。"李贤注:"钩谓相牵引也。"这里借指温体仁和他的党羽。纵横:指横行不轨。

〔13〕折槛臣:指汉代直臣朱云。据《汉书》卷六七《朱云传》,安昌侯张禹为汉成帝师傅,受到宠幸。朱云认为张禹是尸位素餐的佞臣,请断其头。成帝大怒,说:"小臣居下讪上,廷辱师傅,罪死不赦。"御史拖拽朱云出殿,朱云手攀殿槛,槛折。辛庆忌冒死救之,得免死。后成帝命修槛时保存原样,以表彰朱云的直言。这里用"折槛臣"喻指瞿式耜,称美他的忠直。

〔14〕放逐:指瞿式耜被逐出朝廷。纵缘:虽然由于。当事:当权者。指继温体仁为相的张至发。

〔15〕江湖:这里是归返江湖的意思。赖:仰仗。主人:指崇祯皇帝。

〔16〕龙去:指崇祯帝之死。辞乡国:指瞿式耜辞别家乡远赴广西。

〔17〕万里:谓瞿式耜离家万里。

〔18〕双戟:宋谢维新《古今合璧事类备要》:"萧铣尚太宗女襄城公主,门列双戟。"后用"门列双戟"指显赫人家。中丞:官名。汉代御史大夫的属官。明清副都御史与金都御史职与汉御史中丞略同。瞿式耜弘光朝时任右金都御史,故用"中丞"称之。

〔19〕"门帖"句:《南史》卷四九《庾杲之传》:"杲之尝兼主客郎对魏使。使问杲之曰:'百姓那得家家题门帖卖宅?'答曰:'朝廷既欲扫荡京洛,克复神州,所以家家卖宅耳。'魏使缩鼻而不答。"此用其典,一面点明瞿家被迫出卖东皋别墅事,另一面则暗寓式耜毁家是为了光复神州,恢复明朝。门帖,贴在门上的帖子。

〔20〕有子:瞿式耜子嵩锡,字伯升,崇祯十五年举人。单居:谓无兄弟亲族聚居。持户:支撑门户,保持家业。

〔21〕呼门吏:登门怒喝的官吏。这句写清朝官吏因瞿式耜抗清而乘机敲诈勒索。

〔22〕穷搜:遍加搜寻。废箧:破旧的箱子。

〔23〕城南五尺山:据宋郑樵《通志》,唐代韦氏、杜氏世为望族,韦氏居韦曲,杜氏居杜曲,皆在长安城南。此地山清水秀,林木繁茂,为游览胜地。当时有"城南韦杜,去天尺五"之说。"去天尺五"比喻离帝王极近。这里借用此典,以"城南尺五山"喻指瞿家秀美的东皋别墅。

〔24〕花药:即芍药。多年生草本观赏花卉,花大而美。

〔25〕未剪:未加修剪。僧舍:指寺院。

〔26〕习家池:古迹名。一名高阳池。故址在今湖北襄阳岘山南。《晋书》卷四三《山简传》载,山简镇守襄阳时,"诸习氏,荆土豪族,有佳园池。简每出游嬉,多之池上。置酒辄醉,名之曰高阳池。"这里用"习家池"借指瞿家园林中的池塘。因为主人已经不能保有它,所以四野渔船汇集于此,张网打鱼。

〔27〕官道:大道。到公石:《南史》卷二五《到溉传》载,到溉宅第靠

近淮水,"斋前山池有奇礓石,长一丈六尺。帝(梁武帝)戏与赌之,并《礼记》一部,溉并输焉。……石即迎置华林园宴殿前。移石之日,都下倾城以观,所谓'到公石'也"。这里用"到公石"借指瞿家园林中的奇石。全句说东皋草堂的奇石被权豪夺走。

〔28〕石础:柱子的石质基座。不记亭:不记得这里的亭子原来的模样了。意谓亭子已被拆毁。

〔29〕槿篱:由木槿围成的篱笆。木槿,落叶灌木。夏秋开花,常栽培供观赏,兼作篱笆。半无门:门只剩下一半。

〔30〕攲(qī欺)桥:倾斜的桥。眠:卧。僵柳:枯死的柳。

〔31〕醉壁:歪歪倒倒的墙壁。谁扶:谓无人扶持修葺。

〔32〕荒祠:荒凉破败的瞿家祠堂。丛废棘:野棘蔓草丛生。

〔33〕丰碑:指祠堂内记录祖先功德的高大碑石。

〔34〕"阶前"句:意思说园林已辟为耕地。阶,园中建筑物的台阶。田父,老农。

〔35〕陌上:街上。

〔36〕开尊:犹言饮酒。尊,同"樽"。酒杯。黄花:菊花。这里以黄花代指重阳节。

〔37〕秋日溪山:指瞿式耜所藏沈周的山水画卷,兼指东皋园林。

〔38〕咨嗟:叹赏。

〔39〕再易主:又一次改变了主人。指沈周的山水画卷被转卖。

〔40〕同时宾客:当年和作者一起过访瞿式耜的宾客。

〔41〕溪山:指东皋园林。

〔42〕雕栏:雕琢彩绘的栏杆。碧槛:碧玉般的门槛。已矣:完了,不存在了的意思。

〔43〕"摇落"句:用唐杜甫《咏怀古迹五首》其二"摇落深知宋玉悲"原句。摇落,凋谢零落。这里指明朝覆亡。宋玉,战国楚诗人,作有

101

楚辞《九辩》,中有"悲哉秋之为气也,萧瑟兮草木摇落而变衰"等名句。这里用宋玉喻指瞿式耜。

〔44〕"衡阳"句:范仲淹《渔家傲》词有"衡阳雁去无留意"句,此用其意。衡阳雁断,在衡阳境内耸立着南岳衡山主峰之一的回雁峰,相传秋天南飞大雁至此而止,春暖时北返。断,断绝,消失。另外,古代有雁足传书的说法,因此"衡阳雁断"又含有消息断绝之意。楚天,当时永历政权据有湖南、广西一带,大半属古代楚地,故称楚天。

〔45〕斜晖有恨:语出杜牧《九日齐山登高》:"不用登临恨落晖。"斜晖,夕阳。比喻日薄西山、岌岌可危的永历朝。家何在:意思说家园已不复存在。

〔46〕极浦:遥远的水滨。这里代指楚、粤一带。

〔47〕我来草堂:指顺治五年作者再度来到东皋草堂。

〔48〕"挑灯"句:指灯下创作《后东皋草堂歌》。

〔49〕十年:从作者写作《东皋草堂歌》到写作《后东皋草堂歌》经过了十一年,此举成数而言。

〔50〕赋:指写作。不堪:不忍。

〔51〕魏寝:魏王曹操的寝宫,在铜雀台上。唐岑参《送郑少府赴滏阳》诗:"若到铜台上,应怜魏寝荒。"梁园:西汉梁孝王刘武建造的苑囿,又名兔园。故址在今河南开封东南。事已空:谓魏寝、梁园的繁盛都已成过去。这里隐指弘光朝的灭亡。弘光帝朱由崧原为福王,与曹操、刘武地位相当,其封地本在河南洛阳,与魏寝、梁园相近,故以为比。

〔52〕杜鹃:又名杜宇、子规,相传为古代蜀王的精魂所化。春末夏初,常昼夜悲啼,其声哀切。

〔53〕平泉:唐李德裕的山庄名。故址在今洛阳龙门西。周回十里,建台榭百馀所,天下奇花异草,珍松怪石,无不毕具,为一代名园。见宋张洎《贾氏谈录》。独乐:宋司马光的园林名。故址在今洛阳南郊。园

不大,不可与其他园比,然景色秀雅,有见山台、读书堂、种竹斋等建筑。这里用平泉庄、独乐园喻指类似东皋草堂的明代私人园林。荒榛:草木丛杂、荒凉。

〔54〕瞑钟:傍晚的钟声。

松鼠[1]

冲飙飘颓瓦[2],坏墙丛废棘[3]。谡然见松鼯[4],拎树向人立[5]。侧目仍盱睢,奉头似悚惕[6]。櫼牙偃卧高,屋角欹斜疾。倒拥弱枝危,迅蹑修柯直[7]。已堕复惊趋,将藏又旁突。去远且暂留,回顾再迸逸[8]。前逃赴已驶,后窜追旋及[9]。剽轻固天性,僄狡因众习[10]。两木夹清漳,槎牙断寻尺。攀缘所绝处,排空自腾掷[11]。足知万物机,飞走不以力[12]。嗟尔适何来[13],鸟鼠忽而一[14]。本是居嶜岩[15],无端被羁縶[16]。儿曹初玩弄[17],种类渐充斥[18]。黠彼凭社徒[19],技穷耻昼匿[20]。衔尾共呼鸣,异穴为主客[21]。吾庐枕荒江[22],垂死倚病柏[23]。雷雨拨其根[24],惨裂苍皮湿[25]。空腹鸱鸮蹲[26],残身蝼蚁食[27]。社鬼不复凭[28],乘间恣出入[29]。庭中玉蕊枝[30],怒苗遭狼藉[31]。非敢念摧残,于君奚损益[32]。屈指五六年[33],不遗一花白[34]。苞笋抽新芽[35],编篱察行迹[36]。免彼镰锄侵,值尔齿牙厄[37]。反使盗者心,笑睨生叹息[38]。贫贱有此园[39],谓可资溉植[40]。春蔬晚犹种[41],夏果晨自

103

摘。鸟雀群飞鸣,啁啾满阡陌[42]。妇子懒驱除,傅藁加台笠[43]。我亦顾而笑[44],自信无长策[45]。焉能避穿墉[46],会须忧入室[47]。茅斋虽云陋[48],一一经剪葺[49]。晓起看扫除[50],仰视辄诧惜[51]。寻绳透帘幕,掉尾来几席[52]。倒庋倾图书[53],窥厨哜浆炙[54]。空仓喧夜斗,忘疲竞遗粒[55]。早幸官吏租,督责无馀积[56]。邂逅开虚堂[57],群怒扼险塞[58]。地逼起众呼[59],拍手撼四壁。捕此曷足多[60],欲以观其急。梐户既严扃[61],栾栌若比栉[62]。瞥眼倏遁逃[63],一巧先百密[64]。穷追信非算[65],允豫不早击[66]。忍令智弗如,变计思与敌[67]。机深勇夫骇,势屈儿童获[68]。举世贵目前,快意相促迫[69]。比读庄生书[70],退守愚公术[71]。扑枣听邻家[72],搔瓜任边邑[73]。溪深獭趁鱼[74],果熟猿偷栗。天地所长养[75],于己何得失[76]。嗟理则诚信,自古戒鼠泣[77]。仙岂学淮南[78],腐难吓梁国[79]。舞应京房占[80],磔按张汤律[81]。终当就罗网[82],不如放山泽[83]。永绝焚林风[84],用全饮河德[85]。

[1] 此诗大约作于清顺治五年(1648)。通过这首咏物诗,可以看出作者观察事物细致入微,描摹情态曲尽其妙。有人认为作者是以松鼠为喻,讽刺弘光朝奸臣阮大铖之流狡黠为害。这种理解,未免求之太过。作者的寓意,今已难以考实,不如将"松鼠"理解为一切害人的狡黠小人。

[2] 冲飙:疾风,狂风。颓瓦:残瓦、破瓦。

〔3〕废棘:荒荆蔓草。

〔4〕谡(sù 速)然:形容精神突然振作的样子。松鼯(wú 无):即松鼠。

〔5〕抟(tuán 团):持,凭借。

〔6〕"侧目"二句:描写松鼠时时惊惧警觉的状貌。侧目,不敢正视。形容畏惧。盱睢(xū huī 需灰),仰视。形容松鼠小心观察的样子。奉,捧。悚惕(sǒng tì 耸替),恐惧的样子。

〔7〕"檐牙"四句:意思说松鼠能够在陡峭的房檐倒卧,能够在倾斜的屋角疾跑,也能够倒身攀缘细弱的树梢,轻捷地爬上陡直高耸的树干。檐牙,房檐。偃卧,仰卧,睡卧。攲(qī 漆)斜,倾斜。弱枝,纤细柔软的枝条。蹑,轻步行走的样子。修柯,长长的树干。

〔8〕"已堕"四句:描写松鼠警惧迅捷的状貌。堕,坠落。旁突,向侧面奔突。迸逸,猛然奔跑。

〔9〕"前逃"二句:意思说前面的松鼠已经迅速跑远,后面的松鼠转瞬间即已追上。旋及,即刻追上。

〔10〕"剽轻"二句:这两句诗互文见义,是说松鼠轻捷狡黠原本出自天性和种群的习性。剽(piào 票)轻,轻捷。儇(xuān 宣)狡,狡黠。因,沿袭。

〔11〕"两木"四句:意思说如果两树间距较远,枝干间隔很宽,松鼠攀缘到梢头,无路可走,会耸身凌空跳过。夹清漳,典出《南史》卷三九《刘绘传》:"时张融以言辞辩捷,周颙弥为清绮,而绘音采赡丽,雅有风则。时人为之语曰:'三人共宅夹清漳,张南周北刘中央。'言处二人间也。"清漳,水名。漳河上流,源出今山西平定南大黾谷,水流清澈,与"浊漳"不同。"夹清漳"本来形容张融、周颙、刘绘三人言辞敏捷清绮,不相上下。诗中只是说两树夹水,距离较远。槎(chá 查)牙,亦作"杈牙"、"楂牙"。树枝歧出的样子。断,断开,分开。寻,古代长度单位,八

尺为一寻。"寻尺"是说八尺左右。诗中用"寻尺"表示间隔较宽。绝处,无路可走之处。排空,凌空。腾掷,跳跃。

〔12〕"足知"二句:意思说通过松鼠,完全可以懂得天下万物的奥妙,行走如飞不是单凭着力气。机,事物变化的奥妙。按,从本诗开头到这二句是写松鼠的状貌和天性。

〔13〕嗟:叹。适何来:本从何处而来。

〔14〕鸟鼠:有一种鼯鼠,前后肢间有宽而多毛的飞膜,能够借以像鸟一样滑翔。古人因以为鸟鼠区别不大,所以这里说"忽而一"。忽,古代极小的长度单位,引申为微小之意。

〔15〕巉(chán 缠)岩:高峻的山岩。

〔16〕无端:无缘无故。羁縶(zhí 执):束缚,拘囚。

〔17〕儿曹:泛指孩子们。

〔18〕充斥:形容多。

〔19〕黠(xiá 霞):聪慧,狡猾。凭社徒:指社鼠,即托身于社庙中的鼠。典出《晏子春秋·问上九》:"(齐)景公问于晏子曰:'治国何患?'晏子对曰:'患夫社鼠。'公曰:'何谓也?'对曰:'夫社,束木而涂之,鼠因往托焉。熏之则恐烧其木,灌之则恐败其涂。此鼠所以不可得杀者,以社故也。夫国亦有社鼠,人主左右是也。'"

〔20〕技穷:伎俩用尽。语出《荀子·劝学》曰:"鼫(shí 石)鼠五技而穷。"《说文解字》:"鼫,五伎鼠也,能飞不能过屋,能缘不能穷木,能游不能渡谷,能穴不能掩身,能走不能先人。"耻昼匿:典出《汉书》卷二七中《五行志》:"鼠,盗窃小虫,夜出昼匿;今昼去穴而登木,像贱人将居显贵之位也。"诗人白天见到"去穴而登木"的松鼠,因而揣想它们是"耻昼匿"。

〔21〕"衔尾"二句:大意说松鼠看起来成群结队,沆瀣一气,实际上它们居住在不同的洞穴中,各有各的领域。衔尾,松鼠一只接一只地叼

着尾巴。主客,语出《文选》注引《古谚》:"越阡度陌,互为主客。"意思说松鼠在自己的洞穴中是主人,在别的洞穴中就成了客人。按,从"嗟尔适何来"至这二句诗是写松鼠的由来和种类的繁衍。

〔22〕庐:指家。枕:凭倚。这里是紧靠的意思。荒江:荒野上的江河。

〔23〕"垂死"句:是"倚垂死病柏"的倒装。

〔24〕拨:击打,断开。

〔25〕苍皮:柏树苍老的树皮。

〔26〕空腹:指树干中空。鸱鸮(chī xiāo吃消):猫头鹰。

〔27〕残身:病残的枝干。蝼蚁:蝼蛄和蚂蚁。泛指树的害虫。

〔28〕社鬼:即土地神。凭:依靠,依托。古代立社种树,作为社的标志。病柏不足以作为社的标志,所以说"社鬼不复凭"了。

〔29〕乘间:乘机。恣:放纵,无所顾忌。

〔30〕玉蕊:玉蕊花,即琼花。木本,叶柔而莹泽,花色微黄而有香。参阅宋周必大《玉蕊辨证》。

〔31〕怒苗:茂盛,苗壮。狼藉:毁坏得一塌糊涂。

〔32〕"非敢"二句:意思说不是顾惜玉蕊花受到摧残,只是气愤这样做对你们又有什么好处。君,指松鼠。奚,何,什么。损益,害处和好处。这里用为偏义复词,指好处、益处。

〔33〕屈指:扳着指头计算。

〔34〕遣:使,让。

〔35〕苞笋:冬笋。

〔36〕编篱:编结篱笆。行迹:指盗取冬笋者的行迹。

〔37〕"免彼"二句:意思说编篱虽然避免了那些偷窃者镰锄的侵害,但是却遭到你们牙齿的摧残。彼,指偷取冬笋的人。值,遭到。尔,你们。指松鼠。厄,迫害。

〔38〕"反使"二句:大意说反而使那些想要偷盗冬笋的人,讥笑地看着主人的篱笆,感叹它们对松鼠完全不起作用。睨(nì 腻),斜视。

〔39〕贫贱:作者自谓。

〔40〕资溉植:靠着经营园中作物来生活。资,凭借,依赖。溉植,灌溉和种植。

〔41〕晚犹种:天色已晚还在种植。

〔42〕啁啾(zhōu jiū 周纠):鸟的鸣叫声。阡陌:田间小路,这里代指田地。

〔43〕傅藁(gǎo 搞):用草编结成人形。傅,通"缚"。藁,野草。加台笠:谓给草人戴上斗笠。台,同"薹",即苔草。多年生草木,茎叶可用以制蓑和笠。

〔44〕顾:视,看。

〔45〕长策:好办法。

〔46〕焉能:岂能,怎能。避:避免。穿墉:墙壁被穿洞。墉,墙。

〔47〕会须:必须,应当。

〔48〕茅斋:草屋。

〔49〕剪葺(qì 气):谓整理,修理。

〔50〕扫除:指仆人清扫园庭。

〔51〕辄:就。诧惜:惊讶,心疼。

〔52〕"寻绳"二句:意思说松鼠顺着绳子钻进门窗,摇着尾巴爬到桌案之上。寻,攀缘。幂,窗帷。掉尾,摇尾。

〔53〕倒庋(guǐ 鬼):弄翻书架。庋,搁置器物的架子。

〔54〕窥:偷视。啖:吃。浆炙:泛指饮食。炙,烤肉。

〔55〕竞:争抢。遗粒:剩馀的谷物粮食。

〔56〕"早幸"二句:意思说幸亏官吏早早逼迫交租,已经没有剩馀的粮食了。督责,督促,责罚。按,从"吾庐枕荒江"至这二句是写松鼠

之为害。

〔57〕邂逅(xiè hòu 械后):偶然,一旦。虚堂:空屋。

〔58〕群怒:指众人愤怒。扼:占据。险塞:指屋内外之间的通道。

〔59〕地逼:指不利的地形对松鼠形成的逼迫之势。

〔60〕曷足多:有什么值得赞许。曷(hé 何),何,什么。多,推重,赞美。

〔61〕棂(líng 灵)户:指门窗。棂,阑干上或窗户上雕花的格子。严扃(jiōng 窘阴平):严密关闭。扃,门窗上的插关。

〔62〕"栾栌"句:意思说松鼠在房梁上站成一排,就像梳齿。栾(luán 峦),柱首的曲木,两端以承斗拱。栌(lú 卢),即斗拱。大柱柱斗承托栋梁的方木。比栉(zhì 质),紧密排列的梳齿。

〔63〕瞥眼:转眼间,一瞬间。倏(shū 书):原义是犬疾行,引申为疾速,忽然。

〔64〕"一巧"句:意思说松鼠的灵巧胜过了各种各样严密的设防。

〔65〕穷追:追到底。非算:不是好主意。算,筹谋。

〔66〕尢豫:同"犹豫"。迟疑不决。

〔67〕"忍令"二句:意思说怎能容忍智慧还比不上松鼠,想方设法变换计谋与之较量。

〔68〕"机深"二句:意思说所使用的诡谲的智计使勇士也为之惊骇,松鼠势屈力穷,终于连孩子们也可以将它们捕获。机深,用心深不可测。机,机巧,智巧。势屈,形势窘迫。

〔69〕"举世"二句:意思说举世之人都只看重眼前,满足内心要求的欲望趋使他们的行动。快意,快心,恣心所欲。

〔70〕比:近来。庄生书:指战国时期哲学家庄周的著作《庄子》。

〔71〕守:坚持。愚公术:典出汉刘向《说苑·政理》:"齐桓公出猎,逐鹿而走入山谷之中,见一老公而问之曰:'是为何谷?'对曰:'为愚公

之谷。'桓公曰：'何故？'对曰：'以臣名之……臣故畜牸牛（雌牛），生子而大，卖之而买驹。少年曰：牛不能生马。遂持驹去。傍邻闻之，以臣为愚，故名此谷为愚公之谷。'"所谓"愚公术"是指一切顺应自然的处世方略。

〔72〕"扑枣"句：语出唐杜甫《又呈吴郎》诗："堂前扑枣任西邻"之句。这里的含义是即使自己受到损失，也不与人争竞，一切听凭自然。扑，击打。

〔73〕"搔瓜"句：据汉贾谊《新书》载，战国时梁大夫宋就为边县令，其地与楚相邻。梁楚两亭皆种瓜。梁人勤灌，瓜美；楚人懒灌，瓜恶。楚人妒忌，夜偷搔之。致使瓜有死焦者。梁人因欲报复，宋就不许，且令人夜灌楚瓜，使之亦美。这里用此典，含义同于上句。搔，抓挠。任，听凭。边邑，邻国。

〔74〕"溪深"句：语出杜甫《重游何氏五首》其一："溪喧獭趁鱼。"獭（tǎ塔），兽名。生活在水边，善游泳，捕鱼为食。趁，追逐。

〔75〕长养：长大，生成。

〔76〕何得失：意谓无所得失。

〔77〕鼠泣：语出《诗经·小雅·雨无正》："鼠思泣血。"郑玄笺："鼠，忧也。""鼠泣"是说因忧而泣。

〔78〕"仙岂"句：南朝宋刘敬叔《异苑》卷三："昔仙人唐昉，拔宅升天，鸡犬皆去，唯鼠坠下，不死，而肠出数寸，三年易之。"又北魏卢元明《剧鼠赋》："淮南轻举，遂呕肠而莫追。"这里合以上二典而用之，将《异苑》中所说："仙人唐昉"换成了汉淮南王。意思说鼠岂能追随淮南王而成仙。淮南，指西汉淮南王刘安。相传刘安好道术，搜集不少奇方异术，后得道，全家升天，连鸡犬也随之一起成仙。见汉王充《论衡·道虚》。

〔79〕"腐难"句：《庄子·秋水》："惠子相梁，庄子往见之。或谓惠子曰：'庄子来，欲代子相。'于是惠子恐，搜于国中三日三夜。庄子往见

之，曰：'南方有鸟，其名为鹓鶵，子知之乎？夫鹓鶵发于南海而飞于北海，非梧桐不止，非练实不食，非醴泉不饮。于是鸱得腐鼠，鹓鶵过之，仰而视之曰：吓！今子欲以子之梁国而吓我邪？'"这里用其典，大意说鸱口中的腐鼠、惠子的梁国相位，都是不值一提的贱物，难以打动达人高士之心。吓(hè贺)，怒斥声。梁国，即战国时魏国。公元前361年，魏惠王迁都大梁(今河南开封)，从此魏也被称作梁。

〔80〕"舞应"句：《汉书》卷二七中《五行志》："昭帝元凤元年九月，燕有黄鼠衔其尾舞王宫端门中，王往视之，鼠舞如故。王使吏以酒脯祠，鼠舞不休，一日一夜死……时燕刺王旦谋反将死之象也。其月，发觉伏辜。京房《易传》曰：'诛不原情，厥妖鼠舞门。'"这里用其典，意思说鼠一旦跳舞，就像京房《易传》所说的那样，乃是逆臣叛王作乱被杀的征兆。应，应验。京房，西汉顿丘(今河南清丰西南)人，字君明。本姓李，推律自定为京氏。治《易》，事梁人焦延寿。其说长于灾变，好钟律，解音声。汉元帝时以孝廉为郎，出为魏郡太守。后为佞臣石显所害，下狱死。著有京氏《易传》。《汉书》卷七五有传。占，占卜。

〔81〕"磔按"句：《史记》卷一二二《酷吏列传》："(张汤)父为长安丞，出，汤为儿守舍。还而鼠盗肉，其父怒，笞汤。汤掘窟得盗鼠及馀肉，劾鼠掠治，传爰书，讯鞫论报，并取鼠与肉，具狱磔堂下。"这里用其典，意思说按照张汤的律令，鼠应当被肢解。磔，古代的一种酷刑，即分尸。张汤，西汉杜陵(今陕西西安东南)人。武帝时历任廷尉、御史大夫等职。曾和赵禹共同编订律令。事详《史记·酷吏列传》。律，律令。按，从"仙岂学淮南"至此句连用有关鼠的典故，以说明鼠是微贱、不祥、应当捕杀之物。

〔82〕就罗网：指被逮。就，趋，往。

〔83〕放山泽：指放归自然。

〔84〕绝：杜绝。焚林风：典出《韩非子·难一》："焚林而田(打猎)，

偷取多兽,后必无兽。"原意是烧毁树林以猎取野兽,比喻取之不留馀地。这里用以比喻上文所说的只求快意目前的世风。

〔85〕饮河:《庄子·逍遥游》:"偃鼠饮河,不过满腹。"后常用"饮河满腹"比喻人应知足,贪得无益。这里用其典,全句意思说为的是保全知足不贪的品德。

座主李太虚师从燕都间道北归
寻以南昌兵变避乱广陵赋呈八首(选二)〔1〕

一

风雪间关道〔2〕,江山故国天〔3〕。还家苏武节〔4〕,浮海管宁船〔5〕。妻子惊还在,交朋泪泫然〔6〕。两京消息断〔7〕,离别早经年。

〔1〕这组诗作于清顺治五年(1648)。李太虚,名明睿,字虚中,号太虚,南昌(今属江西)人。明天启二年(1622)进士,崇祯朝官至中允。明亡归乡。顺治十五年仕清,官礼部左侍郎。他曾是吴伟业少年时的塾师,非常欣赏吴伟业的才华,预言将来必成大器。崇祯四年(1631),伟业参加会试,他是分房主考,荐伟业会试第一。参见乾隆《南昌府志》卷六二《人物四》。此外,据《梅村家藏稿》卷三六《座师李太虚先生寿序》,明朝灭亡后,李明睿从北京"流离险阻,浮海南还"。不久,"家国烽火,祸乱再作",他"仅以身漂泊于江山风月之间"。在往扬州的途中,与吴伟

业相遇于苏州虎丘,伟业当即写下了这组诗赠给他。组诗八首,此选其一、其六两首。其座主,明清时举人、进士对本科主考官的称呼。燕都,指明朝首都北京。间道,偏僻的小道。北归,从北方归来。寻,不久。南昌兵变,指顺治五年原左良玉部将金声桓在南昌倒戈反清。广陵,扬州旧称。这首诗刻画了李明睿在明亡后漂泊转徙、艰险备尝的历程,表达了作者对老师的关切和对动乱的感伤。

〔2〕间关道:崎岖艰险的道路。

〔3〕故国:指明朝。这句诗意思说依然是故国的江山故国的天。按,李明睿从北京南还时,南明弘光朝尚未灭亡。

〔4〕苏武节:苏武出使匈奴时所持的符节。据《汉书》卷五四《苏建传》,苏武自武帝天汉元年(前100)出使匈奴,始终不屈,持汉节牧羊于北海(今俄罗斯境内贝加尔湖)畔十九年。这里用苏武守节不屈比喻李明睿不仕清朝。据清计六奇《明季北略》卷二〇《吴三桂请兵始末》,清兵攻破北京后,摄政王多尔衮命李明睿为礼部左侍郎,明睿托病谢绝(写作本诗时,李明睿仍未仕清)。

〔5〕管宁:字幼安,北海朱虚(今山东临朐东南)人。汉末大乱,他至辽东依公孙度。后魏文帝征他做官,遂携家人渡海南还。见《三国志·魏志·管宁传》。这里用管宁渡海还郡比喻李明睿的"浮海南还"。

〔6〕泫(xuàn渲)然:伤心流泪的样子。

〔7〕两京:明都北京和弘光朝首都南京。

二

世路长为客[1],家园况苦兵[2]。酒偏今夜醒,笛岂去年声。一病馀孤枕,千山送独行[3]。马当风正紧[4],捩柂下湓城[5]。

〔1〕世路:指人世的道路。

〔2〕"家园"句:金声桓起兵反清在顺治五年元月,至顺治六年元月失败。写作本诗时,李明睿的家乡南昌正处于战乱之中。苦兵,为兵乱所苦。

〔3〕"一病"二句:谓李明睿的妻子病逝,明睿变为孑然一身。

〔4〕马当:山名。在今江西彭泽县东北。因山形似马,故名。

〔5〕捩柂(liè duò 列舵):转舵。湓城:古城名。故址在今江西九江市。

课女〔1〕

渐长怜渠易〔2〕,将衰觉子难〔3〕。晚来灯下立,携就月中看〔4〕。弱喜从师慧,贫疑失母寒〔5〕。亦知谈往事,生日在长安〔6〕。

〔1〕此诗作于清顺治六年至九年之间(1649—1652)。课女,检查女儿读书。此诗写对女儿的怜惜疼爱,句句真情贯注,十分感人。清吴骞说此诗"令人缠绵悱恻,不能自已,觉左家(晋代左思)《娇女》,逊此情至"(《拜经楼诗话》)。

〔2〕渠:他或她。指女儿。易:意谓长得快。

〔3〕将衰:写作此诗时,作者不过四十多岁,但他从四十岁起就发白齿落,渐呈衰老之态。觉子难:作者连生数女而无子,直到康熙元年(1662)五十四岁始得头子。

〔4〕携就:领着到。

〔5〕失母:顺治四年,作者原妻郁氏去世。"失母寒"指失去母亲之后的孤苦无依。

〔6〕"生日"句:指出生在北京。长安,汉唐首都,今陕西西安,代指北京。按此诗所写女儿似指作者次女,她于崇祯十年(1637)七月生于北京。参见《梅村家藏稿》卷四九《亡女权厝志》。

海市四首次张石平观察韵(选一)〔1〕

东南天地望中收〔2〕,神鬼苍茫百尺楼〔3〕。秦畤长松移绝岛〔4〕,梁园修竹隐沧洲〔5〕。云如车盖旌旗绕〔6〕,峰近香炉烟霭浮〔7〕。却笑燕齐迂怪士〔8〕,只知碣石有丹丘〔9〕。

〔1〕清顺治六年(1649),作者往游杭州,见到同年进士、两浙粮储观察张天机(字石平)。张天机为他叙述了在盐官(今浙江海宁)见到海市蜃楼景象。作者因作《海市记》一文,并次天机诗韵写下这组诗。他以想落天外之笔,描绘了这一罕见的奇观。组诗四首,此选其三。海市,光线经不同密度的空气层,发生显著折射或反射时,把远处景物显示在空气中或地面,而形成的一种奇幻美妙、瞬息万变的景象,常发生在海边或沙漠地区。次韵,也称步韵,即依照所和诗中的韵及其用韵的先后次序写诗。

〔2〕望中收:收入眼帘的意思。

〔3〕"神鬼"句:意思说那鬼斧神工的高楼,显得迷蒙不清。苍茫,旷远迷茫。

〔4〕秦畤（zhì 志）：秦代祭祀天地五帝的处所。据《史记》卷二八《封禅书》，秦襄公作西畤，文公作鄜畤，宣公作密畤，灵公作吴阳上畤、下畤，献公作畦畤，或祭黄帝、炎帝，或祭白帝、青帝。绝岛：极远的岛屿。指海市。

〔5〕梁园：也叫兔园、梁苑。西汉梁孝王刘武所建的园林。故址在今河南商丘东。规模宏大，为驰猎观赏之所。因园中种植竹林，故俗称"竹园"。修竹：长竹。沧洲：滨水的地方。

〔6〕云如车盖：语出三国魏曹丕《杂诗》："西北有浮云，亭亭如车盖。"车盖，古代车上的篷子，形圆如伞。

〔7〕峰近香炉：山峰形状近似香炉。庐山有香炉峰。

〔8〕燕：古国名。在今河北北部和辽宁西部。齐：古国名。在今山东泰山以北黄河流域及胶东半岛地区。迂怪士：指夸诞不经的方士，即专讲神仙方术的人。秦汉时期，方士多为燕齐一带沿海地区的人，《史记·封禅书》称为"海上燕齐怪迂之方士"。

〔9〕碣石：山名，在今河北昌黎县西北，渤海之滨。一说古碣石山已沉入海中。据《史记·封禅书》载，秦始皇和汉武帝受方士蛊惑都曾至碣石山以寻望传说中的海中蓬莱、瀛洲、方丈三神山。丹丘：传说神仙居住的地方。

乱后过湖上山水尽矣赋一绝[1]

柳榭桃蹊事已空[2]，断槎零落败垣风[3]。莫嗟客鬓重游改[4]，恰有青山似镜中[5]。

〔1〕顺治六年（1649），作者于清兵下江南之后首次往游杭州，见到

昔日美丽的山河满目疮痍,心情沉重,于是写下此诗以抒发故国沦丧之感。湖,指杭州西湖。山水尽矣,指湖光山色完全变了样。

〔2〕柳榭:旁植柳树的台榭。榭,建在高台上的敞屋。桃蹊:桃树下的蹊径。蹊,小路。这里"柳榭桃蹊"用以形容明朝时西湖的繁华景象。

〔3〕断槎(chá查):残破的船只。槎,竹木筏,这里指船。败垣:倒塌的墙。

〔4〕嗟:叹息。客鬓重游改:指自己的鬓发在重游西湖时已经变白。客,过客。作者自称。

〔5〕"恰有"句:谓倒映在湖中的青山变得荒凉萧瑟,一如己鬓。

海溢[1]

积气知难极[2],惊涛天地奔[3]。龙鱼居废县[4],人鬼语荒村。异国帆樯落[5],新沙岛屿存[6]。横流如可救,沧海汉东门[7]。

〔1〕此诗作于清顺治七年(1650)。海溢,即海啸,是由风暴或海底地震造成的海面恶浪并伴随巨响的现象。海水往往冲上陆地,造成灾害。作者家乡太仓,正当长江入海口。据程穆衡《吴梅村先生编年诗笺注》卷三引《州乘备采》,顺治七年八月十五、六日,太仓一带大风海溢,九、十两月月初再溢。这首诗主要描写了海溢发生过后的景象:鱼类上陆,人鬼相杂,海船失事,淤沙成山……反映出这场灾害严重的程度。

〔2〕积气:指乌云聚积。极:穷尽。

〔3〕天地奔:形容海浪铺天盖地奔腾而来。

〔4〕龙鱼:泛指海中生物。废县:指被海水冲毁的县城。

〔5〕"异国"句:意思说被风浪冲上岸的外国船只已是帆毁樯折。樯,桅杆。按,太仓南关称为"六国码头",可与海外通航。

〔6〕"新沙"句:意思说海溢后泥沙淤积,形成新的岛屿。

〔7〕"横流"二句:意思说假如海溢可治的话,沧海就会变成桑田,成为汉之东门了。《史记·秦始皇纪》:"于是立石东海上朐界中,为秦东门。"此化用其典,改"秦"为"汉"。横流,指海水泛滥。沧海,大海。因海水呈青苍色,故称。

琴河感旧四首(选二)并序[1]

枫林霜信[2],放棹琴河[3],忽闻秦淮下生赛赛[4],到自白下[5],适逢红叶[6]。余因客座[7],偶话旧游[8]。主人命犊车以迎来[9],持羽觞而待至[10]。停骖初报[11],传语更衣[12],已托病痁[13],迁延不出[14]。知其憔悴自伤[15],亦将委身于人矣[16]。予本恨人[17],伤心往事。江头燕子,旧垒都非[18];山上蘼芜,故人安在[19]?久绝铅华之梦[20],况当摇落之辰[21]。相遇则惟看杨柳,我亦何堪[22];为别已屡见樱桃,君还未嫁[23]。听琵琶而不响[24],隔团扇以犹怜[25],能无杜秋之感、江州之泣也[26]!漫赋四章[27],以志其事[28]。

〔1〕清顺治七年(1650)十月,吴传业赴常熟,访钱谦益。时卞玉京亦被谦益迎至府中,但却避而不见伟业。伟业有感于旧情,情怀悒怏,写

下了这组诗。《梅村家藏稿》卷一〇《过锦树林玉京道人墓》诗序和卷五八《梅村诗话》都记录了这段往事,可以参阅。这组诗受到钱谦益的激赏,称其"声律妍秀,风怀恻怆,于歌禾赋麦之时,为题柳看花之句。傍徨吟赏,窃有义山(李商隐)、致光(韩偓)之遗憾焉。"(《牧斋有学集》卷四《绛云馀烬集·读梅村宫詹艳诗有感书后四首序》)组诗四首,此选其二、其四两首。琴河,又名琴川,在江苏常熟。分七条河道自北南流,状若琴弦,故名。这里代指常熟。

〔2〕霜信:霜期到来的消息。

〔3〕放棹:放船。棹,船桨。

〔4〕秦淮:河名。源出江苏溧水县东北,流经南京,入长江。明代,秦淮河流经南京城中的一段,两岸是繁华的商业区,也是歌妓楼馆集中的地区。明末的许多名妓,都出自这里。卞生赛赛:明末著名妓女,名赛,或赛赛,字云装。出身不详,或说是南京人。知书,工小楷,能画兰,善弹琴。十八岁侨居苏州虎丘之山塘。与吴伟业一见钟情,欲以身相许,伟业未应。不久归南京。清兵下江南后,她身着道人装,自称玉京道人。游于苏州、常熟一带。后至浙江,归于浙江官员郑应皋。不得意,复归吴,托身名医郑钦俞,又十馀年而卒,葬于无锡惠山祇陀庵锦树林。参阅伟业《过锦树林玉京道人墓》诗序。生,徐釚《续本事诗》卷五袁宏道《伤周生》题下注:"按吴人呼妓为生。"

〔5〕白下:南京别称。

〔6〕适逢红叶:正逢树叶变红。指秋天。

〔7〕客座:指在钱谦益家做客。

〔8〕偶话:偶然谈及。旧游:此指往昔所结识的妓女。

〔9〕主人:指钱谦益。犊车:小牛拉的车。

〔10〕"持羽觞"句:谓客人们都停止喝酒,等待卞玉京的到来。羽觞,古代饮酒用的耳杯。

〔11〕骖:一车驾三马,这里泛指车。"停骖"是指接卞玉京的车回到钱府。初报:指有人报告卞玉京刚刚到达消息。

〔12〕更衣:更换衣服。

〔13〕托:托词,借口。痁(shān山):疟疾。

〔14〕迁延:拖延时间。

〔15〕憔悴自伤:为自己的容颜憔悴感伤。

〔16〕委身于人:指嫁人。即《过锦树林玉京道人墓》诗序所说:"逾两年,渡浙江,归于东中一诸侯(指当地官员郑应皋)。"

〔17〕恨人:失意抱恨的人。

〔18〕旧垒:指昔日的建筑。"旧垒都非"喻指朝代更迭、江山易主。

〔19〕"山上"二句:用汉代古诗《上山采蘼芜》"上山采蘼芜,下山逢故夫"句意,喻指同卞玉京的感情已成过去。蘼芜,一种香草,叶子风干后可作香料。安在,何在,在哪里。

〔20〕铅华之梦:指与妓女交往的念头。铅华,妇女搽脸用的铅粉,这里代指妓女。

〔21〕摇落之辰:语意双关,既指草木凋零的时节,也指明朝灭亡之后的岁月。

〔22〕"相遇"二句:《世说新语·言语》:"桓公(桓温)北征经金城,见前为琅玡时种柳,皆已十围,慨然曰:'木犹如此,人何以堪!'攀枝执条,泫然流泪。"此用其典,意谓时光流逝,让人感伤,难以为怀。何堪,怎能忍受。

〔23〕"为别"句:用唐李白《久别离》诗"别来几春未还家,玉窗五见樱桃花"句意,是说我们分别已多年,你却仍然尚未出嫁。

〔24〕"听琵琶"句:唐白居易《琵琶行》:"我闻琵琶已叹息。"这里反其意而用之,是说欲见卞玉京而不得。

〔25〕"隔团扇"句:意思说虽未见到卞玉京,但仍充满对她的怜爱。

团扇,据《乐府诗集》引《古今乐录》,东晋王珉与嫂嫂的婢女谢芳姿有情。一次,嫂嫂责打芳姿过于狠毒,王珉兄王珣闻而劝止。芳姿平素善歌,嫂嫂令芳姿歌一曲,歌成即宽免她。芳姿因王珉喜欢手执白团扇,应声而歌曰:"白团扇,辛苦五流连,是郎眼所见。"王珉听说后,问她此歌赠给谁,她改词唱道:"白团扇,憔悴非昔容,羞与郎相见。"此用其典。"隔团扇"就是不得相见的意思。

〔26〕杜秋之感:据唐杜牧《杜秋娘》诗序,杜秋是唐时金陵(今南京)女子。原为节度使李锜妾,后入宫,为宪宗所宠。穆宗即位后,命为皇子傅姆。后皇子被废,赐归故乡,穷老以终。后世常用"杜秋"代指妓女。"杜秋之感"是指风尘女子盛年已过的感伤。江州之泣:唐诗人白居易被贬为江州司马时,送客浔阳江头,遇一从良老妓,为他弹奏琵琶,且自诉不幸身世,触动诗人愁绪,联系自己的失意沦落,因作《琵琶行》一诗,末句云:"座中泣下谁最多?江州司马青衫湿。"这里,"江州之泣"是吴伟业借以自况。

〔27〕漫赋:随手写下。

〔28〕志:记。

一

油壁迎来是旧游[1],尊前不出背花愁[2]。缘知薄幸逢应恨[3],恰便多情唤却羞[4]。故向闲人偷玉箸[5],浪传好语到银钩[6]。五陵年少催归去[7],隔断红墙十二楼[8]。

〔1〕油壁迎来:即诗序中所说"主人命犊车以迎来"。油壁,车名。古代女子乘的一种车子,车壁用油涂饰,故名。

〔2〕尊:同"樽"。酒杯。

〔3〕缘:因,因而。薄幸:薄情。作者自谓对卞玉京薄情。卞玉京初见吴伟业,即欲以身相许,而伟业故意装作不解,使卞玉京十分失望。逢应恨:再次相逢一定会怨恨我。

〔4〕"恰便"句:意思说正是由于依旧多情,所以才不管如何呼唤,却含羞不见。

〔5〕故:借故,托故。闲人:非当事之人。偷玉箸:暗暗流泪。玉箸,玉质的筷子,喻成行的泪珠。南朝梁刘孝威《独不见》诗:"谁怜双玉箸,流面复流襟。"

〔6〕浪传:空传。浪,徒然。好语:指劝说卞玉京出来与作者相见的各种温存动听的话。银钩:帘钩、帐钩。代指卞玉京所居。

〔7〕五陵年少:指卞玉京将要嫁与的豪门子弟。五陵,汉高祖长陵、惠帝安陵、景帝阳陵、武帝茂陵、昭帝平陵合称五陵。当时,每建一座陵墓都要把四方豪富之家和外戚迁至陵墓附近居住。后世因用"五陵年少"指称有钱有势人家的子弟。白居易《琵琶行》:"五陵年少争缠头,一曲红绡不知数。"催归去:指催促卞玉京出嫁。

〔8〕红墙十二楼:虚拟的卞玉京出嫁后所居的深宅大院。十二楼,道家谓神仙所居之处。玉京入道,故取以为喻。

二

休将消息恨层城[1],犹有罗敷未嫁情[2]。车过卷帘劳怅望[3],梦来携袖费逢迎[4]。青山憔悴卿怜我[5],红粉飘零我忆卿[6]。记得横塘秋夜好[7],玉钗恩重是前生[8]。

〔1〕将:因。消息:指卞玉京"将委身于人"的消息。层城:古代神话谓昆仑山顶有九层城阙,高一万一千里。这里用南唐后主李煜《感怀》诗"层城无复见娇姿"句意,表示两人将要隔绝,难以再见。

〔2〕"犹有"句:意思说卞玉京心中其实旧情未泯。罗敷,古代美女名。据晋崔豹《古今注·音乐》,罗敷姓秦,邯郸人,为王仁妻。后王仁做了越王家令。一次,罗敷在陌上采桑,被越王登台看到,遂想夺过来。罗敷于是作《陌上桑》诗以表现自己坚贞之情。这里用罗敷代指卞玉京。

〔3〕车过卷帘:据唐孟棨《本事诗》,唐诗人韩翃未出仕时,其邻居李将军将妓女柳氏赠之。后韩翃任淄青节度使侯希逸从事,因时局动荡,将柳氏留于长安。不久,柳氏被番将沙吒利劫夺。三年后,韩翃随侯希逸入朝。一天至子城东南角,遇一犊车,便缓缓跟随。车中问他:"是青州韩员外吗?"他说:"是。"于是车帘卷起,车中人正是柳氏。柳氏约韩翃第二天仍至此地。韩如期前往,不久犊车亦至,从车中投出一红巾包小盒,里面是香膏。柳氏哽咽说:"终身永别了。"韩不胜情,为之痛哭。"车过卷帘"即用此典,以进一步申明第二句之意,写卞玉京不忘旧情。劳怅望:意谓使得我满怀惆怅,徒然怀想。

〔4〕"梦来"句:大意说梦中相见,依旧热情相待,携手相亲。

〔5〕青山:据程穆衡《吴梅村先生编年诗笺注》和靳荣藩《吴诗集览》,"山"当作"衫"。"青衫",语出白居易《琵琶行》:"座中泣下谁最多?江州司马青衫湿。"系作者自称。卿:夫妇间爱称。

〔6〕红粉:胭脂和铅粉,女子的化妆品,常用来代指美女。飘零:流落无依。

〔7〕横塘:地名。在吴县(今江苏苏州)西南十里。这里指作者初识卞玉京,两情欢会的地方。

〔8〕玉钗:玉制的钗,由两股合成,燕形。汉司马相如《美人赋》写

他在上宫闲馆,见到一美女,美女欲托身于他,"玉钗挂臣冠,罗袖拂臣衣"。但他没有接受。此用其典。全句意思说下玉京当年以身相许的深情,现在回忆起来,仿佛是前世之事了。

听朱乐隆歌六首(选二)[1]

一

少小江湖载酒船,月明吹笛不知眠。只今憔悴秋风里,白发花前又十年[2]。

〔1〕这组诗大约作于清顺治七、八年间(1650—1651),写作者听朱乐隆唱歌之后所激荡起的强烈的今昔之感,也隐约写出对时局的关切。组诗六首,此选其一、其六两首。朱乐隆,常熟(今属江苏)人。精通音律,善于度曲,是戏曲家袁于令的好友。于令撰《西楼传奇》,乐隆为之点定。见《重修常昭合志》。
〔2〕"白发"句:暗用杜甫《江南逢李龟年》"落花时节又逢君"句意。由此句可知,作者与朱乐隆当是旧识。

二

楚雨荆云雁影还[1],竹枝弹彻泪痕斑[2]。坐中谁是沾裳者[3],词客哀时庾子山[4]。

〔1〕楚雨荆云:荆楚一带的云云雨雨。似是隐喻南明永历朝风雨飘摇的危难处境。据清李天根《爝火录》卷一九和卷二〇,顺治六、七年,永历朝在湘桂战场上屡遭败绩,抗清重要将领李成栋、何腾蛟、瞿式耜先后殉难,江西、湖南、两广的大部分地区被清军攻占。永历帝被迫逃往贵州。雁影还:指消息传来。古代有"雁足传书"之说。

〔2〕竹枝:即《竹枝词》,乐府近代曲名。本巴渝(今四川东部)一带民歌,唐诗人刘禹锡据以改作新词,于是流行开来。形式都是七言绝句。这里指朱乐隆所唱乐歌。弹彻:指唱罢。弹,弹奏。

〔3〕坐中:犹言听众之中。沾裳:眼泪沾湿衣裳。

〔4〕"词客"句:语出杜甫《咏怀古迹五首》其一:"羯胡事主终无赖,词客哀时且未还。庾信平生最萧瑟,暮年诗赋动江关。"词客,诗人。子山,庾信字,南阳新野(今属河南)人。原为南朝梁官员,出使西魏被留。历仕西魏、北周,官至骠骑大将军、开府仪同三司。其晚年作品多抒写乡关之思和故国沦亡之痛。这里作者以庾信自况。

听女道士卞玉京弹琴歌〔1〕

鸳鹅逢天风〔2〕,北向惊飞鸣。飞鸣入夜急,侧听弹琴声。借问弹者谁?云是当年卞玉京〔3〕。玉京与我南中遇〔4〕,家近大功坊底路〔5〕。小院青楼大道边,对门却是中山住〔6〕。中山有女娇无双,清眸皓齿垂明珰〔7〕。曾因内宴直歌舞〔8〕,坐中瞥见涂鸦黄〔9〕。问年十六尚未嫁,知音识曲弹清商〔10〕。归来女伴洗红妆,枉将绝技矜平康〔11〕,如此才足当侯王〔12〕。万事仓皇在南渡〔13〕,大家几日能枝梧〔14〕。诏书忽下选蛾眉[15],细马轻车不知数[16]。中山好女光徘徊[17],一时粉黛无人顾[18]。艳色知为天下传,高门愁被旁人妒。尽道当前黄屋尊,谁知转盼红颜误[19]。南内方看起桂宫[20],北兵早报临瓜步[21]。闻道君王走玉骢[22],犊车不用聘昭容[23]。幸迟身入陈宫里,却早名填代籍中[24]。依稀记得祁与阮[25],同时亦中三宫选[26]。可怜俱未识君王,军府抄名被驱遣。漫咏临春琼树篇[27],玉颜零落委花钿[28]。当时错怨韩擒虎[29],张孔承恩已十年[30]。但教一日见天子,玉儿甘为东昏死[31]。羊车望幸阿谁知[32]?青冢凄凉竟如此[33]!我向花间拂素琴[34],一弹三叹为伤心。暗将别鹄离鸾引[35],写入悲风怨雨吟。昨夜城头吹筚篥[36],教坊也被传呼急[37]。碧玉班中怕点留[38],乐营门外卢家泣[39]。私更装束出江边,恰遇丹阳下渚船[40]。翦就黄绢贪入道[41],携来绿绮诉婵娟[42]。此地繇来盛歌舞[43],子弟三班十番鼓[44]。月明弦索更无声,山塘寂寞遭兵苦[45]。十年同伴两三人,沙董朱颜尽黄土[46]。贵戚深闺陌上尘,吾辈漂零何足数[47]!坐客闻言起叹嗟,江山萧瑟隐悲笳。莫将蔡女边头曲,落尽吴王苑里花[48]。

〔1〕此诗作于清顺治八年(1651)。据《梅村家藏稿》卷一〇《过锦树林玉京道人墓并传》和卷五八《梅村诗话》,卞玉京为明末名妓。原名赛,一说名赛赛,字云装。详见《琴河感旧四首并序》注〔4〕。玉京于顺治八年初春,往访梅村于太仓,为弹琴,且为述乱离中所见所闻。梅村感而赋此诗。诗中以卞玉京弹琴为贯穿,写出了明末一些女子的不幸命

运,从而反映出弘光朝的荒淫和清朝的残暴。清人魏宪说它"细细叙来,悲泣莫诉"(《诗持》),邓汉仪说它让人"千载伤心,一时掩泪"(《诗观》)。

〔2〕驾(jiā家)鹅:野鹅。

〔3〕当年:《南史》卷三一《张绪传》:"此杨柳风流可爱,似张绪当年时。"此用其典,以赞美卞玉京仍像以前一样风流可爱。又张绪善谈论,"吐纳风流,听者皆忘饥疲"。而卞玉京也善谈论,余怀《板桥杂记》上卷《雅游》谓玉京"若遇佳宾,则谐谑间作,谈辞如云,一座倾倒"。这里使用"当年"一典,显然还含有赞美卞玉京善于辞令之意。

〔4〕"玉京"句:写作者与卞玉京的初识。南中,指南京。

〔5〕大功坊:明太祖朱元璋赏赐给功臣徐达的宅第,故址在南京聚宝门内。

〔6〕"小院"二句:写卞玉京所居妓院的方位。据《板桥杂记》上卷《雅游》,当时妓院前门对武定桥,后门在钞库街,中山东花园横亘其前。青楼,旧时称妓女处所。中山,明开国元勋徐达死后追封为中山王。这里指徐达后裔。

〔7〕明珰:饰耳明珠。

〔8〕内宴:此指王府之内的宴会。直:当值。

〔9〕鸦黄:即"额黄"。六朝时妇女额上的涂饰。唐代仍有此风俗。这里泛指女子的化妆。

〔10〕清商:古代乐曲名,声调比较清越,故名。

〔11〕矜:炫耀。平康:唐代长安城平康坊为妓女聚居之所,旧时因称妓院为"平康"。

〔12〕当侯王:与侯王相配。按,从"归来女伴洗红妆"句至此句是写卞玉京的女伴见到中山之女归来之后十分钦羡和自愧不如的心情。

〔13〕仓皇:慌乱。南渡:指弘光朝的建立。清顺治元年(1644)五

月,马士英等将福王朱由崧自淮安迎至南京,拥立为帝。这种情形很像晋室南迁。

〔14〕大家:旧时对皇帝的一种称呼。这里指弘光帝。枝梧:也作"支吾",是勉强支撑的意思。

〔15〕"诏书"句:据清计六奇《明季南略》卷二《诏选淑女》载,弘光帝登位不久,即派遣宦官四出遴选淑女,闹得市井骚然。蛾眉,代指美女。

〔16〕细马:小马。

〔17〕光徘徊:形容容貌艳丽夺目。

〔18〕"一时"句:用白居易《长恨歌》"六宫粉黛无颜色"句意。粉黛,搽脸的白粉和画眉的黛墨。借指美女。

〔19〕"尽道"二句:意思说人人都说能够选入皇宫将尊贵无比,谁料想转眼之间竟误了中山之女的终身大事。黄屋,帝王宫室。

〔20〕南内:唐代长安的兴庆宫,原系玄宗作藩王时的邸第,后为宫,位于大明宫之南,故名。这里代指弘光朝皇宫。桂宫:汉宫名,武帝建,在未央宫北。这里代指弘光帝为中选的妃子所建宫室。

〔21〕北兵:指清军。瓜步:镇名,在今江苏六合县东南瓜步山下。

〔22〕走玉骢:指乘马逃跑。玉骢,即"玉花骢",唐玄宗所乘骏马名。这里泛指骏马。按,据《明季南略》卷四《弘光出奔》载,顺治二年五月初十,即清兵渡江的第二天,弘光帝慌忙乘马从南京通济门逃走,文武百官无一知者,遗下宫娥和女优。

〔23〕犊车:指妃嫔所乘牛车。聘:聘娶。昭容:古代宫中女官名,汉代始置。这里代指弘光帝选中的妃子。

〔24〕"幸迟"二句:《梅村家藏稿》卷一〇《过锦树林玉京道人墓并传》引下玉京话说,"吾在秦淮,见中山故第有女绝世,名在南内选择中,未入宫而乱作,军府以一鞭驱之去"。此二句诗即写其事。陈宫,南朝陈

皇宫,这里代指弘光朝皇宫。代,古国名,在今河北蔚县。"代籍"指清军簿籍。

〔25〕祁与阮:"祁"指浙江山阴祁氏,"阮"指安徽怀宁阮氏。两个家族都是当地的名门大姓,各有女被弘光帝选中。见明谈迁《枣林杂俎》和《虞阳说苑》所引《牧斋遗事·赵水部杂志》。

〔26〕三宫:指后妃所居宫室。

〔27〕漫咏:休咏、不要咏。临春:阁名。南朝陈后主建。琼树篇:指陈后主所制曲《玉树后庭花》,中有"璧月夜夜满,琼树朝朝新"之句。《玉树后庭花》向来被认为是亡国之音。

〔28〕"玉颜"句:写弘光帝所选妃子被清兵驱迫蹂躏之状。委花钿,用唐白居易《长恨歌》"花钿委地无人收"句意,是说首饰丢弃在地上。花钿,用金翠珠宝制成的花形首饰。

〔29〕韩擒虎:隋朝大将。隋开皇九年(589)统率大军攻入建康(今南京),俘陈后主和贵妃张丽华等。张丽华随被处死。

〔30〕张孔:指陈后主宠姬张丽华贵妃与孔贵嫔。承恩:受到皇帝宠幸。

〔31〕玉儿:南朝齐东昏侯潘贵妃小字玉儿。东昏:指东昏侯萧宝卷,南朝齐皇帝。凶暴嗜杀,科敛无度,穷奢极欲。曾凿金为莲花,布于地上,令潘贵妃行其上,曰:"此步步生莲花也。"后萧衍起兵襄阳,进围建康,他被部将杀死。按,从"当时错怨韩擒虎"至此句是写被清兵驱遣的弘光帝选妃的心理活动。

〔32〕羊车:羊拉的小车。据《晋书》卷三一《后妃传上·胡贵嫔》,晋武帝多宠姬,常乘羊车,任其所往,至便宴寝。宫人于是取竹叶插门,用盐水洒地,以吸引帝车。

〔33〕青冢:汉王昭君墓。在今内蒙古自治区呼和浩特市南。传说当地多白草而此冢独青,故名。此句连同上句大意是说当时谁也不知道

能否得到皇帝的宠爱,更想不到竟被清兵掳往北方,将要身死异地,落得如此凄凉的下场。

〔34〕我:卞玉京自称。素琴:不加装饰的琴。

〔35〕别鹄、离鸾:均为古琴曲名。"鹄"当作"鹤"。此二曲均写离别之痛。

〔36〕觱篥(bì lì 毕栗):管乐器。汉时从西域传入。这里指清军军乐。

〔37〕教坊:乐妓院。传呼:指索要乐妓。

〔38〕碧玉班:碧玉是唐乔知之宠妾,后被武则天侄武承嗣所夺。见唐张鷟《朝野佥载》卷二。这里的"碧玉班"指将被清军传呼掳掠的妓女。

〔39〕乐营:旧时官妓的坊署。卢家:指卢家妇。乐府古辞《河中之水歌》有"十五嫁为卢家妇,十六生儿字阿侯"之句,后因以"卢家妇"作为少妇的代称。这里代指充作清军官妓的女子们。

〔40〕丹阳:县名,今属江苏。下渚船:下水船。

〔41〕翦:同"剪"。黄绨(shī 施):道士穿的黄裳。绨,粗绸。

〔42〕绿绮:古琴名。相传曾为汉司马相如所有。这里泛指琴。诉婵娟:意谓讲述那些女子的不幸遭遇。婵娟,指美女。

〔43〕此地:指苏州一带。繇来:从来,由来。

〔44〕子弟三班:形容演艺人员之多。十番鼓:一种器乐合奏名。因演奏时轮番使用鼓、笛、木鱼等十种乐器,故名。起于明万历年间。

〔45〕山塘:池塘名。在苏州虎丘一带。《梅村家藏稿》卷一〇《过锦树林玉京道人墓并传》谓卞玉京"年十八,侨虎丘之山塘"。此当是动乱之后,卞玉京又回到山塘。

〔46〕沙董:"沙"指沙才和沙嫩姊妹;"董"指董年和董小宛,均为当时名妓。参见《板桥杂记》中卷《丽品》。

〔47〕"贵戚"二句:意思说像中山之女那样出身贵族之家的女子们尚且被驱遣,轻贱如路上的尘土,我们这些妓女漂泊零落就更不值一提了。

〔48〕蔡女边头曲:指汉末蔡琰所作《悲愤诗》。蔡琰字文姬,蔡邕之女。汉末动乱中被南匈奴掳掠,嫁左贤王。在胡地生活十二年,生二子。后曹操将其赎归,再嫁董祀。见《后汉书》卷八四《列女传·董祀妻》。其《悲愤诗》自诉不幸遭遇。因多写边地生活,故这里称之为"边头曲"。吴王苑里花:喻指吴地的美女。吴王苑,春秋吴王夫差的宫苑。故址在今苏州市。最后二句大意说但愿不要让吴地的美女们都像蔡文姬那样被异族掳掠,流落边地。

萧史青门曲[1]

萧史青门望明月,碧鸾尾扫银河阔[2]。好畤池台白草荒[3],扶风邸舍黄尘没[4]。当年故后婕妤家[5],槐市无人噪晚鸦[6]。却忆沁园公主第[7],春莺啼杀上阳花[8]。呜呼先皇寡兄弟[9],天家贵主称同气[10]。奉车都尉谁最贤[11],巩公才地如王济[12]。被服依然儒者风,读书妙得公卿誉[13]。大内倾宫嫁乐安[14],光宗少女宜加意[15]。正值官家从代来[16],王姬礼数从优异[17]。先是朝廷启未央[18],天人宁德降刘郎[19]。道路争传长公主[20],夫婿豪华势莫当[21]。百两车来填紫陌[22],千金榼送出雕房[23]。红窗小院调鹦鹉,翠馆繁筝叫凤凰[24]。白首傅玑阿母饰[25],绿幰大袖骑奴装[26]。灼灼夭桃共秾李[27],两家姊妹骄纨绮[28]。九子鸾雏斗玉钗[29],钗工百万恣求取[30]。屋里薰炉瀹若云[31],门前钿毂流如水[32]。外家肺腑数尊亲[33],神庙荣昌主尚存[34]。话到孝纯能识面[35],抱来太子辄呼名。六宫都讲家人礼[36],四节频加戚里恩[37]。同谢面脂龙德殿[38],共乘油壁月华门[39]。万事荣华有消歇,乐安一病音容没[40]。莞藭桃笙朝露空[41],温明秘器空堂设[42]。玉房珍玩宫中赐,遗言上献依常制[43]。却添驸马不胜情,至尊览表为流涕。金册珠衣进太妃[44],镜奁钿合还夫婿[45]。此时同产更无人[46],宁德来朝笑语真。忧及四方宵旰甚[47],自家兄妹话艰辛。明年铁骑烧宫阙,君后仓黄相诀绝[48]。仙人楼上看灰飞,织女桥边听流血[49]。慷慨难从巩公死[50],乱离怕与刘郎别。扶携夫妇出兵间,改朔移朝至今活[51]。粉碓脂田县吏收[52],妆楼舞阁豪家夺。曾见天街羡璧人[53],今朝破帽迎风雪。卖珠易米返柴门,贵主凄凉向谁说。苦忆先皇涕泪涟,长平娇小最堪怜[54]。青萍血碧它生果,紫玉魂归异代缘[55]。尽叹周郎曾入选[56],俄惊秦女遽登仙[57]。青青寒食东风柳,彰义门边冷墓田[58]。昨夜西窗仍梦见,乐安小妹重欢宴。先后传呼唤卷帘[59],贵妃笑折樱桃倦[60]。玉阶露冷出宫门,御沟春水流花片。花落回头往事非,更残灯灺泪沾衣[61]。休言傅粉何平叔[62],莫见焚香卫少儿[63]。何处笙歌临大道[64],谁家陵墓对斜晖[65]。只看天上琼楼夜,乌鹊年年它自飞[66]。

〔1〕此诗约作于清顺治八年(1651),以咏刘有福驸马、宁德公主夫妇为主兼及其他公主在明清易代前后的命运变化。萧史,传说中人物名。据汉刘向《列仙传》,萧史为春秋秦穆公时人,善吹箫,能招致孔雀、白鹤于庭。穆公以女弄玉妻之。萧史每日教弄玉吹箫作凤鸣,引来凤凰集其屋。穆公筑凤台,使萧史夫妇居其上。数年后,萧史夫妇随凤凰飞去。此以萧史喻指驸马刘有福。按,有关刘有福生平资料甚少,《明史》卷一二一《公主传》仅说明光宗女宁德公主下嫁刘有福,吴伟业《绥寇纪略》补遗上《虞渊沉中》仅云:"刘有福缘宁德出入禁中,居平时独擅光宠,尝一至彰德慰周王,从骑不戢,为有司所奏。其为人美容止,自修饰,不失为主婿而已。"其馀不详。而此诗则透露出一些情况,故程穆衡《吴梅村先生编年诗笺注》称"此诗真堪补史"。青门,见《与友人谈遗事》注〔8〕。这里用故秦东陵侯召平汉初种瓜于青门之外的典故,以点出刘有福夫妇明亡后沦落民间的悲惨境况。此诗写及三代(万历、泰昌、崇祯)四公主(荣昌、宁德、乐安、长平)的命运。诗人通过错综穿插、开阖有致、曲折萦回的叙写和凄婉动人的文辞,抒发了"万事荣华有消歇"的感叹。袁枚称此诗"音节凄凉,举止妩媚"(上海图书馆藏过录袁子才录本)。

〔2〕碧鸾:即凤凰。因开头用了萧史、弄玉吹箫引凤的典故,所以这里言及"碧鸾"。碧,形容凤凰羽毛艳丽。

〔3〕好畤(zhì 志):古县名。治所在今陕西乾县东。这里"好畤"是用典。据《后汉书》卷一九《耿弇传》,建武二年(26),耿弇被汉光武帝封为好畤侯。弇死,子孙承继侯位。至其曾孙耿良娶安帝妹濮阳公主。此外,耿弇兄弟们的后裔也多与皇室联姻,如耿援娶桓帝妹长社公主,耿袭娶显宗女隆虑公主。因此,这里用"好畤"一典实以耿氏喻指明代末年的驸马之家。池台:池苑楼台。

〔4〕扶风:郡名,治所在今陕西凤翔。这里"扶风"也是用典。据

133

《后汉书》卷二三《窦融传》,窦融为扶风平陵人。其长子窦穆娶光武帝女内黄公主,其孙窦勋娶东海恭王沘阳公主,其侄窦固娶光武帝女涅阳公主。这里使用"扶风"一典,是以窦氏喻指明末的驸马之家。邸舍:宅第。按,此诗用倒叙手法,开头四句写明亡后刘有福夫妇的凄凉心情和昔日驸马府第的败落。下文方转入对于明亡前景况的描写。

〔5〕故后:指已故崇祯帝周皇后。婕妤:妃嫔的称号。这里指田贵妃、袁贵妃等。

〔6〕槐市:汉代长安读书人聚会、贸易之市,因其地多槐而得名。见《三辅黄图》。这里指周皇后和田、袁贵妃娘家所在地。

〔7〕沁园公主:汉明帝女。这里代指明朝公主。第:府第。

〔8〕上阳:唐宫名。高宗时建于洛阳,在禁苑之东。见《新唐书·地理志二》。这里代指明公主府第。

〔9〕先皇:指明思宗(崇祯帝)朱由检。寡兄弟:朱由检的几位兄弟除天启帝外均早夭。

〔10〕天家贵主:指光宗(泰昌帝)女宁德公主、遂平公主和乐安公主。同气:有血缘关系的亲属,指兄弟姐妹。

〔11〕奉车都尉:官员。汉武帝初设奉车都尉和驸马都尉,掌御乘舆马。见《汉书》卷一九上《百官公卿表上》。这里用以代指明代驸马。据《明史》卷七六《职官志五》,"凡尚大长公主、长公主、公主,并曰驸马都尉"。

〔12〕巩公:指巩永固,乐安公主的丈夫。据《明史·公主传》,巩永固字洪图,宛平人。好读书,负才气。李自成攻破北京时自杀。才地:才能和门第。王济:晋司徒王浑子,字武子。少有逸才,风姿英爽,好弓马,勇力超人,精通《易》、《老子》、《庄子》,文词俊茂,技艺过人,有名当世。娶武帝女常山公主,官至太仆。见《晋书》卷四二《王济传》。

〔13〕"被服"二句:意思说巩永固风度儒雅,好读书,有才学,因而

得到公卿的赞誉。

〔14〕大内:皇帝宫殿。倾宫:指动用皇宫全部人材、物力。

〔15〕加意:格外在意、重视。

〔16〕官家:旧时对皇帝的一种称呼。这里指崇祯帝。从代来:据《史记》卷一〇《孝文本纪》,汉文帝由代王继位为皇帝。代,古地名,今河北蔚县一带。这里用以喻指崇祯帝由信王而即帝位。

〔17〕礼数:古代按名位而定的礼仪等级制度。从优异:指按照规定所能享有的最高规格。

〔18〕先是:指在乐安公主出嫁之前。未央:汉宫名。故址在今陕西西安市西北长安城故城内西南隅。这里代指明皇宫。按,自此句以下十句是写宁德公主当年出嫁的豪华场面。

〔19〕天人:指公主。因出身于天子之家,故名。刘郎:指刘有福。

〔20〕长公主:古代称皇帝的姊妹为长公主。按,宁德公主为天启帝和崇祯帝妹。

〔21〕当:匹敌。

〔22〕百两:《诗经·召南·鹊巢》:"之子于归,百两御之。"毛传:"百两,百乘也,诸侯之子嫁于诸侯,送御者皆百乘。"后因以"百两"特指结婚时所用车辆。两,古时车凡两轮,故以两计数。紫陌:旧称帝都的道路。

〔23〕梊(kē棵):指盛放嫁妆的器具。雕房:彩画装饰的房屋。

〔24〕繁筝:繁密急促的筝曲。叫凤凰:语出李贺《李凭箜篌引》"昆山玉碎凤凰叫",形容筝音清脆嘹亮如凤鸣。同时照应开头萧史弄玉吹箫引凤的典故。

〔25〕傅珥:即"傅玑之珥"。一种镶嵌珠玉的女子耳饰。阿母:乳母。

〔26〕韝(gōu 沟):臂套,用来束衣袖以便动作。骑奴:骑马随从的

奴仆。

〔27〕"灼灼"句:用《诗经·周南·桃夭》"桃之夭夭,灼灼其华。之子于归,宜其室家"和《诗经·召南·何彼秾矣》"何彼秾矣,华如桃李。平王之孙,齐侯之子"诗意,以"夭桃"、"秾李"比喻出嫁后的尊贵娇美的宁德公主和乐安公主。灼灼,鲜明的样子。按,自此句以下六句合写宁德与乐安。

〔28〕两家:古代妇女出嫁后从夫姓,因此宁德公主和乐安公主虽为同胞姊妹,却须称"两家"。骄纨绮:形容盛服华妆,尊宠莫比。

〔29〕"九子"句:据唐苏鹗《杜阳杂编》,唐懿宗咸通年间,同昌公主获得九玉钗,上刻九鸾,且刻有"玉儿"二字,做工精妙巧丽。有托梦给同昌公主者,称此为南朝齐潘淑妃物。玉儿是潘妃的小字。后同昌公主去世,钗遂不见。此用其典,以形容宁德、乐安二公主所用饰物精美绝伦。斗,接合。玉钗,玉制的妇女首饰,由两股合成,燕形。

〔30〕恣:由着性子。

〔31〕薰炉:旧时用来熏香的炉子。滃(wēng 翁):烟气漫涌的样子。

〔32〕钿毂(tián gǔ 田古):用金银宝石装饰的车子。毂,车轮中心的圆木,代指车。

〔33〕外家:这里指公主所嫁人家。数尊亲:意思说算一算谁辈分最高又最亲。

〔34〕神庙:指明神宗(万历帝)。荣昌公主:《明史·公主传》:"荣昌公主,万历二十四年(1596)下嫁杨春元。四十四年,春元卒。久之,主薨。"

〔35〕孝纯:崇祯帝生母、光宗贤妃刘氏,早死。崇祯帝即位后,追谥生母为孝纯皇后。见《明史》卷二三《庄烈帝纪》。

〔36〕六宫:原指皇后寝宫,也指皇后,后统指皇后妃嫔或其住处。这里即用后起之意。

〔37〕四节:指春、夏、秋、冬四时的节日。戚里:亲戚。

〔38〕面脂:润面的油脂。这里指脂粉钱。龙德殿:明宫殿名。在皇史宬西。见朱彝尊《日下旧闻》。

〔39〕油壁:车名。古代女子所乘,车壁用油涂饰。月华门:在明皇宫内,乾清宫南,与日精门相对。见近人陈宗蕃《燕都丛考》第三章《宫阙》。

〔40〕"乐安"句:据吴伟业《绥寇纪略·虞渊沉中》,乐安公主病逝于崇祯十六年三月初九日。

〔41〕莞蒻(guān ruò 关弱):蒲草编的草席。桃笙:桃枝竹编的竹席。古时常以蒲席铺垫于竹席下,所谓"上莞下簟,乃安斯寝"(《诗经·小雅·斯干》)。朝露:取早晨露水易干之意以喻人生短促。

〔42〕温明秘器:古代葬器。温明,埋葬时,置于死者头部的一种漆面罩。

〔43〕依常制:按照通常的制度。

〔44〕金册:金箔制的册封诏书。珠衣:珠饰的衣服。太妃:皇帝的祖父或父亲所遗留的妃称太妃。按,这里的"太妃"当指神宗昭妃刘氏,崇祯朝尚在世。崇祯帝礼事之如同亲祖母。见《明史》卷一一四《后妃传二》。

〔45〕钿合:即"钿盒"。用金、银、玉、贝镶嵌的首饰盒。夫婿:指巩永固。

〔46〕同产:同胞兄弟姐妹。

〔47〕宵旰(gàn 赣):"宵衣旰食"的略语,意思是天不亮就穿衣起身,天晚了才吃饭。旧时用来称谀帝王勤于政事。

〔48〕君后:指崇祯帝与周皇后。诀绝:永别。《明史·后妃传二》:"崇祯十七年三月十八日暝,都城陷。帝泣语后曰:'大事去矣。'后顿首曰:'妾事陛下十有八年,卒不听一语,至有今日。'……帝令后自

裁。……后遂先帝崩。"

〔49〕"仙人"二句:写宁德公主夫妇亲见亲闻公主们的悲惨下场。仙人楼、织女桥:典出《全唐诗》卷一一五李邕《奉和初春幸太平公主南庄应制》:"织女桥边乌鹊起,仙人楼上凤凰飞。"用以指公主所居之所。

〔50〕"慷慨"句:是"难从巩公慷慨死"的倒装。巩公,指巩永固。据《明史·公主传》,北京被李自成攻破以后,巩永固自刎,全家自焚。

〔51〕改朔:更改正朔,指改朝换代。

〔52〕粉碓脂田:指为公主提供脂粉费用的产业。碓,指舂米作坊。

〔53〕天街:旧称帝都的街市。璧人:《世说新语·容止》:"卫玠从豫章至下都,人久闻其名,观者如堵墙。"南朝梁刘孝标注引《玠别传》:"(玠)龆龀时,乘白羊车于洛阳市上,咸曰:'谁家璧人?'"后因以"璧人"指称仪容美好的人。这里指驸马刘有福。

〔54〕长平:崇祯帝女长平公主。据《明史·公主传》,长平公主十六岁时,崇祯帝选周显为驸马。将婚,因局势危急暂停。北京陷落,崇祯帝用剑砍长平公主,断其左臂。后长平公主苏醒。清顺治二年,清廷命周显仍娶长平公主。又过一年公主去世,葬于广宁门外。

〔55〕"青萍"二句:写长平公主的出嫁与去世。青萍,古代宝剑名。这里"青萍"一语指长平公主被崇祯帝用剑砍而未死事。血碧,典出《庄子·外物》:"苌弘死于蜀,藏其血,三年化为碧。"后常用来指死于国难。长平公主在明亡之际被砍而未死,然入清不久即去世,也算是死于国难了。紫玉魂归,据晋干宝《搜神记》卷一六载,吴王夫差小女紫玉爱慕童子韩重,欲嫁之,吴王不许,因而结怨而死。三年后,韩重游学归,至紫玉墓前凭吊。紫玉魂从墓中出,邀韩重进墓中,留三日三夜,尽夫妇之礼。此用其典,取紫玉、韩重终成夫妇之意以喻指长平公主终于出嫁周显。因为长平公主的出嫁与去世均在入清以后,所以这二句诗中有"异代缘"和"它生果"之语。

〔56〕周郎:指周显。

〔57〕俄:不久。秦女:春秋秦穆公女弄玉。这里代指长平公主。遽:很快,突然。登仙:指死。

〔58〕彰义门:北京广宁门原名彰义街门。见孙承泽《天府广记》卷四《城池》。

〔59〕先后:指周皇后。

〔60〕贵妃:指田贵妃和袁贵妃。

〔61〕更残灯灺:指黑夜将尽。灺(xiè 谢):灯烛熄灭。

〔62〕傅粉何平叔:即何晏,字平叔,三国魏玄学家。少以才秀知名。娶魏公主,累官尚书。《三国志》卷九《何晏传》注引《魏略》云:"晏性自喜,动静粉白不去手,行步顾影。"人称"傅粉何郎"。这里用以代指明朝驸马们。

〔63〕焚香:点燃檀香等香料。卫少儿:据《汉书》卷五五《卫青霍去病传》,卫少儿是卫媪之女、汉武帝皇后卫子夫之姊、大将军霍去病之母。这里用以代指明皇亲。

〔64〕笙歌:泛指奏乐唱歌。《全唐诗》卷四四八白居易《宴散》:"笙歌归院落,灯火下楼台。"宋朝人评此二句诗善写富贵气象。此用其典,以形容清朝新贵的奢靡生活。

〔65〕"谁家"句:用唐无名氏《忆秦娥》词"西风残照,汉家陵阙"句意。"谁家陵墓"指的正是汉家陵阙,即明皇室及其宗亲的陵墓。这句诗形容明亡后明皇族陵墓的冷落荒凉。

〔66〕"只看"二句:照应开头所用萧史、弄玉成仙之典,用仙人的相聚相守来反衬明朝公主们的零落。琼楼,形容华美的建筑物,常用以指仙宫中的楼台。乌鹊,神话中七夕为牛郎、织女造桥使能相会的喜鹊。上文所引唐李邕《奉和初春幸太平公主南庄应制》有"织女桥边乌鹊起"之句。诗文中常用以喻指男女相会。这里指萧史、弄玉等仙人的相守。

它自飞，含有不管人间时移世换、生死聚散之意。

圆圆曲[1]

鼎湖当日弃人间[2]，破敌收京下玉关[3]。恸哭六军俱缟素[4]，冲冠一怒为红颜[5]。红颜流落非吾恋[6]，逆贼天亡自荒宴[7]。电扫黄巾定黑山[8]，哭罢君亲再相见[9]。相见初经田窦家，侯门歌舞出如花[10]。许将戚里箜篌伎，等取将军油壁车[11]。家本姑苏浣花里[12]，圆圆小字娇罗绮[13]。梦向夫差苑里游，宫娥拥入君王起[14]。前身合是采莲人[15]，门前一片横塘水[16]。横塘双桨去如飞，何处豪家强载归[17]？此际岂知非薄命[18]，此时只有泪沾衣。熏天意气连宫掖[19]，明眸皓齿无人惜[20]。夺归永巷闭良家[21]，教就新声倾坐客。坐客飞觞红日暮，一曲哀弦向谁诉？白皙通侯最少年，拣取花枝屡回顾[22]。早携娇鸟出樊笼，待得银河几时渡[23]。恨杀军书底死催，苦留后约将人误[24]。相约恩深相见难，一朝蚁贼满长安[25]。可怜思妇楼头柳，认作天边粉絮看[26]。遍索绿珠围内第，强呼绛树出雕栏[27]。若非壮士全师胜，争得蛾眉匹马还[28]？蛾眉马上传呼进，云鬟不整惊魂定。蜡炬迎来在战场，啼妆满面残红印[29]。专征箫鼓向秦川[30]，金牛道上车千乘[31]。斜谷云深起画楼[32]，散关月落开妆镜[33]。传来消息满江乡，乌桕红经十度霜[34]。教曲妓师怜尚在，浣纱女伴忆同行。旧巢共是衔泥燕[35]，飞上枝头变凤凰[36]，长向尊前悲老大，有人夫婿擅侯王[37]。当时只受声名累，贵戚名豪竞延致[38]。一斛明珠万斛愁，关山漂泊腰支细[39]。错怨狂风飏落花，无边春色来天地[40]。尝闻倾国与倾城[41]，翻使周郎受重名[42]。妻子岂应关大计[43]，英雄无奈是多情。全家白骨成灰土，一代红妆照汗青[44]。君不见，馆娃初起鸳鸯宿[45]，越女如花看不足[46]。香径尘生乌自啼[47]，屧廊人去苔空绿[48]。换羽移宫万里愁[49]，珠歌翠舞古梁州[50]。为君别唱吴宫曲[51]，汉水东南日夜流[52]！

〔1〕这是吴伟业最著名的一首七言歌行。它借陈圆圆与吴三桂悲欢离合的故事，讽刺吴三桂叛明降清的罪行。圆圆，明末苏州名妓。本姓邢，名沅，字畹芬。圆圆是其小名。后随养母改姓陈。崇祯末年，陈圆圆被外戚田弘遇掳去。几经周折，归于吴三桂为妾，不久，吴三桂出镇山海关，李自成起义军攻克北京，圆圆被俘。三桂大怒，乞降于清，引兵攻陷北京。圆圆仍归三桂，后从至云南。至于其结局，则众说不一。钮琇《觚剩》谓其晚年出家为女道士，清兵平定云南后，不知所终。孔龙章《金莲庵陈圆圆遗像诗册跋》谓清兵平滇时，圆圆从玉林禅师在宏觉寺祝发，法名寂静，号玉庵。刘健《庭闻录》则谓清兵平滇时，圆圆已先死。吴三桂，字长白，武举出身，崇祯末年任辽东总兵，封平西伯，驻防山海关。李自成起义军攻克北京后，他勾引清兵入关，受封为平西王。接着为清兵先驱，镇压陕西、四川等地的农民起义军。后又进攻云南，杀死南明永历帝。康熙十二年（1673）举兵叛清，十七年在衡州称帝，不久病死。吴伟业此诗叙事至吴三桂进军陕西、驻节汉中止，据考，当作于顺治八年（1651）。此诗词采富丽，音节流美，结构腾挪变化，而所咏又关系到一代

兴亡,因此曾传诵一时。据说,在所有记叙陈圆圆与吴三桂故事的作品中,"惟吴梅村《圆圆曲》为得其真。当日梅村诗出,三桂大惭,厚贿求毁板,梅村不许。三桂虽横,卒无如何也"(刘健《庭闻录》)。历来论者对此诗评价甚高,例如胡薇元说:"此诗用《春秋》笔法,作金石刻画,千古妙文。长庆诸老,无此深微高妙。一字千金,情韵俱胜。"(《梦痕馆诗话》卷四)

〔2〕鼎湖:传说黄帝铸鼎于荆山下,鼎成,有龙垂下胡须接他上天。后人因名其地为鼎湖。旧时诗文里,常用"鼎湖"指帝王之死。这里指崇祯帝在李自成攻破北京后缢死于煤山(今景山)。

〔3〕破敌:指吴三桂引清兵击破李自成起义军。玉关:玉门关,在今甘肃敦煌西北。这里代指山海关。

〔4〕六军:据《周礼·夏官·司马》,周天子统率六军,一军为一万二千五百人。后泛指朝廷的军队。这里指吴三桂所统领的明军。缟(gǎo 稿)素:白色的衣服,指丧服。吴三桂军曾为崇祯帝服丧。

〔5〕"冲冠"句:这是本诗中的名句,一针见血地揭露了吴三桂发怒其实只是为了陈圆圆。红颜,女人美艳的容颜。指圆圆。

〔6〕"红颜"以下四句是诗人模拟吴三桂自我辩解的口吻,说引兵南下不是因为陈圆圆被俘,而是为了报国恨家仇。

〔7〕逆贼:指李自成。这是对农民军的污蔑之词。荒宴:沉湎于酒色。

〔8〕电扫:进击快如闪电。黄巾:东汉末年张角领导的起义军以黄巾裹头,被称为"黄巾军"。黑山:东汉末年以张燕为首领的河北农民起义军称"黑山军"。黄巾和黑山均代指李自成起义军。

〔9〕君亲:指崇祯帝和吴三桂父吴襄。吴三桂引清兵入关后,吴襄一家被李自成军所杀。

〔10〕"相见"二句:倒叙吴三桂初次见到陈圆圆的情景。田窦,西

汉武安侯田蚡和魏其侯窦婴,均为外戚。这里借指崇祯帝外戚。据钮琇《觚剩》,此外戚是周皇后父周奎;据陆次云《圆圆传》、刘健《庭闻录》、计六奇《明季北略》、钱𭅺《甲申传信录》、无名氏《鹿樵纪闻》,此外戚是田贵妃父田弘遇。当以后说为是。侯门,公侯之家。

〔11〕"许将"二句:是说田弘遇将陈圆圆送给吴三桂为妾,只等着三桂来娶了。戚里,汉代长安城中外戚居住的地方,这里指田弘遇家。箜篌伎,弹奏箜篌的歌伎。箜篌,古拨弦乐器。油壁车,古代女子乘的一种车子,车壁用油涂饰,故名。古乐府《苏小小歌》:"妾乘油壁车,郎骑青骢马。"

〔12〕姑苏:山名。在苏州吴县西南。常用为苏州吴县的别称。浣花里:借用唐妓女薛涛居浣花溪事。

〔13〕小字:小名。娇罗绮:南朝梁江淹《别赋》:"罗与绮兮娇上春。"此取其意,形容圆圆服饰华丽,容颜娇美。

〔14〕"梦向"二句:这二句有三层含意,一是隐以夫差的妃子西施来比拟圆圆;二是写出圆圆自视甚高,愿望不一般;三是为下文写她一度进入皇宫预作暗示,有所谓"草蛇灰线"之妙。夫差,春秋末年吴国国君,曾打败越兵,使越屈服;越送美女西施给他,消磨其志。后越兴兵灭亡吴国,他自杀。苑,宫苑。

〔15〕前身:前世。采莲人:指西施。

〔16〕横塘:吴越间以"横塘"为地名者颇多,这里指在苏州胥门之外者。

〔17〕"横塘"二句:写陈圆圆被外戚以势夺走。豪家,外戚豪门,指田弘遇家。

〔18〕岂知非薄命:意思说陈圆圆哪里知道以后会成为吴三桂之妾,命运不薄呢?

〔19〕熏天意气:形容田弘遇气焰冲天。连宫掖:势通宫掖。掖,皇

宫中的旁舍,嫔妃所居之处。

〔20〕明眸皓齿:明亮的眼睛,洁白的牙齿。形容陈圆圆的美丽。无人惜:陆次云《圆圆传》、钮琇《觚剩》都谓圆圆曾被送入皇宫,但崇祯帝不纳。惜,爱怜。

〔21〕"夺归"句:写陈圆圆从宫中放出,仍被夺回田弘遇家中。永巷,皇宫中的长巷。良家,清白的人家。徐陵《玉台新咏序》:"其人五陵豪族,充选掖庭;四姓良家,驰名永巷。"此指外戚之家。

〔22〕"白皙"二句:写吴三桂赏识陈圆圆。白皙(xī 西),肤色白净。通侯,古爵位名,原称彻侯,避汉武帝讳改叫通侯。这里指吴三桂。花枝,喻陈圆圆。

〔23〕"早携"二句:写陈圆圆的心情。上句说盼望吴三桂早早迎娶,以离开田弘遇之家,就好比娇鸟离开笼子;下句说不知何时才得相会。银河,天河。此用牛郎、织女渡天河相会的典故。

〔24〕"恨杀"二句:仍然是写陈圆圆的心情。上句说可恨军书狠命催促吴三桂出守山海关;下句说空留下后会之约,给自己带来了无端的痛苦。

〔25〕蚁贼:形容贼寇多如蚁。这是对李自成起义军的污称。长安:汉唐首都,借指明朝都城北京。

〔26〕"可怜"二句:意思说陈圆圆已是有丈夫的妇女,却仍被当作无主的妓女看待。思妇楼头柳,语出唐王昌龄《闺怨》:"闺中少妇不知愁,春日凝妆上翠楼。忽见陌头杨柳色,悔教夫婿觅封侯。"暗示圆圆已是吴三桂之妾,盼望着吴三桂归来。粉絮,杨花。旧时常比喻未从良的妓女。

〔27〕"遍索"二句:写李自成部将在城中搜索圆圆。绿珠,西晋石崇之妾。内第,内宅。绛树,三国时著名舞伎。此处绿珠、绛树均借指圆圆。据《清史稿》卷四七四《吴三桂传》,陈圆圆曾被李自成部将刘宗敏

所掠。

〔28〕"若非"二句:意思说若不是吴三桂打败李自成,就不能迎还陈圆圆。壮士,指吴三桂。争,怎。蛾眉,喻美女,此指圆圆。

〔29〕"蜡炬"二句:据钮琇《觚剩》,吴三桂追击李自成至山西,尚不知圆圆下落。其部将于北京搜访得之,立即飞骑传送。三桂结五彩楼,列旌旗,箫鼓三十里,亲往迎接。蜡炬,即蜡烛。据王嘉《拾遗记》,魏文帝迎娶美人薛灵芸,在京城之外数十里间,高燃蜡烛,光焰相继不绝。此用以比拟吴三桂迎接圆圆场面之隆重。残红印,化妆的胭脂为泪痕所乱。

〔30〕专征:古代帝王授予诸侯、将帅掌握军旅的特权,不待帝王之命,得自专征伐。秦川:泛指今陕西、甘肃秦岭以北平原地带。

〔31〕金牛道:一名石牛道,是由沔阳(今陕西勉县)入四川的古栈道。相传战国秦惠文王欲伐蜀,因山道险阻,作五石牛,言能屎金,以欺蜀王;蜀王命五丁开道引之,秦军随而灭蜀。"金牛"、"石牛"由此得名。

〔32〕斜(yé爷)谷:古道路名。在今陕西眉县西南,即褒斜道的斜谷一部分。

〔33〕散关:即大散关,在陕西宝鸡市西南大散岭上,当秦岭咽喉,扼川陕间交通孔道。旧属汉中府。以上四句写陈圆圆随吴三桂军至汉中。

〔34〕"传来"二句:写圆圆的消息传到家乡,已经过去十年。据冒襄《影梅庵忆语》,圆圆被外戚豪门由苏州掠至京城是在崇祯十五年(1642)春,《圆圆曲》作于顺治八年,恰恰经过十年。江乡,水乡,指苏州。乌桕(jiù旧),落叶乔木,秋天树叶变红。

〔35〕"旧巢"句:比喻当年同是地位低微之人。

〔36〕凤凰:比喻地位显贵,指陈圆圆。

〔37〕"长向"二句:写圆圆当年女伴的自悲和对圆圆的艳羡。尊,酒樽。夫婿,丈夫。擅,居。

〔38〕"当时"二句:写圆圆当年的妓女生涯。延致,招致。

〔39〕"一斛"二句:写圆圆身价高而牵惹起万倍的愁怨,引来以后的漂泊之苦。一斛(hú 胡)明珠,典出《梅妃传》,唐玄宗于花萼楼思念梅妃,适值外国进贡宝珠,玄宗随即"命封珍珠一斛密赐妃"。斛,古代容量单位。

〔40〕"错怨"二句:写圆圆荣华富贵的得来实出意外。狂风飏落花,比喻圆圆当年不能自主的命运。春色来天地,用杜甫《登楼》"锦江春色来天地"诗句。春色,这里比喻荣华富贵。

〔41〕倾国、倾城:形容绝色美女。《汉书》卷九七上《外戚传·孝武李夫人》:"北方有佳人,绝世而独立,一顾倾人城,再顾倾人国。"

〔42〕翻使:反使。周郎:三国时周瑜,他年纪很轻就做了吴国统兵大将,人称"周郎"。其妻子小乔为吴国著名美女。相传曹操为了抢夺小乔和她的姐姐大乔而发动了对吴国的战争,周瑜在赤壁击败了曹军,名声大震。这里以周瑜隐喻吴三桂。

〔43〕大计:有关国家兴亡的重要决策。

〔44〕"全家"二句:写吴三桂的父亲吴襄及全家被起义军所杀,而陈圆圆的名字却留在历史上。照汗青,照耀史册。古时在竹简上书写,先用火炙青竹,使水分蒸发(有如出汗),以便书写和防蛀,这一过程叫汗青,后引申指史册。

〔45〕馆娃:宫名。吴王夫差为西施所建。故址在江苏吴县灵岩山。

〔46〕越女:指西施。

〔47〕香径:即采香径,在今苏州市西。相传吴王遣美人采香于山,因以为名。

〔48〕屧(xiè 谢)廊:即响屧廊,故址在吴县灵岩山。相传"吴王建廊而虚其下,令西施与宫人步屧,绕之则响,故名"(正德《姑苏志》)。屧,古代木底的鞋子。以上四句用吴王夫差和西施的故事,借古喻今,暗

示吴三桂的富贵骄奢不能长久。

〔49〕换羽移宫：本指音调的变换，借喻朝代更迭。羽和宫是古代五声音阶中的两个音级。

〔50〕珠歌翠舞：形容吴三桂沉湎声色的生活。古梁州：三国魏景元四年（263）置，治所在沔阳（今陕西勉县东），晋太康中移治南郑。吴三桂自顺治五年至八年曾开府汉中，汉中相当古梁州治地。

〔51〕"为君"句：承接上文，仍以吴王夫差比拟吴三桂，暗示他不会有好下场。吴宫曲，指吴王夫差时的宫曲。

〔52〕"汉水"句：李白《江上吟》："功名富贵若长在，汉水亦应西北流。"此用其意，但换了一种说法，说汉水东南日夜流，实际上是说功名富贵根本不可能长在。

杂感二十一首(选三)〔1〕

一

闻道朝廷罢上都〔2〕，中原民困尚难苏〔3〕。雪深六月天围塞，雨涨千村地入湖〔4〕。瀚海波涛飞战舰〔5〕，禁城宫阙起浮图〔6〕。关山到处愁征调〔7〕，愿赐三军所过租〔8〕。

〔1〕这组诗作于清顺治八年（1615）。二十一首诗均以时事为题，或伤赋税之苛重，或叹战乱之频仍，或表殉节之明臣，或讽降清之叛将，或议清廷之新政，或写南明之局势，感慨深沉，格调悲壮。此选其一、其

147

二、其廿一共三首。

〔2〕"闻道"句：据赵翼《瓯北诗话》卷九《吴梅村诗》载，顺治七年，摄政王多尔衮因为北京暑热，欲在滦州另建京城，加派天下钱粮一千六百万，同年十二月多尔衮去世。顺治八年，顺治帝特下诏免除此项加派，其已输交官府者，准抵次年钱粮。此句即写其事。"罢上都"指取消另建京城的计划。上都，蒙古宪宗六年（1256），忽必烈营建城郭宫室于滦水北。后来他即位于此，称之为开平府，后加号"上都"。故址在今内蒙古正蓝旗东约二十公里闪电河（即滦河）北岸。此代指多尔衮筹划在滦州兴建的京城。

〔3〕苏：这里的意思是缓解和好转。

〔4〕"雪深"二句：写当时雪灾与水灾的严重，意思说六月天下起了大雪，围困了边塞；而内地大雨又使得江湖水涨，淹没了千村万户的土地。塞，边界险要之地。

〔5〕"瀚海"句：写当时清朝与南明政权的战争。据清李天根《爝火录》卷二一载，顺治八年，清水师进攻郑成功军，二月攻入厦门，九月攻破舟山。瀚海，大海。

〔6〕"禁城"句：写清廷滥兴土木。禁城宫阙，指皇宫。浮图，佛塔。据清高士奇《金鳌退食笔记》上《琼华岛》，顺治八年，顺治帝下旨在琼华岛（在今北京北海公园内，故宫边）上立塔建寺，不日告成。

〔7〕征调：征集、调遣兵员或物资。

〔8〕"愿赐"句：意思说但愿军队过后，能够免纳租税。三军，军队的统称。

二

箫鼓中流进奉船[1]，司空停索导行钱[2]。八蚕名茧盘花就[3],千缫奇文舞凤旋[4]。裤褶射雕沙碛塞,筐箱市马玉门边[5]。秋风砧杵催刀尺[6],江左无衣已七年[7]。

〔1〕箫鼓:泛指乐奏。进奉船:指载运进献皇宫财物的船只。

〔2〕司空:官名。古代为掌管工程的官员,后世用作工部尚书的别称。停索:停止索要。导行钱:汉代,地方进贡朝廷,须先另送物品给中署,谓之导行钱。此泛指为朝廷办事的官员于正供之外为自己向地方索要的财物。

〔3〕八蚕名茧:指上等蚕丝。八蚕,一年八熟的蚕。晋左思《三都赋》:"国税再熟之稻,乡贡八蚕之绵。"名茧,有名的蚕茧。盘花:用彩丝盘绕编织成图案的一种工艺。就:完成,完工。

〔4〕千缫奇文:指用大量的蚕丝编织成的神奇多变的图形。缫,古代计丝的单位。

〔5〕"裤褶"二句:大意说进奉给朝廷的丝帛,或者做了清军将士的服装,或者成筐成箱地用于交换马匹。裤褶(kù xí 裤习),服装名。上穿褶(一种上衣),下着裤,外不加裘裳,故称。本为北方少数民族服装,便于骑射。这里指清军服装。沙碛(qì 戚)塞,戈壁边塞。市马,买马。玉门,玉门关。这里泛指边塞。

〔6〕砧杵:捣衣的工具。砧,垫石;杵,槌棒。催刀尺:催促着赶快剪裁制作。杜甫《秋兴八首》其一:"寒衣处处催刀尺,白帝城高急暮砧。"

〔7〕"江左"句:意谓自顺治二年清兵下江南至顺治八年已过去七年,汉人无同袍之师可与反抗。暗用《诗经·秦风·无衣》:"岂曰无衣,与子同袍。"

三

万里从王拥节旄[1],通侯青史姓名高[2]。禁垣遗直看封事[3]，绝徼孤忠誓佩刀[4]。元祐党碑藏北寺[5]，辟疆山墅记东皋[6]。归来耕石堂前梦，书画平生结聚劳[7]。

〔1〕万里从王：指瞿式耜辗转万里追随桂王以抗清。瞿式耜，字起田，号稼轩，常熟（今属江苏）人。明万历进士。南明弘光时任广西巡抚。弘光朝灭亡后，拥立桂王，累进文渊阁大学士，他曾坚守桂林，击退清军的进攻。顺治七年十一月，桂林终被攻破，他不屈遇害。见《明史》卷二八○《瞿式耜传》。拥节旄：持执符节，指出任一方。节旄，旌节上所缀牦牛尾饰物，代指旌节。据《明史·瞿式耜传》，瞿式耜请求留守桂林，桂王许之，拜为兵部尚书，且"赐剑，便宜从事"。

〔2〕通侯：秦汉时爵位名，这里指瞿式耜。《梅村家藏稿》卷五八《梅村诗话》："其言通侯者，盖稼轩用翼戴功，以留守大学士封临桂伯也。"青史姓名高：是说瞿式耜的姓名将高标史册。青史，史书。

〔3〕"禁垣"句：写瞿式耜在崇祯朝初年直言敢谏之事。据《明史·瞿式耜传》载，瞿式耜在崇祯朝初年任户科给事中，屡屡上书言事，"所建白多当帝意，然搏击权豪，大臣多畏其口"。禁垣，指宫中。遗直，直道而行、有古人遗风的人。封事，密封的奏章。古时臣下上书奏事，为防泄漏，用包囊封缄，故称。

〔4〕"绝徼"句：写瞿式耜尽忠报国，在桂林誓死不屈事。据《明史·瞿式耜传》载，顺治七年十一月，清兵攻破桂林，守将及官员多逃走。部将劝式耜上马速走，式耜拒绝。与总督张同敞"誓偕死"。清将谕降，不听。遂与张同敞一起被刑。绝徼，极远的边塞，指桂林。孤忠，忠贞自持、不求人体察的节操。誓佩刀，对着佩刀立誓。

〔5〕"元祐"句：写崇祯时瞿式耜因党派之争而遭迫害事。据《梅村家藏稿》卷二四《复社纪事》，崇祯朝权相温体仁欲倾陷复社人士和东林党人钱谦益、瞿式耜，遂唆使张汉儒上疏告钱、瞿在乡贪肆不法。崇祯十

年(1637),温体仁拟旨逮钱、瞿下刑部狱,严令穷究复社。后钱、瞿之狱虽解,然钱、瞿均被削籍家居。元祐党碑,宋哲宗元祐年间起用司马光、吕公著等人,废除了宋神宗时王安石推行的大部分新法。宋徽宗时蔡京专权,以崇奉新法为名,把元祐间司马光、文彦博等多人列为奸党,御书刻石,立于端礼门及各地官厅。入碑籍者皆受迫害。这里"元祐党碑"代指被陷害的复社人士以及钱谦益、瞿式耜等人的名单。北寺,即北寺狱。东汉黄门署属下的监狱,主鞫禁将相大臣。因署在宫省北,故名。这里代指明刑部狱。

〔6〕辟疆山墅:晋顾辟疆的名园,唐时尚存。园址在今江苏吴县。东皋:瞿式耜别墅名。《梅村家藏稿》卷五八《梅村诗话》说瞿式耜"筑室于虞山之下,曰东皋,极游观之胜"。这句诗意思说辟疆园的胜景仿佛都保存在东皋别墅之中。

〔7〕"归来"二句:据《梅村诗话》载,瞿式耜"酷嗜石田翁(明画家沈周)画,购得数百卷,为耕石轩藏之"。这两句诗意思说瞿式耜回到耕石堂的梦想已不能实现了,可惜他平生曾那样苦心劳力地搜求汇集沈周的书画。

冬霁[1]

烟尽生寒石[2],山云不入城。船移隔县雪[3],屋绕半江晴。照眼庭花动[4],开颜社酒清[5]。渚田飞雁下[6],近喜有人耕。

〔1〕此诗大约作于清顺治九年(1652)。霁,天晴。诗的前四句围

绕"冬"和"霁"二字落笔,通过"烟"、"云"、"雪"、"江"等意象逼真地描绘出雪后初晴的景色;后四句流露出对于久阴始晴、万物开始复苏的喜悦心情。

〔2〕烟尽:雾气消散。生寒石:冬天的山石显露出来。

〔3〕"船移"句:意思说从邻县驶来的船上的雪还没有化。

〔4〕照眼:耀眼。

〔5〕开颜:脸上露出喜色。社酒:社日祭祀土地神用的酒。社,古时春秋两次祭祀土地神的节日。

〔6〕渚(zhǔ 主):水中小洲。

鸳湖感旧[1]

　　子曾过吴来之竹亭湖墅[2],出家乐张饮[3]。后来之以事见法[4],重游[5],感赋此诗。

落日晴湖放楫回[6],故人曾此共登台[7]。风流顿尽溪山改[8],富贵何常箫管哀[9]。燕去妓堂荒蔓合[10],雨侵铃阁野棠开[11]。停桡却望烟深处[12],记得当年载酒来。

〔1〕此诗与七言歌行《鸳湖曲》同作于清顺治九年(1652),都是为感念吴昌时而作,可以互相参看。只不过《鸳湖曲》侧重叙事,而此诗侧重抒情。鸳湖,即鸳鸯湖,一名南湖,在嘉兴(今属浙江)。感旧,因旧事而生感慨。

〔2〕吴来之:吴昌时,字来之,本吴江(今属江苏)人,迁居嘉兴。曾

为应社与复社骨干。崇祯七年(1634)中进士,历官行人、礼部主事、吏部文选司郎中。崇祯十六年获罪被杀。见乾隆《吴江县志》卷五七《旧事》。竹亭湖墅:吴昌时别墅名,又名勺园。故址在嘉兴鸳鸯湖畔。崇祯十五年初春,作者曾经至竹亭湖墅拜访过吴昌时。

〔3〕家乐:家中蓄养的歌舞乐班。张(zhàng 丈)饮:设帷帐以饮。张,同"帐"。

〔4〕以事见法:吴昌时做了吏部文选司郎中后,私通厂卫,招贿弄权,把持朝官,排陷异己,终于被定罪杀死。

〔5〕重游:指顺治九年再次往游竹亭湖墅。

〔6〕放楫:放船。楫,划船用的短桨。

〔7〕故人:旧友。

〔8〕风流:指吴昌时当年珠围翠绕、诗酒流连的生活与风采。顿尽:一下子都完了。溪山改:指改朝换代,江山易主。

〔9〕何常:怎能长保。箫管哀:暗用三国魏阮籍《咏怀》第一首"箫管有遗音,梁王安在哉"之意。

〔10〕妓堂:第宅中女妓歌舞处。荒蔓合:遍布荒草。

〔11〕铃阁:挂有檐铃的阁楼。

〔12〕停桡(ráo 饶):停船。桡,桨。

鸳湖曲 为竹亭作[1]

鸳鸯湖畔草粘天[2],二月春深好放船。柳叶乱飘千尺雨[3],桃花斜带一溪烟[4]。烟雨迷离不知处[5],旧堤却认门前树。树上流莺三两声[6],十年此地扁舟住[7]。主人爱客锦筵开[8],水阁风吹笑语来。画鼓队催桃叶伎[9],玉箫声出柘枝台[10]。轻靴窄袖娇妆束[11],脆管繁弦竞追逐[12]。云鬟子弟按霓裳[13],雪面参军舞鹳鹆[14]。酒尽移船曲榭西[15],满湖灯火醉人归。朝来别奏新翻曲[16],更出红妆向柳堤[17]。欢乐朝朝兼暮暮,七贵三公何足数[18]。十幅蒲帆几尺风[19],吹君直上长安路[20]。长安富贵玉骢骄[21],侍女薰香护早朝[22]。分付南湖旧花柳[23],好留烟月伴归桡[24]。那知转眼浮生梦[25],萧萧日影悲风动[26]。中散弹琴竟未终[27],山公启事成何用[28]?东市朝衣一旦休[29],北邙抔土亦难留[30]。白杨尚作他人树,红粉知非旧日楼[31]。烽火名园窜狐兔[32],画阁偷窥老兵怒[33]。宁使当时没县官,不堪朝市都非故[34]。我来倚棹向湖边,烟雨台空倍惘然[35]。芳草乍疑歌扇绿,落英错认舞衣鲜[36]。人生苦乐皆陈迹[37],年去年来堪痛惜。闻笛休嗟石季伦[38],衔杯且效陶彭泽[39]。君不见白浪掀天一叶危[40],收竿还怕转船迟[41]。世人无限风波苦,输与江湖钓叟知。

〔1〕鸳湖,即鸳鸯湖,一名南湖,在浙江嘉兴。诗题下所说"竹亭",为吴昌时之号。吴昌时,字来之,本吴江(今属江苏)人,迁居嘉兴。年少时受业于著名直臣周宗建,故颇与清流通声气。曾成为应社与复社骨干。崇祯七年(1634)中进士,历任行人、礼部主事、吏部文选司郎中。其为人贪墨而狡诈,在朝中交结宦官,挟势弄权,纳贿行私,招致同朝官员忌恨。崇祯十六年获罪被杀。昌时家甚富,居家时,极尽声伎歌舞之乐。见乾隆《吴江县志》卷五七《旧事》和徐釚《续本事诗》。"竹亭"又为吴

昌时别墅名。故址在鸳鸯湖畔,一名勺园。据朱彝尊《曝书亭集》卷四四《跋〈绥寇纪略〉》,吴梅村曾于顺治九年(1652)"舍馆嘉兴之万寿宫,方辑《绥寇纪略》"。他正是在这一年重访吴昌时故园,并创作了这首诗。诗中借咏吴昌时之遭际,抒发了今昔兴亡之感,表达了仕途凶险、富贵无常的思想。全诗意绪低回宛转,一唱三叹,而又辞采艳丽,韵律和谐,故一向为人们所称许,如陆次云就说:"其辞甚艳,其旨甚哀。先生七古每苦费辞,此正恰好。"(靳荣藩《吴诗集览》卷五所引)

〔2〕草粘天:语出宋秦观《满庭芳》"天粘衰草"一句,意思说无边的草仿佛与远天粘连着。

〔3〕千尺雨:形容雨丝长。

〔4〕带:笼罩。

〔5〕烟雨:语意双关,既指迷蒙的春雨,又指鸳鸯湖畔的名胜之一——烟雨楼。烟雨楼为吴越钱元璙所建,以景色迷蒙如在烟雨中得名。原在湖滨,明嘉靖年间移建于湖中。

〔6〕流莺:宛转的莺啼。

〔7〕十年:据考,吴伟业曾在明崇祯十五年春至竹亭湖墅访问过吴昌时(参见《苏州大学学报》1988年第三期笔者《〈鸳湖曲〉辨析》一文),至清顺治九年恰好十年。扁舟:小船。

〔8〕主人:指吴昌时。锦筵:精美的筵席。

〔9〕桃叶伎:"桃叶"是晋王献之爱妾的名字,这里用"桃叶伎"喻指吴昌时的歌伎。

〔10〕柘枝台:《柘枝》是舞蹈名。唐朝从西域传入。这里用"柘枝台"代指舞台。

〔11〕"轻靴"句:形容吴昌时歌伎服装之讲究。唐张祜《观杭州柘枝》:"红罨画衫缠腕出,碧排方胯背腰来。"《观杨瑗柘枝》:"紫罗衫宛蹲身处,红锦靴柔踏节时。"(俱见《全唐诗》卷五一一)

〔12〕脆管繁弦:形容乐声清脆,节奏多变。竞追逐:形容管乐、弦乐此伏彼起,急促热烈。

〔13〕云鬟:形容歌伎发髻浓密卷曲如云。按霓裳:《霓裳》为唐代著名法曲《霓裳羽衣曲》的略称。"按霓裳"意思说按照《霓裳羽衣曲》的节拍旋律舞蹈。

〔14〕雪面:形容面部肤色之白。参军:本为唐宋时"参军戏"脚色名,这里指吴昌时家中歌舞伎。舞鸜鹆(qú yù 渠浴):跳起《鸜鹆舞》。《鸜鹆舞》是古代一种乐舞。相传晋朝谢尚善跳这种舞蹈。见《晋书》卷七九《谢尚传》。

〔15〕曲榭:建在高台上的木屋称榭。"曲榭"指结构曲折的这种木屋。

〔16〕新翻曲:新改编的乐曲。

〔17〕红妆:盛妆的美女。

〔18〕七贵三公:泛指权贵。"七贵"是西汉时七个把持朝政的外戚家族,即吕、霍、上官、丁、赵、傅、王七个家族。见《文选·潘岳〈西征赋〉》"窥七贵于汉庭"一句李周翰注。"三公"是古代中央三种最高官衔的合称。何足数:不足挂齿。全句意思说吴昌时这种欢乐的生活连七贵三公也比不上。

〔19〕十幅蒲帆:唐李肇《国史补》说:"扬子、钱塘二江者……编蒲为帆,大者或数十幅。"一幅宽二尺二寸,十幅蒲帆就是蒲帆宽二丈二尺的船。

〔20〕"吹君"句:据陆世仪《复社纪略》,吴昌时于崇祯十五年二月重新被起用为礼部主事。这句诗即写其重新被起用赴京之事。长安:汉唐首都。代指北京。

〔21〕玉骢:即玉花骢,唐玄宗所乘骏马名。这里泛指骏马。

〔22〕侍女薰香:汉应劭《汉官仪》:"尚书郎入直台中,给女侍史二

人,执香炉烧薰以从入台中,给使护衣。"此用其典,以形容吴昌时蒙受重用、官势显赫之状。

〔23〕分付:即"吩咐"。

〔24〕归桡(ráo 饶):归船,指吴昌时以后自京城归来。桡,桨。

〔25〕转眼浮生梦:据《复社纪略》,吴昌时崇祯十五年二月被起用,十六年十二月即获罪被杀。"转眼浮生梦"是形容其命运变化之快和生命之短促。浮生,语本《庄子·刻意》:"其生若浮,其死若休。"以人生在世,虚浮不定,因称人生为"浮生"。

〔26〕"萧萧"句:形容吴昌时被杀时的凄惨气氛。"日影"典出晋向秀《思旧赋》:"嵇(康)博综技艺,于丝竹特妙。临当就命,顾视日影,索琴而弹之。"

〔27〕"中散"句:"中散"指嵇康。据《晋书》卷四九《嵇康传》和《世说新语·雅量》,嵇康字叔夜,谯国铚(今安徽宿县西南)人。官拜中散大夫。他善于弹琴,尤善《广陵散》一曲。当他临刑之时,索琴弹奏了《广陵散》,然后说:"昔袁孝尼(袁准)尝从吾学《广陵散》,吾每靳固(吝惜)之,《广陵散》于今绝矣!"这里用嵇康喻指吴昌时,全句大意说吴昌时重新起用不久就被杀,过早结束了事业与生命。

〔28〕"山公"句:"山公"指山涛。据《晋书》卷四三《山涛传》,山涛字巨源,河内怀县(今河南武陟西南)人。晋初任吏部尚书、尚书右仆射等职。喜甄拔人才,每当某一官位缺员,他都准备好若干推荐人选,并一一加以品评。当时把他甄拔人物的启奏称为"山公启事"。这里用山公喻指崇祯朝末年首辅周延儒。据《明史》卷三〇八《周延儒传》,延儒字玉绳,宜兴(今属江苏)人。万历进士。崇祯三年为首辅,六年被温体仁排挤罢相。十四年二月复起为首辅。据说其复起与吴昌时为他"交关近侍"、奔走效力有关。他入朝之始,曾屡有建言,如请求重新起用一些遭到贬谪的正直之士,请略减赋税等等,借以求名。实际上他庸懦贪鄙,多

劣状。十六年清兵入侵,他自请督师,却避敌不战,待清兵自退,又虚报战绩,旋受人揭发,被革职。不久,吴昌时交结宦官、贪贿弄权的行迹被人劾举,事多牵连延儒。这一年十二月,昌时弃市,延儒也被勒令自尽。这句诗意思说周延儒一死,他的那些启奏就都失去作用了。

〔29〕东市朝衣:汉景帝时,御史大夫晁错被人谗毁,"衣朝衣斩东市"。见《史记》卷一〇六《吴王濞列传》。后因以"东市朝衣"为朝臣被杀之典。

〔30〕北邙:山名,即邙山,在河南洛阳市北。东汉及魏的王侯公卿多葬于此。抔(póu 剖阳平)土:一捧之土。《史记》卷一〇二《张释之冯唐列传》:"假令愚民取长陵一抔土,陛下何以加其法乎?"长陵,汉高祖陵墓,后人因称坟墓为"抔土"。这句诗中,"北邙抔土"指明朝达官贵人的墓地。

〔31〕"白杨"二句:用唐白居易《和关盼盼燕子楼感事诗》"今春有客洛阳回,曾到尚书墓上来。闻说白杨堪作柱,争教红粉不成灰"诗意,写竹亭湖墅易主,面目全非。意思说连白杨树都已成为别人的财产,那些歌舞伎更是不属于旧的主人了。红粉,胭脂和铅粉,女子的化妆品。代指歌伎。

〔32〕"烽火"句:意思说清初战火使竹亭湖墅这座名园变得荒凉破败,以至野兽出入。

〔33〕"画阁"句:暗示竹亭湖墅已成为驻扎清朝军队之所。

〔34〕"宁使"二句:意思说宁可竹亭湖墅当年被朝廷没收,也不忍朝代更迭、世事全非。县官,古时天子之别称。《史记》卷五七《绛侯周勃世家》:"庸知其盗买县官器。"司马贞索引:"县官谓天子也。所以谓国家为县官者,《夏官》王畿内县即国都也。王者官天下,故曰县官也。"朝市,指朝廷。北齐颜之推《颜氏家训·勉学》:"及离乱之后,朝市迁革,铨衡选举,非复曩者之亲。"

〔35〕烟雨台:即"烟雨楼"。"烟雨台空"指烟雨楼被毁。惘然:心中若有所失的样子。

〔36〕"芳草"二句:写诗人故地重游,抚今追昔,无比惆怅,心神恍惚的情状。意思说芳草萋萋,恍疑为当年歌伎所执扇子的绿色;春花艳丽,错认为当年歌伎所穿的崭新的舞衣。落英,初开的花。

〔37〕陈迹:旧迹,遗迹。

〔38〕闻笛:魏晋之间,向秀与嵇康、吕安友善,嵇康、吕安为司马昭所杀。向秀经嵇康山阳旧居,闻邻人笛声,感怀亡友,因而作《思旧赋》。后遂以"闻笛"为悼念故人之典。石季伦:西晋石崇,字季伦,渤海南皮(今河北南皮东北)人。初为修武令,累迁至侍中。后出为荆州刺史,以劫掠客商致财产无数。生活极度奢靡。有爱妾绿珠,善吹笛。赵王司马伦专权时,伦党孙秀指名向崇索要绿珠,为石崇所拒。孙秀于是劝司马伦杀死石崇。见《晋书》卷三三《石崇传》。这里用石崇喻指吴昌时。全句诗意思说想起旧交吴昌时,其实不必为他的下场嗟叹。按,论者多认为《鸳湖曲》是为悼念吴昌时而作,其实并非如此。吴伟业当年虽与吴昌时有过往来,但他对吴昌时的所作所为颇多微词。《梅村家藏稿》卷二四《复社纪事》云:"来之不知书,粗有知计,尤贪利嗜进,难以独任。比阳羡(指周延儒。延儒为宜兴人,宜兴古称阳羡)得志,来之自以为功,专擅权势,阳羡反为所用。"由此可知吴伟业对吴昌时的态度。《鸳湖曲》实际上是借吴昌时的遭际,表达富贵无常、人生无常、仕途险恶的思想。

〔39〕"衔杯"句:意思说应该效仿陶渊明做个隐士,自在逍遥。衔杯,指饮酒。陶彭泽,即陶渊明。东晋大诗人。早年出仕,曾作过彭泽县令,故人称"陶彭泽"。后来归隐田园,躬耕自资。他好饮酒,其《饮酒》诗序说自己"偶有名酒,无夕不饮"。

〔40〕白浪掀天:喻仕途凶险。一叶:指小船。

159

〔41〕转船:掉转船头返回。比喻从仕途上抽身退步。

过朱买臣墓[1]

翁子穷经自不贫[2],会稽连守拜为真[3]。是非难免三长史[4],富贵徒夸一妇人[5]。小吏张汤看踞傲[6],故交庄助叹沉沦[7]。行年五十功名晚[8],何似空山长负薪[9]。

〔1〕此诗作于清顺治九年(1652)。朱买臣,西汉吴县(今属江苏)人。武帝时,为会稽太守,与横海将军韩说等击破东越首领的叛乱。后官主爵都尉,以罪被杀。见《汉书》卷六四上《朱买臣传》。据此诗题下原注,朱买臣墓"在嘉兴(今属浙江)东塔雷音阁后,即广福讲院"。

〔2〕翁子:朱买臣字。穷经:深研经籍。

〔3〕会稽:郡名。西汉时辖境相当今江苏长江以南、茅山山脉以东,浙江省大部及福建全省。治所在吴县(今江苏苏州市)。会稽连守,朱买臣因同乡严助举荐,得入朝为官,后拜为会稽太守。而此前,严助也曾做过会稽太守。"会稽连守"指此。拜为真:古时规定,凡官吏均须试任一年,合格,方正式任命。真,实职。

〔4〕"是非"句:据《史记》卷一二二《酷吏列传》,朱买臣与王朝、边让原来俱为高官,位置在张汤之上。后张汤升为御史大夫,而三人却降为长史(丞相、太尉、御史大夫或郡太守的属官),位置反在张汤之下。张汤常凌辱他们。三人合谋,揭露张汤不轨事。张汤被审,自杀。自杀前,作书说合谋陷害他的是"三长史"。张汤死后,其家产价值仅五百金。全是汉武帝所赐,没有其他财产。武帝得知后,处死三长史,此句即

写此事,意思说朱买臣等"三长史"难以摆脱是是非非。

〔5〕"富贵"句:据《汉书·朱买臣传》载,朱买臣未作官时,家贫,好读书,卖柴以为生。担柴去卖的路上,边走边诵书。妻子觉得羞愧,要求离去,改嫁他人。后来朱买臣做了会稽太守,回到吴地,见到其前妻与丈夫清扫街道,于是将其带至太守官邸,供给他们饭食。一月后,其前妻因羞惭自缢而死。此句即写此事。徒夸,白白夸耀。

〔6〕小吏张汤:据《汉书·朱买臣传》,朱买臣任侍中时,张汤只是一名小吏。踞傲:通"倨傲"。指张汤得势后对朱买臣傲慢无礼。

〔7〕故交:旧友。庄助:即严助。本姓庄,因避汉明帝刘庄讳改为严。会稽吴县(今属江苏)人,是朱买臣同乡好友。郡举贤良对策,汉武帝擢拔为中大夫。后拜会稽太守,入朝为侍中。淮南王刘安来朝时,曾厚赂庄助,私相交往议论。后刘安造反,牵连庄助。武帝本想减轻其罪行,但是张汤力阻,终于被杀。见《汉书》卷六四上《严助传》。沉沦:沉没,沦落。指庄助被杀。据《汉书·朱买臣传》。朱买世因庄助被排陷而死,对张汤深怀不满。

〔8〕"行年"句:指朱买臣五十岁时才开始做官。行年,经历过的年岁。

〔9〕"何似"句:意思说朱买臣被杀,哪里如永远在山中砍柴负薪呢。

芦洲行[1]

江岸芦洲不知里[2],积浪吹沙长滩起[3]。云是徐常旧赐庄[4],百战勋名照江水[5]。禄给朝家礼数优[6],子孙万石未云酬[7]。西山诏许开煤冶[8],南国恩从赐荻洲[9]。江水东流自朝暮，芦花瑟瑟西风渡[10]。金戈铁马过江来[11]，朱门大第谁能顾[12]。惜薪司按先朝册[13]，勋产芦洲追子粒[14]。已共田园没县官，仍收子弟征租入[15]。我家海畔老田荒[16]，亦长芦根岂赐庄[17]。州县逢迎多妄报[18]，排年赔累是重粮[19]。丈量亲下称芦政[20]，鞭笞需索轻人命[21]。胥吏交关横派征[22]，差官恐喝难供应[23]。江南尺土有人耕，踏勘终无豪占情[24]。徒起再科民力尽，却亏全课国租轻[25]。诏书昨下知民病[26]，解头使用今朝定[27]。早破城中数百家[28]，芦田白售无人问[29]。休嗟百姓困诛求[30]，憔悴今看旧五侯[31]。只好负薪煨马矢，敢谁伐荻上渔舟[32]？君不见旧洲已没新洲出，黄芦收尽江潮白。万束千车运入城，草场马厩如山积。樵苏犹到钟山去，军中日日烧陵树[33]。

[1] 此诗作于清顺治九年（1652）。所谓芦洲，是指沿江沙地。因多生芦苇，故称"芦洲"。清初江南、江西、湖广等省，在正供（主要税收）之内，有"芦课"（芦洲赋税）一项。由于沿江沙地坍涨无常，因此每需重新丈量。顺治七年，清廷曾严令各省总督、巡抚选派属官，"将沿江芦洲旧额新涨，详查报官。如有徇情隐漏，将该督抚一并议处"（《大清会典》卷二四六《户部·杂赋》）。贪官污吏往往借丈量之机纳贿行私，已坍之地，不得免除正赋；新涨之区，反可隐匿脱漏；甚至有乘机侵占百姓田地者。这成为当时一大民害。顺治九年，清廷为防止这一弊政，重新规定本由地方官员管理的"芦课"改由朝廷派遣部员管理，并规定芦洲每五年才得丈量一次，而且只丈量新涨与新坍之地，如果没有坍涨，"不得重

丈滋扰"(出处同上)。这首诗就是在朝廷新的法令下达之后写下的。诗中以愤激的笔调揭露了清初所谓"芦政"给百姓造成的危害,抨击了营私舞弊的清朝官吏。末尾笔锋一折,联系到明朝灭亡,感慨更显痛切而沉郁。此诗与稍后所作《捉船行》、《马草行》三诗,内容上集中反映了清初的虐政与官吏的贪暴,表达了忧时伤乱之情和故国覆亡之痛。写法上则尽量用事实说话,少发议论。语言上力求通俗,大量吸收俚语俗字入诗,如此诗中的"赔累"、"需索"、"解头使用",《捉船行》中的"买脱"、"晓事"、"常行"、"另派",《马草行》中的"解户公摊"、"苦差"、"除头"等等词语,就都是文人诗中很少用到的。由以上这些特点,可以见出作者是有意在学习唐代一些诗人反映民生疾苦、感时伤世的乐府诗。靳荣藩称此三诗"可仿杜陵(杜甫)之'三吏'、'三别'矣"(《吴诗集览》卷五上),袁枚称此三诗"有元(稹)、白(居易)之婉转,兼张(籍)、王(建)之沉痛"(上海图书馆藏过录袁子才录本),都有一定的道理。

〔2〕不知里:谓不知面积有多少。

〔3〕积浪:巨浪,大浪。吹沙:谓冲激河沙。长滩起:长长的河滩地因此形成。

〔4〕徐常:指明朝开国功臣徐达和常遇春。赐庄:皇帝赐给的庄田。据《明史》卷七七《食货志》,明太祖朱元璋曾"赐勋臣公侯丞相以下庄田,多者百顷"。

〔5〕百战勋名:谓徐达、常遇春等开国大臣都身经百战,建立了不朽的功勋与名誉。

〔6〕禄给朝家:由朝廷颁发俸禄。礼数优:指受到规格很高的待遇。礼数,古代按名位而分的礼仪等级制度。

〔7〕子孙万石:指功臣后代享受高官厚禄。万石,就是年俸为一万石。用汉代石奋的典故。据《史记》卷一〇三《万石张叔列传》,石奋以恭谨受到汉高祖、文帝与景帝的宠幸,他与四个儿子皆官至二千石,当时

号为"万石君"。未云酬:意思说"子孙万石"仍未足以酬报开国大臣的功劳。

〔8〕西山:坐落在北京城西的燕山馀脉俗称西山,产煤。诏许:皇帝下诏特许。开煤冶:指开采煤矿。

〔9〕南国:泛指南方地区。荻洲:即芦洲。

〔10〕"江水"二句:含时光流逝之意。瑟瑟,指芦花在风中摇摆所发出的声音。

〔11〕"金戈"句:指清兵下江南。金戈,戈的美称。铁马,配有铁甲的战马。"金戈铁马"常用以代指军队或战争。

〔12〕朱门大第:指明朝显贵之家。

〔13〕惜薪司:官署名。清代内务府所属七司之一。初名"惜薪司",后改称"内工部"、"营造司"。掌管宫中修缮事务。每年按定额征收营建工料,设有木、铁、房、器、薪、炭等库。芦洲所产芦苇属惜薪司征收之物。按:核查。先朝册:指明朝登记田地赋税的册籍。

〔14〕勋产:赐给功勋大臣的产业。明朝长江一带的大量芦洲都属于"勋产"。追子粒:追查征收每一点滴收获。子粒,粮食作物穗上的种子或豆类作物豆荚内的豆粒。

〔15〕"已共"二句:意思说芦洲早已和其他田地一起被官府没收,却仍然拘捕那些明朝显贵子弟以强征芦洲赋税。县官,指朝廷、官府。收,逮捕,拘押。

〔16〕我家:作者自家。老田:开垦多年的田地。

〔17〕岂赐庄:哪里是朝廷赐给的庄田。

〔18〕逢迎:指迎合上级官员的意旨。妄报:虚报,假报。指将本非"赐庄"的田地报成"赐庄"。

〔19〕排年:据《明史·食货志一》,明太祖洪武十四年(1381),诏天下编赋役黄册,规定以一百十户为一里,推举其中丁粮多者十户为里长,

其馀百户分成十甲,甲首十人。"岁役里长一人、甲首一人,董一里一甲之事。先后以丁粮的多寡为序,凡十年一周,曰排年。"可知"排年"是指里甲轮流值年当差的人。赔累:赔钱亏累。重粮:重复征收的科粮。作者家中的老田,本已按一般田地征税,而现在又妄报为赐庄,须缴纳"芦课",所以说是"重粮"。

〔20〕丈量亲下:指顺治七年朝廷下令各省督抚选派属员重新丈量芦洲之事。亲下,指官员亲自下到地方乡村。

〔21〕鞭笞:用鞭子和竹板打人。需索:敲诈勒索。轻人命:把人命不当回事。

〔22〕胥吏:旧时在官府中办理文书的小吏。交关:串通,勾结。横派征:恣意胡乱摊派征收赋税。

〔23〕差官:官府差役。恐喝:恐吓呵斥。

〔24〕踏勘:实地勘察测量。豪占:强占。指清朝官吏以丈量芦洲为名侵占百姓田地。

〔25〕"徒起"二句:意思说无端地重复征税使百姓财力被榨尽,而赋税总额反而亏损使国家赋税减少。科,科税。课,赋税。全课,赋税总数。关于这两句诗,作者原有一段注解:"积年升科老田,本漕白重课,指为无粮侵占,故有重粮再科。后重粮去而定为芦课,视原额反少减矣。甚言害民而又损国,其无益如此。"所谓"升科",是明清时有关赋税的一项制度,指所开垦的荒地,满了规定年限(水田六年,旱年十年)后,就要按照普通田地收税条例征收钱粮,"积年升科老田"指早已经满了规定年限需正常缴纳钱粮的熟地。"漕白",漕粮和白粮的合称,是明清田赋中漕运京师、通州的部分。漕粮的品种有米、小麦、黑豆等,白粮则专指糯米。"漕白"亦可折银征收。"重课",重税、重赋。作者这段注文大意说那些开垦多年已经"升科"的田地,本来要缴纳漕白重税,但却被划定为不产粮食的芦洲被官府侵占,田地主人却还须补缴芦课。后来免除了

双重征税而定为只缴纳芦课,比起原来的赋税总额(漕白重课)反而稍有减少,既严重害民又严重损害国家,实在是毫无益处。

〔26〕诏书昨下:意思说有关芦课的新诏令新近刚刚下达。指顺治九年清廷颁布的有关芦课的新法令。病:困苦。

〔27〕解头:粮差的头目。这里借指中央派遣的代替地方官吏管理芦课的部员。

〔28〕破:破产。城:指太仓城。

〔29〕白售:廉价出售。

〔30〕嗟:叹。诛求:敲榨勒索。

〔31〕憔悴:这里是破败、衰落的意思。旧五侯:指明朝王侯勋戚,也就是诗歌开头提到的"徐、常"等家族。五侯,汉成帝母舅王谭、王根、王立、王商、王逢同时封侯,号"五侯"。

〔32〕"只好"二句:意思说(由于芦洲已被官府没收),人们只好去背柴或烧马粪,谁还敢乘渔舟去伐取芦苇。煨(wēi 威),焚烧。矢,粪。荻,芦苇。

〔33〕"万束"四句:意思说千车万捆的芦苇运入城中,草场、马圈中堆积如山。尽管如此,清军士兵们却仍然到钟山去打柴割草,军中天天烧的都是明孝陵的树木。樵,打柴。苏,取草。钟山,一名紫金山、蒋山,在江苏南京市东北。明太祖朱元璋的陵墓——孝陵即在钟山南麓。古代帝王陵区均派军队守卫,不得随意进入,更严禁毁坏一草一木。明亡后,这一带无人守护,成为清军打柴取草的场所。作者的意思是由于明亡,不仅臣民不得保有芦洲,连明遗民心中的圣地——明孝陵也遭到恣意破坏了。

捉船行[1]

官差捉船为载兵,大船买脱中船行[2]。中船芦港且潜避[3],小船无知唱歌去。郡符昨下吏如虎[4],快桨追风摇急橹。村人露肘捉头来,背似土牛耐鞭苦。苦辞船小要何用,争执汹汹路人拥。前头船见不敢行,晓事篙师敛钱送[5]。船户家家坏十千[6],官司查点候如年[7]。发回仍索常行费[8],另派门摊云雇船[9]。君不见官舫嵬峨无用处[10],打鼓插旗马头住[11]。

〔1〕此诗大约作于清顺治九年(1652)。清初,郑成功、张名振等领导的海上武装以舟山为根据地坚持抗清斗争,连连击败清军,收复沿海失地,引起清廷极度恐慌。为了镇压海上义军,清朝政府多次下令强征民船以充军用。官吏乘机横征暴敛、敲诈勒索。民不堪命。清初出现了好几首以《捉船行》为题的诗作(参见清张应昌《清诗铎》卷九《捉骡车捉船》类),揭露了这一弊政带给人民的痛苦。此诗是同诗题中最早的一首,也是写得相当深刻的一首。靳荣藩说此诗"就捉船中抽出小船,是加一倍写法也。盖买脱者潜避者皆已晓事敛钱,小船无知,而亦入于晓事敛钱之队,则无不敛钱者矣。至于发回索费,另派门摊,是捉船之后,又有两番敛钱也。然官舫尚无所用,则不须捉,亦不须雇,甚言郡符之谬。通篇俱用加一倍写法"(《吴诗集览》卷五上)。

〔2〕买脱:指买通官吏以免于船被征用。

〔3〕芦港:长满芦苇的港湾。潜避:偷偷躲藏。

〔4〕郡符:郡府文告。

〔5〕篙师:船工头。敛钱:聚钱。

〔6〕坏十千:指破费十千。

〔7〕候如年:写船户当官府扣船借口查点久久不发还时的焦急心情。

〔8〕发回：指发还被扣船只。常行费：通常需缴纳的行船费用。
〔9〕门摊：按户分摊的税。
〔10〕官舫：官府所有的大船。嵬峨：形容高大的样子。
〔11〕马头：即码头。

马草行[1]

秣陵铁骑秋风早[2]，厩将圉人索刍藁[3]。当时碛北报烧荒，今日江南输马草[4]。府帖传呼点行速[5]，买草先差人打束[6]。香刍堪秣饱骍駽[7]，不数西凉夸苜蓿[8]。京营将士导行钱[9]，解户公摊数十千[10]。长官除头吏干没[11]，自将私价僦车船[12]。苦差常例须应免[13]，需索停留终不遣[14]。百里曾行几日程，十家早破中人产[15]。半路移文称不用，归来符取重装送[16]。推车挽上秦淮桥[17]，道遇将军紫骝鞚[18]。辕门刍豆高如山[19]，紫髯碧眼看奚官[20]。黄金络颈马肥死，忍令百姓愁饥寒。回首滁阳开仆监[21]，龙媒烙字麒麟院[22]。天闲骙逸起黄沙[23]，游牝三千满行殿[24]。钟山南望猎痕烧[25]，放牧秋原见射雕[26]。宁莝雕胡供伏枥[27]，不堪园寝草萧萧[28]。

〔1〕此诗大约作于清顺治九年（1652）。清初，为进攻南明政权，镇压反清力量，清廷曾下令在各地征收马草，以供战马之需，这是正供粮饷之外加在百姓身上的沉重的额外负担。清朝官吏乘机勒索，更使本已痛

苦不堪的百姓雪上加霜,家业荡然。此诗不仅揭露抨击了这一弊政,同时还寄寓了亡国之痛。

〔2〕秣陵:南京别称。

〔3〕厩将圉人:指养马的官兵。厩、圉,马棚。刍藁:干草。

〔4〕当时:与下句"今日"对举,指明朝时。碛北:旧称蒙古高原大沙漠以北地区。烧荒:我国古代防范北方游牧民族入侵的一种措施。北方守边将士秋日纵火焚烧野草,使入侵骑兵缺乏水草,无从取得给养。输:缴纳。以上二句意思说明朝时为防止满族骑兵入侵,曾在塞北放火烧荒,而今却连江南也要向清军缴纳马草了。

〔5〕府帖:官府公文。点行:按着名册顺序抓差。

〔6〕打束:准备,筹划。

〔7〕秣:喂养。骅骝:骏马。

〔8〕不数:数不上,论不上。西凉:即古代凉州。辖境大体相当今甘肃武威、永昌、酒泉一带。苜蓿:一种优良牧草。

〔9〕京营:守卫京师的军队。这里指守卫南京的军队。导行钱:汉代地方进贡朝廷,须先另送物品给中署,谓之"导行钱"。《后汉书》卷七八《宦者传·吕强》:"每郡国贡献,先输中署,名为导行费。"此用其典。

〔10〕解户:旧时解纳钱粮的差役。《明史》卷七八《食货志二》:"民所患苦,莫如差役。钱粮有收户、解户,驿递有马户,供应有行户。"公摊:众人分摊。

〔11〕除头:扣头,拿回扣。干没:侵吞财物。

〔12〕"自将"句:意谓虽然已交导行钱,可是还得自己出钱租用车船。僦(jiù就):租赁。

〔13〕"苦差"句:意思说担任运送马草苦差的百姓本来应当免缴纳常例钱。常例,即"常例钱",按惯例送的钱。旧时官员、吏役向人勒索的名目之一。

〔14〕需索:敲诈勒索。不遣:不让走,不许出发。

〔15〕中人产:中等人家的财产。

〔16〕移文:旧时公文的一种,行于不相统属的官署间。符取:按照官府公文命令索取。以上二句意思说马草运到半路,忽然接到官府移文,说不用送了,回来后却又下令索取,只好重新装车装船再送。

〔17〕秦淮:河名。源出江苏溧水县东北,流经南京,入长江。

〔18〕鞚(kòng 控):有嚼口的马络头。

〔19〕辕门:领兵将帅的营门。刍豆:干草和豆类等饲料。

〔20〕紫髯碧眼:形容少数民族的相貌。奚(xī 西)官:养马官。

〔21〕回首:指回忆明朝旧事。滁阳:滁河以北一带地区,包括今滁州、全椒等县市。开:设立。仆监:指太仆寺卿、少卿及其所属牧监监正、监副等官员,专掌皇帝舆马及马政。据《明史》卷七四《职官志三》,洪武六年(1373),"置群牧监于滁州,旋改为太仆寺……七年增设牧监、群官二十七处,隶太仆寺。寻定群牧监品秩。十年增置滁阳等牧监及所属各群。改牧监令、丞为监正、监副"。

〔22〕龙媒:《汉书·礼乐志》:"天马徕,龙之媒。"颜师古注引应劭曰:"言天马者,乃神龙之类,今天马已来,此龙必至之效也。"后因称骏马为"龙媒"。烙字:指在马身上烙印上记号。麒麟院:指马厩。麒麟,古代传说中的一种象征吉祥的动物。比喻骏马。

〔23〕天闲:古代皇家养马的地方。辔逸:纵马奔驰。辔,马缰绳。逸,放开。

〔24〕牝(pìn 聘):雌马。行殿:即"行宫"。古代京城以外供帝王出行时居住的宫室。

〔25〕钟山:一名蒋山、紫金山,在南京市东北。明太祖朱元璋陵墓(孝陵)即在钟山南麓。猎痕烧:指打猎时焚山驱兽之火的痕迹。按,孝陵一带在明代严禁打猎樵牧,而清初却成为猎场。

〔26〕秋原见射雕:语本唐王维《塞上作》:"秋日平原好射雕。"

〔27〕莝(cuò错):铡草。雕胡:即菰米,古人以为美馔。这里指人所能食用的美味。伏枥:指马厩中的马。枥,马槽。

〔28〕不堪:不忍。园寝:指明孝陵。

董山儿[1]

董山儿,儿生不识乱与离。父言急去牵儿衣,母言乞火为儿炊作糜[2]。父母忽不见,但见长风白浪高崔嵬[3]。将军下一令,军中那得闻儿啼[4]?楼船何高高,沙岸多崩摧[5]。榜人不能移[6],举手推堕之。上有蒲与萑[7],下有泞与泥,十步九倒迷东西。身无袴襦[8],足穿蒺藜[9],叩头指口惟言饥。将船送儿去,问以乡里记忆还依稀[10]。父兮母兮哭相认,声音虽是形骸非。傍有一老翁,羡儿独来归。不知我儿何处喂游鱼,或经略卖遭鞭笞[11]?垂头涕下何累累[12]。吾欲竟此曲[13],此曲哀且悲,茫茫海内风尘飞。一身不自保,生儿欲何为?君不见,董山儿!

〔1〕此诗大约作于清顺治九、十年间(1652—1653)。其内容与作者的五言古诗《临顿儿》一样,也是反映清初战乱之中儿童的苦难命运的。靳荣藩说:"此首全仿古乐府而得其神似。《临顿儿》是诉略卖之苦,此首则写讹离之状也。"(《吴诗集览》卷五下)董山,即赤董山。同名之山有两座,一在浙江绍兴东南三十里,一在浙江奉化县东十五里。此诗所说"董山"不知指哪一座。

〔2〕"父言"二句:写父母借故离开被迫卖给别人的儿子时,不忍心让儿子知晓真情的情景。糜,粥。

〔3〕崔嵬:形容白浪如山的样子。

〔4〕"将军"二句:据大量史料记载,清兵进攻江南,每至一地,都大肆掳掠、拐卖妇女儿童,故妇女儿童每随军而行。由此二句,可知"堇山儿"是被清兵买走。

〔5〕崩摧:坍塌。

〔6〕榜人:船夫。

〔7〕蒲:蒲草。萑(huán 环):芦类植物。

〔8〕袴襦(kù rú 库如):指衣服。襦,短衣。

〔9〕"足穿"句:意思说脚上扎上了蒺藜。蒺藜,植物名,果实有刺。

〔10〕依稀:模模糊糊,不很清楚。

〔11〕略卖:拐卖。

〔12〕累累:联贯成串的样子。

〔13〕竟:结束。

遇南厢园叟感赋八十韵〔1〕

寒潮冲废垒〔2〕,火云烧赤冈〔3〕。四月到金陵〔4〕,十日行大航〔5〕。平生游宦地〔6〕,踪迹都遗忘。道遇一园叟,问我来何方?犹然认旧役〔7〕,即事堪心伤〔8〕。开门延我坐〔9〕,破壁低围墙。却指灌莽中〔10〕,此即为南厢。衙舍成丘墟〔11〕,佃种输租粮〔12〕。谋生改衣食〔13〕,感旧存园庄〔14〕。艰难守兹土〔15〕,不敢之它乡〔16〕。我因访故基,步步添思量。面水背苍崖[17],中为所居堂。四海罗生徒,六馆登文章[18]。松桧皆十围[19],钟管声锵锵[20]。百顷摇澄潭,夹岸栽垂杨。池上临华轩[21],菡萏吹芬芳[22]。谭笑尽贵游[23],花月倾壶觞。其南有一亭,梧竹生微凉。回头望鸡笼[24],庙貌诸侯王[25]。左李右邓沐[26],中坐徐与常[27]。霜髯见锋骨,老将东瓯汤[28]。配食十六侯[29],剑珮森成行[30]。得之为将相,宁复忧封疆[31]。北风江上急,万马朝腾骧[32]。重来访遗迹,落日唯牛羊。吁嗟中山孙[33],志气胡勿昂[34]。生世苟如此,不如死道傍。惜哉裸体辱[35],仍在功臣坊[36]。萧条同泰寺[37],南枕山之阳[38]。当时宝志公[39],妙塔天花香[40]。改葬施金棺,手诏追褒扬[41]。袈裟寄灵谷[42],制度由萧梁[43]。千尺观象台[44],太史书祯祥[45]。北望占旄头,夜夜愁光芒[46]。高帝遗衣冠[47],月出修蒸尝[48]。图书盈玉几,弓剑堆金床[49]。承乏忝兼官[50],再拜陈衣裳[51]。南内因洒扫[52],铜龙启未央[53]。幽花生御榻[54],苔涩青仓琅[55]。离宫须望幸[56],执戟卫中郎[57]。万事今尽非,东逝如长江。钟陵十万松[58],大者参天长。根节犹青铜[59],屈曲苍皮僵。不知何代物,同日遭斧创[60]。前此千百年,岂独无兴亡?况自百姓伐,孰者非耕桑?群生与草木,长养皆吾皇[61]。人理已澌灭,讲舍宜其荒[62]。独念四库书[63],卷轴夸缥缃[64]。孔庙铜牺尊[65],斑剥填青黄[66]。弃掷草莽间,零落谁收藏?老翁见话久,妇子私相商。人倦马亦疲,剪韭炊黄粱[67]。慎莫笑贫家,一一罗酒浆[68]。从头诉兵火,眼见尤悲怆。大军从北来[69],百姓闻惊惶。下令将入城,传箭需民房[70]。里正持府帖[71],佥在御赐廊[72]。插旗大道边,驱遣谁能当[73]。但求骨肉完,其敢携筐箱。扶持杂幼稚,失散呼耶孃[74]。江南昔未乱,闾左称阜康[75]。马阮作相公[76],作事偏猖狂[77]。高镇争扬州[76],左兵来武昌[79]。积渐成乱离[80],记忆应难详。下路初定来[81],官吏逾贪狼。按籍缚富人[82],坐索千金装[83]。以此为才智,岂曰惟私囊[84]。今日解马草[85],明日修官塘。诛求却到骨[86],皮肉俱生疮。野老读诏书,新政求循良[87]。瓜畦亦有畔,沟水亦有防[88]。始信立国家,不可无纪纲[89]。春来雨水足,四野欣农忙。父子力耕耘,得粟输官仓。遭遇重太平,穷老其何妨。薄暮难再留,暝色犹青苍[90]。策马自此去,凄恻摧中肠[91]。顾羡此老翁[92],负耒歌沧浪[93]。牢落悲风尘[94],天地徒茫茫。

〔1〕清顺治十年(1653)四月,作者至南京,寻访前明国子监旧址,遇南厢园叟,感而赋此。南厢为原国子监司业房,崇祯十三年至十四年(1640—1641),作者曾任司业,于此作息。然而曾几何时,昔日学府已成丘墟,附近胜迹也尽化为荒烟蔓草,几不可辨识。曾为国子监旧役的园叟佃种其中。在他的引导下,作者凭吊旧迹,追思往事,顿生悲凉之感。他将对前朝的怀念、对清军进入南京后所造成的劫难的全景式揭露,一并融入诗中,使本诗成了带有"实录"性质的一代兴亡历史的写照,成了抒写亡国之恨的著名的长篇哀歌。南厢,指明南京国子监南厢房。据吴

翌凤《吴梅村先生诗集笺注》引陈沂《金陵世纪》,南京国子监建于明洪武十四年(1381),位于鸡鸣山之南,监内有成贤门、集贤堂、彝伦堂等建筑。明成祖迁都北京后在京城另建国子监,南京国子监仍然保留。另据黄佐《南雍志》卷七,南京国子监祭酒东厢房有七间,司业南厢房有九间。

〔2〕废垒:指隋朝将领贺若弼和韩擒虎所修军垒的遗迹。《大明一统志》卷六《应天府》:"贺若弼垒在府北二十里,隋平陈,若弼过江,于蒋山龙尾洲筑垒。韩擒虎垒在府西四里,隋平陈,擒虎筑垒于此。树碑刻文,薛道衡所作。"

〔3〕火云:夏天的红云。赤冈:即赤石矶。乾隆《江南通志》卷一一《舆地志·山川》:"赤石矶在江宁县(今南京)东南城外。长江东来,有赤石枕中流。居人竞种石榴花,每盛夏时,缘堤岸灿若霞锦,为画舫欢游之所。"

〔4〕金陵:古邑名。战国楚威王七年(前333)灭越后置。后人用作今南京市的别称。明朝称应天府,清朝初年改称江宁府。

〔5〕大航:桥名,即朱雀航。乾隆《江南通志》卷三〇《舆地志·古迹》:"朱雀航在江宁县,晋置,即吴之南津桥也。桥在宫门朱雀门南,亦谓之南航;又曰大航,以秦淮诸航,此为之最也……今聚宝门内镇淮桥即朱雀遗址。"明朝末年大航左近是繁华之地,《梅村家藏稿》卷二八《宋子建诗序》云:"往者余叨贰陪雍,云间宋子建偕其友来游太学。当是时,江左全盛,舒、桐、淮、楚衣冠人士避寇南渡,侨寓大航者且万家,秦淮灯火不绝,歌舞之声相闻。"

〔6〕游宦地:指南京国子监。游宦,在外做官。

〔7〕犹然:仍然。旧役:指原南京国子监的差役。

〔8〕即事:就事。指同园叟久别重逢。

〔9〕延:请,迎进。

〔10〕灌莽:丛生的草木。南朝宋鲍照《芜城赋》:"灌莽杳而无际,丛薄纷其相依。"

〔11〕丘墟:废墟。

〔12〕佃(diàn 店):租。输:缴纳。

〔13〕改衣食:改变了谋生的手段,以前当差役,现在种田。

〔14〕园庄:南京国子监已辟为耕地,故称园庄。

〔15〕兹土:这个地方。指南京国子监。

〔16〕不敢:犹言不愿。之:往。

〔17〕面水:面对池水。据《南雍志》卷七《规制》,司业宅厅事名为见贤堂,堂前为台,台前为莲池,池上有小轩。苍崖:苍翠的山崖。指鸡鸣山。

〔18〕"四海"二句:形容当年南京国子监人才济济的盛况。罗,搜罗、罗致。生徒,国子监生。六馆,即六堂,国子监生学习之所。《明史》卷六九《选举志一》:"(南京国子监)分六堂以馆诸生,曰率性、修道、诚心、正义、崇志、广业。"通《四书》而未通经的监生,居正义、崇志、广业堂,一年半后,文理条畅的,升修道、诚心堂,又年半,经史兼通,文理俱优者,才升率性堂。登,记录,引申为考录。

〔19〕松桧:据《南雍志》卷七《规则》,南京国子监初建时,种植了很多杉、桧、松、柏。吴伟业任司业时,这些树木都已历经二百年,非常粗大。围:两手合拱的粗细。

〔20〕钟管:两种古代乐器。《诗经·周颂·执竞》:"钟鼓喤喤,磬管将将。"锵锵(qiāng 枪):形容声音清脆。

〔21〕池:指司业宅前的莲池。临:居高凌下。华轩:装饰精美的四面开窗的敞屋。

〔22〕菡萏(hàn dàn 撼旦):荷花。

〔23〕谭:同"谈"。

〔24〕鸡笼:山名,即鸡鸣山。《大明一统志》卷六《应天府》:"鸡鸣山,在府西北七里,旧名鸡笼山。"

〔25〕"庙貌"句:据明郑晓《今言》卷一,洪武二年(1369),明太祖朱元璋令在鸡鸣山上建功臣庙,"论功列祀二十一人。命死者塑其像,生者虚其位"。这句诗意思说功臣庙中设有开国功臣的塑像。庙貌,立庙设像。

〔26〕李:指李文忠。字思本,盱眙(今属江苏)人。朱元璋姊之子。十九岁为将,骁勇善战。在与张士诚和元军的战斗中,屡建功勋。封曹国公,死后追封岐阳王。《明史》卷一二六有传。邓:指邓愈。虹县(今安徽泗县)人。本名友德,朱元璋赐名。年十六,即以善战称。官至右柱国,封卫国公。死后追封宁河王。《明史》卷一二六有传。沐:指沐英。字文英,定远(今属安徽)人。朱元璋义子。洪武十四年(1381)从傅友德取云南,留镇其地。死后追封黔宁王。《明史》卷一二六有传。

〔27〕徐:指徐达。字天德,濠州(治今安徽凤阳)人。助朱元璋起兵,战功居第一。官至中书右丞相,封魏国公,死后追封中山王。《明史》卷一二五有传。常:指常遇春。字伯仁,怀远(今属安徽)人。朱元璋大将,勇武绝人。攻灭张士诚、北上灭元,皆以他为副将军,与大将军徐达共同领兵。洪武二年,与李文忠攻克开平,还师时暴病身亡,追封开平王。《明史》卷一二五有传。

〔28〕东瓯汤:指汤和。字鼎臣,濠州人。早年从朱元璋征战,统兵取浙闽川等地。洪武十八年自请解除兵权,深得朱元璋欢心。次年,朱元璋请他带兵防御倭寇,对他说:"卿虽老,强为朕一行。"他接受任务,在沿海建立卫所,修建防御工事,再立功勋。死后追封东瓯王。《明史》卷一二六有传。

〔29〕"配食"句:据《明史》卷五〇《礼志四》,功臣庙正殿祭祀六名功臣,即徐达、常遇春、李文忠、邓愈、汤和、沐英。东西序配食六王的有

越国公胡大海、梁国公赵德胜、巢国公华高、虢国公俞通海、江国公吴良、安国公曹良臣、黔国公吴复、燕侯孙兴祖、郢国公冯国用、西海公耿再成、济国公丁德兴、蔡国公张德胜、海国公吴桢、蕲国公康茂才、东海郡公茅成,计十五人,加正殿六人,共二十一人,正与"二十一功臣"数相合。诗云"配食十六侯","十六"当作"十五"。配食,祔祭。凡后死者与早故的祖先或地位比自己高并有某种关系的人合受祭祀,称配食。

〔30〕剑珮:指功臣塑像身上的佩剑和玉珮。森:森严。

〔31〕宁复:哪里还。封疆:疆界,疆土。

〔32〕"北风"二句:比喻清朝兵马渡江攻灭弘光朝。腾骧,飞跃,奔腾。

〔33〕吁嗟:长吁感叹。中山王:指中山王徐达的后裔徐青君。清余怀《板桥杂记》卷下《轶事》:"中山公子徐青君,魏国介弟也。家赀巨万,性豪侈,自奉甚丰。广畜姬妾,造园大功坊侧。树石亭台,拟于平泉、金谷。……弘光朝加中府都督,前驱班列,呵导入朝,愈荣显矣。乙酉鼎革,籍没田产,遂无立锥。群姬雨散,一身孑然。与佣丐为伍,乃至为人代杖。其居第易为兵道衙门。一日,与当刑人约定杖数,计偿若干。受杖时,其数过倍,青君大呼曰:'我徐青君也!'兵宪林公骇,问左右,有哀王孙者跪而对曰:'此魏国公之公子徐青君也,穷苦为人代杖。此堂乃其家厅,不觉伤心呼号耳!'林公怜而释之,慰藉甚至,且曰:'君尚有非钦产可清还者,本道当为查给,以终馀生。'青君跪谢曰:'花园是某自造,非钦产也。'林公唯唯,厚赠遗之,查还其园,卖花石、货柱础以自活。"

〔34〕胡:为什么。昂:轩昂,奋发向上。

〔35〕裸体辱:指赤身裸体代人受杖刑之辱。

〔36〕功臣坊:指中山王徐达的居第大功坊,在南京聚宝门内。据《明史·徐达传》载,朱元璋曾想把自己的旧邸赐给徐达,徐达不敢接受。于是朱元璋"乃命有司即旧邸前治甲第,表其坊曰'大功'"。徐青

君代人受杖刑就在其厅堂之内。

〔37〕同泰寺:清顾祖禹《读史方舆纪要》卷二〇《江宁府》:"同泰寺,在故台城后苑中,梁大通中建。"南朝梁武帝曾四次到寺中"舍身"当和尚。后毁于兵火。明洪武二十年,在同泰寺旧址建鸡鸣寺。此处同泰寺实即指鸡鸣寺。

〔38〕山之阳:山南。山的南面称阳,北面称阴。

〔39〕宝志公:又作"保志公"。据南朝梁慧皎《高僧传》卷一〇《梁京师释保志》,宝志本姓朱,金城(今甘肃兰州)人。少时在建康道林寺出家修行。传说他道行神异,"数日不食,亦无饥容。与人言语,始若难晓,后皆效验"。梁武帝对他非常崇信。死后厚葬于钟山独龙阜,并在墓所建开善精舍。后世不断给他加号,元朝天历年间,累加号为道林真觉慧威慈应普济禅师。据《明史》卷五〇《礼志四》,每年三月十八日,皆遣南京太常寺官祭祀他。

〔40〕妙塔:精妙的宝塔。指志公塔,在开善寺中。梁简文帝《唱导文》:"菩提妙塔,多宝涌现。"天花:亦作"天华",佛教语。天界仙花。《维摩经·观众生品》:"时维摩诘室有一天女……见诸大人闻所说法,便现其身,即以天华散诸菩萨大弟子上;华至诸菩萨即皆堕落,至大弟子便著不堕。"花著大弟子而不落,见其佛心纯一。这里用此典以赞美宝志和尚佛法高妙,佛性纯正,所以天花散落在他的塔前。

〔41〕"改葬"二句:洪武初年,朱元璋在钟山独龙阜修建陵寝,将宝志公遗骨移葬灵谷寺,立塔,建无梁砖殿,耗资钜万,并手书御文,镌刻立碑。此二句即写其事。参见清赵吉士《寄园寄所寄》卷五《灭烛寄》。施,用。金棺,金饰之棺。手诏,指宝志公迁葬时,朱元璋手书碑文。追,追加。

〔42〕袈裟:和尚的法衣。清王士禛《游灵谷寺记》:"寺旧有志公法衣革履。"寄:存放。灵谷:寺名。据《大明一统志》卷六《寺观》,灵谷寺

始建于晋朝。明太祖洪武初年,因迁葬宝志和尚遗骨而改建于钟山东南。殿堂之后,立宝公塔。

〔43〕制度:指修建灵谷寺、改葬宝志的规制。由:来自。萧梁:南朝梁皇帝姓萧,故称萧梁。

〔44〕观象台:据《明史》卷二五《天文志》,洪武十八年,在鸡鸣山上建观象台,以观察天文历象。

〔45〕太史:官名,魏晋以前,太史职责除记载史事、编写史书外,也兼管天文历法。魏晋以后,太史仅掌管推算历法、观测天文。书:记录。祯祥:吉兆。《礼记·中庸》:"国家将兴,必有祯祥。"

〔46〕"北望"二句:意谓日夜忧心北方少数民族入侵。占,占卜。旄(máo毛)头,又作"髦头"。星名,即昴宿。古代迷信认为旄头星发亮,预兆有战事发生。《史记》卷二七《天官书》:"昴曰髦头,胡星也。"张守节正义:"昴七星为髦头、胡星……六星明与大星等,大水且至,其兵大起;摇动若跳跃者,胡兵大起;一星不见,皆兵之忧也。"明朝北方地区先后受鞑旦、瓦剌、满族侵扰,始终不得安宁。这里主要指清兵入侵。

〔47〕高帝:指明太祖朱元璋。衣冠:朱元璋所用的衣服和冠冕。明代有以太祖等先帝衣冠代表其人,加以祭祀的制度。《明史》卷五一《礼志五》:"太庙祭祀,但设衣冠。"

〔48〕月出:《史记》卷九九《刘敬叔孙通列传》:"衣冠月出游高庙。"裴骃集解:"应劭曰:'月出高帝衣冠,备法驾,名曰游衣冠。'如淳曰:'《三辅黄图》:高寝在高庙西,高祖衣冠藏在高寝。'"这里用汉代"月出高帝衣冠"的典故,以指对朱元璋衣冠的祭祀。修:从事。蒸尝:本指秋冬二祭,后泛指祭祀。据《明史》卷六〇《礼志十四》,除每年元旦、清明、夏至、七月望、十月朔、冬至遣官致祭太祖庙外,每月朔望也都要"祠祭署官行礼"。

〔49〕"图书"二句:写陈列于太祖庙中的礼仪器物。玉几,玉饰的

矮桌。金床,尊者所坐的交椅。这里指安放弓剑的座具。

〔50〕承乏:旧时官吏谦词,意思说所任职位一时无适当人选,暂时由自己来充数。忝:也是谦词,有愧于。兼官:指作者任国子监司业时兼充祭祀官。

〔51〕陈:陈设。衣裳:指明太祖衣冠。

〔52〕南内:唐代长安的兴庆宫别称南内。这里指南京的明宫室。

〔53〕铜龙:汉太子宫门名。门楼上饰有铜龙。此指明宫宫门。启:开。未央:汉宫殿名。这里指南京的明宫殿。

〔54〕幽花:暗花,指因发霉而形成的斑痕。意思说南京的明宫室因年久无人,御榻生出斑痕。

〔55〕苔:青苔。这里指铜锈。涩:凝滞。仓琅(láng狼):即仓琅根。装置在大门上的青铜铺首及铜环。仓,同"苍"。《汉书·五行志中之上》:"木门仓琅根。"颜师古注:"门之铺首及铜鍰也。铜色青,故曰仓琅。铺首衔环,故谓之根。"

〔56〕离宫:皇帝正宫以外的临时居住休息的宫室。幸:皇帝驾临。

〔57〕中郎:即郎中。秦汉时近侍之官。《史记》卷九二《淮阴侯列传》:"官不过郎中,位不过执戟。"张晏注:"郎中,宿卫执戟之人也。"

〔58〕钟陵:明孝陵,明太祖朱元璋的陵墓。因坐落于南京钟山南麓,故称钟陵。十万松:据乾隆《江南通志》卷一一《舆地志·山川》载,钟山本来树木不多。东晋时,"令刺史罢还,栽松百株。(南朝)宋时令刺史栽松三千(十?)株,郡守以下各有差"。到了明代,古松已覆盖钟山,夹路松阴长八九里,清风时来,寒涛吼空。

〔59〕青铜:喻松树根干之色。唐杜甫《古柏行》:"孔明庙前有老柏,柯如青铜根如石。"

〔60〕"不知"二句:谓钟陵的松树不知是哪一代的遗物,如今却被乱砍滥伐。按明代规定,砍伐孝陵树木,要处死刑。但入清后遭人砍伐

却无人过问。

〔61〕"前此"六句:意思说以往千百年间,难道没有经历过兴亡?可是钟陵之松完好无损。何况今天松树是被百姓砍伐的,他们都从事耕桑,并非衣食无着。要知道百姓和草木,都是靠先皇养育的。孰者,犹言谁人。长养,生长养育。

〔62〕"人理"二句:意思说伦理纲常都已丧尽,难怪国子监全都荒废了。人理,做人应遵循的道理,指伦理纲常。澌灭,尽灭。讲舍,讲学的屋舍,代指南京国子监。

〔63〕四库书:即四部书。中国古代书籍统分为经、史、子、集四大类,故称。这里代指国子监中的全部藏书。

〔64〕卷轴:古代的一种装裱方式。将文章裱成长卷,有轴可以舒卷。缥缃:缥为淡青色的帛,缃为淡黄色的帛,旧时常用这两种帛作书囊或书衣。萧统《文选序》:"词人才子,则名溢于缥囊;飞文染翰,则卷盈乎缃帙。""夸缥缃"是说书衣精美堪赞。

〔65〕孔庙:建于南京国子监东侧。《南雍志》卷七《规制》:"洪武十五年,监既落成,左庙右学。"牺尊:古代酒尊,用为祭祀的礼器。或制成牺牛形,背上开孔以盛酒;或于尊腹刻画牛形。今所见传世牺尊都是用青铜制成。

〔66〕斑剥:色彩间杂的样子。青黄:青色和黄色。《庄子·天地》:"百年之木,破为牺尊,青黄以文之。"这句诗是说在牺尊之上用青色、黄色填画出绚丽多采的图案。

〔67〕"剪韭"句:语出唐杜甫《赠卫八处士》:"夜雨剪春韭,新炊间黄粱。"写园叟热情殷切地招待作者。

〔68〕罗酒浆:陈列酒菜。杜甫《赠卫八处士》:"问答乃未已,驱儿罗酒浆。"

〔69〕大军:指清军。

〔70〕传箭:传令。古代北方少数民族发布命令,以传箭为号。

〔71〕里正:古时乡官。明代改名里长,规定以一百十户为一里,推丁粮多者十户为长,岁役里长一人,管理一里之事,凡十年一周。府帖:官府文告。

〔72〕佥:同"签"。指在征用的房屋上插签作标志。御赐廊:皇帝敕建的房屋。清傅维鳞《明书·学校志》:"(太祖)寻以国学地隘狭不称,登鸡鸣山,见其下地平敞,去市朝益远,可营学,使士得一耳目专于学,莞然喜曰:'此天所藏以遗朕,兴一代学也。'令工部集百工构造。"

〔73〕当:抵挡。

〔74〕耶孃:父母。

〔75〕闾左:居住在闾巷左侧的人民。秦时贫贱者居闾左,后因借指平民。阜康:富足康乐。

〔76〕马阮:马士英和阮大铖。马士英,字瑶草,贵阳(今属贵州)人。万历间进士。崇祯末任凤阳总督。李自成攻破北京后,他在南京拥立福王,任东阁大学士,与阉党馀孽阮大铖狼狈为奸,招权纳贿,排斥异己,却不作防御清军的准备。南京陷落后,逃往浙江,为清军所杀。阮大铖,字集之,号圆海,怀宁(今属安徽)人。天启间依附魏忠贤。崇祯初遭废黜。弘光时投靠马士英,官至兵部尚书。南京失陷后降清,从攻仙霞岭而死。《明史》卷三〇八有马、阮二人的传记。相公:旧时对宰相的敬称。阮大铖并未做宰相,但与马士英一同操纵朝政,故亦称之为"相公"。

〔77〕猖狂:任意胡为。

〔78〕高镇:指高杰,米脂(今属陕西)人。初从李自成起义,后降明,官至总兵。弘光朝封为兴平伯。与黄得功、刘良佐、刘泽清各统兵分别驻守在泗州、庐州、临淮、淮安,号称四镇。高杰是四镇将之一,故这里称为"高镇"。《明史》卷二七三有传。争扬州:高杰觊觎扬州富庶,求镇

扬州,扬州百姓畏惧高杰,拒之不纳。高杰发兵攻城,城中坚守月馀。高杰还与也想染指扬州的黄得功发生火并,经史可法苦苦调停始罢兵。

〔79〕左兵:左良玉的军队。左良玉,字昆山,临清(今属山东)人。崇祯朝以镇压农民军有功封宁南伯,进侯爵,驻守武昌,弘光朝马、阮执政,他以"清君侧"为名,自武昌发兵,进军南京,中途病死。《明史》卷二七三有传。当左良玉军东进之时,马阮置清军威胁于不顾,撤出江防主力对付左兵,致使清军乘虚而南,破扬州,渡长江,攻陷南京。

〔80〕积渐:由小到大,逐渐形成。

〔81〕"下路"句:指清军占领南京之初。下路,南京别称"白下",元代又在此设"建康路",后改"集庆路",作者把"下"与"路"合称下路,借指南京。来,句末语助词,无义。

〔82〕籍:户籍。

〔83〕坐索:坐地勒索。千金装:据《史记》卷九七《郦生陆贾列传》,陆贾出使南越,南越王"赐陆生橐中装值千金,他送亦千金"。裴骃集解引张晏曰:"珠玉之宝也。装,裹也。""千金装"典故出此,这里泛指珠玉财宝。

〔84〕"以此"二句:意思说以敲诈勒索为有才智,不仅仅是中饱私囊。这二句说明清朝官吏公然作恶。

〔85〕解马草:押送马草。清兵初下江南,清廷曾下令各地解送马草,以供战马之需。官吏乘机勒索,鱼肉百姓。吴伟业、朱彝尊等都曾以"马草行"为题写诗揭露过这一为害甚烈的弊政。

〔86〕"诛求"句:合用杜甫《驱竖子摘苍耳》"乱世诛求急,黎民糠籺窄"和《又呈吴郎》"已诉征求贫到骨,正思戎马泪盈巾"句意。诛求,需索责求。

〔87〕循良:守法循礼、爱抚百姓的官吏。

〔88〕"瓜畦"二句:用杜甫《前出塞》"杀人亦有限,列国自有疆"句

式,比喻无论什么事物都应有界限和法度。畔,田界。防,堤岸。

〔89〕纪纲:法纪,纲常。

〔90〕暝色:暮色。

〔91〕摧中肠:形容内心非常痛苦。摧,折,断。

〔92〕顾:只。

〔93〕负耒:扛着农具。歌沧浪:《楚辞·渔父》写一江上渔父遇见被放逐的屈原,劝说他与世俯仰。屈原认为不能以皓皓之白而蒙世俗之尘垢。渔父于是"莞尔而笑,鼓枻而去,歌曰:'沧浪之水清兮,可以濯我缨;沧浪之水浊兮,可以濯我足。'"作者用"歌沧浪"以称许南厢园叟隐居耕作,得以自全。

〔94〕牢落:心中茫然,无所寄托。

自叹[1]

误尽平生是一官,弃家容易变名难[2]。松筠敢厌风霜苦[3],鱼鸟犹思天地宽[4]。鼓枻有心逃甫里,推车何事出长干[5]?旁人休笑陶弘景[6],神武当年早挂冠[7]。

〔1〕清顺治九年(1652),两江总督马国柱遵旨举荐地方人才,将吴伟业举荐于朝廷。伟业闻讯后,满怀忧闷。顺治十年四月,他亲至南京,拜谒马国柱,请求免予举荐。这首诗就是他在南京时写下的剖明心迹之作,诗中表达了他隐居不仕的本愿,同时流露出在清廷高压下内心的软弱与胆怯。这是他即将冒"失节"之恶名,违心接受清廷严命的先声。

〔2〕变名:改名换姓。

〔3〕"松筠"句：意思说我想做像松竹那样节操坚贞的人，又怎么会厌恶风霜之苦呢。松筠(yún匀)，语出《礼记·礼器》："其在人也，如竹箭之有筠也，如松柏之有心也。二者居天下之大端矣，故贯四时而不改柯易叶。"后因以"松筠"喻节操坚贞。筠，竹子的青皮，引申为竹子的别称。

〔4〕"鱼鸟"句：意思说鱼鸟尚且思念天地宽阔，自由飞凫。何况我，又怎愿做官，受到羁缚。

〔5〕"鼓枻"二句：意思说我有心像陆龟蒙一样隐居，为什么还要征召我出仕呢？鼓枻(yì义)，划船。枻，船桨。甫里，地名。即今江苏吴县东南甪直镇。唐诗人陆龟蒙曾隐居于此，自号甫里先生。车，指征车，即朝廷征召贤达所用的车子。"推车"这里是推荐、举荐的意思。长干，古代建康里巷名，在今南京中华门外。因为举荐吴伟业的两江总督的府邸在南京，所以说"推车何事出长干"。

〔6〕陶弘景：字通明，秣陵（今江苏南京）人。曾任南齐诸王侍读、奉朝请。齐武帝永明十年（492），他脱去朝服挂在神武门上，上表辞官，隐居于句容句曲山（即茅山）。梁武帝时，朝廷有大事，常征询他的意见，时人讥笑他是："山中宰相"。见《南史》卷七六《陶弘景传》。

〔7〕神武：古宫门名。即南朝时建康（今南京）皇宫西首之神虎门。唐初避太祖李虎讳改"虎"为"武"。因陶弘景曾脱去朝服挂在神武门上，后遂以"神武挂冠"指辞官隐居。

钟 山 [1]

王气销沉石子冈 [2]，放鹰调马蒋陵傍 [3]。金棺移塔思原庙 [4]，玉匣藏衣记奉常 [5]。杨柳重栽驰道改 [6]，樱桃莫荐寝园荒〔7〕。圣公没后无坏土〔8〕，姑孰江声空夕阳〔9〕。

〔1〕清顺治十年(1653)四月，作者至南京，在拜谒两江总督马国柱的同时，到处寻访前朝遗迹。所游之处，他抚今追昔，驻足流连。往日繁华与眼前的凄凉形成了巨大的反差，带给他无限苍凉凄然的兴亡之感。他回想起明朝开国的艰难、鼎盛时期的声威、后代子孙的不肖以及清兵下江南时对明朝胜地的肆意破坏，心中涌动着万千感慨，于是写下了多首七律以倾吐之。此诗是其中一首。钟山，一名紫金山、蒋山，在今南京市东北。山南麓是明太祖朱元璋的陵墓——孝陵。

〔2〕王气销沉：语本唐刘禹锡《西塞山怀古》："王濬楼船下益州，金陵王气黯然收。"指明朝国运告终。王气，旧谓象征帝王运数的祥瑞之气。石子冈：山名。在今南京市南。

〔3〕放鹰调马：指清兵训练鹰、马。蒋陵：即吴大帝陵，葬三国吴帝孙权。故址在钟山南麓，地近明孝陵，本为禁地，有明军把守。入清后却成了清兵调练鹰马、随意践踏的地方。

〔4〕"金棺"句：句下原注："金棺为志公，在鸡鸣寺。"金棺，金饰之棺。志公，指宝志公，南朝梁名僧，死后葬于钟山。明太祖朱元璋因要在宝志公葬地兴建陵墓，遂将其尸骨盛于金棺之中移葬，且在新葬处建灵谷寺，在寺殿堂之后立宝公塔。见清赵吉士《寄园寄所寄》卷五《灭烛寄》。"金棺移塔"即指此而言。原庙，在正庙以外另立的宗庙。这里当指明太祖朱元璋的寝园庙，因为是太庙之外的宗庙，因此称为"原庙"。

〔5〕"玉匣"句：句下原注："太常有高庙衣冠。"太常，官名，掌宗庙仪礼，秦朝时称为"奉常"。高庙，此代指朱元璋。作者同时所作《鸡鸣寺》诗"高皇遗笔读残碑"一句原注："寺壁有石刻高庙御笔题赞志公像。"这里所说"高庙"代指朱元璋的意思更为明显。可见作者每用"高庙"代指明太祖。这句诗的意思是玉匣（帝王葬饰）中收藏着明太祖的

衣冠,太常一一都有所记录。按,以上二句写明代钟山状况。

〔6〕驰道:古代专供帝王出巡时行驶车马的道路,即御道。

〔7〕"樱桃"句:句下原注:"时当四月。"按照明代初年的规定,每月初一都要向宗庙祭献时鲜果品。四月的祭献品规定要有樱桃。见《明史》卷五一《礼志五·荐新》。但是入清后,这些规定都失去作用,因此说"樱桃莫荐"。荐,献。寝园,指朱元璋的陵墓。按,以上二句写清代钟山状况。

〔8〕圣公:汉代刘玄,字圣公,为远支皇族。西汉末被诸将推为更始皇帝,在位不足三年即被赤眉军杀死。这里用以喻指南明弘光帝朱由崧。没:死。坏(pī批)土:指坟堆。坏,犹捧、掬。

〔9〕姑孰:古城名,因城南临姑孰溪而得名。故址在今安徽当涂。明朝时姑孰为太平府治所。据计六奇《明季南略》卷四《弘光出奔》,清兵刚一渡过长江,弘光帝朱由崧就逃往太平,投奔黄得功军。清军随即赶到,在此地俘获了他。以上二句大意说弘光帝朱由崧死后竟无葬身之地,姑孰一带的江声仿佛仍然在夕阳之下诉说着他的凄凉下场。

台城〔1〕

形胜当年百战收〔2〕,子孙容易失神州〔3〕。金川事去家还在〔4〕,玉树歌残恨怎休〔5〕。徐邓功勋谁甲第〔6〕?方黄骸骨总荒丘〔7〕。可怜一片秦淮月,曾照降幡出石头〔8〕。

〔1〕此诗与上一首《钟山》诗为同时所作。台城,古城名。本三国吴后苑城,东晋成帝时改建,为东晋、南朝台省(中央政府)所在地,故

名。故址在今南京鸡鸣山南乾河沿北。

〔2〕"形胜"句:意思说当年朱元璋经过许许多多次战争才夺取南京,建成为明朝都城。形胜,地理形势优越,这里指南京。南京自古称为形胜之地。

〔3〕子孙:指明朝末世的几位皇帝,从本诗来看,主要指南朝弘光帝朱由崧。失神州:丢失天下。神州,中国别称。

〔4〕"金川"句:意思说历史上虽曾发生了燕王朱棣攻取南京,夺取帝位事,但天下仍然是朱姓王朝的天下。金川事,据清谷应泰《明史纪事本末·燕王起兵》载,朱棣率兵攻至南京金川门,"时谷王橞与李景隆守金川门。燕兵至,遂开门降"。"金川事"指此。家,旧时帝王把国家看作自己一家的私产,这里的"家"即指明朝天下。

〔5〕"玉树"句:意思说弘光帝荒淫亡国,遗恨无穷。玉树歌残,借南朝陈后主耽于声色、自取败亡的史实喻指弘光帝的荒淫误国。玉树,指陈后主所制歌曲《玉树后庭花》。此曲曲辞绮艳,曲调柔靡,被后人称为"亡国之音"。

〔6〕"徐邓"句:意思说徐达、邓愈这些明朝开国元勋的府邸,如今不知变成了谁的宅第。徐达,字天德,濠州(今安徽凤阳)人。明初名将,朱元璋攻灭张士诚,北上灭元,都用他为大将军,死后封中山王。见《明史》卷一二五《徐达传》。邓愈,虹县(今安徽泗县)人。明初名将。屡建战功,死后封宁河王。见《明史》卷一二六《邓愈传》。

〔7〕方黄:指方孝孺和黄子澄。据《明史》卷一四一《方孝孺传》和《黄子澄传》,方孝孺,字希直,宁海(今属浙江)人。惠帝时任侍讲学士。燕王朱棣攻破南京后,他因不肯为燕王起草登极诏书被杀。黄子澄,名湜,字子澄,分宜(今属江西)人。惠帝时官至太常寺卿,与齐泰共参朝政,建议削藩,燕王夺取政权后,被杀。荒丘:荒凉的坟墓。

〔8〕"可怜"二句:合用唐刘禹锡《石头城》"淮水东边旧时月,夜深

189

还过女墙来"和《西塞山怀古》"千寻铁锁沉江底,一片降幡出石头"诗意,以写弘光朝的灭亡。秦淮,河名。流经南京市西南,明朝时河两岸是著名的歌舞繁华之地,妓馆店肆林立,往来游客如织。降幡,表示投降的旗帜。石头,古城名,故址在今南京市清凉山。

鸡鸣寺[1]

鸡鸣寺接讲台基[2],扶杖重游涕泪垂。学舍有人锄野菜,僧寮无主长棠梨[3]。雷何旧席今安在?支许同参更阿谁[4]。惟有志公留布帽[5],高皇遗笔读残碑[6]。

〔1〕此诗与《钟山》诗作于同时。鸡鸣寺,今南京西北七里有鸡鸣山,旧名鸡笼山。山上有寺,明初本为普济禅师庙,后改称鸡鸣寺。从鸡鸣山顶,后可俯瞰玄武湖,前可俯瞰南京城,是登览胜地。

〔2〕讲台:讲学用的高台。此指南京国子监讲学之所。据陈沂《金陵世纪》,明南京国子监位于鸡鸣山之南,距鸡鸣寺不远。基:指基座。

〔3〕"学舍"二句:写原国子监与鸡鸣寺的荒凉。学舍,指南京国子监的房舍。僧寮,僧徒居所。棠梨,乔木名。果实似梨而小,可食,味酸甜,是一种野果。

〔4〕"雷何"二句:意谓原国子监和鸡鸣寺昔日讲学与研经的盛况均已不复存在。雷何,指雷次宗和何尚之及何承天。三人俱为南朝宋著名学者。宋文帝元嘉十五年(438),在鸡鸣山建儒学馆,命雷次宗为儒学总监。后又命何尚之主持玄学馆、何承天主持史学馆。这里用"雷何"代指主管明南京国子监的学官。席,儒师讲学的席次,也用作对师

长、学者的尊称。支许,指支遁和许询。支遁,字道林,东晋名僧。许询,字元度,东晋文学家,曾被辟为司徒掾,故人称"许掾"。据《世说新语·文学》,支遁与许询等人曾共在会稽王司马道子之斋,支遁为法师,许询为都讲,同研讨佛理。参,领悟,琢磨。这里用"雷许同参"喻指明朝时鸡鸣寺僧与一些学者对佛教教义的研讨。

〔5〕志公:即宝志公,南朝齐梁间名僧,俗姓朱。梁天监年间无疾而终,葬钟山独龙之阜。后追号为道林真觉慧威慈应普济禅师。见李贤《大明一统志》卷六《仙释》。鸡鸣寺原为普济禅师庙,"普济禅师"即是宝志公。布帽:指僧帽。

〔6〕"高皇"句:句下原注:"寺壁有石刻高庙御笔题赞志公像。"高皇,指明太祖朱元璋。遗笔,遗留下来的文章。

功臣庙[1]

画壁精灵间气豪[2],鄂公羽箭卫公刀[3]。丹青赐额丰碑壮[4],棨戟传家甲第高[5]。鹿走三山争楚汉[6],鸡鸣十庙失萧曹[7]。英雄转战当年事,采石悲风起怒涛[8]。

〔1〕此诗与《钟山》作于同时。功臣庙为明朝为开国功臣所立祠庙,建于明太祖洪武二年(1369),论功列祀的有徐达、常遇春、李文忠、邓愈、汤和、沐英等人。见《明史》卷五〇《礼志四》。

〔2〕精灵:指享祀的功臣神像。间气:古人迷信,认为英雄豪杰上应星象,禀受天地特殊之气,间世而出,称为"间气"。《太平御览》卷三六〇引《春秋演孔图》:"正气为帝,间气为臣,秀气为人。"

〔3〕鄂公:即常遇春。字伯仁,怀远(今属安徽)人。追随朱元璋起兵,在攻灭张士诚和北上灭元的战斗中,屡建大功。初封鄂国公,死后追封开平王。他善射箭,故称"鄂公羽箭"。见《明史》卷一二五《常遇春传》。卫公:即邓愈。虹县(今安徽泗县)人。本名友德,朱元璋赐今名。屡立战功,封卫国公,死后追封宁河王。见《明史》卷一二六《邓愈传》。

〔4〕丹青:古代绘画常用的两种颜色,泛指艳丽的色彩。赐额:皇帝赐题的横额。丰碑:指为功臣建立的高大的石碑。

〔5〕棨戟(qǐ jǐ 启挤):有缯衣或油漆的木戟。古代官吏所用的仪仗,出行时作为前导,后亦列于门庭。"棨戟传家"是指功臣的子孙后代享有世袭的爵禄。甲第:上等的府第。

〔6〕鹿走:典出《史记》卷九二《淮阴侯列传》:"秦失其鹿,天下共逐之。"后因以"鹿"喻政权,以"逐鹿"喻争夺统治权。三山:山名。在南京西南,下临长江,三峰并列,故名。这里泛指南京一带。争楚汉:用秦末项羽、刘邦争夺天下的楚汉之战喻指元末朱元璋与陈友谅、张士诚在南京一带的决战。元至正二十年(1360)五月,陈友谅自称皇帝,国号汉,约合张士诚一起攻打应天(今南京市)。朱元璋率兵在应天大破陈友谅军,为明朝的建立奠定了基础。见清谷应泰《明史纪事本末》卷三《太祖平汉》。

〔7〕鸡鸣十庙:鸡鸣山有帝王庙、蒋忠烈庙、城隍庙、功臣庙等十一庙,俗称十庙。参见朱偰《金陵古迹图考》。这里用"十庙"代指功臣庙。失萧曹:语出唐杜甫《咏怀古迹五首》其五:"伯仲之间见伊吕,指挥若定失萧曹。"萧指萧何,曹指曹参,二人俱为汉朝初年大臣。萧何是刘邦时丞相,协助刘邦战胜项羽,建立汉朝,功劳巨大。曹参继萧何为汉惠帝时丞相。"失萧曹"是说明朝开国功臣的业绩使萧何、曹参也黯然失色。

〔8〕采石:指采石矶。在今安徽马鞍山市长江东岸,为牛渚山北部突出江中而成。自古为江防要地。元至正十五年朱元璋统兵攻打集庆

（今南京），六月至采石矶，常遇春奋勇先登，元兵大溃。此后势如破竹，逐次攻取沿江要地，直取集庆。参见《明史纪事本末》卷二《平定东南》。另外，弘光帝被清兵俘虏也是在距采石矶不远的地方。这句诗兼指两件事情而言。作者把这两件史事联系起来，抚今追昔，感慨极为深沉。

秣陵口号[1]

车马垂杨十字街[2]，河桥灯火旧秦淮[3]。放衙非复通侯第[4]，废圃谁知博士斋[5]。易饼市旁王殿瓦，换鱼江上孝陵柴[6]。无端射取原头鹿，收得长生苑内牌[7]。

〔1〕此诗与《钟山》、《台城》、《鸡鸣寺》、《功臣庙》作于同时，也是抒发兴亡之感，所不同的是，后几首都是一诗吟咏一处前朝胜迹，而此诗则是就整座南京城言之。作者所到之处，触绪兴怀，万千怅惘，一并交织入诗，因而内容更显深厚，感叹更显沉重。秣陵，古县名。从三国吴起其治所在今南京。此即代指南京。口号，犹口占，意思是信口吟成。

〔2〕十字街：交插成十字型的街道。李白《金陵白杨十字巷》诗："白杨十字巷，北夹湖沟道。不见吴时人，空生唐年草。天地有反复，宫城尽倾倒。六帝馀古丘，樵苏泣遗老。"伟业此诗首句暗用了李白全诗诗意。

〔3〕河桥：指镇淮桥。古代朱雀航遗址，在明代南京聚宝门外，横跨秦淮河，长十六丈。见《大明一统志》卷六《南京》。秦淮：河名。流经南京。古代南京秦淮河两岸妓馆店肆林立，河中画舫游船骈集，是有名的繁华胜地。明末依然如此。参见明余怀《板桥杂记》。但是清初曾遭到破坏。

193

〔4〕"放衙"句:句下原注:"中山赐宅改做公署。"中山指中山王徐达。朱元璋为表彰徐达功劳,曾赐给他宅第,并赐名为"大功坊"。入清后,中山王的府第改做了官署。故诗人才有"放衙非复通侯第"之叹。放衙,古代官府属吏有早晚参谒主司听候差遣的制度,事毕退出衙署叫"放衙"。非复,不再是。通侯,爵位名。秦朝异姓功臣封侯称彻侯,汉代因避武帝讳,改称通侯。这里指中山王徐达。

〔5〕"废圃"句:意思说有谁知道这荒废了的园地原来是国子监博士的书斋呢。博士,古代学官名。据《明史》卷七三《职官志二》。明国子监中有博士厅,设五经博士五人。

〔6〕"易饼"二句:意思说人们随意用明宫殿的砖瓦和从孝陵打来的柴草买饼换鱼。孝陵,明太祖朱元璋的陵墓,在今南京钟山南麓。古代帝王陵区均派军队守卫,不得随意进入。明亡后,孝陵一带已无人守护,成了老百姓樵牧的场所。

〔7〕"无端"二句:大意说原来孝陵区内饲养的鹿如今成了人们随意射杀的猎物了。无端,无缘无故。原头鹿,指明孝陵陵区内放养的鹿。长生苑,指孝陵区。因明朝时陵区内的鹿严禁捕杀,都得以尽其天年,故称陵区为"长生苑"。牌,指鹿颈上悬挂的标志牌。据清王逋《蚓庵琐语》载,明南京孝陵陵区养鹿数千头,颈上悬挂银牌,有盗宰者以死论罪。

赠寇白门六首(选二)〔1〕

白门,故保国朱公所畜姬也〔2〕。保国北行,白门被放,仍返南中〔3〕。秦淮相遇〔4〕,殊有沦落之感〔5〕。口占赠之〔6〕。

〔1〕这组诗作于清顺治十年(1653)四月作者往游南京之时。诗中通过对寇白门身世浮沉的慨叹,寄寓了作者自己"故国不堪回首"的哀思。因此黄传祖说这组诗是"借客形主,百倍惋怅"(《扶轮广集》)。组诗六首,此选其一、其六两首。寇白门,名湄,字白门,明末著名妓女。清余怀《板桥杂记》中卷《丽品》称她"娟娟静美,跌宕风流,能度曲,善画兰,粗知拈韵,能吟诗"。

〔2〕保国朱公:指朱国弼。据《明史》卷一七三《朱谦传》,朱国弼为抚宁侯朱谦六世孙。万历四十六年(1681)袭封。弘光初,进封保国公。朱与马士英、阮大铖相勾结,直至弘光朝灭亡。另据《板桥杂记》中卷《丽品》,寇白门十八九岁时为朱国弼所购得。

〔3〕"保国"三句:据清陈维崧《妇人集》载,入清后,明朝勋贵家产被没收。朱国弼全家至北京,靠卖歌姬自给。寇白门估计不能免,于是对国弼说:"公若卖妾,计所得不过数百金,徒令妾落沙吒利(唐朝番将,曾夺诗人韩翃妾柳氏。此代指满族将领)之手,且妾固未暇即死,尚能持我公阴事。不若使妾南归,一月之间,当得万金以报。"朱国弼无奈,只好放寇白门南还。南中,指南京。

〔4〕秦淮:河名。流经南京城。古代两岸歌楼店肆林立,河中画船游舫骈集,是有名的繁华胜地。明末依然如此。

〔5〕沦落:落魄。《板桥杂记》中卷《丽品》谓寇白门南还以后:"归为女侠,筑园亭,结宾客,日与文人骚客相往还,酒酣耳热,或歌或哭,亦自叹美人之迟暮,嗟红豆之飘零也。"

〔6〕口占:随口吟诵而成。

一

南内无人吹洞箫[1],莫愁湖畔马蹄骄[2]。殿前伐尽灵和柳,谁与萧娘斗舞腰[3]。

〔1〕"南内"句:写弘光朝灭亡后,明故宫的凄清。南内,原为唐兴庆宫。此指南京前明宫室。

〔2〕莫愁湖:在南京水西门外,相传为古代女子莫愁所居,故名。明朝时为中山王徐达的家园。马蹄骄:指战马的铁蹄恣意践踏。

〔3〕"殿前"二句:慨叹明朝宫室苑囿遭受的摧残破坏。灵和柳,《南史》卷三一《张绪传》载,刘悛之为益州刺史,献蜀柳数株,枝条甚长,状若丝缕。时旧宫芳林苑始成,齐武帝萧赜令植于太昌灵和殿前。萧娘,唐人用为女子的泛称,后代沿用。这里指寇白门。斗舞腰,比赛腰肢的纤柔善舞,旧时常用柳树的柔条形容女子的腰肢。由于明宫殿内的"状若丝缕"的柳树被破伐一空,因此这里说没有什么来和寇白门"斗舞腰"了。

二

旧宫门外落花飞[1],侠少同游并马归[2]。此地故人驺唱入[3],沉香火暖护朝衣[4]。

〔1〕"旧宫"句:写明故宫的萧索景象。

〔2〕侠少:指与寇白门往还的文人骚客。即《板桥杂记》所说"日与文人骚客相往还"。

〔3〕故人:指朱国弼。驺(zōu 邹)唱入:指进入皇宫。《北史》卷四三《郭祚传》:"故事:令、仆、中丞,驺唱而入宫门。"驺唱,古时达官贵人出行,侍从的骑卒在前传呼喝道称"驺唱"。

〔4〕沉香:香木名。产于亚热带,木质坚硬而重,黄色,有香味。心材为著名薰香料。朝衣:上朝时穿的衣服。

野望二首〔1〕

其一

京江流自急〔2〕,客思竟何依〔3〕。白骨新开垒〔4〕,青山几合围〔5〕。危楼帆雨过〔6〕,孤塔阵云归。日暮悲笳起〔7〕,寒鸦漠漠飞〔8〕。

〔1〕这组诗当作于顺治十年(1653)。这一年三月,郑成功与张名振曾合师北上,进入长江,攻破京口(今江苏镇江)。然不久复失,乃回军驻扎于崇明岛,与清军抗争达数月之久。自京口至长江入海口一带在顺治初年之后又一次遭逢战乱,百姓饱受其苦。这组诗描写了作者登高望远所见到的白骨累累、村落萧条的惨景,抒发了悲愤的心情。

〔2〕京江:长江流经京口的一段称为"京江"。

〔3〕客思:羁旅的愁思。依:寄托。

〔4〕开垒:营建军垒。

〔5〕合围:四围环绕。

〔6〕危楼:高耸的楼。

〔7〕笳:从西北部少数民族地区传入的一种管乐器,又称"胡笳"。

〔8〕漠漠:指广阔迷蒙的天空。

其二

衰病重闻乱[1],忧危往事空。残村秋水外[2],新鬼月明中。树出千帆雾,江横一笛风。谁将数年泪,高处哭途穷[3]。

　　[1]衰病:作者从顺治九年四五月之后就开始患病,"腰脚挛肿,胸腹膨胀,饮食难进,骨瘦形枯,发言喉喘,起立足僵"(《梅村家藏稿》卷五四《上马制府书》)。
　　[2]残村:战乱后残留的农村。
　　[3]"高处"句:《晋书》卷四九《阮籍传》:"(阮籍)尝登广武,观楚、汉战处,叹曰:'时无英雄,使竖子成名。'"又:"(阮籍)时率意独驾,不由径路,车迹所穷,辄恸哭而返。"此句合用二典,其意在感叹明朝衰亡。

江楼别孚令弟[1]

野色沧江思不穷[2],登临杰阁倚虚空[3]。云山两岸伤心里,雨雪孤城泪眼中。病后生涯同落木[4],乱来身计逐飘蓬[5]。天涯兄弟分携苦[6],明日扁舟听晓风[7]。

　　[1]清顺治十年(1653)深秋,作者应召仕清,离家北上,其幼弟伟光(字孚令)送至镇江。二人曾于雨雪中同登北固楼,凭高临眺。作者睹物伤怀,无限凄苦,于是写下此诗,抒发了骨肉离别之痛,也寄寓了难以直陈的身世之悲。江楼,指北固楼,在今江苏镇江市北固山上,因下临

长江,故称江楼。

〔2〕野色:郊野的景色。沧江:指长江。沧,同"苍",青绿色。

〔3〕杰阁:高耸的阁楼。指北固楼。虚空:天空。"倚虚空"是形容北固楼的高峻。

〔4〕病:作者应征北上之前因心情郁闷曾大病一场。参见《梅村家藏稿》卷五七《与子暻疏》。生涯:生活。

〔5〕乱来:战乱以来。身计:犹生计。飘蓬:随风飘荡的蓬草。

〔6〕天涯:形容极远的地方。分携:分手。

〔7〕扁舟:小船。

扬州四首〔1〕

其一

叠鼓鸣笳发棹讴〔2〕,榜人高唱广陵秋〔3〕。官河杨柳谁新种〔4〕,御苑莺花岂旧游〔5〕。十载西风空白骨,廿桥明月自朱楼〔6〕。南朝枉作迎銮镇,难博雷塘土一丘〔7〕。

〔1〕这组诗为作者于顺治十年(1653)应召北上途经扬州时所作。扬州,自古为富庶繁华之地。南明弘光朝时,这里是边防重镇,督师史可法曾驻守于此。清兵下江南,史可法虽奋勇抵抗,终因朝廷腐败、诸将异心而致使扬州陷落。清兵野蛮屠城十日,昔日名城顿成丘墟。在这组诗中,作者追忆了不久之前的这段历史,他将对扬州盛衰的感喟、对史可法

坚持抗清的褒扬、对南明镇将各怀异志的指斥、对清兵暴行的愤慨一并融汇于笔下，真可谓"南都情事，该括无遗"(《吴诗集览》卷一二下引陆云士语)了。

〔2〕叠鼓鸣笳：语出唐王泠然《汴堤柳》诗："隋家天子忆扬州，鸣笳叠鼓泛清流。"叠鼓，急击鼓。笳，一种从北方民族传入的管乐器。发棹讴：犹言唱船歌。

〔3〕榜人：船工。榜，摇船的工具。广陵：扬州别称。

〔4〕官河：由扬州至清江的一段运河。本为古代邗沟，后经隋炀帝时重新开掘，旁筑御道，种植杨柳。唐时改称官河。

〔5〕御苑：帝王的苑囿。这里指隋苑，一名上林苑，隋炀帝所修。故址在今江苏扬州市西北。莺花：莺啼花开，泛指明媚的景色。句意说旧时扬州胜地而今已换了主人。

〔6〕"十载"二句：意思说十年已过，当年抗清之战徒然留下累累白骨，而今明月照耀下的廿四桥一带又是一片歌楼妓馆了。十载，从顺治二年四月清兵攻破扬州到作者写作此诗之时经过了八年多，此举成数而言。廿桥明月，语出唐杜牧《寄扬州韩绰判官》诗："二十四桥明月夜，玉人何处教吹箫？"廿桥，指二十四桥，即吴家砖桥，又名红药桥，在今扬州市境。一说古代扬州有二十四座桥。后往往用以指歌舞繁华之地。朱楼，谓富丽华美的楼阁。

〔7〕"南朝"二句：意思说扬州当年枉然做了迎銮之地，那位被拥立的弘光皇帝竟然死无葬身之所，比隋炀帝也不如了。南朝，指南明弘光朝。迎銮镇，据《新五代史》卷六一《吴世家第一》载，徐温拥立杨溥为吴王(后来称帝)。杨溥至白沙(在今江苏仪征，旧时属扬州府)检阅军队，徐温来见，遂将白沙改称为迎銮镇。此用其典，以喻指马士英等拥立福王朱由崧事，"迎銮镇"则代指扬州。据清计六奇《明季南略》卷一《南京诸臣议立福藩》，当时凤阳总督马士英力主拥立福王，史可法等反对。马

士英暗中派人护送福王至仪真(今仪征)，于是南京群臣不得已而迎立福王。明代仪真属扬州府。銮，皇帝车驾。博，换取。雷塘，地名，一名雷陂，在扬州城北十里。隋唐时为风景胜地。隋炀帝被禁军将领宇文化及缢杀后葬于此。

其二

野哭江村百感生，斗鸡台忆汉家营[1]。将军甲第櫜弓卧[2]，丞相中原拜表行[3]。白面谈边多入幕[4]，赤眉求印却翻城[5]。当时只有黄公覆[6]，西上偏随阮步兵[7]。

〔1〕斗鸡台：即吴公台。在今扬州市北。原为南朝宋沈庆之所筑弩台，后陈将吴明彻围攻北齐敬子猷，增筑之以射城内，故名为"吴公台"。斗鸡台为俗称。汉家营：指当年弘光朝的军队。

〔2〕"将军"句：意思说当年四镇将（黄得功、高杰、刘泽清、刘良佐）和其馀诸将都拥兵高卧，不思抵御清兵。甲第，上等宅第。櫜（gāo 高）弓：谓把弓箭收盛起来。櫜，古代盛衣甲或弓箭的口袋。

〔3〕"丞相"句：写史可法上疏请求北伐，收复失地事。据《明季南略》卷二《史可法请恢复》载，顺治元年十一月，史可法曾向弘光帝上疏，"密请恢复远略"，以图中原。

〔4〕白面："白面书生"的略语，指只知读书，阅历少，见识浅的读书人。《宋书》卷七七《沈庆之传》："陛下今欲伐国，而与白面书生辈谋之，事何有济！"此用其意。谈边：议论边防大事。入幕：指成为将领的属官，参预军事。幕，幕府。军队出征，施用帐幕，所以古代将军的府署称"幕府"。

〔5〕"赤眉"句：写高杰要求镇守扬州，从而与黄得功发生冲突，并且遭到扬州人民激烈反对事。赤眉，西汉末农民起义军中的一支，因用赤色染眉作标志，故称"赤眉军"。此代指高杰。高杰曾参加李自成起义军，后投降明朝。求印，指求为扬州总督。印，官印。翻城，谓使得城市大乱。据《明史》卷二六八《黄得功传》和卷二七三《高杰传》，高杰为争扬州，曾在扬州土桥袭击黄得功，且派兵至仪真攻击黄得功军。又，高杰军本驻扎扬州城外。欲入扬州城中，扬州人畏惧，为之罢市，登城死守，拒绝接纳。高杰遂下令攻城，且纵兵在城厢杀掠。

〔6〕黄公覆：三国吴大将黄盖，字公覆，零陵泉陵（今湖南零陵）人。此用以代指黄得功。在四镇之中，黄得功最为忠勇能战。这句诗意思说当时朝廷可倚重的镇将只有黄得功。

〔7〕"西上"句：据《明史》卷一二〇《诸王传五》，弘光元年（顺治二年）三月，左良玉以救太子、清君侧为名，自武昌顺江东下，进军南京，讨伐马士英。马士英紧急调遣阮大铖、黄得功等率军沿江西上以抵御左军。此句即写其事。阮步兵，指弘光朝兵部尚书阮大铖。

其三

尽领通侯位上卿[1]，三分淮蔡各专征[2]。东来处仲无它志[3]，北去深源有盛名[4]。江左衣冠先解体[5]，京西豪杰竟投兵[6]。只今八月观涛处[7]，浪打新塘战鼓声[8]。

〔1〕"尽领"句：意思说弘光朝四镇均被封侯，位居高官。领，接受。通侯，爵位名。秦时异姓功臣封侯称彻侯。汉时因避武帝讳，改称通侯。上卿，周代官制，最尊贵的诸侯臣称上卿。

〔2〕三分淮蔡:弘光朝四镇除高杰驻于泗水,辖徐、泗二州外,其馀三镇,刘泽清驻淮北,辖淮海;刘良佐驻临淮,辖凤阳、寿州;黄得功驻庐州,辖滁、和二州;全属淮蔡之地。所以说"三分淮蔡"。淮指淮河流域,蔡指下蔡,即今安徽寿县一带。专征:古代帝王授予诸侯、将帅掌握军队的特权,不待帝王之命,得自专征伐。

〔3〕处仲:东晋王敦,字处仲,琅琊临沂(今属山东)人。东晋初任大将军、荆州牧,握重兵屯武昌。后因朝廷信用刘隗,抑制王氏势力,遂于永昌元年(322)自武昌起兵,以诛刘隗为名,攻入建康(今江苏南京)。见《晋书》卷九八《王敦传》。此以王敦喻指左良玉。无它志:谓左良玉只是要讨伐马士英,并没有篡夺政权的野心。

〔4〕深源:东晋殷浩,字深源,陈郡长平(今河南西华东北)人。屡被征召而不就官。当时颇负盛名。永和二年(346),简文帝征拜他为扬州刺史。会稽王司马昱畏桓温势盛,引殷浩共参朝政。后赵灭亡后,曾任都督扬、豫、徐、兖、青五州军事,统军进取中原。见《晋书》卷七七《殷浩传》。"北去深源"的"北去"指由建康赴任扬州。此用殷浩喻指史可法。史可法原为弘光朝东阁大学士。因马士英等不愿他当国,以督师为名,让他出守扬州。

〔5〕"江左"句:意思说清兵刚一下江南,弘光朝勋戚大臣立即纷纷投降。江左,指江南地区。衣冠,古代士以上的服装。引申指世族、士绅。解体,支体解散,比喻人心叛离。

〔6〕京西豪杰:当指弘光朝四镇之一刘良佐。他是大同左卫(今山西大同)人。初属李自成部农民起义军,后叛降明朝,转而进攻农民军,官至总兵。弘光帝立,封广昌伯,驻临淮。清军南下,清将招降他说:"尔等豪杰,不知天命乎?"他遂率部投降。随即掳弘光帝于芜湖,献交清军。见《明季南略》卷一《刘良佐》、卷四《十八日己亥》和《刘良佐挟弘光回南京》。投兵:放下武器投降。

203

〔7〕观涛处：汉代时，广陵（今扬州）曲江潮水势浩大，蔚为壮观。枚乘《七发》有"将以八月之望，与诸侯远方交游兄弟，并往观涛于广陵之曲江"之句。后水势渐小。此处"观涛处"代指扬州。

〔8〕新塘：在扬州城北。

其四

拨尽琵琶马上弦，玉钩斜畔泣婵娟[1]。紫驼人去琼花院[2]，青冢魂归锦缆船[3]。豆蔻梢头春十二[4]，茱萸湾口路三千[5]。隋堤璧月珠帘梦[6]，小杜曾游记昔年[7]。

〔1〕"拨尽"二句：写扬州女子被清兵掳掠北上的惨状。程穆衡《吴梅村先生编年诗笺注》卷六谓"维扬士女俘掠至惨，故末章独详之"。琵琶马上弦，晋石崇《明君词序》："王明君者，本是王昭君，以触文帝讳改之……昔公主嫁乌孙，令琵琶马上作乐，以慰其道路之思。其送明君亦必尔也。其造新曲，多哀怨之声。"此暗用其意，以王昭君远嫁匈奴比喻扬州士女被清兵掳掠北上。玉钩斜，道路名。故址在今扬州市西戏马台下，是隋炀帝埋葬宫人处。婵娟，美好貌，指美女。

〔2〕"紫驼"句：意思说扬州女子被清兵用骆驼强载而去，抛离了故乡。紫驼，赤栗色骆驼。琼花院，即琼花观，在扬州城，原为后土祠，后改为蕃厘观。相传唐代观内有琼花一株，因而得名。

〔3〕"青冢"句：意思说扬州女子惨死北方，只有灵魂回归故土。青冢，汉王昭君墓。在今内蒙古自治区呼和浩特市南。传说当地多白草而此冢独青，故名。这里用"青冢"隐指扬州女子身死异乡。锦缆船，用精美的缆绳牵引的船。隋炀帝巡幸江都（今扬州），曾用宫女以锦缆牵挽

龙舟。

〔4〕"豆蔻"句:用唐杜牧《赠别》诗"娉娉袅袅十三馀,豆蔻梢头二月初"句意,以形容扬州女子的年轻美好。豆蔻,又称"草豆蔻"、"白豆蔻",花淡黄色,或淡红色,南方人取其未盛开者,称为"含胎花",常用以喻处女。

〔5〕"茱萸"句:意思说被掳的扬州少女离开扬州,去路遥遥。茱萸湾,人工河名。在扬州东北九里。隋朝仁寿四年(604)开凿以通漕运,因其侧有茱萸村,故名,是扬州人为远行之人送别之所。

〔6〕隋堤:隋炀帝时沿通济渠、邗沟河岸修筑的御道,道旁植杨柳,后人谓之隋堤。杜牧有《隋堤柳》诗。璧月:对月亮的美称。扬州月色很美,杜牧《扬州三首》其一有"谁家唱水调,明月满扬州"之句。珠帘:珍珠缀成的帘子。杜牧《赠别》诗有"春风十里扬州路,卷上珠帘总不如"之句。

〔7〕小杜:晚唐诗人杜牧。后人称杜甫为"老杜",称杜牧为"小杜"。他曾经在扬州生活多年,写下许多首赞美扬州风景、扬州女子以及记述他在扬州冶游经历的诗篇。昔年:过去。杜牧有《念昔游三首》。最后两句诗大意是说扬州的美好可惜都已经成为如烟似梦的过去,只能在文人遗留下的作品中寻找其影子了。

过淮阴有感二首[1]

其一

落木淮南雁影高[2],孤城落日乱蓬蒿[3]。天边故旧愁闻笛[4],市上儿童笑带刀[5]。世事真成反招隐[6],吾徒何处续离骚[7]。昔人一饭犹思报[8],廿载恩深感二毛[9]。

[1] 这组诗是作者在顺治十年应召赴京,途经淮阴(今属江苏)时所作。诗中联系与淮阴地区有关的历史传说,表达了自己违心出仕、愧对明朝、自怨自艾的痛苦心情。

[2] 落木:落叶。淮南:指淮阴。

[3] 孤城:指淮阴城。乱蓬蒿:杂草丛生。形容淮阴荒凉残破的景象。

[4] 天边:喻遥远。故旧:老朋友。闻笛:魏晋之间,向秀与嵇康、吕安友善。嵇康、吕安被司马昭所杀。向秀经嵇康山阴旧居,闻邻人笛声,感怀亡友,作《思旧赋》。此以向秀闻笛的典故抒发怀念在易代之变中死去的故友的凄恻心情。

[5] "市上"句:《史记》卷九二《淮阴侯列传》:"淮阴屠中少年有侮(韩)信者,曰:'若虽长大,好带刀剑,中情怯耳。'众辱之曰,'信能死,刺我;不能死,出我袴下。'于是信孰视之,俛出袴下,蒲伏。一市人皆笑信,以为怯。"这里用西汉大将韩信年轻时志向不为众人所知的典故曲折地

表达自己辱志仕清被人误解的无奈。

〔6〕世事:指清廷胁迫自己出仕,而亲人惧祸,也敦促自己应召的客观形势。反招隐:指晋王康琚《反招隐》诗。见《文选》卷二二。诗中有"小隐隐陵薮,大隐隐朝市"之句。作者本来隐居乡里,属"小隐"。而在清廷严命之下,不得已出仕,又将变为隐于朝市的"大隐",和《反招隐》诗说的一样了,因此说"真成反招隐"。

〔7〕吾徒:犹言我辈。何处续离骚:意谓无法续写屈原的《离骚》。屈原被放逐以后,怀着忧愤哀怨之情写下《离骚》一诗以表达其忠君爱国之志。屈原写作时,楚国尚未亡国。而作者写此诗时,明亡已近十年,他不仅不敢明白表露忠于亡明的心迹,甚至违心出仕,做出了愧对先朝先皇的事情,所以要感叹"何处续离骚"了。

〔8〕昔人:指韩信。一饭犹思报:据《史记·淮阴侯列传》载,韩信未发迹时常常挨饿,有一漂絮的妇人见他饥饿,给他饭吃。"信喜,谓漂母曰:'吾必有以重报母。'"后来韩信拜将封侯,召见漂母,赏以千金。

〔9〕"廿载"句:意思说自己感喟的是头发已经斑白,却仍未能报答先皇二十年的深恩。廿载,指在明朝做官的岁月。二十为约数。二毛,斑白的头发。吴伟业本年四十五岁,他从四十岁起就已多白发,《梅村家藏稿》卷三六《彭燕又五十寿序》有"余年过四十,而发变齿落,志虽盛而其气亦已衰矣"之语。

其二

登高怅望八公山,琪树丹崖未可攀〔1〕。莫想阴符遇黄石,好将鸿宝驻朱颜〔2〕。浮生所欠止一死,尘世无由识九还〔3〕。我本淮王旧鸡犬〔4〕,不随仙去落人间〔5〕。

〔1〕"登高"二句：意思说登高遥望八公山，想到不能追随刘安仙去，不由十分惆怅。八公山，一名淝陵山，在今安徽淮南市西。相传汉淮南王刘安曾与号称"八公"的八位门客同登此山，因以为名。魏晋以来，一些道家著作因刘安好方术，遂附会"八公"为神仙，并说刘安在八公山修炼成仙，升天而去。淮阴旧属淮南道，故诗人经淮阴而联想到淮南王与八公山。琪树，仙境中的玉树。丹崖，赤如丹砂的山崖。

〔2〕"莫想"二句：意思说自己不想像汉张良那样在这一带遇奇人，获奇书，从而建功立业；也不想按刘安《鸿宝秘书》所说认真修炼，益寿延年。阴符，又称《太公阴符》，古兵书名。黄石，黄石公。据《史记》卷五五《留侯世家》载，张良年轻时游下邳圯上，有一老人授他一本《太公兵法》，说读此书可为"王者师"，并称十三年后"见我济北谷城山下，黄石即我"。后张良辅佐刘邦夺得天下，建立汉朝。鸿宝，据《汉书》卷三六《刘向传》载，淮南王刘安有《枕中鸿宝苑秘书》，记述修仙炼丹之术。《鸿宝》是该书简称。

〔3〕浮生：语本《庄子·刻意》："其生若浮，其死若休。"以人生在世，虚浮不定，因称人生为"浮生"。九还：指九转金丹。道教谓丹药经几次提炼服之能使人成仙。

〔4〕淮王旧鸡犬：相传淮南王刘安得道成仙，连他家的鸡狗也随之升天。见汉王充《论衡·道虚》。这里以淮南王喻指崇祯帝。全句意思说我本来是崇祯帝的旧臣。

〔5〕不随仙去：意谓没有随崇祯帝而死。

新河夜泊[1]

百尺荒冈十里津[2]，夜寒微雨湿荆榛[3]。非关城郭炊烟少,自是河山战鼓频[4]。倦客似归因望树[5],远天如梦不逢人[6]。扁舟萧瑟知无计[7],独倚篷窗暗怆神[8]。

〔1〕此诗作于作者应召出仕,赴京途中。诗的前半写景,勾画出一种荒凉、萧索并略带恐怖的景象;后半抒情,流露出思归无计、悲愁茫然的心绪。新河,黄河支流,在今江苏清江市西北。
〔2〕津:渡口。
〔3〕荆榛:丛生的灌木。多用以形容荒凉景象。
〔4〕"非关"二句:意思说不是这一带人家本来就少,只因战乱频仍,才造成人烟稀疏。
〔5〕"倦客"句:意思说望着远处的树木,倦游的行客产生了一种归家的幻觉。语本汉乐府诗《悲歌》:"远望可以当归。"
〔6〕远天如梦:遥远的天际迷茫飘渺,有如梦境。
〔7〕扁舟:小船。无计:指没有办法归乡。
〔8〕篷窗:船窗。篷,船篷。怆神:伤心。

下相怀古[1]

驱车马陵山[2],落日见下相。忆昔楚项王[3],拔山气何壮[4]。太息取祖龙[5],大言竟非妄[6]。破釜救邯郸[7],功居入关上[8]。杀降复父仇,不比诸侯将[9]。杯酒释沛公[10],殊有君人量[11]。胡为去咸阳[12],遭人扼其吭[13]。亚父无诤言[14],奇计非所望[15]。重瞳顾柔仁[16],隆准至暴抗[17]。脱之掌握中[18],骨肉俱无恙[19]。所以哭鲁兄,仍具威仪葬[20]。古来名与色，英雄不能忘。力战兼悲歌[21]，西风起酸怆[22]。废庙枕荒冈[23]，虞兮侍帷帐[24]。乌骓伏坐傍[25]，蹴地哀鸣状[26]。我来访遗迹，登高见芒砀[27]。长陵竟坏土[28]，万事同惆怅[29]。

〔1〕此诗作于清顺治十年（1653）作者赴京途中。下相，古县名。治所在今江苏宿迁西南，因地处相水下游而得名。秦末项羽即为下相人。作者道经此地，自然而然地想起这位著名的历史人物，不免追怀凭吊，感而有赋。此诗犹如一篇高度浓缩的《项羽本纪》，将项羽一生主要的经历功业尽皆写出，语意明净而简括，足见作者笔力的遒劲。诗中对项羽作出了与陈说迥异的评价，虽是有意翻案，却并非强为之说，而是言之有据，于此又可见出作者史识的独到。

〔2〕马陵山：在宿迁县北二里，山势高大。见《大明一统志》卷一三《淮安府·山川》。

〔3〕楚项王：指项羽。他出身楚国贵族。秦二世元年（前209），从叔父项梁起义。秦亡后，自封为西楚霸王。因此这里称他为"楚项王"。后来的楚汉战争中，被刘邦击败，自杀而死。见《史记》卷七《项羽本纪》。

〔4〕"拔山"句：项羽自杀前，曾作《垓下歌》，歌中有"力拔山兮气盖世"之句。此句即出此，形容项羽力大无比，气概不凡。

〔5〕"太息"句：据《史记·项羽本纪》载，秦始皇游会稽，渡浙江之时，项羽与其叔父项梁一起观看。项羽说："彼可取而代也。"吓得项梁忙掩其口，让他不要妄言。此句即写其事。太息，大声叹气。祖龙，指秦始皇。《史记》卷六《秦始皇本纪》："三十六年……秋，使者从关东夜过华阴平舒道，有人持璧遮使者曰：'为吾遗滈池君。'因言曰：'今年祖龙

死。'"裴骃集解引苏林曰:"祖,始也;龙,人君象,谓始皇也。"

〔6〕大言:指项羽所说"彼可取而代也"那句话。妄:虚,假。

〔7〕"破釜"句:据《史记·项羽本纪》载,秦将章邯击败项梁军,率兵攻赵,包围钜鹿(今河北平乡)。楚怀王任宋义为上将军,项羽为次将,领兵往救。宋义至安阳(今属河南)逗留不进。项羽杀死宋义,亲率兵过漳水,之后"皆沉船,破釜甑,烧庐舍,持三日粮,以示士卒必死,无一还心"。结果在钜鹿之战中大败秦军主力,使赵国得救。此句即写其事。破釜,捣毁炊器。釜,做饭用的锅。邯郸,为当时赵国首都,代指赵。

〔8〕"功居"句:据《史记·项羽本纪》和《史记》卷八《高祖本纪》,楚怀王与诸将约定,先入定关中者封王。刘邦从西路进军,率先进入咸阳。项羽从东路进军,因面对秦军主力,反而迟缓。但他屡破秦军,迫使秦军二十馀万人投降。若论灭秦之功,当推第一。

〔9〕"杀降"二句:意思说项羽杀死投降的秦兵是为叔父报仇,不像诸侯将吏只是为发泄小愤小怨而奴役、侮辱秦士卒。杀降,据《史记·项羽本纪》,项羽曾下令坑杀投降的秦军二十馀万人于新安(今属河南)城南。父,指项羽叔父项梁。他死于与秦章邯军定陶之战中。诸侯将,据《史记·项羽本纪》载,反秦的诸侯军官吏士卒因为昔日蒙受过秦军欺侮,秦军投降后,自恃是战胜一方,常常随意奴役、侮辱秦士卒,引起秦士卒不满。

〔10〕"杯酒"句:据《史记·项羽本纪》载,项羽闻刘邦先入咸阳,并且派兵扼守函谷关,大怒,率兵破关而入。本欲进攻刘邦军,因项伯居间劝说,遂在鸿门会见刘邦,置酒相待。席间,谋士范增屡次示意他杀死刘邦,终不肯听,放刘邦而去。此句即写其事。沛公,指刘邦。他在沛地起兵反秦时,自立为沛公。

〔11〕君人量:君王的胸襟肚量。

〔12〕胡为:为什么。去咸阳:据《史记·项羽本纪》,项羽攻破咸阳

211

后,放火烧毁秦朝宫室,决计放弃此地,引兵而东。有人劝他:"关中四面关隘险要,地肥物饶,以咸阳为都可以称霸。"他没有听。

〔13〕扼其吭:掐住喉咙,比喻控制要害。语出《史记》卷九九《刘敬叔孙通列传》:"夫与人斗,不扼其亢,拊其背,未能全胜。今陛下入关而都,按秦之故地,此亦扼天下之亢而拊其背也。"亢,同"吭"。

〔14〕亚父:项羽的主要谋士范增,被项羽尊为"亚父"。诤言:率直的规劝。

〔15〕"奇计"句:联系上句,大意说范增虽好出奇计,然而在项羽决意放弃咸阳的重大问题上却不直言规劝,让人失望。

〔16〕重瞳:眼中有两个瞳子。《史记·项羽本纪》:"吾闻之周生曰,舜目盖重瞳子,又闻项羽亦重瞳子。"旧时常以"重瞳"指项羽。柔仁:温和仁慈。《史记·高祖本纪》云:"项羽仁而爱人。"

〔17〕隆准:高鼻子。《史记·高祖本纪》:"高祖为人,隆准而龙颜。"旧时常以"隆准"指刘邦。至:非常。暴抗:骄横粗暴。《史记》卷一二五《佞幸列传》:"高祖至暴抗也。"

〔18〕"脱之"句:写刘邦屡被项羽放过之事。《史记》卷九二《淮阴侯列传》:"(刘邦)身居项王掌握中数矣,项王怜而活之,然得脱,辄倍约。"

〔19〕"骨肉"句:据《史记·高祖本纪》,项羽曾从沛地抓来刘邦的父母妻子,置于军中,当作人质。后项羽与刘邦约定以鸿沟为界中分天下,遂将其父母妻子归还。此句即写其事。无恙,无病无伤。

〔20〕"所以"二句:写刘邦以礼埋葬项羽。鲁兄,据《史记·项羽本纪》,项羽与刘邦曾拜为兄弟,又楚怀王最初封项羽为鲁公,故刘邦称项羽为"鲁兄"。项羽死后,刘邦按鲁公礼节将其埋葬于谷城(今山东东阿),并且"为发哀,泣之而去"。威仪,古时祭享等典礼中的动作仪文及待人接物的仪节。

〔21〕悲歌:据《史记·项羽本纪》,项羽被汉军包围垓下,知大势已去,夜起于军帐之中,"乃慷慨悲歌,自为诗曰:'力拔山兮气盖世,时不利兮骓不逝。骓不逝兮可奈何,虞兮虞兮奈若何。'歌数阕,美人和之。项王泣数行下。"

〔22〕酸怆:辛酸,悲怆。

〔23〕废庙:指项羽庙。作者同时还作有五律《项王庙》。枕:凭倚、靠着。

〔24〕虞:项羽爱姬,名虞。帷帐:指军中帐幕。

〔25〕乌骓(zhuī锥):项羽所骑骏马名。按,这里乌骓和虞姬均指项羽庙中的塑像。

〔26〕踣(bó箔)地:伏地,仆倒在地。

〔27〕芒砀:芒山、砀山的合称,在河南永城东北。据《史记·高祖本纪》,刘邦起兵前,曾"隐于芒、砀山泽岩石之间"。

〔28〕长陵:刘邦墓。故址在今陕西咸阳东北。坏(pī批)土:坟堆。坏,抔,捧。这句诗是说刘邦虽然作了皇帝,但如今,他的高大的长陵竟也只剩下一个小小的坟堆。

〔29〕惆怅:哀伤。

项王庙[1]

救赵非无算[2],坑秦亦有名[3]。情深存鲁沛[4],气盛失韩彭[5]。垓下骓难逝[6],江东剑不成[7]。凄凉思昼锦[8],遗恨在彭城[9]。

〔1〕此诗作于清顺治十年(1953)赴京途中。题下原注:"在宿迁。项王下相人,即其地也。"同时所作的还有五言古诗《下相怀古》,二诗都是为凭吊项羽而作,都概括了项羽一生功过。因为此诗是律诗,篇幅短,就更显精练。诗中对项羽的评论,有的观点发前人所未发,精辟深刻,见出作者卓越的史识。

〔2〕救赵:指项羽率兵在钜鹿(今河北平乡)击败包围赵地的秦军。非无算:不是没有谋略。一般认为项羽有勇无谋。作者以"救赵"为例提出不同见解。据《史记·项羽本纪》载,奉命救赵的楚军上将军宋义进兵到安阳,逗留不前。项羽劝进兵,认为与赵里应外合,必能击败秦军。宋义却主张让秦赵先战,认为若秦军战胜,则兵士疲劳,可以"承其敝",若秦不胜,则可以引兵西进直接攻打秦国。项羽分析说:"当今年荒民贫,士兵连豆也吃不饱。军中粮食已空,将军却饮酒盛宴。不引兵渡河到赵地取食,与赵合力攻打秦军,却说什么'承其敝'。以秦军的强大,攻打新成立的赵国,赵国势必被攻破。赵国被攻破则秦军会更强大,哪里有什么'敝'可'承'?况且楚国军队新近战败,楚怀王惶惶不安,将全部军队交给将军。国家安危,在此一举。将军不关心士兵却谋私利,不是国家可以依赖的大臣。"于是杀死了宋义,率兵渡过漳水。过河以后下令沉掉船只,砸破炊器,烧毁房屋,只带三天干粮,以示士兵必死,无一还心。结果战斗中士兵无不以一当十,终于在钜鹿大破秦军。"非无算"即指此而言。

〔3〕坑秦:项羽曾下令在新安(今属河南)坑杀投降的秦军二十馀万人。亦有名:项羽的叔父项梁被秦军战败而死,作者认为项羽坑杀秦兵是为叔父报仇,并非无缘无故。参见《下相怀古》诗。

〔4〕存鲁沛:项羽曾被封为"鲁公",刘邦起兵反秦时自称"沛公",二人在楚怀王时曾结拜为兄弟。"存鲁沛"是指看重并维持这种兄弟关系。鸿门宴上,项羽不杀刘邦;后项羽抓来刘邦的父母妻子作人质,始终

不加伤害,双方鸿沟划界后,又将其父母妻子归还,便都是项羽"情深存鲁沛"的表现。参见《史记》卷七《项羽本纪》和卷八《高祖本纪》。

〔5〕气盛:血气方刚,不肯示弱于人。失韩彭:指失去大将韩信和彭越。据《史记》卷九二《淮阴侯列传》和卷九〇《彭越传》,韩信初曾投项羽,任郎中,多次向项羽献计,均未被采纳,于是改投刘邦。彭越当项羽入关,大封诸侯之时,率兵万馀人却未被理睬。不久,刘邦派人赐他将军印,于是他开始为刘邦效力。

〔6〕"垓下"句:项羽被汉兵包围于垓下时,曾自作歌,中有"时不利兮骓不逝"之句。此句即写其事。垓下,古地名,在今安徽灵璧南沱河北岸。骓(zhuī锥),指乌骓,项羽所骑骏马名。"骓难逝"是说虽有乌骓宝马,却难以突围而去。

〔7〕"江东"句:据《史记·项羽本纪》载,项羽年少时,学书不成,去学剑,又不成。另载,项羽被汉军大败于垓下之后,欲东渡乌江。乌江亭长劝他赶快渡江,且说:"江东虽小,地方千里,人数十万,足以凭恃为王。"项羽却说无面目再见江东父老。于是不再渡江,复与汉军战,最后自刎而死。这句诗合写以上二事。大意说依靠江东起家的项羽终于未能成就大业。江东,长江在芜湖、南京间作西南南、东北北流向,隋唐以前,是南北往来主要渡口的所在。习惯上称自此以下的长江南岸地区为江东。

〔8〕昼锦:据《史记·项羽本纪》,项羽入定关中后,欲放弃此地而东去。有人劝他关中险要富饶,可以在此立都以成霸业。他却说:"富贵不归故乡,如衣锦夜行,谁知之者!""昼锦"是"衣锦夜行"的反用,等于说项羽终于放弃关中东去。这里显然是讽刺项羽目光短浅。

〔9〕彭城:古县名。治所在今江苏徐州。据《史记·项羽本纪》,灭秦之后,项羽自立为西楚霸王,管辖九郡,建都于彭城。其走向失败即由此开始。

旅泊书怀[1]

已遇江南雪[2],须防济北冰[3]。扁舟寒对酒[4],独客夜挑灯。流落书千卷[5],清羸米半升[6]。征车何用急[7],惭愧是无能。

〔1〕此诗作于清顺治十年(1653)赴京途中。从上年起,清廷就三番五次下令,严命作者出仕。他借故推拖,直到本年九月始离乡北上。一路又迟疑不进。他不想仕清,却又害怕得罪当政者,内心忐忑不安。这种微妙心理,不仅流露于此诗尾联的自我表白之中,就连首联的写景,也隐隐有所透露。泊,停船靠岸。书怀,写诗咏怀。

〔2〕江南雪:据作者《江楼别幼弟孚令》一诗可知,他离家北上,走到镇江市就开始下雪了。

〔3〕济:古水名。源出河南济源县王屋山,其故道过黄河而南,东流至山东,与黄河平行入海。

〔4〕扁舟:小船。

〔5〕"流落"句:意思说自己羁旅漂泊,身边只有图书千卷。

〔6〕"清羸"句:意思说自己身瘦体弱,每天只能吃半升米。羸(léi雷),瘦,弱。

〔7〕征车:古代征召山林处士所用的车子。

临清大雪[1]

白头风雪上长安[2],裋褐疲驴帽带宽[3]。辜负故园梅树好,南枝开放北枝寒[4]。

〔1〕此诗作于清顺治十年(1653)作者赴京途中。临清,县名,今属山东。
〔2〕长安:汉唐首都,今陕西西安。此代指北京。
〔3〕裋褐(shù hè 树贺):粗布衣服。
〔4〕"南枝"句:意谓向阳的枝头梅花已开,背阴的枝条由于寒冷尚未开花。这句诗写的是早梅景象。

任丘[1]

回首乡关乱客愁[2],满身风雪宿任丘。忽闻石调边儿曲[3],不作征人也泪流[4]。

〔1〕此诗作于清顺治十年(1653)作者赴京途中。任丘,县名,今属河北。
〔2〕乡关:家乡。
〔3〕石调:古曲名,分为《大石调》和《小石调》,曲调低沉凄切。边儿:指戍边战士。
〔4〕征人:被征从军之人。

自信[1]

自信平生懒是真,底须辛苦踏春尘[2]?每逢墟落愁戎马[3],却听风涛话鬼神[4]。浊酒一杯今夜醉,好花明日故园春。长安冠盖知多少[5],头白江湖放散人[6]。

〔1〕清顺治十年(1653)深秋,作者应召出仕,离家北上,一路行走迟缓,写作本诗之时,已是十一年年初。诗中除了表达羁旅之愁、乡关之思和不得已而出仕的心情外,也隐隐透露出对仕清前景的担忧。

〔2〕底须:为什么要。

〔3〕墟落:村落。戎马:战马。喻战乱。经过战乱,几乎所有村落都遭到破坏,一片凋敝,所以作者说"每逢墟落愁戎马"。

〔4〕话鬼神:因为战乱中死人太多,所以鬼神就往往成为话题,"风涛话鬼神"是拟人说法。

〔5〕"长安"句:用唐杜甫《梦李白二首》其二"冠盖满京华,斯人独憔悴"句意。长安,汉唐首都,代指北京。冠盖,仕宦的冠服和车盖。代指官宦。

〔6〕"头白"句:作者自称。放散人,放达、散淡之人。

将至京师寄当事诸老四首(选一)[1]

平生踪迹尽由天[2],世事浮名总弃捐[3]。不召岂能逃圣代[4],无官敢即傲高眠[5]。匹夫志在何难夺[6],君相恩深自见怜[7]。记送铁崖诗句好[8]:"白衣宣至白衣还[9]。"

〔1〕清顺治十一年(1654)初,作者经过长途跋涉,在将要到达北京时写下了这组呈给清朝当权者的诗。诗中小心翼翼的口吻、委曲宛转的

表白,反映出他既不愿仕清,又不敢断然拒绝、得罪清廷的微妙心理。组诗四首,此选其四。

〔2〕尽由天:完全听凭天意。

〔3〕浮名:虚名。弃捐:抛弃。

〔4〕"不召"句:意思说即使不被朝廷征召也不可能叛离这圣明之世。圣代,旧时对当朝的称颂之辞。

〔5〕"无官"句:意思说即使不作官又岂敢隐居高卧,傲视当朝。

〔6〕"匹夫"句:《论语·子罕》:"子曰:'三军可夺帅也,匹夫不可夺志也。'"这里反其意而言之。匹夫,指平民。

〔7〕君相:皇帝和大臣。相,宰相,这里泛指朝廷当政大臣。见怜:被人可怜。指君相可怜自己而不再逼迫自己出仕。

〔8〕铁崖:杨维桢,字廉夫,号铁崖,山阴(今浙江绍兴)人。元末明初文学家。元泰定进士,官至建德路总管府推官。入明,朱元璋召他纂修礼、乐书志,作《老客妇谣》一首以表明不仕两朝之意。在朝廷留一百十日,待修纂叙例略定后,即请归。抵家卒。见《明史》卷二八五《杨维桢传》。

〔9〕"白衣"句:杨维桢离开明廷时,宋濂作《送杨廉夫还吴浙》诗,中有"不受君王五色诏,白衣宣至白衣还"之句,意思说没有接受皇帝诏命、出仕明朝,而是保持了平民身份。白衣,古代未出仕的人所穿。这里借杨维桢不愿仕明来表白自己不愿仕清的心迹。

曹秋岳龚芝麓分韵三首赠赵友沂得江州书三字(选一)[1]

已归仍是客[2],不遇却难留[3]。更作异乡别[4],倍添游子愁。风霜违北土[5],兵甲阻西州[6]。一雁低飞急,关河万里秋[7]。

〔1〕这组诗作于清顺治十一年(1654),是与曹秋岳、龚芝麓为送别赵友沂而作。曹秋岳,名溶,字鉴躬,号秋岳,嘉兴(今属浙江)人。明崇祯十年(1637)进士,官御史。明亡仕清,历官太仆寺少卿、左副都御史、户部侍郎、广东布政使。善诗,有《倦圃诗集》。《清史稿》卷四八四有传。龚芝麓,名鼎孳,字孝升,号芝麓,合肥(今属安徽)人。明崇祯七年进士,授吏科给事中。明亡仕清,历官吏科给事中、太常寺少卿、左都御史等,康熙初,官至刑部尚书。龚鼎孳文思敏捷,与钱谦益、吴伟业号为江左诗坛三大家。著有《定山堂集》。《清史稿》卷四八四有传。赵友沂,名而忭,字友沂,长沙(今属湖南)人,侨居扬州。清左都御史赵开心之子。南明唐王时曾中举人。入清,官内阁中书舍人。见《清史稿》卷二四四《赵开心传》及吴翌凤《吴梅村先生诗集笺注》卷九注。分韵,几人相约赋诗,选择若干字为韵,各人分拈,依拈得之韵作诗,叫做分韵。"江州书"三字就是作者所得韵脚。这组诗共三首,分别以"江"、"州"、"书"三个字所在的韵部为韵。此选其三。这首送行诗写得"笔势飞腾,无一平衍语"(《吴诗集览》卷九上),前四句笔转意折,尤显遒逸。

〔2〕"已归"句:赵友沂是长沙人,寄居扬州。"已归"指归扬州,不是归长沙,因此说"已归仍是客"。

〔3〕不遇:指科举失利。难留:指难以留在京城。

〔4〕异乡别:在异地他乡与亲友分别。

〔5〕违:离开。

〔6〕兵甲:指战争。西州:古城名。在江宁县(今属江苏)西,晋朝时为扬州刺史治所。顺治十一年,张名振率抗清义师入长江,破仪真(明清时属扬州府),泊金山,又一次震动东南。所谓"兵甲阻西州"是说扬

州那一带又被战火所阻隔了。

〔7〕关河:关山河川。

病中别孚令弟十首(选三)〔1〕

一

昨岁冲寒别〔2〕,萧条北固楼〔3〕。关山重落木〔4〕,风雪又归舟。地僻城鸦乱〔5〕,天长塞雁愁。客程良不易〔6〕,何日到扬州?

〔1〕这组诗作于清顺治十一年(1654),时吴伟业仕清在京。伟业仕清出于无奈,从被征召起他就一直郁闷寡欢,而本年七月他又染病,缠绵于床榻之上,至九月尚未痊愈,心情加倍凄苦。就在这时,其三弟来京探望,然在京仅十日,九月末即返乡。伟业自然恋恋不舍。胞弟倏来倏去,勾惹起他不尽的乡愁。正是在这种情况下,他写下了这组诗与弟辞别。在诗中他除了表达对弟弟的依依深情、对母亲和其他家人的殷殷惦念以外,还自剖心曲,吐露了不便为外人所道的重重心事,写得"情真语切,声泪俱闻"(上海图书馆藏过录袁子才录本),为我们了解这一时期他的思想感情提供了最直接的资料。组诗十首,此选其一、其六、其七共三首。孚令,作者三弟伟先,字孚令,明代诸生,终身未仕。

〔2〕昨岁:指顺治十年。冲寒别:冒着寒冷分别。作者离家北上,其三弟曾送至镇江。时已下雪,二人曾在雪中同登北固楼,作者因而写下

《江楼别幼弟孚令》一诗。

〔3〕北固楼:故址在今江苏镇江市北固山上,楼势高峻,可以俯瞰长江。

〔4〕重落木:草木又一次凋零。指又过了一年。

〔5〕地僻:指作者在京的住处偏僻。

〔6〕客程:旅程。良:实在。

二

此意无人识[1],惟应父子知。老犹经世乱,健反觉儿衰[2]。万事愁何益,浮名悔已迟[3]。北来三十口,尽室更依谁[4]?

〔1〕此意:指不愿仕清的心意。

〔2〕"老犹"二句:意思说父亲已经年迈,却还要经历时世动乱;身体康健,反觉得儿子(指作者)衰惫。

〔3〕浮名:虚名。

〔4〕尽室:全家人。

三

似我真成误,归从汝仲兄[1]。教儿勤识字,事母学躬耕[2]。州郡羞干请[3],门庭简送迎[4]。古人亲在日[5],绝意在虚名[6]。

〔1〕汝:指三弟。仲兄:指二弟伟节。字清臣,明代诸生,终身未仕。

〔2〕躬耕:亲自种田。
〔3〕干请:有所求取而请见。
〔4〕简送迎:指少与官吏往来。
〔5〕亲在日:指父母活着的时候。
〔6〕绝意:断绝某种意愿、念头。

送孙令修游真定〔1〕

穷达非吾事〔2〕,霜林万象凋〔3〕。北风吹大道,别酒置河桥〔4〕。急雪回征雁,低云压怒雕〔5〕。曾为燕赵客〔6〕,寥落在今朝〔7〕。

〔1〕此诗作于清顺治十一年(1654)。孙令修,名以敬,字令修,号沁心,太仓人。是作者年轻时的同学。明崇祯十年(1637)中进士,官瓯宁(今福建建瓯)县令、长垣(今属河北)县令。明末归乡,入清不仕。参见吴山嘉《复社姓氏传略》卷二《孙以敬小传》。真定,旧县名,即今河北正定。顺治十一年冬,孙以敬从北京前往真定,作者赋此以赠,全诗音节浏亮,意境开阔,笔力颇为雄健。
〔2〕穷达:困顿与显达。非吾事:指不是自己的力量可以左右的。
〔3〕霜林:经霜的树林。万象:自然界的一切事物和景象。
〔4〕别酒:送别的酒。
〔5〕雕:俗称老鹰。
〔6〕"曾为"句:指孙令修曾任长垣县令。长垣,古代属燕赵之地。
〔7〕寥落:寂寞失意。

送周子俶张青琱往河南学使者幕六首(选一)[1]

极目铜驼陌[2],宫墙噪晚鸦[3]。北邙空有骨[4],南渡更无家[5]。青史怜如意[6],苍生遇永嘉[7]。伤心谭往事,愁见洛阳花[8]。

〔1〕这组诗作于清顺治十一年(1654),是为朋友周肇、张宸送行而作。周、张二人的目的地是河南洛阳。而洛阳,原本为明福王朱常洵的封地。崇祯末年,朱常洵被李自成起义军处死,其子朱由崧袭封为福王。不久,崇祯朝垮台,朱由崧被马士英拥立于南京,改国号弘光。这位弘光帝同乃父一样昏庸荒淫,朝政日益浊乱,在清兵的进攻下,在位仅一年,弘光朝即告覆灭。这段历史曾给予作者以极大的震动,因此一提到洛阳,就往往让他无限感伤,引起他对两代福王和崇祯、弘光两朝命运的深深的思索。组诗六首,此选其五,在所选的这首诗里,作者借为友人送行,往事重提,抒发了强烈的兴亡之感。周子俶,即周肇,其生平见《再简子俶》注文。张青琱,名宸,字青琱,上海人。博学工诗文。顺治朝,由诸生入太学,选中书舍人,迁兵部督捕主事。康熙朝罢官归,病卒。参见嘉庆《松江府志》卷五六《古今人传八》。学使,学官名,即"提督学政",又称"督学使者"。由朝廷派往各省,按期至所属各府、厅考试童生及生员。这里所说的学使,指张天植。顺治十一年九月张天植以编修督学河南,作者曾作《风流子·送张编修督学河南》一词赠之。幕,幕府,指官署。

〔2〕极目:尽目力所及远望。铜驼陌:即铜驼街,在今河南洛阳市故洛阳城中。以道旁曾有汉铸铜驼两座相对而得名,为古代著名的繁华区域。陌,田间东西方向的小路,也泛指街道。

〔3〕宫墙:指福王府邸的墙壁。

〔4〕"北邙"句:意思说老福王朱常洵家破身死,只有尸骨埋葬在北邙山。北邙,山名,在洛阳市北。东汉及魏的王侯公卿多葬于此。空,徒然。

〔5〕"南渡"句:意思说新福王朱由崧虽然被拥立于南京,但不久就国破身死,连尸骨都无处可归。

〔6〕青史:古代在竹简上记事,因称史书为"青史"。如意:汉高祖刘邦之子,戚夫人所生,封为赵王。得到刘邦宠爱,几次想立他为太子。刘邦死后,为吕后所害。这里用"如意"喻指前后两代福王。朱常洵为万历帝所宠爱,一直有立他为太子而不立长子常洛之意。崇祯朝灭亡以后,其子朱由崧又有幸被拥立为弘光朝皇帝,其家世在历史上更为显赫。因此说"青史怜如意"。

〔7〕"苍生"句:意思说百姓遇上了大乱之世。苍生,百姓。永嘉,晋怀帝司马炽年号(307—313)。此时期内,北方匈奴进兵中原,天下大乱。永嘉五年,汉刘聪派刘曜率兵破洛阳,俘怀帝,纵兵烧掠,杀王公士民三万馀人。这里用"永嘉之乱"比喻崇祯朝末年中原一带的大乱。

〔8〕洛阳花:牡丹的别称。因唐宋时洛阳盛产牡丹,故称。

送穆苑先南还四首(选一)〔1〕

骤见疑还喜〔2〕,堪当我半归〔3〕。路从今日近〔4〕,信果向来稀〔5〕。同事交方散,残编道已非〔6〕。老亲看慰甚〔7〕,坐久

225

更沾衣。

〔1〕顺治十一年(1654)冬,穆苑先访作者于北京,将返故乡,作者写下这组赠别诗。诗中写出与好友十分亲密真挚的感情。也吐露了对家人的思念和对现实的不满。组诗四首,此选其二。穆苑先,名云桂,字苑先,太仓人,是作者少年时同学,二人交谊甚笃。

〔2〕骤见:突然相见。

〔3〕"堪当"句:意思说等于我实现了一半回家的愿望。

〔4〕"路从"句:指乡路日近。

〔5〕"信果"句:意思说见面后才知道二人分别后果然通信不多。暗含双方都殷切盼望对方多多来信之意。

〔6〕"残编"句:意思说图书零落,如今已不像以往那样重视文化。

〔7〕老亲:指作者的父母。

题帖二首(选一)[1]

金元图籍到如今,半自宣和出禁林[2]。封记中山玉印在[3],一般烽火竟销沉[4]。

〔1〕这组诗作于清顺治十一年(1654),共二首,此选其二。所选的这首诗诗后原注:"甲申后,质慎库图书百万卷,皆宣和所藏,金自汴梁辇入燕者,历元及明初无恙,徐中山下大都时封记尚在,今皆失散不存。"明谈迁《北游录·纪邮上》记录了吴伟业的一段话,内容与注文大致相同,略有出入。"甲申",指顺治元年。"质慎库",据清朱彝尊《日下旧闻》

载,又名"古今通集库",库址在北京,为明朝贮藏古今君臣画像、符券、图书之所。注文的意思是说明朝质慎库内百万卷图书,都是宋朝宣和年间旧籍。金朝人攻入汴梁(今河南开封)时,用车将这些图书运到北京。虽然历经元朝及明初动乱,却没有受到损失。明朝开国功臣中山王徐达攻进大都(今北京)时,曾将质慎库封存。顺治元年后,其图籍全部转入清宫,当时中山王的封记还在。可是到伟业仕清时,却已经全部失散了。吴伟业对于这些极其珍贵的古代文献的损毁,感到万分惋惜和心疼。这首诗就是抒发这种感慨的。尽管语意含蓄委婉,但作者对损毁者野蛮行为的不满仍然是一目了然的。题帖,在书画上题字题诗。帖,书法、绘画的临摹范本。这里指从质慎库流散出的书画作品。

〔2〕半自宣和:谓金元两朝所存图籍有一半都是宋代宣和旧物。宣和,宋徽宗年号(1119—1125)。禁林:指皇宫。

〔3〕封记:封存标记。中山玉印:明朝开国功臣中山王徐达的玉质印章。

〔4〕一般:一番。烽火:指战乱。销沉:损毁尽净。

读史偶述四十首(选三)[1]

一

松林路转御河行,寂寂空垣宿鸟惊[2]。七载金縢归掌握[3],百僚车马会南城[4]。

〔1〕这组诗作于作者仕清期间。正像作者的五律组诗《读史杂感》

一样,这组诗虽题名为"读史",实则每一首都是咏时事。只是为了避忌,无以隐语括之。"熟悉清初事者,一见即知。其不能知者,虽揣测无益也。"(邓之诚《清诗纪事初编》卷三《吴伟业》)组诗四十首,这里选录的其十六、其十八、其二十二三首都是诗旨显豁、容易考证者:有咏摄政王多尔衮当年专权、死后寂寞的,有咏西洋传教士汤若望的,有咏清初满族人火葬风俗的。

〔2〕"松林"二句:写清初摄政王多尔衮死后其府第的冷落凄清。松林,据明刘若愚《明宫史·金集·宫殿规制》载,北京皇宫端门之内东边有门名"阙左门","再东则松林会堆处也"。御河,皇宫周围的护城河。空垣,空空的院落。垣,院墙。宿鸟,归巢栖息的鸟。

〔3〕"七载"句:写多尔衮在世时朝政独揽,炙手可热。据《清史稿》卷二一八《睿忠亲王多尔衮传》,多尔衮为清太祖努尔哈赤第十四子,太宗时封和硕睿亲王。世祖即位时年幼,他以皇叔执政,独掌大权。顺治元年(1644)统兵入关,以武力镇压农民起义军及各地抗清义军,并创建清代入关后的各项制度。封号加至皇父摄政王。顺治七年十二月病死。不久,世祖即以谋逆的罪名,剥夺了其爵位。七载,从顺治元年至顺治七年。金縢,谓用金属制的带子将收藏书契的柜子封存。《尚书·金縢》:"公归,乃纳册于金縢之匮中。"后往往用"金縢"指收藏帝王图籍书契的柜子。这里比喻皇权。

〔4〕南城:据清赵翼《瓯北诗话》卷九《吴梅村诗》,南城本来是"土木之变"中被瓦剌俘虏的明英宗朱祁镇得释回京后的居所,清初多尔衮用作府第。当时朝事都是由他来处理,所以百官每日都要到南城聚会。又据张尔田《遁堪书题》,南城在北京东安门内之南。

二

西洋馆宇逼城阴[1],巧历通玄妙匠心[2]。异物每邀天一笑[3],自鸣钟应自鸣琴[4]。

[1] 西洋馆宇:指北京宣武门内稍左的天主堂。当时其主教是汤若望。汤若望,德国人。明万历四十六年(1618)来华传教。通汉语言文字,精科学,明历法。以徐光启荐,崇祯初,参与修订历法。入清,掌钦天监事,制定新历法,甚得顺治帝信用,进太仆寺卿,改太常寺卿,加通政使。康熙初去世。《清史稿》卷二七二有传。逼,靠近。城阴,城墙的北墙。

[2] 巧历:精妙的历法。通玄:通达玄妙之理,顺治帝曾赐汤若望"通玄教师"称号。妙匠:技艺超群的人。

[3] 异物:奇异的器物。指下句所说的自鸣钟、自鸣琴一类东西。天:指皇帝。

[4] 应:声音呼应。

三

大将祁连起北邙[1],黄肠不虑发丘郎[2]。平生赐物都燔尽,千里名驹衣火光[3]。

[1] 大将:据邓之诚《清诗纪事初编》卷三《吴伟业》,大将指清礼烈亲王代善。他是清太祖努尔哈赤次子。早年在征伐女真各部、蒙古以及攻打明朝的战争中,屡立战功。太宗崇德元年(1636)封和硕礼亲王。次年,被太宗斥为越分妄行,轻君蔑法,渐赋闲家居。太宗死,奉世祖即位。顺治五年十月病死。祁连起北邙:意思说在清朝贵族的墓地中为他建造了一座高大的坟墓。祁连,山名,在今甘肃张掖西南。据《汉书》卷五五

《霍去病传》，西汉大将霍去病死后，为他营建了一座形状像祁连山的大坟。此用其典，以指代善的坟墓。北邙，即邙山，因在洛阳之北，故称北邙。东汉、魏、晋的王侯公卿多葬于此。这里代指清朝贵族墓地。

〔2〕"黄肠"句：意思说不必忧虑坟墓被人盗发。黄肠，即黄肠题凑，汉代帝王陵寝椁室四周用柏木枋密密地垒堆而成的框形结构。黄肠本谓柏木之心，柏木色黄，故称。这里用黄肠代指坟墓。发丘郎：《文选》卷四四陈琳《为袁绍檄豫州》说曹操设置"发丘中郎将"和"摸金校尉"等官，专司盗掘坟墓之事。这里"发丘郎"泛指偷棺掘墓之人。

〔3〕"平生"二句：据王国维《蒙古札记》和陈垣《汤若望与木陈忞》等文考证，满族入关之初，尚保存火葬习俗。死者连同死者生前所乘马、衣服等物一并火化。燔，烧。衣火光，《史记》卷一二六《滑稽列传》载，楚庄王所爱马死，欲以大夫礼葬之。乐人优孟讽谏说："请为大王六畜葬之。以垅灶为椁，铜历（铜锅）为棺，赍以姜枣，荐以木兰，祭以粮稻，衣以火光，葬之于人腹肠。""衣以火光"就是烧掉的意思，此用其典。

怀古兼吊侯朝宗[1]

河洛烽烟万里昏[2]，百年心事向夷门[3]。气倾市侠收奇用[4]，策动宫娥报旧恩[5]。多见摄衣称上客，几人刎颈送王孙[6]？死生总负侯嬴诺，欲滴椒浆泪满樽[7]。

〔1〕此诗作于清顺治十二年（1655）。侯朝宗，名方域，字朝宗，归德（今河南商丘、睢县一带）人，明清之际著名散文家。他是"明末四公子"之一，早年曾为复社骨干。明亡，一度隐居。顺治八年被迫出应乡

试,中式副榜。顺治十一年十二月卒。见侯洵《侯方域年谱》。这首怀古兼吊亡之作当作于侯方域去世之后不久。从全诗字面看,此诗重点似乎在"怀古"上,诗中着力刻画了战国侠士侯嬴的豪侠忠义与异智奇谋,然而实际上诗中处处在影写侯方域。故全诗虽无一字直接涉及侯方域,可是其精神气概、气度风貌却好像呼之欲出。作者之所以把侯方域与侯嬴联系起来,一是因为二人都是河南人,二是因为侯方域曾以侯嬴自比(《四忆堂诗集》卷七《寄吴宫詹》有"少年学士今白首,珍重侯嬴赠一言"之句),而更重要的是二人精神风貌的某种相似。诗人对这位相交达二十年颇有些豪侠之气的挚友的去世表示了沉痛的哀悼,想到自己有负对朋友不仕清的承诺,就更是悲情难抑。

〔2〕河洛:指黄河与洛水二水之间的地区。烽烟:指战乱。战国时期河洛一带是主要战场,而明末明军与农民起义军的战争也主要在这一带进行。

〔3〕百年心事:指对百年兴亡的忧思。夷门:战国魏都城的东门。故址在今河南开封城内北隅,因在夷山之上,故名。亦用作大梁城(今开封)的别称。这里提到"夷门",一方面是为了引出侯嬴,另一方面则是要表达对明亡的哀思。崇祯末年,洛阳与开封的相继陷落标志着明朝已快走到终点。作者许多首写到洛阳与开封的诗歌都浸透了浓重的兴亡之感。

〔4〕"气倾"句:据《史记》卷七七《魏公子列传》载,侯嬴为魏国隐士,年七十,家贫,为大梁夷门监者。魏公子信陵君闻其名,往请,想送他重礼,被谢绝。魏公子于是置酒宴大会宾客,亲往夷门迎之,奉为上客,后秦军包围赵国都城的危急时分,侯嬴为魏公子出奇计以救赵,终使秦军退兵。此句即写其事。气倾市侠,是说侯嬴的豪侠之气超过一般的侠士。收奇用,这里指魏公子获得不寻常的帮助。

〔5〕"策动"句:据《史记·魏公子列传》秦军包围赵都后,赵向魏王

求援。魏王畏秦,令魏将晋鄙按兵不动。魏公子无奈,请教侯嬴。侯嬴献计说,晋鄙兵符就在魏王卧室之内。魏王最宠幸的如姬,可以自由出入魏王卧室,能够窃得兵符,听说如姬的父亲被人所杀,如姬欲为父报仇,三年不得。公子派门客斩其仇人头,献给如姬,如姬为报恩,甘愿为公子去死。只要公子开口求如姬,就可以得到虎符,夺取晋鄙兵权,从而退秦救赵。魏公子从其计,如姬果然窃得兵符给公子。这句诗即写其事。策动,用计策打动。宫娥,宫女,此指如姬。旧恩,指魏公子为如姬报杀父之仇的恩情。

〔6〕摄衣称上客:据《史记·魏公子列传》,魏公子设酒宴大会宾客,待客人坐定,亲从车骑,留着上座,往夷门迎接侯嬴。侯嬴"摄敝衣冠",也不辞让,直接坐上上座。至公子府第后,公子又引他坐上座,把他介绍给众宾客,且向他祝寿。他于是成为公子"上客"。"摄衣称上客"即写此事。摄,揭起。上客,上等宾客,贵宾。刎颈送王孙:据《史记·魏公子列传》,魏公子窃得兵符后,向侯嬴辞别。侯嬴说:"我本应随公子去,因年老不能。我将在公子到晋鄙军的那一天,面向北方自刎,以送公子。"后果然自杀。"刎颈送王孙"即写其事。王孙,指魏公子。以上两句诗意思说傲然称为上客的人不少,可是又有几人能像侯嬴那样以死来报答魏公子的知遇之恩。

〔7〕"死生"二句:结尾原注:"朝宗,归德人。贻书约终隐不出。余为世所逼,有负夙诺,故及之。""贻书",指顺治九年十月侯方域寄信给作者事。信中劝作者不要仕清。作者曾复信,发誓"必不负良友"(见侯方域《壮悔堂方集》卷三《与吴骏公书》及所附贾开宗语)。但一年之后,作者即出仕,因此说"有负夙诺"。最后二句诗意思说现在无论生死都已经辜负了对侯方域所作诺言,因而在祭奠朋友时悲痛万分。侯嬴,喻指侯方域。椒浆,即椒酒。用椒浸制的酒,古代多用于祭祀。樽,酒杯。

临淮老妓行[1]

临淮将军擅开府[2],不斗身强斗歌舞。白骨何如弃战场,青娥已自成灰土[3]。老大犹存一妓师[4],柘枝记得开元谱[5]。才转轻喉便泪流,尊前诉出漂零苦。妾是刘家旧主讴[6],冬儿小字唱梁州[7]。翻新水调教桃叶[8],拨定鸦弦授莫愁[9]。武安当日夸声伎[10],秋娘绝艺倾时世[11]。戚里迎归金犊车[12],后来转入临淮第[13]。临淮游侠起山东[14],帐下银筝小队红[15]。巧笑射棚分画的,浓妆球仗簇花丛[16]。纵为房老腰肢在[17],若论军容粉黛工[18]。羊侃侍儿能走马[19],李波小妹解弯弓[20]。锦带轻衫娇结束[21],城南挟弹贪驰逐。忽闻京阙起黄尘[22],杀气奔腾满川陆。探骑谁能到蓟门[23],空闲千里追风足[24]。消息无凭访两宫[25],儿家出入金张屋[26]。请为将军走故都,一鞭夜渡黄河宿。暗穿敌垒过侯家,妓堂仍讶调丝竹。禄山褌将带弓刀[27],醉拥如花念奴曲[28]。仓卒逢人问二王,武安妻子相持哭[29]。薰天贵势倚椒房[30],不为君王收骨肉[31]。翻身归去遇南兵[32],退驻淮阴正拔营[33]。宝剑几曾求死士,明珠还欲致倾城[34]。男儿作健酣杯酒,女子无愁发曼声[35]。可怜西风怒,吹折山阳树[36],将军自撤沿淮戍[37]。不惜黄金购海师[38],西施一舸东南避[39]。郁洲崩浪大于山[40]，张帆捩柁无归处[41]。重来海口竖降幡[42]，全家北过江淮去。长淮一去几时还，误作王侯邸第看[43]。收者到门停奏伎[44]，萧条西市叹南冠[45]。老妇今年头总白[46]，凄凉阅尽兴亡迹。已见秋槐陨故宫[47]，又看春草生南陌[48]。依然丝管对东风，坐中尚识当时客[49]。金谷田园化作尘[50]，绿珠子弟更无人[51]。楚州月落清江冷[52]，长笛声声欲断魂。

[1] 此诗作于清顺治十二年（1655）。临淮，古郡名，汉置，治所在今江苏盱眙。此以"临淮"指刘泽清，因为他曾驻军淮安，且在淮安大造宅第。而淮安，汉时属临淮郡。刘泽清，字鹤洲，曹县（今属山东）人。崇祯朝，由守备累升为总兵、左都督等职。明末，不从朝廷调遣，纵兵到处焚掠。弘光朝，封为东平伯，为四镇之一。清军南下，他立即投降，后又谋反，顺治五年被杀。见《明史》卷二七三《刘泽清传》和计六奇《明季南略》卷一《刘泽清》。临淮老妓，指刘泽清的歌伎冬儿。明史学家谈迁《北游录·纪邮下》记录了吴伟业讲述此诗创作缘起及其本事的一段话，对理解此诗帮助很大，兹将其文录之于下："乙未（顺治十二年）……（六月）庚辰，午过吴太史所，太史作《临淮老妓行》甫脱稿，云：'良乡伎冬儿，善南歌，入外戚田都督弘遇家。弘遇卒，都督刘泽清购得之。为教诸姬四十馀人，冬儿尤姝丽。甲申（崇祯十七年）国变，泽清欲侦二王（指崇祯帝第三子定王、第四子永王）存否。冬儿请身往，易戎饰而北。至田氏，知二王不幸，还报泽清，因从镇淮安。泽清渔于色，书佐某亡罪，杀之，收其妻。明年，泽清降燕（指清朝），而摄政王赐侍女三人，皆经御者，泽清不避也。居久之，内一人告变。摄政王录问及故书佐之妻，泽清谓书佐罪当死，故妻明其非罪，且摘泽清私居冠角巾诸不法事。泽清诛。

下冬儿刑部。时尚书汤□□(原缺字)尝饮刘氏,识之,以非刘氏家人,原平康也(指原为妓女),得不坐,外嫁焉。'吴太史语讫,示以诗。"此诗通过一个歌妓的经历将崇祯朝与弘光朝灭亡前后的许多重要史实都贯穿起来,从一个特殊的视角形象生动地再现了那一段历史。清人邓汉仪称道:"兴亡盛衰,如许大事,却借一老妓发之,所谓白头宫女、红豆词臣,有心人于此不禁情长耳。"(《诗观》初集)

〔2〕擅开府:指享有成立府署、选置僚属的大权。

〔3〕"白骨"二句:意思说刘泽清被清人所杀,还不如当年战死沙场,而今他的那些美女也几乎都死去了。青蛾,青黛画的眉毛,代指美女。

〔4〕妓师:教妓女演习歌舞的老师。

〔5〕"柘枝"句:是"记得开元柘枝谱"的倒装。柘枝,舞蹈名。唐朝从西北少数民族传入。开元,唐玄宗年号。

〔6〕刘家:刘泽清家。主讴:主唱的歌伎。

〔7〕梁州:唐教坊曲名,本名《凉州令》,宋以后讹传为《梁州令》。

〔8〕水调:古曲调名。相传隋炀帝开汴河时创《水调歌》,唐代演为大曲。桃叶:晋王献之爱妾名。

〔9〕鹍弦:用鹍鸡筋制成的琴弦。莫愁:古代乐府歌曲中提到的女子名,一说为洛阳人,一说为石城(今湖北钟祥)人,与上句的"桃叶"均代指刘泽清的歌伎。

〔10〕武安:汉景帝皇后的同母弟田蚡,被封武安侯。这里代指崇祯朝外戚田弘遇。

〔11〕秋娘:即杜秋,唐代金陵女子。十五岁时,为李锜妾。后入宫,受到宪宗宠幸。宪宗死,又为皇子漳王保姆。善于唱曲。唐杜牧写有《杜秋娘诗》。此用来代指冬儿。倾时世:令一世倾倒。

〔12〕戚里:汉代长安城中外戚居住的地方。此指田弘遇家。金犊

车:用牛犊驾的车。金犊,牛犊的美称。按,此句诗是写当年田弘遇将冬儿从妓院接进府中。

〔13〕临淮第:指刘泽清在淮安所建宅第。

〔14〕"临淮"句:据王士禛《香祖笔记》卷八载,刘泽清曾为山东曹州捕盗弓手,少无赖,为乡里所嫌恶。后战乱起,从军,积军功渐升至总兵官。又据《明史·刘泽清传》载,他曾任左都督,统山东兵防漕,后又镇守山东防海。

〔15〕银筝:用银装饰的筝或用银字表示音调高低的筝。小队红:指一班歌伎。

〔16〕射棚:亦作"射堋",箭靶。画的:彩绘的箭靶。球仗:亦作"球杖",古代击球用具。据宋孟元老《东京梦华录·驾登宝津楼诸军呈百戏》载,当时有一种击球游戏,"分为两队,各有朋头一名,各执彩画球仗,谓之小打"。簇:拥聚。花丛:喻众美女。按,以上二句写刘泽清的歌伎常以射箭、打球为戏。

〔17〕"纵为"句:意思说冬儿虽然已是"房老",但腰肢依然矫健灵活,若要说到军容,歌伎们最称严整。房老,年老而位高的婢妾。此指冬儿。

〔18〕粉黛:脂粉和眉黛,女人化妆所用,此代指歌伎。

〔19〕羊侃侍儿:羊侃字祖忻,泰山梁父(今山东泰安)人。原为北魏泰山太守,后南奔梁,授徐州刺史,累迁都官尚书。侯景之乱时病死。他性豪侈,善音律,姬妾列侍,穷极奢靡。其侍女多擅长歌舞,不少人身怀绝技。见《南史》卷六三《羊侃传》。走马:骑马奔驰。

〔20〕李波小妹:北魏广平(今河北鸡泽)人。其宗族强盛,残掠不已,当时百姓作歌云:"李波小妹字雍容,褰裳逐马如卷蓬,左射右射必叠双。妇女尚如此,男子安可逢!"见《北史》卷三三《李孝伯传》。

〔21〕结束:穿戴,装束。

〔22〕起黄尘：据晋葛洪《神仙传·王远》载，麻姑自述："自从接待以来，已见东海三次变为桑田。最近到蓬莱，又见海水浅了几乎一半，恐怕又要变成陆地了吧？"王远叹息说："圣人都说大海又将要'扬尘'了。"此用其典，用"黄尘起"喻指时世更迭，明朝灭亡。

〔23〕探骑：侦探的骑兵。蓟门：今北京德胜门外有土城，相传是古蓟门遗址。这里代指北京。

〔24〕追风：相传秦始皇有七匹名马，其中之一名"追风骠"。见晋崔豹《古今注·鸟兽》。这里泛指骏马。

〔25〕消息无凭：谓传来的消息没有根据，不尽可信。两宫：这里指崇祯帝和周皇后的家人、孩子。

〔26〕儿家：古代青年女子的自称。这里是用冬儿的口吻。金张屋：指明朝显贵的宅第。"金张"为汉代金日䃅、张安世二人的合称。二氏子孙相继，七世荣显。

〔27〕禄山：安禄山，唐营州柳城（今辽宁朝阳南）胡人。玄宗时任平卢、范阳、河东三节度使。天宝十四载（755）冬起兵叛乱，连破洛阳、长安，大肆杀掠。后为其子安庆绪所杀。这里代指清军将领。神将：副将。

〔28〕念奴：唐玄宗天宝间名妓，善歌。见唐元稹《连昌宫词》自注。

〔29〕武安妻子：指周奎、田弘遇等外戚的妻子儿女。

〔30〕倚椒房：倚仗后妃。椒房，汉代后妃所住的宫殿，用椒和泥涂壁，故名"椒房"。后常用为后妃的代称。这里指崇祯帝周皇后、田贵妃等。

〔31〕"不为"句：据计六奇《明季北略》卷二〇《十八夜周皇后缢坤宁宫》和《内臣献太子》载，李自成攻破北京后，崇祯帝将太子、永王、定王分送外戚周奎、田弘遇家。太子至周奎所，周奎竟闭门不接纳。太子只得到宦官外舍躲避。后宦官将太子、定王献给李自成。永王不知所终。

〔32〕南兵:指弘光朝刘泽清的军队。

〔33〕淮阴:县名,明清时属淮安府。拔营:全军出发转移。

〔34〕"宝剑"二句:意思说刘泽清何曾用宝剑求请敢死的战士,想的还是怎样用珠宝购得绝色的女子。倾城,指美女。

〔35〕"男儿"二句:意思说男儿们只在豪饮上显示勇武,歌伎们照旧无忧无虑地柔声歌唱。曼声,柔曼的歌声。

〔36〕"可怜"二句:比喻清军南下,刘泽清防线崩溃。山阳,古郡名,辖境相当今江苏淮安、靖江、盐城等县地。

〔37〕"将军"句:指刘泽清主动撤消了沿淮一带的戍防。

〔38〕海师:熟悉海上航道、善于驾驶海船的人。

〔39〕"西施"句:靳荣藩《吴诗集览》卷六下引马孝升语,谓刘泽清闻清兵将至,立即放弃淮安,逃避到庙湾(位于今江苏阜宁县东南,为近海要地),满载金玉财物、侍童歌伎,准备逃往海上。此句即写其事。西施一舸(gě葛),相传春秋末年范蠡在辅佐越王勾践灭吴后携西施乘舟隐居于五湖之上。因此杜牧《杜秋娘诗》有"西子下姑苏,一舸逐鸱夷(范蠡隐居后自称鸱夷子皮)"之句。此用其典。西施喻指刘泽清的歌伎。

〔40〕郁洲:古州名,在今江苏连云港市东云台山一带。古时在海中,清时因海岸扩张,始与大陆相连。据清顾祖禹《读史方舆纪要》卷二二《江南四·淮安府》载,东晋隆安五年(401),孙恩攻建康不克,浮海北上至此。此用其典,含有用海贼孙恩比拟刘泽清之意,且点明刘泽清欲逃往海上。崩浪:奔腾的波浪。

〔41〕挒柂(liè duò列舵):转舵。

〔42〕竖降幡:指刘泽清投降清朝。降幡:投降的旗帜。

〔43〕"长淮"二句:意思说刘泽清离开临淮,何时才能回来?其在淮安的居处被人误当成了王侯邸第。言外之意是以为清朝会封刘泽清

为王侯。长淮,指淮河。

〔44〕收者:收捕刘泽清的兵士。停奏伎:歌伎停止了奏乐歌唱。

〔45〕西市:明清时北京处决死囚的刑场,在今菜市口。据程穆衡《吴梅村先生编年诗笺注》卷六,顺治五年冬,大同提督姜瓖与大同总兵唐珏策划反清,曾致信其姻亲刘泽清,约为内应。事泄,泽清被杀。南冠:《左传·成公九年》:"晋侯观于军府,见钟仪,问之曰:'南冠而絷者谁也?'有司对曰:'郑人所献楚囚也。'"后因以"南冠"指囚徒。这里指刘泽清。

〔46〕老妇:冬儿自称。头总白:头发全白了。

〔47〕秋槐陨故宫:唐王维《菩提寺裴迪来相看说逆贼等凝碧池上作音乐供奉人等举声便一时泪下私成口号诵示裴迪》:"万户伤心生野烟,百僚何日更朝天。秋槐叶落空宫里,凝碧池头奏管弦。"这首诗是写安史叛军占领长安之后王维的痛苦心情。此用其典,喻指崇祯朝灭亡。

〔48〕春草生南陌:喻指弘光朝覆灭。春草生,语出汉淮南小山《招隐士》:"王孙游兮不归,春草生兮萋萋。""春草生兮萋萋"是形容衰飒景象。南陌,南面的道路。

〔49〕"坐中"句:《梁书》卷一三《沈约传》载,南朝梁武帝有一次饮宴,沈约陪侍。宴席上有一位原本是齐朝文惠太子的宫人。武帝问宫人认识不认识坐中客,宫人说只认识沈约。沈约伏座流涕,武帝也怀悲感,因而罢宴。此用其典,含有思念先朝之意。

〔50〕金谷田园:晋石崇在金谷涧(在今河南洛阳市西北)建筑的园林,世称金谷园。这里代指刘泽清在淮安所建府第。

〔51〕绿珠:晋石崇宠妓名。此代指冬儿。绿珠子弟,指冬儿所教练过的刘泽清的众歌伎。

〔52〕"楚州"句:写刘泽清原来驻防之地的凄凉景象。楚州,旧州名。隋唐时州治在山阳(今江苏淮安)。清江,指清江浦。在今江苏淮

阴县北。

雁门尚书行并序[1]

《雁门尚书行》，为大司马白谷孙公作也[2]。公代州人[3]，地故雁门郡。长身伉爽[4]，才武绝人[5]。其用秦兵也，将凭岩关为持久[6]，且固将吏心[7]，秦士大夫弗善也[8]，累檄趣之战[9]，不得已始出。天淫雨，糗粮不继[10]，师大溃，潼关陷[11]。独身横刀冲贼阵以没，从骑俱散[12]，不能得其尸。公之出也，自念必死，顾语张夫人。夫人曰："丈夫报国耳！无忧我。"西安破，率二女六妾沉于井，挥其八岁儿以去。儿逾垣避贼[13]，堕民舍中。有老翁者善衣食之[14]。二年，公长子世瑞重跰入秦[15]，得夫人尸，貌如生。老翁归以弟，相扶还。见者泣下，盖公素有德秦人云[16]。余门人冯君讷生[17]，公同里人，作《潼关行》纪其事；余曾识公于朝，因感赋此什。公死而天下事已去[18]，然其败由趣战，且大雨粮绝，此固天意，抑本庙谟[19]，未可专以责公也。公之参佐[20]，惟监军道乔公以明经奏用[21]，能不负公，潼关破，同日死。名元柱，定襄人[22]。

雁门尚书受专征[23]，登坛顾盼三军惊[24]。身长八尺左右射，坐上咄咤风云生[25]。家居绝塞爱死士[26]，一日费尽千黄金。读书致身取将相[27]，关西鼠子方纵横[28]。长安城头挥羽扇[29]，卧甲韬弓不忘战[30]。持重能收壮士心[31]，沉几好待凶徒变[32]。忽传使者上都来[33],夜半星驰马流汗[34]。覆辙宁堪似往年,催军还用松山箭[35]。尚书得诏初沉吟[36],蹶起横刀忽长叹[37]。我今不死非英雄,古来得失谁由算?椎牛誓众出潼关[38],墟落萧条转饷难[39]。六月炎蒸驱万马[40],二崤风雨断千山[41]。雄心慷慨宵飞檄,杀气凭陵老据鞍[42]。扫篝谋成频抚剑[43],量沙力尽为传餐[44]。尚书战败追兵急[45],退守岩关收溃卒[46]。此地乘高足万全[47],只今天险嗟何及!蚁聚蜂屯已入城[48],持矛瞋目呼狂贼[49]。战马嘶鸣失主归,横尸撑距无能识[50]。乌鸢啄肉北风寒[51],寡鹄孤鸾不忍看[52]。愿逐相公忠义死[53],一门恨血土花斑[54]。故园有子音书绝,勾注烽烟路百盘[55]。欲走云中穿紫塞,别寻奇道访长安[56]。长安到日添悲哽,茧足荆榛见眢井[57]。辘轳绳断野苔生[58],几尺枯泉浸形影。永夜曾归风露清[59],经秋不化冰霜冷[60]。二女何年驾碧鸾[61],七姬无冢埋红粉[62]。复壁藏儿定有无[63],破巢穷鸟问将雏[64]。时来作使千兵势,运去流离六尺孤[65]。傍人指点牵衣袂[66],相看一恸真吾弟。诀绝难为老母心,护持始识遗民意[67]。回首潼关废垒高[68],知公于此葬蓬蒿[69]。沙沉白骨魂应在,雨洗金疮恨未消[70]。渭水无情自东去[71],残鸦落日蓝田树[72]。青史谁人哭薛碑,赤眉铜马知何处[73]?呜呼!材官铁骑看如云[74],不降即走徒纷纷[75]。尚书养士三十载,一时同死何无人?至今惟说乔参军[76]!

〔1〕此诗作于清顺治十二年(1655)。明崇祯十六年(1643)九、十月间,李自成起义军在襄城大败明军,继而攻破潼关。明督师孙传庭战死。明军主力丧失殆尽。此后,明廷再也无力抵挡农民军的进攻,几个月后便寿终正寝了。此诗以孙传庭为中心,记录了这一关系明朝兴亡的最后一次大战。作者显然是要"以诗纪史",寄托对于明朝灭亡的无尽哀思。故清人邓汉仪称此诗"详略开阖,擒纵起束,俱以龙门(司马迁)手法行之。其叙战事始末,则系一代兴亡之实迹,非雕虫家所可拟也"(《诗观》初集)。雁门,古郡名。唐朝时改代州为雁门郡。孙传庭为代州人,曾任兵部尚书(生平详见下注),故称之为"雁门尚书"。

〔2〕大司马:汉武帝时罢太尉置大司马,执掌军政,后世因用"大司马"作为兵部尚书的别称。白谷孙公:孙传庭,字伯雅,一字白谷,代州振武卫(今内蒙古和林格尔西北)人。万历进士。天启中由商丘知县入朝为吏部主事。魏忠贤乱政,乞假归里。崇祯八年复出,九年升为右佥都御史,巡抚陕西,与农民起义军作战,屡屡获胜。后因得罪杨嗣昌下狱。崇祯十五年复起为兵部侍郎,总督陕西,十六年升兵部尚书,兼督河南、四川、山西、湖广、贵州、江南北军务。本拟据守潼关,与农民军作持久战,然而朝廷屡次下诏催促出战,结果大败于襄城。退入潼关,而潼关随即被农民军攻破。他也死于战阵之中。见《明史》卷二六二《孙传庭传》。

〔3〕代州:古州名,治所在广武(今山西代县)。

〔4〕伉(kàng 抗)爽:刚直豪爽。

〔5〕才武绝人:才能武艺超凡出众。

〔6〕岩关:倚山而建的关隘。此指潼关。

〔7〕固将吏心:坚定、稳定将士官吏的心。

〔8〕弗善:不赞成,不认为好。

〔9〕累檄:多次下达催战檄文。趣(cù 促):催促。

〔10〕糗(qiǔ球上)粮:干粮。

〔11〕潼关:关隘名。故址在今陕西潼关县东南,处陕西、河南、山西三省要冲,形势险要。

〔12〕从骑:随从侍卫的骑兵。

〔13〕逾:翻过。垣:墙。

〔14〕善衣食之:用好衣好饭照料他。

〔15〕重趼(jiǎn茧):手脚上的厚茧。形容跋涉辛苦。

〔16〕素:向来,往常。

〔17〕冯君讷生:冯云骧,字讷生,代州振武卫人,与孙传庭同里。顺治十二年进士,历官大同府教授、国子监博士、户部郎中、四川提学佥事。著有《讷生诗集》。见秦瀛《己未词科录》卷六。

〔18〕天下事已去:指明朝灭亡。

〔19〕抑:或者。庙谟(mó摩):朝廷或帝王对于战事的谋划。谟,计策,谋略。

〔20〕参佐:僚属,参谋。

〔21〕监军道:官名。明代军中于战时往往设此职,专掌稽核功罪赏罚。乔公:据靳荣藩《吴诗集览》卷六上引《山西通志》,"乔公"指乔迁高,定襄(今属山西)人。由拔贡生授直隶永平府通判,迁陕西巩昌府同知、本府知府、按察司副使,监孙传庭军事。潼关破,死于巷战中。《明史·孙传庭传》也说"乔公"为乔迁高。而吴伟业却说乔公"名元柱",大约是误记,"元柱"或为乔迁高之字。明经:唐代科举制度科目之一。后用作贡生的别称。

〔22〕定襄:县名。在今山西忻州东北。

〔23〕专征:古代帝王授予将帅掌握军旅的特权,不待帝王之命,得自专征伐。

〔24〕登坛:指被拜为督师。顾盼:左右环视。

〔25〕叱咤:怒斥,呼喝。据《明史·孙传庭传》载,崇祯十五年,孙传庭刚任兵部侍郎、陕西总督,即将遇敌先溃、连吃败仗的援剿总兵贺人龙缚斩于军帐之下,威震三边。

〔26〕绝塞:极远的边塞之地。死士:敢死的勇士。

〔27〕致身:语出《论语·学而》:"事父母能竭其力,事君能致其身,与朋友交言而有信。"原谓献身,后用作出仕之典。

〔28〕关西:指函谷关或潼关以西地区。相当今陕西地区。鼠子:对农民军的蔑称。按,李自成、张献忠均为陕西人,起义军主力也多为陕西籍,故诗中以"关西鼠子"称之。

〔29〕长安:指西安。挥羽扇:据《晋书》卷六八《顾荣传》载,广陵相陈敏反,渡江据州。顾荣等潜谋起兵攻打陈敏。顾荣毁桥敛舟于南岸。陈敏率万馀人出,不能渡江。顾荣麾以羽扇,其众溃散。后因以"羽扇挥兵"为从容指挥、克敌制胜之典。

〔30〕卧甲韬弓:卧甲是说不解甲而卧,韬弓是说把弓放进盛弓袋,合起来是说枕戈待敌,做好战斗准备。

〔31〕持重:指做事小心谨慎,不轻率。

〔32〕"沉几"句:据吴伟业《绥寇纪略》卷九《通城击》,孙传庭至关中(今陕西中部)后,即招边勇,开屯田,不想速战,认为大军初集,必待训练之后才可以战斗。又向人了解农民军情况,得知农民军百万人聚集襄阳一带,而襄阳大荒,粮食供应困难,久必大饥。乘其饥而攻之,可不劳而定。此句即写孙传庭的谋划。沉几,谓深谋。凶徒,对农民军的蔑称。

〔33〕上都:指北京。

〔34〕星驰:如流星奔驰。形容迅速、紧急。

〔35〕"覆辙"二句:意思说不能再像当年那样因急于求成而遭受惨败了,可是朝廷却不接受松山之战的教训,依旧催促进军。覆辙,犹言覆

车,比喻失败的教训。宁堪,怎能忍受。催军,据《绥寇纪略》卷九《通城击》载,当时关中地区发生灾荒,孙传庭督责豪家捐助军饷。豪家不乐捐饷,在朝廷上散布说督师玩兵糜饷,并且迎合崇祯帝意,上书催战。崇祯帝遂下诏催促进兵。松山箭,明崇祯十四年,锦州被清军包围已久。蓟辽总督洪承畴集兵数万援救。他步步为营,以守为战,不敢轻敌冒进,立营于锦州城南松山西北,力主等待战机。而崇祯帝下密诏,命洪承畴速战,以解锦州之围。兵部也一再催战。洪承畴不得已而出兵,结果大败。参阅清谷应泰《明史纪事本末补遗》卷五《锦宁战守》。"松山箭",指松山之战中朝廷催促作战的令箭。

〔36〕沉吟:沉思。

〔37〕蹶起:猛然起身。

〔38〕椎牛:击杀牛。古时聚众盟誓,杀牛取其血含于口中或涂于嘴唇,表示诚意。

〔39〕墟落:村落。转饷:运输粮食。

〔40〕炎蒸:暑热熏蒸。

〔41〕二崤:即崤山。因崤山分为东崤、西崤,故称。该山坐落于河南洛宁县西北。

〔42〕凭陵:高昂。老据鞍:《后汉书》卷二四《马援传》载,马援年六十二,自请说:"臣尚能被甲上马。"帝令试之。援据鞍顾盼,以示可用。此用其典。"据鞍"的意思是跨着马鞍,借指行军作战。

〔43〕扫箨(tuò 拓):《晋书》卷一一四《苻坚载记下》:"今有劲卒百万,文武如林,鼓行而摧遗晋,若商风之陨秋箨。"此用其典。以喻扫荡敌军。箨,竹笋皮。

〔44〕量沙:据《南史》卷一五《檀道济传》载,南朝宋元嘉八年(431),檀道济统兵与北魏作战,连胜三十余战。军至历城(今属山东),因粮运乏绝而退兵。投降北魏的人说宋军粮食已尽,士兵忧惧,没有斗

志。檀道济夜里唱筹(高声报数)量沙,用所馀很少的米覆在沙上。天明时,魏军传说宋军粮食有馀,因此不敢追击,并认为投降的人有诈,杀之。此用其典,意思说孙传庭想方设法在粮食供应困难的情况下安定军心,迷惑敌人。传餐:指转运粮食。据《明史·孙传庭传》载,传庭奉命出战,最初连连告捷。后遇大雨,道路泥泞,运粮车无法前进,粮断兵饥。攻破郏县后,获得马匹,食之立尽。而雨连下七日夜不止,后军哗于汝州。孙传庭不得不下令还军迎粮,结果军队大乱,被农民军打败。

〔45〕"尚书"句:据《明史·孙传庭传》载,在农民军追击下,明军大败溃逃,一日夜狂奔四百里,死者四万多,丢失兵器辎重几十万。

〔46〕退守岩关:指退守潼关。

〔47〕乘高:凭借地势高峻。

〔48〕蚁聚蜂屯:污蔑农民军如同蚂蚁、蜜蜂聚集,人多势众。入城:据史料记载,李自成军攻入潼关在崇祯十六年十月六日。

〔49〕瞋目:瞪大眼睛。形容愤怒。

〔50〕撑距:互相支撑重叠。

〔51〕乌鸢(yuān 冤):乌鸦和老鹰。

〔52〕寡鹄孤鸾:喻指孙传庭遗留下的妻妾女儿们。鹄,天鹅。鸾,传说中凤凰一类的鸟。

〔53〕逐:追随。相公:旧时妇女对丈夫的尊称。

〔54〕一门殒血:指全家自杀。土花:苔藓。斑:形容血迹点点。

〔55〕"故园"二句:写孙传庭长子世瑞在家乡因为路途艰远、战乱阻隔而与家人音书断绝。勾注:山名,又名雁门山、陉岭,在山西代县北。为由孙传庭家乡至西安必经之地。

〔56〕"欲走"二句:写孙传庭长子"重跰入秦"事。云中,古郡名。唐朝时其治所在今山西大同市。紫塞,据晋崔豹《古今注·都邑》,秦朝筑长城,土色皆紫。汉代边塞也是如此,故称紫塞。一说雁门关一带草

色皆紫,故称紫塞。

〔57〕茧足:脚上结了茧子。形容跋涉艰苦。眢(yuān 冤)井:枯井。指孙传庭妻妾女儿所沉之井。

〔58〕辘轳(lù lú 鹿卢):汲取井水的起重装置。

〔59〕永夜:长夜。此谓人死后,犹如处于漫漫长夜之中。

〔60〕不化:指尸体不腐。即诗序中所说"貌如生"。

〔61〕驾碧鸾:据刘向《列仙传》,春秋秦穆公将女儿弄玉嫁给萧史,向他学习吹箫。箫声引来凤凰,后萧史、弄玉乘凤凰飞去。此用其典,含有孙传庭二女尚未出嫁就已死去之意。

〔62〕"七姬"句:据靳荣藩《吴诗集览》卷六上引《苏州府志》及吴翌凤《吴梅村诗集笺注》卷六引明张羽《七姬权厝志》,七姬指元末浙江行省左丞潘元绍妾。朱元璋军攻破苏州,七姬不愿受辱,同日自缢而死。后将其遗骸合葬一冢,名为"七姬冢"。冢在苏州城东北潘氏后园。此句是说孙传庭之妾死后未得埋葬,连七姬合葬之冢也没有。

〔63〕复壁:即夹墙,中空,可藏人或物。

〔64〕破巢:破毁的鸟巢。比喻破灭的家族。穷鸟:用"穷鸟入怀"之典。《三国志·魏志·邴原传》:"政(刘政)窘急,往投原。"裴松之注引《魏氏春秋》:"政投原,曰:'穷鸟入怀。'原曰:'安知斯怀之可入邪?'"后因用"穷鸟入怀"比喻处境困穷不得已而投靠别人。这里用"穷鸟"喻指孙传庭八岁子。将雏:携带幼禽。这时指收养照顾孙传庭幼子的人。

〔65〕"时来"二句:意思说孙传庭得意之时指挥千军万马,一旦死去连自己的幼子也要流离失所。六尺孤,指未成年的孤儿。唐骆宾王《代徐敬业讨武曌檄》:"一抔之土未干,六尺之孤安在!"

〔66〕袂(mèi 妹):衣袖。

〔67〕护持:保护,照顾。

〔68〕废垒:残破的营垒。

〔69〕蓬蒿:指荒草。

〔70〕金疮:指兵刃对人体所致的创伤。

〔71〕"渭水"句:用唐杜甫《秦州杂诗二十首》之二"清渭无情极,愁时独向东"句意。渭水,源出今甘肃渭源县西鸟鼠山,流经今陕西,至潼关入黄河。

〔72〕蓝田:县名,今属陕西,在西安市东南。

〔73〕赤眉铜马:代指明末农民起义军。赤眉,西汉末年农民起义军的称号,因用赤色染眉作标志,故名。铜马,也是西汉末农民起义军的一支。

〔74〕材官:西汉时根据地方特点训练各个兵种,为在内郡平原及山阻地区作战而训练的步卒,称为"材官"。这里泛指步兵。铁骑:指骑兵。

〔75〕徒纷纷:空有许多。

〔76〕参军:官名。东汉末始有"参某某军事"的名义,谓参谋军事,简称"参军"。乔参军,乔迁高总监孙传庭军事,与古代"参军"相近,故用"参军"称之。

松山哀[1]

拔剑倚柱悲无端[2],为君慷慨歌松山。卢龙蜿蜒东走欲入海[3],屹然揩拄当雄关[4]。连城列障去不息[5],兹山突兀烟峰攒[6]。中有垒石之军盘[7],白骨撑距凌巑岏[8]。十三万兵同日死[9],浑河流血增奔湍[10]。岂无遭际异[11],

变化须臾间[12]。出身忧劳致将相,征蛮建节重登坛[13]。还忆往时旧部曲[14],喟然叹息摧心肝[15]。呜呼! 玄菟城头夜吹角[16],杀气军声振寥廓[17]。一旦功成尽入关[18],锦裘跨马征夫乐。天山回首长蓬蒿[19],烟火萧条少耕作。废垒斜阳不见人,独留万鬼填寂寞。若使山川如此闲,不知何事争强弱[20]。闻道朝廷念旧京[21],诏书招募起春耕。两河少壮丁男尽,三辅流移故土轻[22]。牛背农夫分部送[23],鸡鸣关吏点行频[24]。早知今日劳生聚[25],可惜中原耕战人[26]!

〔1〕此诗作于清顺治十二年(1655)。松山,山名,在今辽宁省锦州市南。山之西有松山堡,是明末山海关外对清作战的重要据点。崇祯十四年(1614),明蓟辽总督洪承畴率八总兵十三万人,与清军在此会战,大败。次年,松山陷落,明军全军覆没,洪承畴降清。清军乘胜攻占锦州。松山之战,可以说是明清关系史上最后一次重大战役,它的惨败,为清军入关、攻取全国打开了大门。本诗以无限哀婉的笔调,叙述了这次战役失败的经过,对兵败降清,并转而为新主子效力,领兵征服江南各地的洪承畴给予了含蓄的讽刺,对战争带给人民的苦难和造成的生产凋敝表示了深深的感叹。按,洪承畴,字彦演,号亨九,福建南安人。明万历四十四年(1616)进士。崇祯时曾任兵部尚书,总督河南、山西、陕西、四川、湖广军务,镇压农民起义军,后调任蓟辽总督。降清后,隶汉军镶黄旗。顺治元年从清兵入关,次年至南京,总督军务,镇压江南抗清义军。顺治十年受命经略湖广、广东、广西、云南、贵州等地,十六年清军攻占江南后回北京。十八年冬康熙帝即位后退职。康熙四年(1665)卒。见《清史稿》卷二三七《洪承畴传》。

〔2〕无端:无尽。

〔3〕卢龙:山脉名。从今河北围场县七老图岭起,蜿蜒而东,与山海关北的松岭相接。

〔4〕屹然:高高矗立,不可动摇的样子。搘拄(zhī zhù):支撑。当:遮挡,屏护。雄关:指山海关。此关形势险要,有"天下第一关"之称。

〔5〕连城列障:形容城堡林立,接连不断。障,边塞上防御敌寇的小城。

〔6〕兹山:此山。指松山。突兀:高耸的样子。攒:聚集。

〔7〕军盘:指驻军的营垒。据清谷应泰《明史纪事本末补遗》卷五《锦宁战守》载,洪承畴奉命增援锦州,抵达松山之后,即命驻扎于乳峰山之西,立车营,环以木城。

〔8〕撑距:互相支撑。凌:超越。巑岏(cuán yuán 攒元):山势高峻的样子。

〔9〕同日死:用杜甫《悲陈陶》"四万义军同日死"句意。按,洪承畴统率的十三万明军并非死于同一天,这里是夸张的写法。

〔10〕浑河:源出辽宁清原县东滚马岭,流经抚顺、沈阳、至营口注入辽东湾。浑河两岸为明清两军激战之地。

〔11〕遭际异:松山战败,被俘的明军将领邱民仰、曹变蛟、王廷臣等不屈被杀,而洪承畴与总兵祖大寿降清受重用,所以说遭遇不同。

〔12〕须臾:顷刻。

〔13〕"出身"二句:写洪承畴为清效命,从而位至将相,执掌军权。出身,犹言献出其身。致将相,据《清史稿·洪承畴传》,洪承畴降清后,官至太子太师、大学士、兵部尚书,总督军务。征蛮,指洪承畴征服湖广、两广、云贵各地。"蛮",古代对南方少数民族的蔑称,这里指南方抗清义军。建节,执持符节。常用以指大将出镇。登坛,指拜将。

〔14〕旧部曲:指洪承畴当年统率的十三万明军官兵。部曲,古代军

队编制,大将统领五部,每部设校尉一名。部下有曲,每曲设军侯一名。

〔15〕喟然:叹息声。摧心肝:形容悲痛已极。

〔16〕玄菟(tú图):汉代郡名。辖境相当今辽宁东部地区至朝鲜咸镜北道一带。治所在沃沮(今朝鲜咸兴)。东汉中叶,郡治移至辽河流域。此用以代指松山城。

〔17〕振:通"震"。寥廓:空阔。指天空。

〔18〕功成:本是清军战胜,洪承畴战败,这里故用反语,含讽刺之意。

〔19〕天山:即祁连山,匈奴呼天为"祁连"。祁连山有南北之分。南祁连在今甘肃张掖西南,北祁连即今新疆天山。在古代,祁连为汉族与少数民族作战地区。这里用"天山"代指当时辽锦战场的山脉。

〔20〕"若使"二句:意思说假若知道江山会变得如此萧条,真不知当初为什么要发动战争,争夺这块土地。闲,荒废之意。

〔21〕旧京:指盛京,即今辽宁沈阳。清朝入关之前,曾以盛京为京城。

〔22〕"两河"二句:意思说河北一带和北京附近的大量丁男抛离故土,迁徙到盛京一带。两河,战国秦汉时,黄河自今河南武陟县以下东北流,经山东西北隅北折至河北沧县东北入海,略呈南北走向,与上游今晋陕间的北南流向一段东西相对,当时合称"两河"。《尔雅·释地》:"两河间曰冀州。"这里指今河北一带。三辅,西汉治理京畿地区的三个职官的合称,亦指其所管辖地区。后泛指京都附近地区。

〔23〕分部:犹分批。

〔24〕关吏:守关的官吏。点行频:语出唐杜甫《兵车行》:"道旁过者问行人,行人但云点行频。"意思是按名册屡屡查点。

〔25〕生聚:谓繁殖人口,聚积物力。

〔26〕中原耕战人:指在松山战死的明军将士。耕战人,即诗中所说

的"丁男"。他们平时耕作,战时从军打仗。

送纪伯紫往太原四首(选一)[1]

不识卢从事[2],能添幕府雄[3]。河穿高阙塞[4],山压晋阳宫[5]。霜碛三关树[6],秋原万马风。相依刘越石[7],清啸戍楼中[8]。

〔1〕这组诗作于清顺治十二年(1655)。组诗四首,此选其一。纪伯紫,名映钟,字伯紫,江苏上元(今江苏南京)人。明诸生。崇祯时为复社骨干。入清后,放弃功名,躬耕养母,自称"钟山遗老"。以诗名世。见《清史列传》卷七○《纪映钟传》。

〔2〕卢从事:指晋朝卢谌。字子谅,范阳涿(今河北涿县)人。善文章,以文思敏捷著称于世。西晋首都洛阳陷落后,随父卢志往并州(治所在今山西太原)投奔大将军司空刘琨。刘琨任卢谌为主簿,转从事中郎。刘琨死后,卢谌曾为石虎所得,官至中书监。然卢谌每对诸子说:我死后,只可称晋司空从事中郎。见《晋书》卷四四《卢谌传》。这里用卢谌喻指纪映钟。

〔3〕幕府:军队出征,施用帐幕,所以古代将军的府署称"幕府"。

〔4〕河:指黄河。高阙塞:古关塞,在今内蒙古杭锦后旗东北。阴山山脉至此中断,成一缺口,望若门阙,故名。其地在并州辖境之内。

〔5〕晋阳宫:古宫殿名。北朝东魏武定(543—550)初年齐献武王所建,在并州城南。见《魏书·地形志》和《元和郡县图志》。

〔6〕碛(qì戚):沙漠。三关:今山西境内沿内长城的雁门关、宁武

关、偏头关合称"外三关"。

〔7〕刘越石:西晋刘琨,字越石,中山魏昌(今河北无极)人。永嘉元年(307)任并州刺史。愍帝初,任大将军,都督并州诸军事。忠于晋,坚守并州,与刘聪、石勒相抗。后为石勒所迫,投奔段匹䃅,不久为匹䃅所害。《晋书》卷六二有传。这里用刘琨喻指纪映钟所投奔之人。

〔8〕清啸:清越悠长的啸鸣。《晋书·刘琨传》载,晋阳(今山西太原)曾被入侵的少数民族骑兵围困数重,刘琨"乃乘月登楼清啸",敌人闻之,皆凄然长叹,此用其典。戍楼:防敌的城楼。

猿[1]

得食惊心里[2],逢人屡顾中[3]。侧身探老树,长臂引秋风。傲弄忘形便[4],羁栖抵掌工[5]。忽如思父子,回叫故山空[6]。

〔1〕此诗作于清顺治十一年至十三年(1654—1656)之间。诗中对猿的神情形态刻画得惟妙惟肖,前四句尤其传神。
〔2〕惊心:形容神情警觉。
〔3〕屡顾:屡屡顾盼。
〔4〕傲弄:玩耍游戏。忘形:忘乎所以,无所顾忌。便:灵便。
〔5〕羁栖:指被关在笼中。抵掌:击掌。
〔6〕故山:原来生活的山林。

打冰词[1]

北河风高水生骨[2],玉垒银桥堆几尺[3]。新成云中千骑马[4],横津直渡无行迹[5]。下流湍悍川途开[6],吹笛官舫从南来[7]。帆樯山齐排浪进[8],牵船百丈声如雷[9]。雪深没髁衣露肘[10],背挽头低风塞口[11]。相逢羡杀顺流船,急问来时河冻否?溜过湖宽放闸平[12]。长年稳望一帆轻[13]。夜深侧听流澌响[14],琐碎玲珑渐结成[15]。篙滑难施橹枝折[16],舟人霜满髭须白。发鼓催船唤打冰,冲寒十指西风裂。呼嗟河伯何硁硁[17],白棓如雨终无声[18]。鱼龙潜逃科斗匿[19],殊耐鞭杖非穷民[20]。官舱裘酒自高卧,只话篙师叉手坐[21]。早办人夫候治装[22],明日推车冰上过。

〔1〕此诗大约作于清顺治十二、三年间(1655—1656),其时,吴伟业仕清在京。此诗的前半写船夫顶风冒雪、挽船前行的艰辛,后半写河水冻结,船夫在严寒中深夜打冰的痛苦,结尾用披裘饮酒、高卧船舱、颐指气使的官员反衬。描摹生动,主旨鲜明,让人联想起唐朝的"张王(张籍和王建)乐府"。

〔2〕北河:即白河。源出河北沽源,经北京密云、通州,又折东南,至天津入海。俗称"北河"。水生骨:指河水结冰。

〔3〕玉垒银桥:形容河水冻结好像玉石砌成的银桥。

〔4〕戍:驻守。云中:古郡名。治所在今山西大同。

〔5〕横津直渡:横渡过河。

〔6〕湍悍:水势迅猛。川途:河道。

〔7〕笳:一种自西北少数民族地区传入的管乐器。

〔8〕樯:桅杆。山齐:形容桅帆高耸,高与山齐。

〔9〕百丈:用竹篾制成的牵船的缆索。

〔10〕髁(kē棵):膝盖骨。

〔11〕背挽:脊背上挽着纤绳。

〔12〕溜:急流。湖宽:孙铉《皇清诗选》作"河宽",似以"河宽"为是。闸:水闸,闸门。

〔13〕长(zhǎng掌)年:船工。

〔14〕流澌:江河中流动的冰块。

〔15〕琐碎:指细小的冰块。玲珑:玉声。此用来形容碎冰相碰发出的清脆声音。

〔16〕篙:撑船用的木杆或竹竿。

〔17〕河伯:传说中的河神。硁硁(kēng坑):浅陋固执的样子。联系下句,这句用了拟人的手法,形容河冰被敲打而毫无反应,纹丝不动。

〔18〕棓(bàng磅):同"棒"。

〔19〕科斗:同"蝌蚪"。这里泛指水中生物幼虫。

〔20〕殊耐:很能忍受。这句意思说河伯不像穷苦百姓不经打,很能忍受鞭抽棍击。

〔21〕"只话"句:意思说官老爷叉手而坐,只是吩咐船工去打冰。篙师,船工。

〔22〕人夫:指差役、民工。治装:准备行装。

雪中遇猎[1]

北风雪花大如掌,河桥路断流澌响[2]。愁鸥饥雀语啁啾[3],健鹘奇鹰姿飒爽[4]。将军射猎城南隅[5],软裘快马红氍毹[6]。秋翎垂头西鼠暖[7],鸦青径寸装明珠[8]。金鹅箭褶袍花湿[9],挏酒驼羹马前立[10]。锦靴玉貌拨秦筝[11],瑟瑟鬟多好颜色[12]。少年家住贺兰山[13],碛里擒生夜往还[14]。铁岭草枯烧堠火[15],黑河冰满渡征鞍[16]。十载功成过高柳[17],闲却平生射雕手[18]。漫唱千人敕勒歌[19],只倾万斛屠苏酒[20]。今朝仿佛李陵台[21],将军喜甚围场开[22]。黄羊突过笑追射,鼻端出火声如雷[23]。回去朱旗满城阙,不信沟中冻死骨。犹有长征远戍人[24],哀哀万里交河卒[25]。笑我书生袒褐温[26],蹇驴箬笠过前村[27]。即今莫用梁园赋[28],扶杖归来自闭门。

〔1〕此诗作于清顺治十二、三年间(1655—1656)。诗中通过对清朝将军打猎场景的生动刻画,反映出满族新贵的豪奢骄横、不可一世,也反映出当时的贫富悬殊、苦乐不均。全诗正面写"遇猎"二字,而"雪中"二字除首句点明外,其馀各句则通过一系列意象来渲染,若软裘、氍毹、西鼠、袍湿、草枯、冰满、屠苏、冻骨、袒褐、箬笠、归来闭门等等,无不带一"雪境"在其中。组织工妙,意境浑成,靳荣藩认为这正是本诗"格力高人处"(《吴诗集览》卷六下)。

〔2〕流澌:流动的冰块。

〔3〕鸱(chī 痴):鸟名。似黄雀而小。啁啾(zhōu jiū 州纠):鸟叫声。

〔4〕鹘(hú 胡):一种猛禽。

〔5〕城南隅:似指北京城永定门外的南苑。南苑又名南海子,是皇家围猎场。诗中的将军或即是随皇帝在南苑打猎。吴伟业仕清期间亦曾到过南苑,作过《恭纪圣驾幸南海子遇雪大猎》诗,二诗可能为同时所作。

〔6〕软裘:柔软的皮衣。氍毹(qú shū 渠书):毛织的地毯。

〔7〕秋翎:指清代官员礼帽上装饰的用以区别等级的孔雀的翎或鹖尾翎。西鼠:指西部地区出产的上等御寒皮毛——青鼠皮。

〔8〕鸦青:珍宝名。

〔9〕金鹅箭褶(xí 席):指绣有金鹅图饰的箭褶。"褶"指古代北方少数民族的"裤褶服",上身着褶,下身着裤,以便于骑射。袍花:锦袍上的纹饰。

〔10〕挏(dòng 冻)酒:即挏马酒。用马奶制成的奶酪,其味如酒。驼羹:用驼峰或驼蹄做的羹。

〔11〕玉貌:指美女。秦筝:古秦地(今陕西一带)的一种弦乐器,似瑟,传为秦蒙恬所造。

〔12〕瑟瑟:碧色宝石。好颜色:指貌美。

〔13〕贺兰山:在今宁夏自治区平罗县西。此泛指塞外山脉。

〔14〕碛(qì 戚):沙漠。擒生:活捉敌人。

〔15〕铁岭:指铁岭城。即今辽宁铁岭市。堠(hòu 后):古代探望敌情的土堡。

〔16〕黑河:指黑龙江。

〔17〕高柳:古县名。治所在今山西阳高县。

〔18〕射雕手：射雕的能手。北齐斛律光从世家猎于洹桥，射落大雕，丞相邢子高叹曰："此射雕手也。"见《北齐书·斛律金传》。

〔19〕敕勒歌：北朝乐府民歌。史载北齐高欢为周军所败，为激励士气，命敕勒族人斛律金唱了这首歌。歌中描绘了北方草原的壮阔景色，气象雄浑。

〔20〕斛（hú 胡）：古代量器名。屠苏酒：古代的一种药酒。

〔21〕李陵台：指汉代李陵的墓。李陵，字少卿，汉代名将李广孙，武帝时，为骑都尉，率兵出击匈奴，兵败投降，后病死匈奴。

〔22〕围场：旧时供皇帝、贵族合围打猎的场所。

〔23〕鼻端出火：语本《南史》卷五五《曹景宗传》："我昔在乡里，骑快马如龙……觉耳后生风，鼻头出火。"后因以"鼻端出火"形容马行疾速。

〔24〕远戍人：在边远之地戍守的战士。

〔25〕交河：古城名。故址在今新疆吐鲁番西北约五公里处。这里是指边塞之地。

〔26〕裋褐（shù hè 树贺）：粗糙简陋的衣服。

〔27〕蹇驴：跛足的驴。箬笠：用竹箬编成的遮挡雨雪的帽子。

〔28〕梁园赋："梁园"即梁苑，又称"兔园"，西汉梁孝王的东苑。故址在今河南开封东南。园林规模宏大，宫室相连，供游赏驰猎。梁孝王在其中招纳了许多著名文人，常一起吟诗作赋。南朝宋谢惠连《雪赋》开头几句描写了梁孝王同宾客一起吟诗作赋的情景："岁将暮，时既昏，寒风积，愁云繁。梁王不悦，游于兔园。乃置旨酒，命宾友，召邹生（指邹阳），延枚叟（指枚乘）。相如（司马相如）末至，居客之右，俄而微霰零，密雪下，王乃歌《北风》于卫诗，咏《南山》于周雅。授简于司马大夫，曰：'抽子秘思，骋子妍辞，侔色揣称，为寡人赋之。'"此句诗暗用其典，既是讽刺满族统治者重武轻文，又隐含了"雪"字，而与诗题相应。

郯城晓发[1]

匹马孤城望眼愁,鸡声喔喔晓烟收。鲁山将断云不断[2],沂水欲流沙未流[3]。野戍凄凉经丧乱[4],残民零落困诛求[5]。他乡已过故乡远,屈指归期二月头[6]。

〔1〕这首诗作于作者仕清三年之后乞假归乡途中,时为顺治十四年(1657)初。诗中抒发了急切盼望到家的心情,同时揭露了战乱和剥削给人民造成的苦难。郯(tán 谈)城,今属山东。

〔2〕鲁山:在今山东沂源县一带,绵延一百多公里,到郯城,已是鲁山馀脉了。

〔3〕沂水:又名大沂河,源出今山东沂源县,流经郯城县西,下游汇入灌河后流入黄海。欲流:作者经过郯城时是初春天气,河冰即将融化,因此说河水"欲流"。

〔4〕野戍:田野上的营垒。

〔5〕残民:战乱后残馀的百姓。诛求:过度的需索、征收、责求。

〔6〕"屈指"句:意思说算一算到家的日子应当是二月初。

矾清湖并序[1]

矾清湖者,西连陈湖[2],南接陈墓[3],其先褚氏之所居也。"矾清"者,土人以水清[4],疑其下有矾石[5],故名;或曰范蠡去越[6]，取道于此，湖名"范迁"，以音近而讹[7]，世远莫得而考也。太湖居吾郡之北[8]，有大山冲击[9]，风涛湍悍[10]，而陈湖诸水渟泓演迤[11]，居人狎而安焉[12]。烟村水市，若凫雁之着波面，千百于其中。土沃以厚，亩收二钟[13]，有鱼虾菱芡之利[14]，赍船以出入，科徭视他境差缓[15]，故其民日以饶，不为盗。吾宗之繇倩、青房、公益兄弟居于此四世矣[16]。余以乙酉五月闻乱[17]，仓黄携百口投之[18]。中流风雨大作，扁舟掀簸[19]，榜人不辨水门故处[20]，久之始达。主人开门延宿[21]，鸡黍酒浆[22]，将迎洒扫[23]。其居前荣后寝[24]，葭芦掩映[25]，榆柳萧疏[26]，月出柴门，渔歌四起，杳然不知有人世事矣[27]。是时姑苏送款[28]，兵至不戮一人[29]。消息流传，缓急互异，湖中烟火晏然[30]，予将卜筑买田[31]，耦耕终老[32]。居两月而陈墓之变作[33]，于是流离转徙，懂而后免[34]。事定，将践前约[35]，寻以世故牵挽[36]，流涕登车[37]，疾病颠连[38]，关河阻隔[39]。比三载得归[40]，而青房过访草堂[41]，见予发白齿落，深怪早衰，又以其穷愁茕独[42]，妻妾相继下世[43]，因话昔年湖山兵火，奔走提携[44]，心力枯枯[45]，骨肉安在？太息者久之[46]。青房亦以毁家纾役[47]，旧业荡然[48]。水鸟树林，依稀如故[49]，而居停数椽[50]，断砖零甓[51]，罔有存者[52]。人世盛衰聚散之故，岂可问耶！抚今追往，诠次为五言长诗[53]，用识吾慨[54]，且以明旧德于不忘也[55]。

吾宗老孙子[56]，住在矾清湖。湖水清且涟[57]，其地皆膏腴[58]。堤栽百株柳,池种千石鱼[59]。教僮数鹅鸭[60],绕屋开芙蕖[61]。有书足以读,有酒易以沽。终老寡送迎[62],头发可不梳[63]。相传范少伯,三徙由中吴。一舸从此去,在理或不诬[64]。嗟予遇兵火[65],百口如飞凫[66]。避地何所投?扁舟指菰蒲[67]。北风晚正急,烟港生模糊[68]。船小吹雨来,衣薄无朝铺[69]。前村似将近,路转忽又无。仓皇值渔火[70],欲问心已孤[71]。俄见葭菼边[72],主人出门呼。开栅引我船[73],扫室容我徒。我家两衰亲[74],上奉高堂姑[75]。艰难总头白[76],动止需人扶。妻妾病伶仃[77],呕吐当中途。长女仅九龄,馀泣犹呱呱[78]。入君所居室,灯火映窗疏。宽闲分数寝[79],嬉笑喧诸雏[80]。缚帚东西厢,行李安从奴[81]。前窗张罝网[82],后壁挂耒锄[83]。苦辞村地僻[84],客舍无精粗[85]。剪韭烹伏雌[86],斫鲙炊彫胡[87]。床头出浊醪[88],人倦消几壶。睡起日已高,晓色开烟芜[89]。渔湾一两家,点染江村图[90]。沙嘴何人舟[91],消息传姑苏。或云江州下[92],不比扬州屠[93]。早晚安集掾,鞍马来南都[94]。或云移民房[95],插箭下严符[96]。囊橐归他人[97],妇女充军俘。里老独晏然[98],催办今年租。馌耕看赛社[99],醵饮听呼卢[100]。军马总不来,里巷相为娱。而我游其间,坦腹行徐徐[101]。见人尽恭敬,不识谁贤愚。鱼虾盈小市,凫雁充中厨[102]。月出浮溪光,万象疑沾濡[103]。放楫凌沧浪,笑弄骊龙珠[104]。夷犹发浩唱[105],礼法胡能拘[106]。东南虽板荡,此地其黄虞[107]。世事有反覆,变乱兴须臾[108]。草草十数人[109],盟歃起里间[110]。兔园一老生,自诡读穬苴[111]。渔翁争坐席[112],有力为专诸[113]。舴艋饰馀皇[114],蓑笠装犀渠[115]。大笑掷钓竿[116],赤手搏於菟[117]。欲夺夫差宫[118],坐拥专城居[119]。予又出子门[120],十步九崎岖。脱身白刃间[121],性命轻锱铢[122]。我去子亦行,后各还其庐[123]。官军虽屡到[124],尚未成丘墟[125]。生涯免沟壑[126],身计谋樵渔[127]。买得百亩田,从子游长沮[128]。天意不我从[129],世网将人驱[130]。亲朋尽追送,涕泣登征车[131]。吾生罹干戈[132],犹与骨肉俱[133]。一官受逼迫,万事堪欷歔[134]。倦策既归来[135],入室翻次且[136]。念我平生人[137],惨淡留罗襦[138]。秋雨君叩门,一见惊清癯[139]。我苦不必言,但坐观髭须[140]。岁月曾几何[141]?筋力远不如[142]。遭乱若此衰,岂得胜奔趋[143]。十年顾妻子[144],心力都成虚[145]。分离有定分[146],久暂理不殊[147]。翻笑危急时[148],奔走徒区区[149]。君时听我语,颜色惨不舒[150]。乱世畏盛名,薄俗容小儒[151]。生来远朝市,谓足逃沮洳[152]。长官诛求急,姓氏属里胥[153]。夜半闻叩门,瓶盎少所储[154]。岂不惜堂构[155]?其奈愁征输[156]。庭树好追凉[157],剪伐存枯株。池荷久不开,岁久填泥淤。废宅锄为田,荞麦生阶除[158]。当时栖息地,零落今无馀。生还爱节物[159],高会逢茱萸[160]。好采篱下菊,且读囊中书。中怀苟自得[161],

外物非吾须[162]。君观鸱夷子[163],眷恋倾城姝[164]。千金亦偶然,奚足称陶朱[165]。不如弃家去,渔钓山之隅[166]。江湖至广大[167],何惜安微躯[168]?挥手谢时辈[169],慎勿空踌躇[170]。

〔1〕此诗作于清顺治十四年(1657)秋。十二年前,清兵进攻江南,作者为躲避战乱,曾携家人投奔居住在矾清湖边的吴青房兄弟,受到青房兄弟的热情接待。十几年后,吴青房过访作者草堂,双方都已发生很大变化。作者抚今追往,历叙当年的乱离和乱离之后各自的坎坷遭遇,写出了双方的身世之悲,从一个角度具体而微地展现出清初社会的状况。矾清湖,位于长洲县(在今江苏苏州)。

〔2〕陈湖:据清顾祖禹《读史方舆纪要》卷二四,陈湖位于苏州东南三十五里,湖广十八里。

〔3〕陈墓:地名,即陈墓镇。据靳荣藩《吴诗集览》卷二下引《苏州府志》,陈墓位于长洲县(在今苏州境内)东南五十五里。相传宋光宗赵惇妃陈氏葬此,因名。

〔4〕土人:土著,本地人。

〔5〕矾石:某些金属硫酸盐的含水结晶,有白、青、黑、黄、绛五种。白色者俗称白矾、明矾,可入药,常用作水的净化剂。"矾石"指的就是白矾。

〔6〕范蠡:字少伯,春秋末楚国宛人,为越国大夫。越王勾践被吴王夫差击败,困于会稽山时,他献计卑辞厚礼向吴王求和,后又赴吴为质二年。回越后辅佐勾践发愤图强,灭亡吴国。后变易姓名,乘船至五湖,再浮海至齐国,称鸱夷子皮。至陶(今山东定陶西北),改名陶朱公,经商致富。见《史记》卷四一《越王勾践世家》。去:离开。

263

〔7〕讹:错。

〔8〕太湖:古称震泽、具区,位于今江苏苏州西南,跨江苏、浙江二省。湖面辽阔,烟波浩渺。湖中有山多座,最著名的是洞庭东西二山。吾郡:指苏州。

〔9〕冲击:形容大山直耸湖中,与水相击。

〔10〕湍悍:形容风急浪猛。

〔11〕渟泓(tíng hóng 亭红):水量盛大、水面宽阔、水势平静的样子。演迤:水流绵延曲折的样子。

〔12〕狎:习熟,逸乐。

〔13〕钟:古代容量单位。春秋时齐国的"公量"以四升为豆,四豆为区,四区为釜,四釜为钟。

〔14〕菱芡:菱和芡均为水生植物。菱俗称"菱角";芡俗称"鸡头",果实制成的粉叫芡粉,可食用。

〔15〕科徭:赋税徭役。差缓:较轻。

〔16〕宗:宗族。属同一血缘关系的称同宗。

〔17〕乙酉:清顺治二年。乱:指清兵攻破南京的消息。

〔18〕仓黄:同"仓皇",慌乱。之:指吴青房兄弟。

〔19〕掀簸:颠簸晃动。

〔20〕榜(bàng 棒)人:船夫。水门:水上栅门,即诗中"开栅引我船"的"栅",用以隔外船。故处:原来的地方。

〔21〕延:迎入,引进。

〔22〕鸡黍:《论语·微子》:"(丈人)止子路宿,杀鸡为黍而食之。"指招待客人的饭菜。酒浆:美酒。

〔23〕将迎:送往迎来。将,送。这里"将迎"用为偏义复词,是欢迎、迎接的意思。

〔24〕前荣后寝:意谓前面是厅堂,后面是寝室。荣,屋檐两头翘起

的部分。

〔25〕葭(jiā加)芦:芦苇。葭,初生的嫩苇。

〔26〕萧疏:稀稀落落。

〔27〕杳然:幽深遥远的样子。形容环境静谧幽雅。

〔28〕姑苏:苏州市的别称。因西南有姑苏山而得名。送款:归顺,投降。

〔29〕兵:指清兵。戮:杀。

〔30〕晏然:平静的样子。

〔31〕卜筑:择地建房。

〔32〕耦耕:古代耕田的一种方法,两人各持一耜并肩而耕。这里泛指耕田种地。

〔33〕陈墓之变:指陈墓镇一带发生的抗清斗争。据无名氏《鹿樵纪闻·南国愚忠》和徐秉义《明末忠烈纪略》载,陆世钥,字兆鱼,明诸生,为陈墓富户。顺治二年六月十五日,清廷下剃发令。世钥在乡里举兵反抗,民众纷起响应,声势颇大。明进士吴易也几乎同时举兵,"与同邑举人孙兆奎、诸生沈自炯、自炳、武进吴福之等聚众得千馀人,屯长白荡,出入旁近诸县,道路为梗"。这两支抗清义军曾合兵一道,一度攻入苏州城,在市民配合下,攻下并焚烧巡抚公署和县衙门。然不久,就被清军击败。清军大肆屠杀义兵和百姓。当时陈墓和矾清湖一带肯定是相当混乱的。作者为避乱又离开矾清湖而他往。

〔34〕懂而后免:迫近危险,幸得解脱。懂(jìn近),将近,迫切。

〔35〕前约:指到矾清湖隐居,"卜筑买田,耦耕终老"的打算。

〔36〕寻:不久。世故牵挽:指清廷征召作者出仕之事。牵挽,牵累拖拽。

〔37〕登车:启程。指离家赴京。

〔38〕颠连:困顿不堪。

〔39〕关河:关塞河山。

〔40〕比:等到。三载:作者于顺治十年秋赴京,十一年春抵达,十三年底由京返里,仕清共三年。

〔41〕草堂:指作者寓所。

〔42〕茕(qióng 穷)独:孤单,孤独。

〔43〕"妻妾"句:作者妻子卒于顺治四年,一妾卒于顺治十三年。

〔44〕提携:拖儿带女。

〔45〕枉枯:白白耗尽。

〔46〕太息:深深叹息。

〔47〕毁家纾役:意思说因为繁重的赋税徭役而破产,就是诗中从"长官诛求急"到"零落今无馀"一段所说情况。纾(shū 书),解除,免除。役,徭役。这里兼指赋税。

〔48〕荡然:毁坏一空的样子。

〔49〕依稀:仿佛。

〔50〕居停数椽:几间住房。居停,居住的处所。椽,房屋间数的代称。

〔51〕甓(pì 僻):砖。

〔52〕罔:无,没有。

〔53〕诠次:编次。

〔54〕识(zhì 志):记录。

〔55〕旧德:指吴青房兄弟留作者一家避乱的旧恩。

〔56〕"吾宗"句:语出唐杜甫《吾宗》诗:"吾宗老孙子,质朴古人风。"作者用以赞美吴青房兄弟古道热肠、古风犹存。孙子,子孙。

〔57〕涟:细小的水波。这里指水势平静。

〔58〕膏腴:土地肥沃。

〔59〕千石鱼:《史记》卷一二九《货殖列传》:"水居千石鱼陂",意

思是陂泽养鱼,一年可收得千石鱼卖。这里用"千石鱼"来形容矶清湖水产丰饶。

〔60〕数鹅鸭:唐杜甫《舍弟占归草堂检校聊示此诗》:"鹅鸭宜长数,柴荆莫浪开。"这里活用杜诗,谓拘管鹅鸭勿使乱跑。

〔61〕芙蕖(qú渠):荷花。

〔62〕寡送迎:谓很少世俗交往。

〔63〕"头发"句:形容不拘礼数,自由自在。

〔64〕"相传"四句:意思说相传范蠡的三次迁徙就是由苏州一带开始的,他乘轻舟取道矶清湖离开越国,从情理揆度大约是真的。三徙,指范蠡离开越国后先浮于五湖,然后赴齐,再后至陶。徙,迁徙。中吴,即吴中,指苏州。舸(gě葛),舟。诬,假。

〔65〕嗟予:感叹我。

〔66〕凫:野鸭。

〔67〕扁舟:小船。菰蒲:两种生长于浅水的多年生草本植物。这里指菰蒲丛生的矶清湖。

〔68〕烟:水气。港:与江湖相通的河汊。

〔69〕朝铺:早饭。

〔70〕值:遇到。渔火:渔船上的灯火。

〔71〕孤:指孤独凄苦的情绪。

〔72〕俄:一会儿。葭菼(tǎn坦):初生的芦荻。

〔73〕栅:立于水中的栅栏。

〔74〕两衰亲:指作者父亲的原配陆氏与继配朱氏,当时均已六十多岁。作者为朱氏所生。

〔75〕高堂姑:指作者祖母汤氏。高堂,对父母的敬称。姑,旧时称丈夫的母亲,即婆婆。

〔76〕总:都。

〔77〕妻妾:指作者原配郁氏、侧室浦氏与朱氏。伶仃:瘦弱的样子。

〔78〕呱呱(gū 估):小儿啼哭声。

〔79〕宽闲:宽敞闲静。数寝:数间寝室。

〔80〕"嬉笑"句:意思说小孩子们已经吵吵嚷嚷地嬉笑玩耍了。雏,幼禽,这里指小孩子。

〔81〕"缚帚"二句:写僮仆打扫房间,安置行李。缚帚,典出汉王褒《僮约》:"居当穿臼缚帚,截竽凿斗。"和唐冯贽《云仙散录》:"王维好洁,使两僮专掌缚帚,日犹不给。"这里是打扫的意思。东西厢,东西厢房,指作者一家借住的房子。从奴,僮仆。

〔82〕罜(guà 挂)网:一种小型渔网。罜,同"挂",悬挂。

〔83〕耒(lěi 垒):耒耜,上古时代的翻土工具。"耒锄"泛指农具。

〔84〕苦辞:一再抱歉地说。

〔85〕无精粗:分不出精致与粗陋。意思说都很简陋。

〔86〕剪韭:语出唐杜甫《赠卫八处士》:"夜雨剪春韭,新炊间黄粱。"意思是现从园地里割取韭菜。伏雌:母鸡。烹伏雌,百里奚妻《琴歌》:"烹伏雌,炊扊扅。"见《乐府诗集》卷六十。

〔87〕斫鲙(zhuó kuài 茁快):切鱼片。斫,砍,削。鲙,同"脍",生食的鱼片。唐段成式《酉阳杂俎·物革》:"进士段硕常识南孝廉者,善斫脍,縠薄丝缕,轻可吹起。"彫胡:菰米。战国楚宋玉《讽赋》:"为臣炊彫胡之饭,烹露葵之羹,来劝臣食。"

〔88〕浊醪(láo 牢):浊酒。

〔89〕烟芜:烟雾笼罩的草丛。

〔90〕点染:画家点笔染翰称点染。

〔91〕沙嘴:河口冲积成的与陆地相连的沙滩。

〔92〕或云:有人说。江州:指吴江县。元代吴江县升为吴江州,这里是省称。下:指被清军攻陷。

〔93〕扬州屠:顺治二年清兵南下攻打扬州,遭到史可法领导的明军民的顽强抵抗。城破后,清兵大肆报复,屠杀十天,死者无数。参阅清王秀楚《扬州十日记》。

〔94〕"早晚"二句:意思说迟早会有安抚百姓的官吏从南京来此地的。安集掾,官名,职责是使百姓安定辑睦。掾,古代属官的通称。《后汉书》卷一八《陈俊传》载,光武帝刘秀平定河北之后,刘嘉推荐陈俊,"光武以为集掾"。这里指清朝委派的官员。南都,指南京。

〔95〕移民房:指要百姓迁出住房,把民房作为清军的宿地。

〔96〕"插箭"句:意思说把箭插在民房上,征做军用,不得违抗。插箭,古代有时把箭作为传达命令的凭证,表示命令的严厉。符,传达命令或调兵遣将的凭证,这里指命令。

〔97〕囊橐(tuó驼):口袋。这里指包裹、箱子里的财物。他人:指清兵。

〔98〕里老:里中头目。《明史》卷七七《食货志》:"里设老人,选年高且为众所服者,导民善,平乡里争讼。"晏然:安适的样子。

〔99〕馌(yè页):给在田耕作的人送饭。"馌耕",这里是休耕的意思。赛社:一年农事完毕,陈酒食以祭田神,相与饮酒作乐,称"赛社"。这是周代十二腊祭的遗俗。

〔100〕醵(jù巨)饮:聚集饮酒。呼卢:古时樗蒲戏一掷五子皆黑叫"卢",为头采。掷骰时高声呼喊"卢"以求取胜。这里用"呼卢"代指赌博。

〔101〕坦腹:形容自在安闲的样子。徐徐:徐缓安舒。

〔102〕中厨:厨中。

〔103〕"月出"二句:意思说皓月升空,水天一色,蒙蒙月光好像浮动着水气,让人怀疑自然界万物都被沾湿了。万象,宇宙间一切事物。沾濡,沾湿浸润。

〔104〕"放楫"二句:意思说放舟湖上,从容面对世乱。放楫,放舟。沧浪(láng郎),青苍色,指湖水。骊龙珠,一种珍贵的珠,传说出自骊龙颔下,故名。《庄子·列御寇》:"千金之珠,必在九重之渊而骊龙颔下。"骊龙,黑色的龙,诗中有比喻乱世之意。

〔105〕夷犹:从容不迫的样子。浩唱:高声歌唱。

〔106〕胡:何,怎。

〔107〕"东南"二句:意思说东南地区虽遭战乱,矶清湖一带却和平宁静,就好像处在黄帝、虞舜那样的太平之世。板荡,《诗经·大雅》有《板》《荡》二篇,皆咏周厉王无道,后用以指政局混乱,社会动荡不宁。黄虞,黄帝和虞舜,传说中的古代贤君。

〔108〕变乱:即诗序中所说"陈墓之变"。须臾:瞬间。

〔109〕草草:谓临时凑合。

〔110〕盟歃:订盟。歃,歃血。以指蘸血涂于嘴唇,一说口含血,表示忠于盟约,是古代订盟时的一种仪式。里闾:乡里。

〔111〕"兔园"二句:意思说一个出身乡野的学识浅陋的老儒,谎称自己读过兵书。兔园,"兔园册"的省称。语出《新五代史·刘岳传》:"宰相冯道世本田家,状貌质野,朝士多笑其陋。道旦入朝,兵部侍郎任赞与(刘)岳在其后,道行数反顾,赞问岳:'道反顾何为?'岳曰:'遗下《兔园册》尔。'《兔园册》者,乡校俚儒教田夫牧子之所诵也,故岳举以诮道。"这里用来形容"先生"读书不多,学识浅陋。诡,假称。穰苴(ráng jū 瓤拘),即司马穰苴,春秋时齐国大夫。田氏,名穰苴,官司马,深通兵法,其兵法被后人整理成书,名《司马穰苴兵法》。诗中泛指兵书。

〔112〕渔翁:起兵者中有不少渔民。坐席:坐次,指职位。

〔113〕专诸:春秋时吴国人。吴公子光(即阖闾)欲代吴王僚自立,乃令专诸在酒宴上刺杀僚。专诸在鱼腹内暗藏匕首,趁进鱼时行刺,僚被杀死,专诸也当场被杀。事详《史记》卷八六《刺客列传》。诗中借专

诸比喻那些贸然起兵抗清的人都是一些莽汉。

〔114〕舴艋(zé měng 责猛):小船。饰:装成。馀皇:战船。《左传·昭公十七年》:"(楚)大败吴师,获其乘舟馀皇。"杜预注:"馀皇,舟名。"

〔115〕犀渠:盾的一种,用犀牛皮制成。《国语·吴语》:"奉文犀之渠。"韦昭注:"文犀之渠谓楯也。文犀,犀之有文理者。"诗中泛指铠甲。

〔116〕掷钓竿:意谓抛弃捕鱼生涯。

〔117〕於菟(wū tú 乌图):古代楚人称虎为"於菟"。比喻强敌。

〔118〕夫差宫:春秋时吴王夫差的宫殿。吴国首都在吴(今苏州市)。这里用"夫差宫"代指苏州。

〔119〕专城居:古时用"专城"称州牧、太守一类地方官,言为一城之长。"专城居",意思是专主一城,坐镇其中。汉乐府《陌上桑》:"三十侍中郎,四十专城居。"按,作者对陈墓起兵抗清的渔夫、农民表示轻蔑,并认为是他们破坏了矾清湖的安宁。反映了他士大夫的思想。

〔120〕子门:指吴青房兄弟的家门。子,尊称。

〔121〕白刃:喻战乱。

〔122〕轻锱铢(zī zhū 资朱):像锱铢一样轻微。锱铢,古代很小的重量单位。一锱六铢,二十铢为一两。

〔123〕庐:指家。

〔124〕官军:指清军。

〔125〕丘墟:废墟。

〔126〕免沟壑:免死。沟壑,溪谷,引申为野死之处。典出《孟子·梁惠王下》:"凶年饥岁,君之民老弱转于沟壑,壮者散而之四方者,几千人矣。"

〔127〕身计:生计。谋:求。樵渔:打柴和捕鱼。

〔128〕游长沮:与长沮往来,意谓隐居。长沮(jū 拘),古代隐者名。

《论语·微子》:"长沮、桀溺耦而耕,孔子过之,使子路问津焉。"

〔129〕我从:从我。

〔130〕世网:指世上束缚人、驱迫人的各种客观因素。诗中指清廷强令作者出仕之事。

〔131〕征车:古代征召士人出仕所使用的车辆。

〔132〕罹(lí 离):遭遇。干戈:战争。干,盾;戈,古代一种格杀的兵器。

〔133〕俱:在一起。

〔134〕欷歔(xī xū 希虚):叹息。

〔135〕倦策:对奔波劳碌感到厌倦。策,马鞭。归来:指弃官重归故乡。

〔136〕翻:反而。次且(zī jū 资拘):亦作"趑趄"。犹豫不进。作者"妻妾相继下世",虽然回到乡里,却人去室空,倍感凄凉,所以说"入室翻次且"。

〔137〕平生人:指妻妾。

〔138〕惨淡:悲戚凄恻的样子。罗襦(rú 如):丝质短袄。

〔139〕清癯(qú 渠):清瘦。

〔140〕"我苦"二句:意思说我经历的苦处不必多说,只要看我花白的胡须就知道了。"但坐观"语出汉乐府《陌上桑》:"来归相怨怒,但坐观罗敷。"但,只;坐,因。这里"但坐"意思是只要。

〔141〕曾几何:意思说没过多久。几何,多少。

〔142〕"筋力"句:指身体精力远不如以前。

〔143〕"遭乱"二句:意思说假如再遭遇动乱,像我这样衰弱,还怎么能够奔跑得动。胜,胜任。

〔144〕十年:从顺治二年避乱矾清湖到十四年吴青房来访共十二年,此举成数而言。顾:照顾。妻子:妻妾孩子。

〔145〕虚:空。作者"妻妾相继下世",写作本诗时他膝下无子,只有女儿,不免悲凉,因此感叹"心力都成虚"。

〔146〕定分(fèn愤):宿命论所说命中注定结果。

〔147〕"久暂"句:意思说无论长久和短暂,道理是一样的。殊,不同。

〔148〕危急时:指顺治二年清兵攻下江南之时。

〔149〕徒区区:白白地劳心费力。区区,奔走尽力。

〔150〕不舒:谓愁眉不展。

〔151〕"乱世"二句:意思说乱世之中最怕身负盛名。浇薄的世俗,只能容忍我这样的小儒。按,自此二句至"零落今无馀"十八句诗是吴青房所述。

〔152〕"生来"二句:意思说生来就远离名利场所,自以为完全可以避居湖上,过安定的日子。朝市,朝廷和市集。《史记》卷七〇《张仪列传》:"臣闻争名者于朝,争利者于市,今三川、周市,天下之朝市也。"后泛指名利场所。沮洳(jù rù巨入),低湿之地。诗中指矾清湖。

〔153〕里胥:乡里小吏。这些小吏是执行上司命令,直接向百姓征收赋税、征调夫役的人员,往往狐假虎威,极尽敲诈勒索之能事。

〔154〕瓶盎(àng昂去):指装粮食的容器。盎,一种腹大口小的盛器。

〔155〕堂构:房室屋宇。旧时指代父祖遗业。

〔156〕其奈:无奈。征输:赋税徭役。

〔157〕追凉:犹言乘凉。

〔158〕荠:荠菜。多年生草本植物,嫩叶可食。阶除:台阶。

〔159〕"生还"句:意思说乱后馀生,就更加热爱珍惜岁时节令、自然万物。节物,各个季节的风物景色。按,此句至结尾是写作者与吴青房共同的心情。二人尽管地位、身世不同,但入清以后,却同样经历了种

273

种忧危患难。在这身家难保的乱世,不约而同地产生遁世隐居的念头。因此这段话是对上文二人所述的映合,已无法辨明哪几句是作者的话哪几句是吴青房的话了。

〔160〕高会:盛会,盛宴。茱萸(zhū yú 朱鱼):植物名。有浓烈香气,可入药。古代有在农历九月九日重阳节佩戴茱萸囊或门插茱萸以避邪恶的风俗。南朝宋吴均《续齐谐记》:"费长房谓桓景曰:'九月九日汝家有灾,急令家人各作绛囊盛茱萸系臂,登高,饮菊花酒。'"诗中代指重阳节。

〔161〕中怀:心中。苟:如果。

〔162〕外物:身外之物,包括名利财物美女之类。

〔163〕鸱夷子:即范蠡。

〔164〕倾城姝(shū 书):指西施。春秋时越国美女,曾被越王勾践献给吴王夫差。相传吴国灭亡后,她随范蠡而去。倾城,《汉书》卷九七上《孝武李夫人传》:"北方有佳人,绝世而独立,一顾倾人城,再顾倾人国。"后因用"倾国倾城"形容绝色女子。姝,美女。

〔165〕"千金"二句:意思说千金对于人来说也不过是偶然之物,何必苦苦追求,一定要有陶朱公之富呢? 奚,哪里,何必。陶朱,指范蠡。他经商致富,自称陶朱公。从"君观鸱夷子"到"奚足称陶公"四句诗,表明作者对范蠡的行为也不以为然。因为范蠡眷恋西施,苦心经商,说明仍被"外物"所羁,不是真正的隐居。

〔166〕隅:角落。

〔167〕至:非常。

〔168〕何惜:此犹言何愁。微躯:微小的一身。

〔169〕谢:告诉。时辈:时人。

〔170〕慎勿:切勿。踌躇:犹豫不决。

赠陆生[1]

陆生得名三十年,布衣好客囊无钱[2]。尚书墓道千章树[3],处士江村二顷田[4]。京华浪迹非长计,卖药求名总游戏[5]。习俗谁容我弃捐[6],才名苦受人招致。古来权要嗜奔走[7],巧借高贤谢多口[8]。古来贫贱难自持,一飡误丧生平守[9]。陆生落落真吾流[10],行年五十今何求?好将轻侠藏亡命[11],耻把文章谒贵游[12]。丈夫肯用他途进[13]?相逢误喜知名姓[14]。狌狌原来达士心[15],栖迟不免文人病[16]。黄金白璧谁家子[17],见人尽道当如此[18]。铜山一旦拉然崩[19],却笑黔娄此中死[20]。嗟君时命剧可怜,蜚语牵连竟配边[21]。木叶山头悲夜夜[22],春申浦上望年年[23]。江花江月归何处?燕子莺儿等飘絮[24]。红豆啼残曲里声,白杨哭断斋前树[25]。屈指乡园笋蕨肥[26],南烹置酒梦依稀[27]。莼鲈正美书堪寄[28],灯火将残泪独挥。君不见鸿都买第归来客[29],驷马轩车胡辟易[30]。西园论价喜谁知[31],东观抢文矜莫及[32]。从他罗隐与方干[33],不比如君行路难。只有一篇思旧赋[34],江关萧瑟几人看[35]?

〔1〕此诗作于清顺治十五年(1685)。陆生,指陆庆曾。字子元,松江(今属上海)人。素有才名,以序贡入国子监。顺治十四年参加顺天

乡试中举。而同年即被"科场案"牵连下狱,十五年四月被判流徙尚阳堡(在今辽宁开原县东)。后死于遣戍之所。参见孟森《明清史论著集刊·科场案》。吴伟业对清廷兴大狱以示威压的行径感到愤慨,对无端被祸的汉族文士深表同情,一连写下三首七言歌行以寄慨。此首即为其中之一。清人孙铢说此诗"无数奖借,无数牢骚,无数怜惜,深情丽笔,驰骋温(庭筠)、李(商隐)之间"(《皇清诗选》)。

〔2〕布衣:指没有做官的读书人。

〔3〕尚书:指陆庆曾的祖父陆树声。据《明史》卷二一六《陆树声传》,陆树声,字与吉。嘉靖二十年(1541)会试第一。官至礼部尚书,卒年九十七。千章树:千株大树。章,大木材。据清董含《三冈识略》,陆庆曾被流放尚阳堡前夕,其祖墓之树全部枯死,栖鸟迁往他木筑巢。

〔4〕处士江村:松江机山脚下有平原村,为晋朝陆机做官之前读书处。陆机为陆庆曾远祖。以上二句述陆庆曾家世及家业。

〔5〕卖药求名:据《后汉书》卷八三《逸民列传》载,世家子韩康常在名山采药,贩卖于长安市上,口不二价,三十馀年。一次有一女子买药,韩康坚持不让价。女子生气说:"你是韩伯林(韩康字伯林)吧?就这样不二价吗?"韩康叹息说:"我本来为了避名,而如今小女子都知有我,我还卖什么药呢?"此用其典,含有陆庆曾本不想出名,名气却广为人知之意。

〔6〕弃捐:指放弃科举功名。

〔7〕嗜奔走:喜爱奔竞趋附之人。

〔8〕高贤:高尚贤良之人。多口:指众人的议论。此句意思说那些权贵显要常常巧妙地借吸引高尚贤良之士来防止、回避舆论的批评。

〔9〕一飧(sūn 孙):一顿饭。守:操守。

〔10〕落落:形容独立耿介,不随人俯仰。

〔11〕"好将"句:称赞陆庆曾行侠仗义,勇于急人之难。好(hào

号),喜欢。轻侠,轻生重义,肯舍己助人。藏亡命,收留、藏匿逃亡之人。此用《史记》卷一二四《游侠列传》朱家"所藏活豪士以百数""专趋人之急,甚己之私"之典。

〔12〕"耻把"句:称赞陆庆曾不趋炎附势。谒,拜见。贵游,指显贵。

〔13〕肯用他途进:怎肯通过不正当的途径取得功名或得到提升。

〔14〕"相逢"句:意思说误以为名声为人所知是好事,因而喜欢。据清王家桢《研堂见闻杂录》载,顺治十四年顺天乡试之前,许多应考士子贿赂考官,以求打通关节。而陆庆曾为明礼部尚书陆树声之孙,家世贵显,他本人又素有才名,广为人知,因此不待贿赂,考官反而都想将他罗致门下。

〔15〕狡狯(kuài 快):狡诈奸滑。达士:原意为通达事理之人,这里的意思是通晓世故之人。指那些贿赂考官的士子。

〔16〕栖迟:落魄失意。

〔17〕"黄金"句:指士子中的富家子弟。

〔18〕当如此:谓应当贿赂考官,打通关节。

〔19〕"铜山"句:比喻某些富家子弟以钱财贿通考官的事情败露。铜山,用西汉邓通的典故。据《史记》卷一二五《佞幸列传》载,汉文帝宠幸邓通,赐他铜山,允许他铸钱。当时,邓氏钱遍天下。拉然,塌倒貌。

〔20〕黔娄:古代隐士。家贫,不肯出仕,死时衾不蔽体。见汉刘向《列女传·鲁黔娄妻》。这里用以代指无辜被"科场案"牵连的贫寒士子。

〔21〕蜚(fēi 飞)语牵连:指陆庆曾遭人诬陷而被牵连进"科场案"中。蜚语,没有根据的诽谤。配边:发配边塞。

〔22〕木叶山:在今内蒙古自治区开鲁县南,地近尚阳堡。按,此句写陆庆曾在流放之地的心情。

〔23〕春申浦:黄浦江的别称。旧传战国楚春申君黄歇疏凿此江,因而得名。此江流经松江县。按,此句写陆庆曾家人盼望他归来的心情。

〔24〕"江花"二句:承"木叶山头"一句,接着写陆庆曾思念家乡的心情。意思说美丽的江花江月不知到哪里去了,可爱的燕子黄莺也同飘絮一般消失,见不到了。

〔25〕"红豆"二句:承"春申浦上"一句,接着写陆庆曾的家人思念他的痛苦心情。上句典出唐王维《相思》诗:"红豆生南国,春来发几枝?愿君多采撷,此物最相思。"取"相思"之意。下句典出《南史》卷一八《萧惠开传》:南朝宋萧惠开出身贵戚,博览文史。因不得志,其所住斋前本来种花草甚美,他全部铲除而另植白杨,每对人说:"人生不得志,虽活到百岁也要算是夭折了。"此取"失志"之意。二句大意说陆庆曾的家人因为思念惨遭不幸、落魄失意的陆庆曾而哀哭不已、悲痛欲绝。

〔26〕笋蕨:竹笋和蕨菜。

〔27〕南烹:用南方烹饪方法做出的饭菜。

〔28〕莼鲈:莼菜和鲈鱼。按,莼菜羹和鲈鱼脍是吴地著名美味。

〔29〕鸿都买第:据《后汉书》卷五二《崔寔传》,汉灵帝时开鸿都门,公开张榜贩卖官爵。又据《陈书》卷二四《袁宪传》,南朝梁时,诸生考试多行贿赂。袁君正的门客岑文豪劝君正为其子袁宪准备贿礼,袁君正回答说:"我岂能用钱为儿子买第呀。"后世遂用"鸿都买第"泛指买官行贿。第,指功名。归来客:指那些在科举考试中确实行过贿而衣锦还乡者。

〔30〕"驷马"句:写那些"鸿都买第归来客"不可一世的气焰。驷马轩车,典出司马相如题桥柱语:"不乘驷马高车,不过此桥。"见《太平御览》卷七三引晋常璩《华阳国志》。驷马,古代一车套四马,合称"驷"。轩车,官员乘坐的高大的车。胡,怎样,如何。辟易,惊退。"胡辟易"指人们见到那些归来客的高车大马吓得不知如何避让。

〔31〕西园论价:西园是汉上林苑的别名。据《后汉书》卷七八《宦者列传》载,灵帝时,将要做官的人都须先到西园,与掌权宦官论定价钱,然后才获准赴任。此用其典,指行贿买通考官。

〔32〕东观抡文:东观是东汉洛阳南宫之内观名,章帝与和帝时为皇宫藏书之所。抡文:选拔文章。矜:骄傲。以上二句是说那些行贿买通考官之人的内心喜悦又有谁能够知晓,他们因为文章被考官选中而骄傲无比。

〔33〕罗隐:唐末诗文家。字昭谏,馀杭(今属浙江)人。本名横,因十举进士不第,乃改名隐。参见元辛文房《唐才子传》卷九。方干:唐诗人。字雄飞,新定(今浙江建德)人。因貌丑兔唇,举进士不第。隐居于会稽镜湖。后遇医补唇,而年已老,遂终身不出。参见《唐才子传》卷七。罗隐、方干均有才而科举失意,故用以和陆庆曾相比。

〔34〕《思旧赋》:指北周庾信所作的《思旧铭》。《思旧铭》是为悼念萧永而作。萧永和作者一样,也是由南朝入北朝,被迫羁留于北地之人。庾信在这篇文章中既写出对朋友的追念,又抒发了强烈的乡关之思。参见《庾子山集注》卷一二。此借指陆庆曾所写的文章。

〔35〕江关萧瑟:语出唐杜甫《咏怀古迹五首》其一:"庾信平生最萧瑟,暮年诗赋动江关。"江关,江河关山。几人,指同样被"科场案"牵连而流放东北边塞的士子。

吾谷行[1]

吾谷千章万章木[2],插石缘溪秀林麓。中有双株向背生[3],并干交柯互蟠曲。一株夭矫面东风,上拂青云宿黄鹄。黄鹄引吭鸣一声,响入瑶花飞簌簌[4]。一株偃蹇踞阴崖[5]，半死半生遭屈辱。雷劈烧痕翠鬣焦[6]，雨垂漏滴苍皮缩[7]。泥崩石断迸枯根[8]，鼠窜虫穿隐空腹。行人过此尽彷徨，日暮驱车不能速。前山路转相公坟[9]，宰木参差乱入云[10]。枝上子规啼碧血，道傍少妇泣罗裙。罗裙碧血招魂哭，寡鹄羁雌不忍闻[11]。同伴几家逢下泪，羡他夫婿尚从军[12]。可怜吾谷天边树，犹有相逢断肠处[13]。得免仓黄剪伐愁[14]，敢辞漂泊风霜惧。木叶山头雪正飞[15]，行人十月辽阳戍[16]。兄在长安弟玉关[17]，摘叶攀条不能去。昨宵有客大都来[18]，传道君王幸渐台[19]。便殿含毫题诏湿，阁门走马报花开[20]。宫槐听取从官咏，御柳催成应制才[21]。定有春风到吾谷，故园不用忧樵牧[22]。虽遇凋枯坠叶黄，恰逢滋茂攒条绿[23]。由来荣落总何常，莫向千门羡栋梁[24]。君不见庾信伤心枯树赋[25]，纵吟风月是他乡。

〔1〕此诗作于清顺治十五年（1658），咏被"科场案"牵连的孙旸，兼咏其兄孙承恩。孙旸（yáng阳），字赤崖，常熟（今属江苏）人。少豪爽，有文名。顺治十四年顺天乡试中举，同年即被"科场案"牵连下狱，第二年四月流徙尚阳堡（在今辽宁省开原县东）。康熙二十年（1681）才得以赎归。其兄孙承恩，原名曙，字扶桑。顺治十一年举顺天乡试，十五年中状元。授翰林院修撰。十六年从顺治帝至南海子，中风寒，病卒，年仅四十。参见光绪《常昭合志稿》卷二六《人物志》五及孟森《明清史论著集刊·科场案》。吾谷，山谷名，在常熟虞山之南，为孙氏祖坟所在地。山谷中多高大枫树，秋霜染丹，交错如绣。这首诗咏孙氏兄弟，托兴吾谷，且通篇以树为喻，手法巧妙，刻画形象。

〔2〕章:大木材称为"章"。

〔3〕向背:向阳和背阴。也就是下面诗句中所说的"面东风"和"踞阴崖"。

〔4〕"一株"四句:据陈康祺《郎潜纪闻》载,顺治十五年,孙承恩考中会试第一名。胪传前夕,顺治帝阅孙承恩试卷,见其籍贯,怀疑与刚刚被遣戍的孙旸是一家人,乃遣大学士王熙至孙承恩居所面询。王熙与承恩友善,问他该如何回奏,承恩决定据实报闻。顺治帝既欣赏其文章,又喜其不欺,于是将他定为一甲第一名。此四句诗即隐喻承恩高中状元事。夭矫,枝干伸展貌。黄鹄,鸟名,形似鹤,善高飞。常用以比喻高才贤士。这里用黄鹄引吭高鸣比喻孙承恩一鸣惊人,在会试中夺魁。瑶花,即"瑶华",为"瑶华圃"的省称,是传说中仙人所居之处。这里喻指皇宫。"响入瑶花"是比喻孙承恩的文章、名字为皇帝所知。簌簌,象声词。

〔5〕"一株"句:自此句以下八句隐喻孙旸遭受的屈辱与不幸。偃蹇,屈曲不得伸展的样子。

〔6〕翠鬣(liè猎):青绿色的松针。

〔7〕漏滴:指雨水渗入树心。苍皮缩:绿色的树皮变得皱缩。

〔8〕迸:裸露。

〔9〕相公坟:古代把宰相称为相公。这里的"相公"指严讷。字敏卿,常熟人。明嘉靖时官至武英殿大学士。见《明史》卷一九三《严讷传》。据靳荣藩《吴诗集览》卷七上引《苏州府志》和《昭文县志》,严氏祠墓在常熟虞山锦峰之麓,距吾谷不远。按,自此句以下八句插叙了另一位受到"科场案"牵连的常熟人——严贻吉的不幸。据《吴诗集览》卷七上引《壬夏日录》,严贻吉是严讷裔孙,字子六,明崇祯十六年(1643)进士。入清官给谏。顺治十四年顺天乡试,他居间受贿舞弊。事发,被腰斩,家产籍没入官,妻妾儿女流徙尚阳堡。

281

〔10〕宰木:坟墓周围所植的树木。宰,犹"冢"。

〔11〕"枝上"四句:写严贻吉妻妾的悲痛。子规,杜鹃鸟的别称。此鸟常昼夜啼鸣,鸣声哀切。传说啼至血出乃止。这里用"子规啼碧血"隐喻严贻吉之死。少妇,指严贻吉妻妾。招魂,古代迷信,认为人死后灵魂会脱离肉体,需要将其招唤回来。寡鹄羁雌,失去伴侣且被羁缚的雌鹄,比喻被押解赴边的严贻吉的妻妾。

〔12〕"同伴"二句:这两句诗写严贻吉妻妾的心理活动,是说孙旸等人的妻妾们虽然也遭流放,但让人羡慕的是她们的丈夫得以遣戍未死。同伴,这里指一道流放的人。

〔13〕"可怜"二句:意思说可怜孙旸与家人尚能相逢,可是却是相逢在令人断肠的边关远塞!

〔14〕"得免"句:谓免于被杀。据王先谦《东华录·顺治十五年四月辛卯》,孙旸本拟定处死,后从宽免死,责打四十板,流徙尚阳堡。仓黄,匆促,突然。剪伐,原指树木遭到砍伐,这里用以比喻人被杀。

〔15〕木叶山:在今内蒙古自治区开鲁县南,地近尚阳堡。

〔16〕辽阳:府名,古时为边塞之地。此代指尚阳堡。

〔17〕长安:汉唐首都,代指北京。玉关:玉门关。此泛指边塞。

〔18〕大都:元朝首都称大都,即北京。

〔19〕渐台:台名。汉武帝兴建建章宫,在太液池中建台,高二十馀丈,名为渐台。见《汉书》卷二五《郊祀志下》。这里似当指北京的瀛台。瀛台位于中南海与北海间,而中南海和北海在清代即称为"太液池"。

〔20〕"便殿"二句:写孙承恩得到顺治帝赏识,被定为状元之事。便殿,正殿以外的别殿,古时帝王休息休闲之处。阁(gé 隔)门,宋代负责官员朝参、宴饮、礼仪等事宜的机关。此代指清代负责同类事宜的官府。报花开,指传报考中状元的喜讯。

〔21〕"宫槐"二句:据光绪《常昭合志稿》卷二六《人物志》五,孙承

恩中状元后，授翰林院修撰，"数被顾问，眷遇优渥"。这二句诗即写他受到顺治帝信用之事，上句说他为顺治帝吟咏以宫槐为题的诗作，下句说他奉命写作以御柳为题的应制诗。从官，侍从皇帝的官员。指孙承恩。应制，指奉皇帝之命而写作诗文。按，《吴诗集览》谓这二句诗是写康熙帝东巡时孙旸在尚阳堡献颂之事，误。

〔22〕"定有"二句：意谓孙承恩受到顺治帝宠遇的好消息一定会传到家乡，因而家园不用担心受到侵夺破坏了。

〔23〕"虽遇"二句：照应开头，仍以树为喻，形容当孙旸不幸，有如树叶枯黄凋零之时，而孙承恩正受到宠遇，恰似树木茂盛苗长。

〔24〕千门：众多宫门。借指皇宫。栋梁：比喻担负国家重任的人。

〔25〕枯树赋：庾信从南朝初至北朝，被羁留时写下的著名辞赋。其内容是抒发强烈的乡关之思。孙旸的心境与庾信有相似之处，故以庾信为比。且伟业此诗始终以树为喻，故结尾处用《枯树赋》一典，以进一步点明题旨，并和开头呼应。

悲歌赠吴季子[1]

人生千里与万里，黯然消魂别而已[2]。君独何为至于此？山非山兮水非水，生非生兮死非死。十三学经并学史[3]，生在江南长纨绮[4]。词赋翩翩众莫比[5]，白璧青蝇见排抵[6]。一朝束缚去[7]，上书难自理[8]，绝塞千山断行李[9]。送吏泪不止[10]，流人复何倚[11]？彼尚愁不归，我行定已矣[12]！八月龙沙雪花起[13]，橐驼垂腰马没耳[14]。白骨皑皑经战垒，黑河无船渡者几[15]？前忧猛虎后苍兕[16]，土穴偷生若蝼蚁[17]。大鱼如山不见尾，张鬐为风沫为雨[18]。日月倒行入海底，白昼相逢半人鬼[19]。噫嘻乎悲哉[20]！生男聪明慎勿喜[21]，仓颉夜哭良有以[22]。受患只从读书始[23]，君不见，吴季子！

〔1〕此诗作于清顺治十五年(1658)。吴季子，作者题下原注："松陵人，字汉槎。"可知指的是吴兆骞。他在兄弟中排行第四，师友们遂按伯、仲、叔、季的次序，称之为吴季子。吴江(今属江苏)人。吴江，古称松陵。兆骞少年时才华过人，文名倾动一时，清初成为著名文社慎交社盟主，与陈维崧、彭师度有"江左三凤凰"之称。顺治十四年考中进士，同年即被"科场案"牵连下狱，第二年十一月被判遣戍宁古塔(今黑龙江宁安县西)。居塞外二十三年，经友人营救，才得以放还。著有《秋笳集》。在吴兆骞遣戍时和流放期间，很多师友赠诗文表示慰问和同情。吴伟业的这首诗和顾贞观的两首《金缕曲》最为脍炙人口。这首诗与吴伟业的其他歌行风格不同，它不用典故，不用对偶，绝去雕饰，纯是以气运词，一气呵成，一韵到底，读来声调急促，如聆后汉祢衡的《渔阳参挝》，悲切激越，字字敲击人心。

〔2〕"黯然"句：由南朝梁江淹《别赋》"黯然销魂者，唯别而已矣"一句略加变化而成。意思说令人心神沮丧、失望落魄的只有别离。这是极言别恨之深。

〔3〕经：指儒家经典。

〔4〕长纨绮：生长在富贵人家。纨绮，精致丝织品。吴兆骞生在一个世代书香门第、贵胄之家，故云。

〔5〕词赋翩翩：词赋都写得十分出色。翩翩，形容文采优美。

〔6〕白璧青蝇：唐陈子昂《宴胡楚真禁所》："青蝇一相点，白璧遂成

冤。"此取其意,是说洁白的玉石被苍蝇所玷污。比喻蒙受不白之冤。青蝇,苍蝇的一种。《诗经·小雅·青蝇》:"营营青蝇,止于樊,岂弟君子,无信谗言。"后因以青蝇比喻进谗言的人。见:被。排抵:排斥、打击。据说吴兆骞下狱、遣戍,是由于同声社章在兹、王发的告发。

〔7〕一朝:一旦。束缚:指被逮捕。

〔8〕理:指辩白。

〔9〕千山:在辽宁省凤城县西北,即摩天岭。行李:使者。《左传·僖公三十年》:"行李之往来,共其乏困。"这里指行人。

〔10〕送吏:押送流放犯人的吏役。

〔11〕流人:被流放的人。倚:依靠。

〔12〕"彼尚"二句:意思说押送犯人的吏役尚且为回不来而发愁,吴季子这一去肯定是完结了。我,是作者替吴季子设想之辞。

〔13〕龙沙:《后汉书》卷四七《班超传赞》:"定远慷慨,专历西遐,坦步葱、雪,咫尺龙沙。"李贤注:"葱岭、雪山,白龙堆沙漠也。"后泛指塞外沙漠之地为"龙沙"。

〔14〕"橐驼"句:形容雪深。橐驼,骆驼。

〔15〕黑河:指黑龙江。

〔16〕"前忧"句:形容路途野兽出没,荒僻艰险,令人惊恐。苍兕(sì寺),犀牛一类的野兽。汉王充《论衡》:"夫苍兕,水中之兽也,善覆人船。"

〔17〕土穴:地窖。

〔18〕鬐(qí其):通"鳍"。晋郭璞《江赋》:"扬鬐掉尾,喷浪飞涎(涎)。"刘良注:"扬举其鬐鬣,摇掉其尾也。"沫:涎沫。

〔19〕半人鬼:形容面容憔悴难看。以上十句描写流放之地的荒凉可怖。由于诗人是据传闻而写,因此不免夸张。

〔20〕噫嘻:感叹词。

285

〔21〕"生男"句:魏陈琳《饮马长城窟行》:"生男慎莫举,生女哺用脯。"

〔22〕仓颉(jié节):相传为黄帝的史官,汉字的创造者。良有以:实在是有原因的。

〔23〕"受患"句:借用苏轼《石苍舒醉墨堂》诗"人生识字忧患始"句意。

送友人出塞二首[1]

其一

鱼海萧条万里霜[2],西风一哭断人肠。劝君休望令支塞,木叶山头是故乡[3]。

〔1〕题下原注:"吴兹受,松陵人。"可知出塞友人指吴兹受。名晋锡,字兹受,吴江(吴江古称松陵,今属江苏)人。崇祯十三年(1640)进士,授永州推官。崇祯朝灭亡后,南明永历帝任命他巡抚衡州、永州、郴州、桂阳、长沙、宝庆等地。清兵攻占湖南后,他逃入九嶷山,剃发为僧。后归乡,闭门不出,与弟子一起讲经论史。见道光《苏州府志》卷八四《人物·宦绩》。吴兹受的儿子吴兆骞于顺治十四年(1657)被科场案牵连,第二年被判全家流徙宁古塔。吴兹受也在流放之列。吴伟业闻讯,无比悲愤,在写作《悲歌赠吴季子》的同时写下这组诗。出塞,指流放到塞外。

〔2〕鱼海:湖名。又名捕鱼儿海、鱼海子,蒙古族称之为哈拉鄂模。

即古之休屠泽、白亭海。在今内蒙古阿拉善右旗境。

〔3〕"劝君"二句:意思说劝你不要南望令支塞,且把木叶山当作自己的故乡吧。令支,古国名。也叫冷支、离枝。其地约在今河北滦县、迁安之间。木叶山,在今内蒙古开鲁县南。按,令支塞虽然距吴兹受的家乡吴江尚远,但毕竟比木叶山近些。因此这二句既有点明其流放之地荒远之意,又暗用了唐刘皂《旅次朔方》"无端又渡桑乾水,却望并州似故乡"句意,以写吴兹受思归不得的绝望心情。

其二

此去流人路几千[1],长虹亭外草连天[2]。不知黑水西风雪[3],可有江南问渡船[4]?

〔1〕流人:流放到边塞的人。
〔2〕长虹亭:一名垂虹亭,在吴江县东门外垂虹桥上,始建于宋代。桥亭前临太湖,湖光水气,荡漾一色,被称为"三吴之绝景"。
〔3〕黑水:指黑龙江。
〔4〕问渡船:指江边待渡的船只。

赠辽左故人八首(选二)[1]

一

短辕一哭暮云低[2],雪窖冰天路惨凄[3]。青史几年朝玉马,白头何日放金鸡[4]? 燕支塞远春难到[5],木叶山高鸟乱啼[6]。百口总行君莫叹[7],免教少妇忆辽西[8]。

〔1〕这组诗作于清顺治十六年(1659)。"辽左故人"指陈之遴。陈之遴,字彦升,浙江海宁人。明崇祯十年(1637)进士,授编修,迁中允。明亡降清,官至弘文院大学士。顺治十三年,因罪以原官发往盛京(今沈阳)居住。同年底召回京。十五年再度获罪,全家流徙盛京。见《清史稿》卷二四五《陈之遴传》。这组诗作于陈之遴再度流放之后。作为陈之遴姻亲,吴伟业对陈之遴的遭遇自然十分同情,倾注于笔下,真是"一字一泪""哀痛之情,见于纸上"。组诗八首,此选其二、其八两首。辽左,地区名。旧通称今辽宁省一带。此代指盛京。

〔2〕短辕:指牛车或简陋小车。

〔3〕雪窖冰天:指严寒地区。

〔4〕"青史"二句:大意说就像历史上那些去国远徙的贤臣那样,你这一去不知将要多少年,已是满头白发,来日无多,却不知何日才能遇到大赦。青史,古代在竹简上记事,因称史书为"青史"。朝玉马,即"玉马朝周"。典出《论语比考谶》:"殷惑女妲己,玉马走。"玉马,指贤臣微子启。纣王昏乱,启数谏不听,乃去殷而朝周。后常以"玉马朝周"喻贤臣去国。放金鸡,古代大赦释放囚徒时竖立设有金首鸡形的仪仗,《新唐书·百官志》:"赦日,树金鸡于仗南,竿长七丈,有鸡高四尺,黄金饰首,衔绛幡长七尺,承以彩盘,维以绛绳。将作监供焉,击掆鼓千声,集百官、父老、囚徒。""放金鸡"就是大赦的意思。

〔5〕燕支:山名。又名胭脂山。在今甘肃山丹县东。"燕支塞"代指东北边塞。

〔6〕木叶山:在今内蒙古自治区开鲁县南。这里泛指边山。

〔7〕百口总行:指全家一起被流放。

〔8〕"免教"句:取意于唐金昌绪《春怨》诗:"打起黄莺儿,莫教枝上啼,啼时惊妾梦,不得到辽西。"少妇,指徐灿。程穆衡《吴梅村先生编年诗笺注》卷九引《林下词选》:"陈相国(之遴)夫人徐灿,字湘蘋,吴县人。善属文,精书翰画法,诗馀得北宋风格,绝去纤佻之习,冠冕处虽易安(李清照)亦当避席。"

二

齐女门前万里台,伤心砧杵北风哀〔1〕。一官误汝高门累〔2〕,半子怜渠快婿才〔3〕。失母况经关塞别〔4〕,从夫只好梦魂来〔5〕。摩挲老眼千行泪〔6〕,望断寒云冻不开。

〔1〕"齐女"二句:写作者女儿对丈夫、陈之遴的儿子陈容永的思念。齐女门,苏州城门,又名齐门、望齐门。相传吴王阖闾为太子聘娶齐女,齐女思乡而病。阖闾为建此城门以使齐女远望齐地,故名。万里台,远眺万里的高台。据《梅村家藏稿》卷四九《亡女权厝志》,作者女儿忧劳成疾,曾于顺治十六年至十七年在苏州医治,正是作者写作此诗之时,因此这里提及苏州的齐女门。砧杵,捣衣石和棒槌,亦指捣衣。旧时天寒,家家捣衣,制作寒衣。此时最容易引起对远在异地的家人的思念,所以这里说"伤心砧杵"。

〔2〕"一官"句:意思说当年与陈之遴同官翰林,结为婚姻,误将你嫁给了显贵之家,不想反而受到连累。高门,旧谓显贵之家。

〔3〕半子:女婿的别称。指陈容永。字直方,为陈之遴第四子,顺治举人。渠:他。快婿:称心如意的女婿。

〔4〕失母:据《梅村家藏稿·亡女权厝志》,作者的这个女儿十一岁

289

时母亲去世。关塞别:指与远徙边塞的丈夫分别。

〔5〕"从夫"句:意思说只能在梦中追随丈夫了。据《梅村家藏稿·亡女权厝志》,陈之遴全家,仅儿媳得免,故作者女儿得以返回江南。

〔6〕摩挲:揉搓。老眼:作者称自己的眼睛。

遣闷六首(选四)〔1〕

一

秋风泠泠蛮唧唧〔2〕,中夜起坐长太息。我初避兵去城邑,田野相逢半亲识。扁舟遇雨烟村出,白版溪门主人立。鸡黍开樽笑延入,手持钓竿前拜揖〔3〕。十载乡园变萧瑟〔4〕,父老诛求穷到骨〔5〕。一朝戎马生仓卒〔6〕,妇人抱子草间匿,津亭无船渡不得〔7〕。仰视乌鹊营其巢,天边矰缴犹能逃〔8〕。我独何为委蓬蒿〔9〕,搔首回望明星高。

〔1〕这组诗作于清顺治十六年(1659)。这一年五月,郑成功、张煌言所领导的抗清水师攻入长江,连克瓜洲、镇江以及长江南北二十九城,直逼江宁(今南京),远近响应,东南大震。七月,郑成功失败,与张煌言退入海,所得州县复失。这一段时间,战火蔓延之地的百姓经历了自清初之后又一次动荡、屠杀与破坏。吴伟业亲历其境,痛苦莫名。是年秋,他于惊魂甫定之际,写下了这组诗。以往的论者都认为这组诗在写法上是学习杜甫《乾元中寓同谷县作歌七首》,例如袁枚就说:"《遣闷》小变

杜甫七歌之体。"(上海图书馆藏过录袁子才录本)确有道理。将吴、杜二诗略加比较,就可以看出许多的相似之点。组诗六首,此选其一、其二、其三、其六四首。

〔2〕蛩(qióng穷):蟋蟀。

〔3〕"我初"六句:是吴伟业回忆顺治二年清兵攻破江南时携家人到矾清湖躲避战乱的情景。城邑,指太仓城。白版,不施油漆的木板。主人,指吴籁倩、吴青房、吴公益兄弟。吴伟业携家人躲避战乱就是投奔他们。按,以上六句所写可以参阅吴伟业五言古诗《矾清湖》。

〔4〕十载:从顺治二年至顺治十六年共十四年,此举成数而言。

〔5〕诛求:需索;强制征收。穷到骨:杜甫《又呈吴郎》:"已诉征求贫到骨。"

〔6〕一朝戎马:指郑成功、张煌言水师攻入长江、与清兵激战之事。戎马,战马,代指战争。仓卒:突然。

〔7〕津亭:古代建于渡口旁的亭子。

〔8〕矰缴(zēng zhuó 增拙):猎取飞鸟的射具。

〔9〕委蓬蒿:藏身于荒郊野草之中。

二

鸡既鸣矣升高堂[1],问我消息来何方?欲语不语心彷徨。当年奔走虽茫茫[2],两亲筋力支风霜[3],上有王母方安康[4],下有新妇相扶将[5],小妹中夜缝衣裳,百口共到南湖庄[6]。只今零落将谁望[7],出门一步纷蜩螗[8],十人五人委道旁[9]。去乡五载重相见[10],江湖到处逢征战,一家未遂升平愿,百年那得长贫贱[11]?

〔1〕鸡既鸣矣:用《诗经·齐风·鸡鸣》"鸡既鸣矣"原句。高堂:父母所住厅堂。

〔2〕当年奔走:指顺治二年离开家乡躲避战乱。茫茫:混乱,不知所措。

〔3〕"两亲"句:是说父母身体还好,经得起劳碌艰辛。

〔4〕王母:祖母。顺治二年吴伟业的祖母汤氏尚在世。

〔5〕新妇:指吴伟业当时新娶的妾。扶将:搀扶,扶助。

〔6〕南湖:指矾清湖。庄:指吴青房兄弟所在的村庄。

〔7〕将谁望:指望谁。

〔8〕蜩螗(tiáo táng 条塘):动荡纷扰不宁。

〔9〕委道旁:栖身道旁。

〔10〕去乡五载:吴伟业于顺治十年赴京仕清,十四年二月返乡,按年头来算,其离开家乡为五年。

〔11〕"一家"二句:意思说怎样才能够一生太平?哪怕永远贫贱也心甘情愿。遂,实现。百年,一生。

三

人生岂不繇时命〔1〕,万事忧愁感双鬓〔2〕。兄弟三人我衰病,齿牙落尽谁能信。畴昔文章倾万乘〔3〕,道旁争欲识名姓。中年读易甘肥遁,归来拟展云山兴〔4〕,赤城黄海东南胜〔5〕。故园烽火忧三径〔6〕,京江战骨无人问〔7〕。愁吟独向南楼凭,风尘咫尺何时定〔8〕?故人往日燔妻子〔9〕,我因亲在何敢死〔10〕!憔悴而今困于此,欲往从之愧青史〔11〕。

〔1〕繇时命:由时世命运所决定。繇,通"由"。

〔2〕感双鬓:为双鬓变白而感伤。

〔3〕"畴昔"句:指明崇祯四年(1631),作者高中会试第一名,其会试试卷得到崇祯帝赏识,批下"正大博雅,足式诡靡"八字之事。见顾湄《吴梅村先生行状》。万乘,周制,王畿方千里,能出兵车万乘,后因以"万乘"称皇帝。

〔4〕"中年"二句:指崇祯十四年作者自南京国子监司业任上辞官归里,决意隐居事。他在《送何省斋》一诗中也曾提到此事,并说明了自己当时的年龄:"夜半话挂冠,明日扁舟系。问余当时年,三十甫过二。采药寻名山,筋力正强济。濯足沧浪流,白云养身世。长放万里心,拔脚风尘际。"作者三十二岁正为崇祯十四年。肥遁,语出《易·遁》:"上九,肥遁,无不利。"后指退隐。云山兴,指游山玩水的兴致。

〔5〕赤城:山名,在浙江天台县北。黄海:"黄山云海"的略称。吴翌凤《吴梅村先生诗集笺注》卷六引王存《九域志》"新安黄山,有云如海,称黄海,一称云海"。

〔6〕三径:《三辅决录》卷一:"蒋诩归乡里,荆棘塞门,舍中有三径,不出,唯求仲、羊仲从之游。"后因用"三径"指归隐后所居的田园。

〔7〕京江:即长江流经江苏镇江市北的一段,因镇江古名京口而得名。

〔8〕风尘咫尺:比喻战火距离家乡甚近。

〔9〕故人:指陈子龙、杨廷麟等。他们都是作者的朋友,曾坚持抗清,以身殉国。燔(fán 凡)妻子:春秋末年,吴国人要离为吴王阖闾行刺卫国公子庆忌,事先请吴王断其右手,杀其妻子并焚尸于市,假装有罪而逃亡,以此取信庆忌,终于行刺成功。见汉赵晔《吴越春秋·阖闾内传》。后因以"燔妻子"为毁家纾难之典。燔,烧。

〔10〕亲:指父母双亲。

293

〔11〕从之:指追随陈子龙、杨廷麟等故人而去。青史:历史,古代在竹简上记事,故称史书为"青史"。

四

白头儒生良自苦〔1〕,独抱陈编住环堵〔2〕。身历燕南遍齐鲁,摩挲漆经观石鼓〔3〕。上探商周过三五〔4〕,矻矻穷年竟奚补〔5〕?岣嵝山头祝融火〔6〕,百王遗文弃如土〔7〕。马矢高于夔相圃〔8〕,笺释虫鱼付榛莽〔9〕。寓言何必齐庄周?属辞何必通春秋〔10〕?一字不向人间留,乱离已矣吾无忧。

〔1〕白头儒生:作者自指。良:确实。

〔2〕陈编:古籍。环堵:语出晋陶渊明《五柳先生传》:"环堵萧然,不蔽风日。"意思是周围环绕着四堵墙。形容居室的简陋。

〔3〕漆经:用漆书写的古代经典。典出《东观汉记·杜林传》:"杜林字伯山,扶风人。于河西得漆书《古文尚书经》一卷。"石鼓:唐代初年在陕西出土了十块鼓形石,下面用籀文分刻着十首四言诗,内容是记述秦国国君的游猎情况。过去有人误以为是周宣王的石刻,近人考证为秦刻石。明清时放置于国子监中。

〔4〕三五:指三皇五帝。传说中的上古帝王。

〔5〕矻矻(kū枯):勤奋不懈的样子。奚:何,什么。

〔6〕岣嵝(gǒu lǒu 狗篓):山名。衡山七十二峰之一,在湖南衡阳市北。古代传说,夏禹曾在此得金简玉书。又山上有碑,字似缪篆,又似符篆,相传为夏禹所写。这里用"岣嵝山头"代指古代文化经典。祝融:古帝喾时火官,后人尊为火神。"祝融火"代指战火。

〔7〕百王:历代帝王。"百王遗文"指历代所遗留下来的文化遗产。

〔8〕"马矢"句:意谓古文化遭到战争破坏。矢,通"屎"。瞿相圃:《礼记》卷一〇《射义》:"孔子射于瞿相之圃。"瞿相圃在山东曲阜城内阙里西。此用来泛指礼仪教化之地。

〔9〕虫鱼:指注释考订之学。语出唐韩愈《读皇甫湜公安园池诗书其后》:"尔雅注虫鱼,定非磊落人。"榛莽:芜杂丛生的草木。"付榛莽"指遭到毁弃。

〔10〕"寓言"二句:意思说何必成为像庄子那样的写作高手？何必通晓什么古代典籍？寓言,托辞以寓意。庄子自称其文章是"寓言十九"(《庄子·寓言》)。属辞,即"属辞比事",语出《礼记》卷八《经解》:"属辞比事,《春秋》教也。"意为撰文记事。这里"寓言"和"属辞"均泛指写作。齐庄周,据《晋书》卷八二《孙放传》,孙放字齐庄,幼年聪慧。七八岁时,跟父亲随从庾亮打猎。庾亮戏问他:"想同什么'庄'看齐？"他说:"欲齐庄周。"此用其典。

江城远眺〔1〕

幕府山前噪乳鸦〔2〕,严城烟树隐悲笳〔3〕。柳条遍拂将军马〔4〕,燕子难求百姓家〔5〕。东海奔涛连北固〔6〕,西陵传火走南沙〔7〕。江皋战鬼无人哭〔8〕,横笛声声怨落花〔9〕。

〔1〕清顺治十六年(1659)五月,郑成功、张煌言率领抗清义军攻入长江,连克瓜洲、镇江等城市,直逼江宁(今江苏南京)。七月,在江宁城下被清军战败,退回海上。这首诗即作于这一事件之后不久,诗中写出

这场战役的经过以及所造成的巨大破坏。江城,指镇江(今属江苏)。

〔2〕幕府山:今江苏南京市西北长江南岸。东晋元帝初渡江,王导建幕府于其上,故名。

〔3〕严城:戒备森严的城池。指南京。烟树:远望如烟的树木。笳:一种从北方少数民族地区传入的管乐器。以上二句写远眺所见。

〔4〕"柳条"句:夸张地写出此次战役交战双方人马的众多。

〔5〕"燕子"句:意思说战乱中百姓的家几乎都遭到破坏,燕子连筑巢的地方也难以找到了。化用刘禹锡《乌衣巷》诗:"旧时王谢堂前燕,飞入寻常百姓家。"

〔6〕"东海"句:意思说郑成功水师一下子就攻到北固山,其势如惊涛骇浪。东海奔涛,喻郑成功水师的声势。北固,山名。在今江苏镇江市北,下临长江,形势险固,因以为名。

〔7〕西陵:即西兴,在今浙江萧山。传火:古代边塞夜间举火,逐站相传以报敌情,谓之传火。"西陵传火"是说长江中下游沿线均告警。南沙:在崇明县南七十里,一名长沙,与竹薄沙相接。据《清史稿》卷二五《郑成功传》,郑成功军败于南京城下后,收师出海,本欲取崇明,因清兵有备,复败,因退军。"走南沙",是说郑成功败走崇明。

〔8〕江皋:江岸。

〔9〕落花:指《梅花落》。汉乐府横吹曲名,是一种笛子曲,本为军乐。这句诗大意说传来阵阵哀怨的笛子声,似在诉说着战争带给人们的不幸。

过韩蕲王墓四首(选二)[1]

一

访古思天堑,江声战鼓中[2]。全家知转斗[3],健妇笑临戎[4]。汗马归诸将[5],疲驴念两宫[6]。凄凉岳少保,宿草起秋风[7]。

〔1〕这组诗大约作于清顺治十六年(1659),是为凭吊南宋抗金名将韩世忠而作。诗中高度评价了韩世忠抵抗外侮的功绩,对于南宋终于灭亡、江山终于易主表示了无限哀惋。不难看出,作者显然是借史事以言怀,别有寄托。组诗四首,选其一、其三两首。韩蕲(qí 其)王,即韩世忠。字良臣,绥德(今属陕西)人。行伍出身,御西夏有功。宋金战争起,在河北力抗金军。不久随高宗南下。建炎三年(1130)冬,金兀术渡江南侵。次年,他在镇江断其归路,围之于黄天荡(在今江苏南京市东北),相持四十八天。兀术大窘,不得不于夜间凿渠三十里,乘小舟而逃。他曾多次上疏反对与金议和。因与秦桧不和,遂辞官,闭门谢客。死后追封蕲王。见《宋史》卷三六四《韩世忠传》。其墓地在今江苏吴县灵岩山西麓。

〔2〕"访古"二句:意思说寻访韩蕲王墓,不由神思飞越,想起当年他在长江与兀术大战,涛声、鼓声相应的激烈场景。天堑(qiàn 欠),天然的壕沟。多指长江。

〔3〕转斗:辗转战斗。

〔4〕健妇:指韩世忠的妻子梁红玉。临戎:亲临战阵。据《宋史·韩世忠传》,韩世忠在黄天荡截击金兵,梁红玉亲自击鼓助战,鼓舞士气。

〔5〕汗马:汗马功劳,指抗金战功。

〔6〕"疲驴"句:写韩世忠辞官之后仍念念不忘国耻与抗金。疲驴,据宋周密《齐东野语》卷一九《清凉居士词》,韩世忠辞官后,"绝口不言兵,自号清凉居士。时乘小驴,放浪西湖泉石间"。两宫,指北宋最后两位皇帝徽宗与钦宗。靖康元年(1126)金兵攻占汴京(今河南开封),徽、钦二帝被俘,后囚死于五国城(今黑龙江依兰)。

〔7〕"凄凉"二句:写韩世忠常常想起岳飞被害的悲惨结局,内心充满凄凉与不平。岳少保,南宋抗金名将岳飞。据《宋史》卷三六五《岳飞传》,岳飞字鹏举,相州汤阴(今属河南)人。曾率军屡次击败金兵。绍兴十年(1140),兀术进兵河南,他被授少保兼河南北诸路招讨使,出兵反击,很快便收复郑州、洛阳等地,在郾城大败兀术。正当他准备大举进兵之际,一心求和的高宗、秦桧却迫令退兵。不久他被诬谋反,惨遭杀害。当他被诬下狱时,韩世忠曾面诘秦桧,为岳飞鸣不平。又据《宋史·韩世忠传论》,世忠"暮年退居行都,口不言兵,部曲旧将,不相与见,盖惩岳飞之事也"。宿草,指坟墓上经年的野草。

二

诏起祁连冢〔1〕,丰碑有赐亭〔2〕。挂弓关塞月,埋剑羽林星〔3〕。百战黄龙舰〔4〕,三江白石铭〔5〕。赵家金碗出,山鬼哭冬青〔6〕。

〔1〕"诏起"句:意思说皇帝下诏为韩世忠修筑一座高大的坟墓。祁连冢,见《读史偶述四十首》其二十二注〔1〕。

〔2〕丰碑:高大的碑石。据《大明一统志》卷八《苏州府·陵墓》,韩世忠墓前神道碑上宋孝宗题字:"中兴佐命定国元勋之碑。"赐亭:皇帝赐修的亭子。

〔3〕"挂弓"二句:意思说将军死后,那曾经伴随他一生征战的边塞之月和羽林群星仍然高高地悬挂在他的坟墓之上。挂弓,原意是息兵;埋剑,据《晋书》卷三六《张华传》,张华见有紫光映射于斗牛二星宿之间,遂邀雷焕共议,以为是宝剑之光上冲所致,光源当在豫章、丰城之间,因命雷焕为丰城令访察其物。雷焕掘县狱屋基,入地四丈馀,果得龙泉、太阿二宝剑。后多以"埋剑"喻被埋没。这里"挂弓"和"埋剑"均喻指韩世忠之死。羽林星,星名。《史记》卷二七《天官书》:"北宫玄武,虚危……其南有众星,曰羽林天军。"张守节正义:"羽林四十五星,三三而聚,散在垒、壁南,天军也。"

〔4〕"百战"句:写韩世忠生前抗金的战斗。黄龙舰,古战舰名。《隋书·杨素传》:"素居长安,造大舰,名曰五牙,容战士八百人,次曰黄龙,置兵百人。"

〔5〕"三江"句:写韩世忠死后对他的高度评价。三江,说法不一,有以吴江、钱塘江、浦阳江为三江者,有以岷江、松江、浙江为三江者,有以松江、娄江、东江为三江者,这里泛指韩世忠转战过的地方。白石铭,据吴翌凤《吴梅村先生诗集笺注》卷一〇引正德《姑苏志》,韩世忠神道碑有铭文万馀字,为赵雄所撰,铭文记述了他一生的功绩。

〔6〕"赵家"二句:写南宋灭亡,连皇陵也不得保全,言外之意是韩世忠等爱国将领的抗金业绩都付之流水了,由于朝廷腐败,终于落得如此下场。赵家,指宋朝。金碗,泛指殉葬器物。据元陶宗仪《南村辍耕录》卷四《发宋陵寝》载,南宋灭亡后,元朝僧人杨琏真伽率徒发掘位于

299

萧山(今属浙江)的宋皇室陵寝,"至断残支体,攫珠襦玉押,焚其赀(zǐ,肉还没有烂尽的骨殖),弃骨草莽间"。所谓"金碗出"指此。山鬼,山神。冬青,一种耐寒常绿乔木,古时多植于坟墓。据《南村辍耕录·发宋陵寝》载,杨琏真伽发掘宋陵寝之后,遗民唐珏收葬遗骸,并移宋故宫冬青树植墓上。"山鬼哭冬青"形容宋陵寝发掘后的凄惨之状和遗民的亡国之痛。

石公山[1]

真宰劚云根[2],奇物思所置[3]。养之以天池[4],盆盎插灵异[5]。初为仙家囷[6],百仞千仓闭[7]。釜鬲炊云中[8],杵臼鸣天际[9]。忽而遇严城[10],猿猱不能缒[11]。远窥楼橹坚[12],逼视戈矛利[13]。一关当其中[14],飞鸟为之避。仰睇微有光[15],投足疑无地[16]。循级登层巅[17],天风豁苍翠[18]。疲喘千犀牛[19],落落谁能制[20]。伛偻一老人[21],独立拊其背[22]。既若拱而揖,又疑隐而睡[23]。此乃为石公,三问不吾对[24]。

[1] 此诗作于清顺治十六年(1659)。这一年春,作者往游洞庭西山(太湖中小岛,位于苏州西一百三十里),写下多首山水诗,此其一。石公山,为洞庭西山名胜之一,山脚有石,如老翁立水中,水干不露,水涨不没,故山以"石公"为名。参见《大明一统志》卷七《苏州府·山川》。

[2] 真宰:犹造物。古人假想中的宇宙主宰者。劚(zhú 竹):砍削。云根:古人以为云自山石而出,故称石为"云根"。

〔3〕奇物:指石公山。

〔4〕天池:传说中天上之池。

〔5〕盆盎:泛指较大容器。比喻太湖。灵异:美妙奇异之物,指石公山。

〔6〕囷(qūn 群阴平):圆形谷仓。

〔7〕仞:古代长度单位。周制一仞八尺。

〔8〕釜鬲(fǔ lì 府力):釜与鬲均为古代炊器。

〔9〕杵臼:谷物脱皮用的工具。

〔10〕严城:戒备森严的城池。

〔11〕缒(zhuì 坠):系在绳上放下去。

〔12〕楼橹:古代军中用以瞭望、攻守的无顶盖高台,或造于地面,或造于车船之上。

〔13〕逼视:近看。戈矛:泛指兵器。

〔14〕一关:即上文所说"严城"。

〔15〕仰睇:仰视。微有光:据吴翌凤《吴梅村先生诗集笺注》卷三引姚希孟《游石公山记》,石公山上的楼橹名为剑楼,俗名"一线天",上通一圆石洞,天光可以从圆洞射入。

〔16〕"投足"句:让人疑心没有落脚的地方。形容窄仄险要。据姚希孟《游石公山记》,由"一线天"沿台阶而上,台阶窄得仅能放下脚趾,放不下脚跟。

〔17〕循级:沿着一级级台阶。层巅:高耸的山顶。

〔18〕"天风"句:意谓山顶之上,天风吹来,顿觉开阔,放眼一片青绿。

〔19〕"疲喘"句:是说人登上山顶后,疲累得气喘吁吁,好像千头犀牛在喘粗气。

〔20〕落落:连续不断的样子。制:控制,止住。指喘气。

301

〔21〕伛偻(yǔ lǚ旅):驼背。老人:指形状像老人的石头。

〔22〕拊(fǔ府)背:按着脊背。

〔23〕隐:指"隐几",凭着几案。

〔24〕不吾对:不回答我。

登缥缈峰[1]

绝顶江湖放眼明[2],飘然如欲御风行[3]。最高尚有鱼龙气[4],半岭全无鸟雀声[5]。芳草青芜迷近远[6],夕阳金碧变阴晴[7]。夫差霸业销沉尽[8],枫叶芦花钓艇横[9]。

〔1〕清顺治十六年(1659),作者往游洞庭西山,写下多首纪游之作,此其一。缥缈峰,为洞庭西山最高峰。这首诗写登高所见,景象颇为壮阔。末二句联想到明朝灭亡,隐隐发出了山河依旧,而世事已非的感叹。

〔2〕绝顶:山峰最高处。

〔3〕御风:乘风。

〔4〕鱼龙气:指太湖的水气。缥缈峰在太湖之中。此句形容太湖水势之大。

〔5〕"半岭"句:形容缥缈峰之高。谓鸟雀还飞不到缥缈峰的一半。

〔6〕"芳草"句:意思说到处芳草茂密,一片绿色,以至难分远近。芜,杂乱。这里形容丰茂。

〔7〕"夕阳"句:意思说随着灿烂的夕阳的移动,山峰上光线变化,仿佛忽阴忽晴。

〔8〕夫差：春秋末年吴国国君，吴王阖闾之子。初在夫椒打败越兵，乘胜攻破越都，迫使越屈服。后又大败齐兵，且在黄池大会诸侯，与晋争霸。但随即被强大起来的越国所灭，他也自杀而死。霸业：指春秋时称霸诸侯或维持霸权的事业。这里"夫差霸业"实际上指明太祖朱元璋建立明朝的业绩。朱元璋在称帝前，曾受封吴王，故以夫差为比。

〔9〕艇：小船。

咏拙政园山茶花并引[1]

拙政园，故大弘寺基也[2]。其地林木绝胜，有王御史者侵之以广其宫[3]，后归徐氏最久[4]。兵兴[5]，为镇将所据[6]，已而海昌陈相国得之[7]。内有宝珠山茶三四株[8]，交柯合理，得势争高[9]。每花时，钜丽鲜妍，纷披照曜[10]，为江南所仅见。相国自买此园，在政地十年不归，再经谴谪辽海[11]，此花从未寓目[12]。余偶过太息，为作此诗，他日午桥独乐[13]，定有酬唱以示看花君子也[14]。

拙政园内山茶花，一株两株枝交加。艳如天孙织云锦[15]，赪如姹女烧丹砂[16]。吐如珊瑚缀火齐[17]，映如蝃蝀凌朝霞[18]。百年前是空王宅[19]，宝珠色相生光华[20]。长养端资鬼神力[21]，优昙涌现西流沙[22]。歌台舞榭从何起，当日豪家擅阃里[23]。苦夺精蓝为玩花[24]，旋抛先业随流水[25]。儿郎纵博赌名园[26]，一掷留传犹在耳[27]。后人修筑改池台[28]，石梁路转苍苔履。曲槛奇花拂画楼，楼上朱颜娇莫比[29]。千条绛蜡照铅华[30]，十丈红墙饰罗绮[31]。斗尽风流富管弦，更谁瞥眼闲桃李。齐女门边战鼓声[32]，入门便作将军垒[33]。荆棘丛填马矢高[34]，斧斤勿剪莺簧喜[35]。近年此地归相公[36]，相公劳苦承明宫[37]。真宰阳和暗回斡[38]，长安日日披薰风[39]。花留金谷迟难落[40]，花到朱门分外红。独有君恩归未得，百花深锁月明中。灌花老人向前说，园中昨夜凌霜雪。黄沙淅淅动人愁，碧树垂垂为谁发[41]？可怜塞上燕支山[42]，染花不就花枝殷[43]。江城作花颜色好，杜鹃啼血何斑斑[44]。花开连理古来少，并蒂同心不相保[45]。名花珍异惜如珠，满地飘残胡不扫[46]？杨柳丝丝二月天，玉门关外无芳草[47]。纵费东君着意吹[48]，忍经摧折春光老。看花不语泪沾衣，惆怅花间燕子飞。折取一枝还供佛，征人消息几时归[49]？

〔1〕此诗作于清顺治十七年（1660）春，主旨是感伤陈之遴之不幸。陈之遴，字彦升，浙江海宁人。明崇祯十年（1637）进士，授编修，迁中允。明亡降清，不数年，官至礼部尚书，顺治九年，授弘文院大学士。十三年，因被劾以"植党营私""市权豪纵"，以原官发往盛京（今沈阳）居住。同年冬，复命回京入旗。十五年以贿结内监吴良辅再度获罪，被革职，家产籍没入官，全家流徙盛京。后死于戍所。见《清史稿》卷二四五《陈之遴传》。吴伟业的二女儿嫁给了陈之遴的儿子陈容永，而容永也在流徙之列。其二女儿因忧悸而身染沉疴。这种亲情关系使得吴伟业对陈之遴的命运格外关切与同情，但是许多话又怕触犯清廷忌讳，不能明说，于是便托物起兴，以陈之遴的别墅拙政园中的山茶花为题，从花落笔，借花生

情,层层摹写,婉曲细密地道出了内心的无限感慨。拙政园,苏州最大的一座园林,在娄门、齐门之间,占地六十馀亩。本为唐诗人陆龟蒙故宅。在元为大弘寺。明嘉靖初年,御史王献臣在寺基之上营建别墅,名为拙政园,取晋潘岳《闲居赋》"拙者之为政"句意。后其子赌博,将此园输给里中徐氏。清初,改为驻防将军府。不久,陈之遴得之。之遴获罪流徙之后,此园所属又迭经变化。解放之后,归人民所有。它与北京的颐和园、承德的避暑山庄和苏州的留园,称为"四大名园"。山茶花,常绿灌木或乔木,为著名观赏植物,冬春开花,花形大,有红白等色。

〔2〕大弘寺:据同治《苏州府志》卷四一《寺观》,大弘寺在长洲县(今苏州),元大德间建,元末毁。

〔3〕王御史:指王献臣。字敬止,明弘治六年(1493)进士,授行人,升御史。后谪为广东驿丞。正德间,官永嘉知县、高州通判,后致仕。见无名氏《胜谈》引《苏州府志》。

〔4〕徐氏:仅知为苏州人,其馀不详。

〔5〕兵兴:指清军攻打江南。

〔6〕镇将:疑指土国宝。顺治初年,土国宝任江宁巡抚,驻地在苏州。参见《清史列传》卷七九《土国宝传》。

〔7〕已而:不久。海昌:浙江海宁古称海昌。陈相国:指陈之遴。古代称宰相为"相公",陈之遴曾任清弘文院大学士,故称。

〔8〕宝珠山茶:据《广群芳谱·花谱二十·山茶》,宝珠山茶是山茶花中十分珍贵的品种。

〔9〕势:指优良的适宜生长的自然条件。

〔10〕纷披:纷繁、茂盛。照䁹:耀眼夺目。

〔11〕再经谴谪辽海:指顺治十五年陈之遴再度获罪,流徙盛京之事。辽海,地区名。泛指辽河流域以东至海地区。此代指盛京。

〔12〕寓目:过目。

〔13〕午桥:即"午桥庄"。唐宰相裴度的别墅名,其地在今河南洛阳。裴度曾隐居其中,以诗酒泉石自娱。后常用"午桥"作为山林隐居之典。独乐:宋司马光之园林名。故址亦在今河南洛阳。这里用"午桥独乐"隐指已脱离政务的陈之遴。

〔14〕酬唱:指陈之遴对作者此诗的酬唱。看花君子:作者自称。

〔15〕天孙:即"织女",民间传说中巧于织造的仙女。传为天帝之孙,故称天孙。

〔16〕赪(chēng 撑):赤色。姹(chà 诧)女:道家称炼丹所用水银为"姹女"。

〔17〕火齐(jì 记):宝珠的一种,色如紫金。

〔18〕蝃蝀(dì dōng 帝东):虹。按,以上四句是形容山茶花艳丽的色彩。

〔19〕空王宅:佛寺。佛教认为世界一切皆空,故将佛尊称为"空王"。这里"空王宅"指元朝大弘寺。

〔20〕色相:佛教语,指万物的形貌。

〔21〕长养:长大,生成。端:确实。资:凭借。

〔22〕优昙:优昙钵花,即无花果树之花。其花隐于花托内,一开即敛,不易看见。佛教认为优昙钵开花是佛的瑞应,称为祥瑞花。这里用来比拟宝珠山茶花,以强调宝珠山茶的珍异难得。西流沙:神话中的西方沙漠之地,据说那里的沙一刻不停地流动。

〔23〕豪家:指王献臣。擅:据有。

〔24〕精蓝:佛寺。

〔25〕旋:不久,随即。先业:祖先产业。

〔26〕赌名园:据阮葵生《茶馀客话》卷八《拙政园》,王献臣之子与人赌博,以拙政园为赌注,输给了同里徐氏。

〔27〕"一掷"句:意思说王献臣之子一掷输掉名园的豪赌至今听人

说起。

〔28〕后人:指徐氏。

〔29〕朱颜:指美女。

〔30〕绛蜡:大红蜡烛。比喻山茶花。铅华:搽脸的粉。代指美女。

〔31〕罗绮:指美女。比喻山茶花树。

〔32〕齐女门:见《赠辽左故人八首》其八注〔1〕。战鼓声:指清兵攻打苏州。

〔33〕将军垒:指清镇将驻地。

〔34〕马矢:马粪。

〔35〕"斧斤"句:意思说幸喜山茶树没有被砍伐。莺簧,黄莺的鸣声。以其声似笙簧奏乐,因称。

〔36〕相公:指陈之遴。

〔37〕承明宫:汉代宫殿名。此代指清宫殿。

〔38〕真宰:犹造物。古人假想中的宇宙主宰者。阳和:阳气,和暖之气。回斡:回护,调理。

〔39〕薰风:和风。

〔40〕金谷:晋石崇在洛阳金谷涧筑园,名为金谷园。此代指拙政园。迟难落:久久不凋零衰落,谓花期变长。

〔41〕垂垂:低垂貌。

〔42〕燕支山:又名焉支山、胭脂山。在甘肃永昌县西、山丹县东南。古代属匈奴境内,以产燕支(胭脂)草而得名。这里代指东北边塞的山。

〔43〕"染花":意思说塞上的花枝染不出殷红的色彩。这是塞外天寒花衰的形象化说法。殷(yān 淹),深红色。

〔44〕杜鹃啼血:杜鹃鸟相传为古蜀王杜宇精魂所化,春末夏初,常昼夜哀鸣,传说每啼至血出乃止。有人说杜鹃鸟的叫声像是说"不如归去"。这里用"杜鹃啼血"既是为了形容山茶花殷红的颜色,又暗示了花

307

的主人不幸的命运。

〔45〕"花开"二句:隐喻作者仲女与女婿陈容永不能相聚相守。据《梅村家藏稿》卷四九《亡女权厝志》,顺治十七年初,其仲女病势沉重,在苏州医治,而陈容永则远在盛京,归来无望。连理,草木枝干连生在一起。并蒂,两朵花长在同一花萼上。"连理"、"并蒂"常比喻夫妻。

〔46〕胡:为什么。

〔47〕玉门关:故址在今甘肃敦煌西北。这里代指山海关。

〔48〕东君:春天之神。

〔49〕征人:指陈之遴。

哭亡女三首[1]

其一

丧乱才生汝[2],全家窜道边[3]。畏啼思便弃,得免意加怜[4]。儿女关馀劫[5],干戈逼小年[6]。兴亡天下事,追感倍凄然。

〔1〕这组诗作于清顺治十七年(1660)。"亡女",一般认为是吴伟业的次女,她正是卒于顺治十七年。但此说大误。因诗中有"丧乱才生汝,全家窜道边"之句,与其次女生平不合。其次女生于明崇祯十年(1637),当时并没有发生"丧乱",更没有"全家窜道边"。因此,这里所说"亡女"指的当是作者的另一个女儿,即顺治二年作者携家人到矾清

湖躲避战乱之时尚在襁褓中的一个女儿(参阅《避乱》诗)。顺治十七年,作者连失两爱女,次女年仅二十三,另一女更小,只有十五六。这对他精神的打击可想而知。他为次女所作的《亡女权厝志》和这一组《哭亡女》,都写得血泪迸出,肝肠寸断。他把女儿的死同时世的动乱相联系,就使得作品所抒发的悲愤之情具有了超越一己的更加深广的内涵。

〔2〕丧乱:指清兵下江南,弘光朝灭亡。

〔3〕"全家"句:写当年作者携家人到矾清湖躲避战乱。参见其《避乱六首》和《矾清湖诗序》。

〔4〕"得免"句:意思说女儿免于被弃而死,因而后来加倍疼爱。

〔5〕馀劫:指巨大灾难。"劫"原为佛教语。古印度传说世界经历若干万年毁灭一次,重新再开始,这样一个周期叫做"劫"。弘光朝灭亡后,社会仍然动乱不已。顺治十六年,郑成功水师攻入长江,直逼南京。清兵反扑,击败郑成功。从南京至长江入海口一带皆骚扰不宁。所谓"馀劫"和下句中的"干戈"即指此而言。作者女儿死于顺治十六年后不久,所以说"关馀劫"。关,相关联。

〔6〕"干戈"句:意思说战乱造成了女儿的短命。小年,短促的寿命。

其二

一恸怜渠幼〔1〕,他乡失母时〔2〕。止因身未殒〔3〕,每恨见无期〔4〕。白骨投怀抱,黄泉诉别离〔5〕。相依三尺土〔6〕,肠断孝娥碑〔7〕。

〔1〕渠:他或她。指女儿。

〔2〕"他乡"句:顺治十三年作者妾浦氏病逝于北京。浦氏为此女生母(参阅笔者《吴梅村年谱》)。此句即指此事而言。

〔3〕止:只。殒(yǔn 允):死亡。

〔4〕"每恨"句:意思说女儿常恨与母亲相见无期。

〔5〕"白骨"二句:意思说女儿死后才得与母亲相聚,诉说别离之情。黄泉,指人死后埋葬的地穴。

〔6〕三尺土:指坟墓。

〔7〕"肠断"句:是说作者为孝顺的女儿感到无恨悲伤。孝娥,指后汉孝女曹娥。她是上虞(今属浙江)人。十四岁时,其父淹死,不得尸骸。曹娥沿江啼哭,昼夜不停声。十七天后,投江而死。桓帝元嘉元年(151),上虞县令将曹娥改葬于江之南岸,并为立祠。见《后汉书》卷八四《列女传》。此用以喻指作者女儿。

其三

扶病常闻乱[1],漂零实可忧[2]。危时难共济[3],短算亦良谋[4]。诀绝频携手[5],伤心但举头。昨宵还劝我,不必泪长流。

〔1〕扶病:带病勉强行动或做事。这是作者自谓。

〔2〕漂零:流落无依。这句诗也是作者自谓。

〔3〕难共济:难以共同渡过艰危。

〔4〕短算:犹言不想活得太久。良谋:好主意。

〔5〕诀绝:诀别。

送王子维夏以牵染北行四首(选二)〔1〕

一

晚岁论时辈〔2〕,空群汝擅能〔3〕。只疑栎阳逮〔4〕,犹是济南征〔5〕。名字供人借〔6〕,文章召鬼憎〔7〕。阿戎才地在〔8〕,到此亦何凭〔9〕!

〔1〕这组诗作于清顺治十七年(1660)。这一年,发生了"嘉定钱粮案"。清廷以拖欠钱粮为名,将嘉定在册诸生全部下狱,限期清纳,并革去功名。此案性质与下年发生的"奏销案"相同,都是清廷恼恨江南士人对新朝未尽帖服,为示威压,借故构陷罗织而成的大案。因此冤枉者颇多。王维夏即是一例。王维夏,名昊,维夏其字。他资质聪颖,年少时,纵笔为诗文,即兀鼻警拔,吴伟业叹为"绝才"(见黄与坚《愿学斋文集》卷三八《内阁中书舍人王君墓志铭》)。他本是太仓人,因名字被人假冒,无辜被"嘉定钱粮案"牵连,并且不容分辩,押解进京。诗题所说"以牵染北行"即指此。(有关"嘉定钱粮案"和王昊被牵连的情况,可参阅清王家祯《研堂见闻杂录》)吴伟业不避风险,怀着对王昊不幸命运的愤愤不平和深深同情,写下了这组慷慨激切的送别之作。组诗四首,此选其一、其二两首。

〔2〕时辈:当时有名的人物。

〔3〕空群:犹超群。典出"冀北群空",见唐韩愈《送温处士赴河阳

军序》。擅能:具有杰出才能。

〔4〕栎(yuè月)阳逮:《史记》卷七《项羽本纪》:"项梁尝有栎阳逮。"项梁为下相(今江苏宿迁)人。因罪而被栎阳县逮捕。项梁乃请蕲县狱掾曹咎作书给栎阳县掾司马欣,事始得解。此用其典,以喻指王昊被"嘉定钱粮案"牵连事。"栎阳"为古县名,治所在今陕西临潼东北渭水北岸。

〔5〕济南征:据《汉书》卷八八《儒林传》,伏生为济南人,原为秦朝博士,汉文帝时,寻求能通晓《尚书》之人,天下无有。听说伏生通晓,欲征召,然伏生已九十多岁,老不能行。此用其典。联系上句,大意说原来以为王昊被"嘉定钱粮案"牵连逮系,是清廷知道其文名,欲强征他出仕。

〔6〕"名字"句:写王昊名字被人顶替事。

〔7〕"文章"句:意思说王昊文章写得太好,以至招来鬼物嫉恨。

〔8〕阿戎:指晋代王戎,王浑之子。他少年时即聪慧绝伦。十五岁,随父在郎舍。阮籍比王戎大二十岁,而乐与王戎交往,每次去看王浑,片刻即告辞,而去看王戎,许久才离去。阮籍对王浑说:"濬冲(王戎字)俊逸可赏,不是你可比的。与你谈话,不如共阿戎谈。"才地:才华和门第。地,通"第"。"阿戎才地"用来比喻王昊的才华和门第。王昊也是少年时即才华过人,他的出身也和王戎一样,为名门望族之后。

〔9〕"到此"句:意思说到了此时此地又有什么用呢。凭,倚恃。

二

二十轻当世[1],愁君门户难[2]。比来狂太减[3],翻致祸无端[4]。落木乡关远,疲驴道路寒[5]。敝衣王谢物[6],请勿笑南冠[7]。

〔1〕轻当世:藐视当代众人。

〔2〕门户难:指因门第高贵而招致的种种困难与麻烦。

〔3〕比来:近来。狂太减:狂傲之气大大收敛。

〔4〕翻致:反而招致。无端:没有来由。

〔5〕"落木"二句:写王昊当天寒落叶之时被押解北行。乡关,家乡。

〔6〕敝衣:破旧衣服。王谢:六朝时名门望族王氏、谢氏的并称,后用以泛指高门世族。

〔7〕南冠:见《琵琶行》注〔64〕。

别维夏〔1〕

惆怅书生万事非〔2〕,赭衣今抵旧乌衣〔3〕。六朝门第鸦啼绕〔4〕,九月关河木叶飞〔5〕。庾岭故人犹未别〔6〕,燕山游子早应归〔7〕。正逢漉酒登高会〔8〕,执手西风叹落晖〔9〕。

〔1〕清顺治十七年(1660),王昊(字维夏)为嘉定钱粮案牵连,无辜被逮,九月,由苏州押解北上。作者写下《送王子维夏以牵染北行四首》和这首诗以赠别,抒发了无比的同情与悲愤。参见《送王子维夏以牵染北行四首》注。

〔2〕万事非:事事不如意。

〔3〕赭衣:古代囚犯所穿的赤褐色的衣服。抵:换。乌衣:用"乌衣子弟"之典。东晋时,王、谢等望族居住在建康(今南京)乌衣巷,其子弟

313

被称为"乌衣子弟"。王昊高祖民忬、曾祖世懋、祖父士骐均做过官。王家在太仓属名门望族,故以"乌衣子弟"为比。

〔4〕六朝门第:六朝时显赫的门第。这里代指王昊的家世。

〔5〕关河:关山河川。木叶:树叶。

〔6〕庾岭故人:指王瑞国。这句诗句下原注:"维夏叔,增城公子彦。"子彦是王瑞国的字。他是王昊的叔叔,作者的好友,清顺治十三年起任增城县(今属广东)县令,故称为"增城公"。增城县在大庾岭之南,故诗中称之为"庾岭故人"。犹未别:王昊被押解北上时,王瑞国尚未从增城归来,王昊还来不及与他告别。

〔7〕燕山游子:指王昊,他当时是被押解到北京去。燕山,山脉名,在北京附近。宋朝时北京曾称作"燕山府"。早应归:即"应早归"。

〔8〕漉:过滤。登高会:指重阳节相约登高。

〔9〕叹落晖:唐杜牧《九日齐山登高》:"但将酩酊酬佳节,不用登临恨落晖。"这里反用其意,以表达哀伤的情绪。

中秋看月有感[1]

今年京口月[2],犹得杖藜看[3]。暂息干戈易[4],重经少壮难。江声连戍鼓[5],人影出渔竿。晚悟盈亏理[6],愁君白玉盘[7]。

〔1〕此诗作于清顺治十七年(1660)。上年,郑成功水师攻入长江,直逼南京,与清兵激战,沿江百姓又一次遭受战乱之苦。如今刚刚安定,诗人心中尚有馀悸,不由发出了"暂息干戈易,重经少壮难"的感叹。诗

人的"少壮"时期是在明朝渡过的,明乎此,则"重经少壮难"的寓意也就不言自明了。

〔2〕京口:古城名,在今江苏镇江市。这里即代指镇江。

〔3〕杖藜:拄着拐杖。藜,草本植物,茎可做手杖。

〔4〕干戈:指战争。

〔5〕戎鼓:战鼓。

〔6〕盈亏理:《易·丰》:"日中则昃,月盈则食。"意思说,日到中天,就该西斜了;月亮满圆,就该缺损了。这段话常用来比喻盛极则衰。这里"盈亏理"是指世上事物消长变化的道理。

〔7〕白玉盘:喻指圆月。语出李白《朗月行》:"小时不识月,呼作白玉盘。"这句诗意思说对着圆月生愁。诗人之所以生愁,同上句所说"盈亏理"有关。"月盈则亏"让人联想到干戈止息的局面可能不久又会被战乱打破;同时也让人联想到延续了二百多年的大明王朝终于走向衰亡。结尾两句诗不仅呼应了开头,也照应了"暂息干戈易,重经少壮难"一联。

咏月[1]

长夜清辉发[2],愁来分外明。徘徊新战骨,经过旧台城[3]。秋色知何处,江心似不平。可堪吹急管[4],重起故乡情。

〔1〕此诗大约作于清顺治十七年(1660)。其创作背景与《中秋看月有感》相同。诗中所说的"新战骨"正是指郑成功入长江之役所遗留下的尸骨,诗人通过咏月,抒发了这次战役之后自己不平静的心情。

〔2〕清辉:清澈的月光。

〔3〕"徘徊"二句:写月亮的移动。台城:古城台,在今南京市鸡鸣山南乾河沿北。

〔4〕可堪:怎能忍受。急管:指管乐器奏出的声急调促的乐曲。

楚两生行并序[1]

蔡州苏昆生[2],维杨柳敬亭[3],其地皆楚分也[4],而又客于楚。左宁南驻武昌[5],柳以谈、苏以歌为幸舍重客[6]。宁南没于九江舟中[7],百万众皆奔溃。柳已先期东下[8]。苏生痛哭,削发入九华山[9],久之,出从武林汪然明[10];然明亡,之吴中。吴中以善歌名海内,然不过啴缓柔曼为新声[11]。苏生则于阴阳抗坠[12],分刌比度[13],如昆刀之切玉[14],叩之栗然[15],非时世所为工也。尝遇虎丘广场大集[16],生睨其旁[17],笑曰:"某郎以某字不合律。"有识之者曰:"彼伧楚乃窃言是非[18]。"思有以挫之[19],间请一发声,不觉屈服。顾少年耳剽日久[20],终不肯轻自贬下[21],就苏生问所长。生亦落落难合,到海滨,寓吾里萧寺风雪中[22]。以余与柳生有雅故[23],为立小传[24],援之以请曰[25]:"吾浪迹三十年,为通侯所知[26],今失路憔悴而来过此,惟愿公一言,与柳生并传足矣。"柳生近客于云间帅[27],识其必败,苦无以自脱,浮湛敖弄[28],在军政一无所关,其祸也幸以免[29]。苏生将渡江,余作《楚两生行》送之,以之寓柳生[30],俾知余与苏生游[31],且为柳生危之也。

黄鹄矶头楚两生[32],征南上客擅纵横[33]。将军已没时世换,绝调空随流水声[34]。一生挂颊高谈妙[35],君卿唇舌淳于笑[36]。痛哭长因感旧恩[37],诙嘲尚足陪年少[38]。途穷重走伏波军[39],短衣缚裤非吾好[40]。抵掌聊分幕府金[41],褰裳自把江村钓[42]。一生嚼徵与含商[43],笑杀江南古调亡。洗出元音倾老辈[44],叠成妍唱待君王[45]。一丝萦曳珠盘转,半黍分明玉尺量[46]。最是大堤西去曲[47],累人肠断杜当阳[48]。忆昔将军正全盛,江楼高会夸名胜。生来索酒便长歌,中天明月军声静[49]。将军听罢据胡床[50],抚髀百战今衰病[51]。一朝身死竖降旛[52],貔貅散尽无横阵[53]。祁连高冢泣西风[54],射堂宾客嗟蓬鬓[55]。羁栖孤馆伴斜曛[56],野哭天边几处闻。草满独寻江令宅[57],花开闲吊杜秋坟[58]。鹍弦屡换尊前舞[59],鼍鼓谁开江上军[60]。楚客只怜归未得,吴儿肯道不如君[61]。我念邗江头白叟[62],滑稽幸免君知否[63]?失路徒贻妻子忧[64],脱身莫落诸侯手[65]。坎壈䜣来为盛名[66],见客寥落思君友。老去年来消息稀,寄尔新诗同一首。隐语藏名代客嘲[67],姑苏台畔东风柳[68]。

〔1〕此诗作于清顺治十七年(1660)至康熙初年间。"楚两生",指苏昆生与柳敬亭。苏昆生,河南固始人。后流落于无锡、苏州、太仓一带,是明末清初唱曲名家。柳敬亭,本姓曹,泰州(今属江苏)人。十八岁学习说书,后成为明末清初著名的说书艺人。因他们的籍贯在古代均属于楚地,他们又都曾客居楚地,故称之为"楚两生"。吴伟业与这两位

属于社会下层的民间艺人交往密切,友谊深挚。他除了为他们写下此诗之外,还写下过《柳敬亭传》、《柳敬亭赞》和《口占赠苏昆生四首》等等作品。由于苏、柳二人与明末重大史实相关的一段特殊经历,所以此诗就不纯然是刻画他们的高妙技艺、感伤他们的坎坷际遇,而是通过他们,折射出时代风云与世事沧桑。这使得诗中充满了浓重而悲凉的历史感。

〔2〕蔡州:古代州名。苏昆生的祖籍河南固始在古代属于蔡州。

〔3〕维扬:旧扬州府的别称。柳敬亭的祖籍泰州属于扬州府。

〔4〕分:分野。

〔5〕左宁南:左良玉,字昆山,临清(今属山东)人。崇祯朝因镇压农民军有功封宁南伯,进侯爵,故人称"左宁南",驻军武昌。弘光朝成立,马士英、阮大铖等执政,倾陷复社人士。他袒护复社,以清君侧为名,进军南京,中途病死。见《明史》卷二七三《左良玉传》。

〔6〕幸舍:原为战国时贵族供门下食客食宿的地方,后泛指招待宾客之所。重客,尊贵的客人。

〔7〕"宁南"句:据《明史·左良玉传》,顺治二年三月末左良玉率军顺流而下讨伐马士英,至九江,病逝。九江,明代府名,治所在今江西九江市。

〔8〕"柳已"句:据《梅村家藏稿》卷五二《柳敬亭传》,左良玉在讨伐马士英之前,曾遣柳敬亭往南京,劝说阮大铖捐弃前嫌。"已先期东下"指此。

〔9〕九华山:在今安徽青阳,旧称九子山,李白为之更名九华山,是我国佛教四大名山之一。

〔10〕武林:杭州旧称。汪然明:名汝谦,字然明。歙州(今安徽歙县、休宁一带)人,移居杭州。为人热肠侠骨。善书法,工诗文,精音律。生于明万历五年(1577),卒于清顺治十二年(1655)。见钱谦益《牧斋有学集》卷三二《新安汪然明合葬墓志铭》。

〔11〕啴(chǎn产)缓:和缓。

〔12〕阴阳:指音律。抗坠:指音调的高低清浊。音调清扬者称"抗",音调浊重者称"坠"。

〔13〕分刌(cǔn忖)比度:指对音律、音调的分切、辨析、测量。

〔14〕昆刀:即昆吾刀。是用昆吾石冶炼成的铁制作的刀。《海内十洲记·凤麟洲》说这种刀无比锋利,"切玉如切泥"。这里用"昆刀切玉"比喻苏昆生对音律辨析得明晰而准确。

〔15〕叩:敲。栗然:坚实密致貌。

〔16〕虎丘:山名,在江苏苏州西北。大集:指大规模集会。

〔17〕睨(nì腻):斜视。

〔18〕伧楚:魏晋南北朝时,吴人以上国自居,鄙视楚人粗鄙,谓之"伧楚"。亦用为楚人的代称。窃言:私下乱说。

〔19〕挫:折辱。

〔20〕耳剽:谓仅凭耳闻所得。

〔21〕贬下:指降低身份。

〔22〕吾里:指吴伟业故里——太仓。萧寺:佛寺。因南朝梁武帝萧衍好造佛寺,命萧子云飞白大书"萧寺"二字,因称佛寺为萧寺。

〔23〕雅:交往。

〔24〕为立小传:指《柳敬亭传》。见《梅村家藏稿》卷五二。

〔25〕援:引,攀引。

〔26〕通侯:古爵位名。这里借指左良玉。

〔27〕云间帅:指马逢知。逢知原名进宝,隰州(今山西隰县、蒲县、大宁一带)人。明朝时任安庆副将、都督同知。顺治初年降清。顺治六年授金华总兵,十三年升苏松常镇提督。十六年郑成功水师攻入长江,他拥兵坐视,因而获罪,十七年被杀。见《清史列传》卷八〇《马逢知传》。因苏松常镇提督府在松江,松江古称云间,所以称马逢知为"云

间帅"。

〔28〕浮湛(chén 臣):随波逐流。敖弄:调笑嬉戏。

〔29〕其祸:指马逢知被杀之祸。

〔30〕寓:让……看到。

〔31〕俾(bǐ 笔):使。

〔32〕黄鹄矶:据《明史》卷四四《地理志五》,湖北武昌西有黄鹄山,其下为黄鹄矶,濒临长江。矶,水边突出的岩石。

〔33〕征南:据《晋书》卷三四《羊祜传》,西晋大臣羊祜曾任征南大将军,镇守襄阳,屡请出兵灭吴,未能实现而死。这里代指左良玉。上客:上等宾客。

〔34〕绝调:绝妙的曲调、技艺。这里兼指苏昆生的唱曲艺术和柳敬亭的说书艺术。按,以上四句合写苏、柳二人。

〔35〕一生:指柳敬亭。拄颊:以手或物支拄脸颊,有所思的样子。据《晋书》卷八〇《王徽之传》,王徽之做桓冲骑兵参军时,桓冲要他料理职务,他先不回答,只昂首眺望,用手版拄颊,然后说:"西山朝来,致有爽气耳。"此用其典,以形容柳敬亭飘然不群之姿。

〔36〕君卿唇舌:"君卿"是西汉楼护的字。他精于辩论,与谷水(字子云)俱为五侯上宾。当时长安号为"谷子云笔札,楼君卿唇舌"。见《汉书》卷九二《游侠传》。淳于:指淳于髡,战国齐人。滑稽多辩,善于调笑。常用隐语来劝谏齐王。见《史记》卷一二六《滑稽列传》。全句诗是说柳敬亭像楼君卿一样善于言辞,像淳于髡一样善于调笑。

〔37〕旧恩:指左良玉对柳敬亭的知遇之恩。据《柳敬亭传》载,左一遇柳,即有相见恨晚之感。始终信任、重用之。其幕府文檄,多由柳口授而定。

〔38〕诙嘲:诙谐嘲弄。

〔39〕伏波:东汉马援以军功封伏波将军。见《后汉书》卷二四《马

援传》。此代指马逢知。"重走伏波军"是写柳敬亭投奔马逢知事。据余怀《板桥杂记》下卷《轶事》载,左良玉死后,柳敬亭"又游松江马提督军中,郁郁不得志,年已八十馀矣"。

〔40〕短衣缚裤:指士兵的服装。缚裤,谓扎紧裤腿,以方便骑乘。

〔41〕抵掌:击掌。指快谈。用《战国策·秦策一》"(苏秦)见说赵王于华屋之下,抵掌而谈"的典故,是以苏秦比拟柳敬亭。

〔42〕褰(qiān牵)裳:提起下裳。

〔43〕一生:指苏昆生。嚼徵、含商:指唱曲。徵、商是我国古代五声音阶中的两个音级。

〔44〕洗:琢磨、提炼。元音:纯正而完美的音调。

〔45〕叠:歌曲反复演唱的一种形式。妍唱:美妙动人的唱腔。

〔46〕"一丝"二句:形容苏昆生的演唱宛转动听,字正腔圆,音调节奏毫发不爽。萦曳,回旋拖长。黍,古代度量衡定制的基本单位。此指声音的长短。"半黍"是指非常短小的音节。玉尺,玉制的尺。据南朝宋刘义庆《世说新语·术解》载,晋朝荀勖善解音声,每至宫廷作乐,都自调音律。阮咸却谓其不准。后有人得到周朝玉尺,荀勖用它来校正乐器,发觉均短一黍,于是才服阮。此用其典。

〔47〕大堤西去曲:即《大堤曲》。乐府西曲歌名,出自《襄阳乐》。大堤,在今湖北襄阳县。由于襄阳当时在左良玉所控制管辖的地区之内,因此诗中多处提及之。

〔48〕"累人"句:意思说使人为左良玉的赍志而殁而悲痛。杜当阳,指杜预。西晋名将,曾任镇南大将军、都督荆州诸军事,镇守襄阳。后统兵灭吴,封当阳侯。此代指左良玉。

〔49〕"中天"句:唐杜甫《后出塞》诗:"中天悬明月,令严夜寂寥。"此句用其意,以赞美左良玉军令严明。

〔50〕胡床:一种可以折叠的轻便坐具。

321

〔51〕抚髀(bì 毕):用手拍击大腿。髀,股部,大腿。据《三国志·蜀志·先主传》裴松之注引《九州春秋》,刘备在荆州数年,见髀里肉生,慨然流涕。刘表怪问其故,他说:"吾常身不离鞍,髀肉皆消。今不复骑,髀里肉生,日月若驰,老将至矣,而功业不建,是以悲耳。"此用其典,含有感叹时光已逝之意。

〔52〕竖降旛(fān 帆):竖起投降的旗帜。指左良玉死后,其子左梦庚投降清兵事。

〔53〕貔貅(pí xiū 皮休):古代传说中的猛兽,以喻将士。横阵:横排的阵势。此泛指战阵。

〔54〕祁连高冢:据《汉书》卷五五《霍去病传》,西汉大将霍去病死后,为他营建了一座形状如祁连山的坟墓。此代指左良玉墓。祁连,山名,在甘肃张掖西南。

〔55〕射堂:古时习射的场所。

〔56〕羁栖:滞留他乡。"羁栖孤馆"似是指诗序中所说苏昆生"出从武林汪然明"事。曛(xūn 勋):落日馀辉。

〔57〕江令:指南朝文学家江总。他历仕梁、陈、隋三朝,陈后主时官至尚书令,世称"江令"。见《陈书》卷二七《江总传》。江令宅,据《大明一统志》卷六,江总宅第故址在南京青溪。

〔58〕杜秋:唐朝金陵(今南京)女子。十五岁时,为李锜妾。李锜叛乱被杀,杜秋被籍入宫,受到宪宗宠幸。穆宗即位后,命杜秋为皇子傅姆。皇子长大后封漳王。后漳王获罪削爵,杜秋得以赐归故乡。见唐杜牧《杜秋娘诗并序》。杜秋坟,故址在南京。按,江总宅与杜秋坟俱为南京旧迹,这二句诗言及之,似是要点明诗序中所说汪然明死后,苏昆生"之吴中"事。

〔59〕鹍弦:用鹍鸡筋做成的琴弦。这里代指琴。

〔60〕鼍(tuó 驼)鼓:用鳄鱼皮蒙制的鼓。

〔61〕"吴儿"句:所写即诗序中所说"顾少年耳剽日久,终不肯轻自贬下,就苏生问所长"。

〔62〕邗江头白叟:因柳敬亭是维扬人,当时又已年老,故称"邗江头白叟"。邗江,即邗沟,古代运河,春秋吴王夫差所修。故道在今扬州市南。

〔63〕幸免:即诗序中所说的幸免于被马逢知之祸所牵连。

〔64〕徒贻:白白留给。

〔65〕诸侯:指清朝地方将领。

〔66〕"坎壈"句:用唐杜甫《丹青引》"但看古来盛名下,终日坎壈缠其身"句意,是说从来都是因为盛名而招致困顿不堪。坎壈,同"坎廪"。困顿,不得志。繇来,由来,从来。

〔67〕隐语藏名:指诗的最后一句隐藏了苏、柳二人的姓氏。

〔68〕姑苏台:春秋吴王阖闾(一说夫差)所筑,故址在今江苏苏州西南姑苏山上。

口占赠苏昆生四首(选二)〔1〕

一

楼船诸将碧油幢〔2〕,一片降旗出九江〔3〕。独有龟年卧吹笛〔4〕,暗潮打枕泣篷窗。〔5〕

〔1〕这组诗与《楚两生行》似同作于清顺治十七年(1660)至康熙初年间。《楚两生行》是精心结撰之作,而这组诗却是随口吟成;《楚两生

行》是就苏昆生与柳敬亭二人言之,而这组诗却是专赠苏昆生(苏昆生的生平详见《楚两生行》注)。这组诗写苏昆生感念旧主左良玉的知遇之恩,表现了他在沧桑巨变之后回首往事时凄怆茫然的感情,同时也抒发了作者怀念故国的愁绪,凄艳哀伤,感人心脾。组诗四首,选其一、其二两首。

〔2〕楼船:建有层楼的战船。诸将:指左良玉的部将。碧油幢:船上张设的青绿色油幕。幢,车船帘幕。

〔3〕"一片"句:写左梦庚投降清兵。据《明史》卷二七三《左良玉传》,左良玉声言要铲除奸臣马士英、阮大铖,自武昌挥师沿江东下,至九江,左良玉病死。其子左梦庚率师继续东进,在芜湖,被黄得功战败,遂退回九江。时清军已攻陷泗州,进逼仪真。左梦庚走投无路,遂率残军十馀万人在九江向清军投降。

〔4〕龟年:李龟年,唐代宫廷乐师,善歌,又善奏羯鼓、笛和筚篥,玄宗时在梨园供职。安史之乱发生后,流落江南。这里喻指苏昆生。

〔5〕"暗潮"句:写苏昆生无限凄然怅惘的心情。暗潮,夜晚潮水无声无息地袭来,因此称暗潮。打枕,指潮水拍打,声动卧枕。篷窗,篷船的窗户。

二

有客新经堕泪碑〔1〕,武昌官柳故垂垂〔2〕。扁舟夜半闻芦管〔3〕,犹把当年水调吹〔4〕。

〔1〕有客:犹言有人。堕泪碑:西晋大将羊祜镇守襄阳、都督荆州诸军事期间,安抚远近,深得人心。死后,其部属在岘山羊祜生前游息之地建碑立庙。每年祭祀,见碑者莫不流泪。继任羊祜职务的杜预把此碑称

为"堕泪碑"。左良玉当年镇守的地区包括襄阳一带，故以羊祜为比。这里用堕泪碑的典故来表达对左良玉的缅怀。

〔2〕武昌官柳：《晋书》卷六六《陶侃传》："（侃）尝课诸营种柳，都尉夏施盗官柳植之于己门。侃后见，驻车问曰：'此是武昌西门前柳，何因盗来此种？'施惶怖谢罪。"后泛称杨柳为"武昌柳"或"武昌官柳"。故：依旧。垂垂：低垂披拂。

〔3〕扁舟：小船。芦管：芦笛，我国古代的一种管乐器。

〔4〕当年：指左良玉镇守武昌之时。水调：古代曲调名，属商调曲。据吴翌凤《吴梅村先生诗集笺注》卷一八引《乐苑》载，此曲相传为隋炀帝下江都（今江苏扬州）时所制。制成后演奏之，声调凄怨哀切。宫廷乐工王令言闻之，对弟子说："有去声而无回韵，帝不反矣（指不能返回京都）。"后果如其言。这里用此典以叹惋左良玉离开武昌东下而死在中途，未能返回。

短歌[1]

王郎头白何所为[2]？罢官岭表归何迟[3]？衣囊已遭盗贼笑，襆被尚少亲朋知[4]。我书与君堪太息[5]，不如长作五羊客[6]。君言垂老命如丝，纵不归人且归骨[7]。入门别怀未及话[8]，石壕夜半呼仓卒[9]。胠箧从他误攫金[10]，告缗怜我非怀璧[11]。田园斥尽敝裘难[12]，苦乏家钱典图籍[13]。爱子摧残付托空[14]，万卷飘零复奚惜[15]！吁嗟乎！十上长安不见收[16]，千山远宦终何益？君不见郁孤台临数百尺[17]，恶滩过处森刀戟[18]。历遍风波到故乡，此中

325

别有盘涡石〔19〕。

〔1〕此诗作于清顺治十八年(1661)。这一年的六月,发生了震动江南的"奏销案"。苏州、松江、常州、镇江等地的汉族士绅因拖欠赋税被罢官或革除功名者多达一万三千馀人,而且很多遭受刑责追逼,加之官吏贪墨,往往被弄得倾家荡产。探花叶方霭只欠一钱,也被黜,故民间有"探花不值一文钱"之谣。这是清廷积怒于江南人心未尽归顺新朝,有意制造的一场大狱,欲借此以示威压。吴伟业和诗中所说的"王郎"就都被此案牵连。伟业满怀悲愤地写下此诗,既是伤人,又是自伤。

〔2〕王郎:指王瑞国。字子彦,号书城,太仓人。明王世懋孙。天启元年(1621)中举。清顺治十三年官广东增城县知县,三年后辞职。工诗文,著有《瘗研斋集》三二卷。瑞国与吴伟业交谊甚深,其次子王陈立为伟业女婿。参见清唐孙华《敕授文林郎广东增城县知县书城王公墓志铭》(王宝仁《娄水文征》卷六三)。

〔3〕罢官岭表:指王瑞国辞去增城县知县事。岭表,五岭以南地区。增城属于岭南。归何迟:据嘉庆《增城县志》卷一〇《职官》,王瑞国于顺治十三年起任增城知县,三年后辞官,则当在顺治十六年。而据此诗,他从广东刚刚归还故里,就赶上了顺治十八年发生的"奏销案"。从顺治十六年至顺治十八年,他一直滞留广东,因此这里有"归何迟"之问。

〔4〕"衣囊"二句:唐孙华《敕授文林郎广东增城县知县书城王公墓志铭》说王瑞国辞官后,"归装索然,惟书数百卷而已"。此二句即写其状,含有称赞其为官清廉之意。上句典出《汉书》卷七二《王吉传》:"及迁徙去处,所载不过囊衣,不蓄积馀财。去位家居,亦布衣蔬食。"这句诗意思说其衣物少得让盗贼耻笑。衣囊,装衣物口袋。下句用晋朝陆纳的典故。据《晋书》卷七七《陆纳传》,纳任吴兴太守,不受俸禄。后升迁,临行,只有襆被而已。这句诗意思说其行李之少,连亲朋也多不了解。

襆(fú伏)被,行李。

〔5〕太息:深深叹息。

〔6〕五羊:广州市的别称。此泛指广东。

〔7〕"纵不"句:意思说即使人不想回来,但为了死后埋骨乡梓也该回来了。

〔8〕别怀:离别的情怀。

〔9〕"石壕"句:唐杜甫《石壕吏》有"暮投石壕村,有吏夜捉人"、"吏呼一何怒,妇啼一何苦"等诗句,为此句所本。仓卒,突然。

〔10〕"胠箧"句:用王瑞国的口吻,意思说任由差役误以为我做官暴敛而富,从而翻箱倒柜地搜查。胠箧(qū qiè 区怯),撬开箱子。误攫金,据《汉书》卷四六《直不疑传》载,直不疑为郎时,有同屋郎归乡,误将另一同屋郎之金拿走。失金者疑心直不疑盗取。直不疑买金偿还。后归乡郎回,将金归还失金者,失金者十分惭愧。攫(jué 决),夺取。"误攫金"是说误以为拿了金子。这句诗使用这一典故,意思有所引申,"攫金"当指从百姓那里榨取财富。"误攫金"显然含有王瑞国为官清廉,却被差役误解,以为他多金,从而向他追逼勒索之意。

〔11〕"告缗"句:仍用王瑞国口吻,意思说可怜我并非有财,却遭人诬告,牵连入"奏销案"中。告缗(mín 民),据《史记》卷一二二《酷吏列传》及张守节"正义",汉武帝时,因连年征战,国用不足,因而发布"告缗令"。其内容是说将百姓田宅、车船、牲畜、奴婢等等,通通折算成钱数。每一千钱收取一百二十文税钱,商人加倍。若隐匿财产不交税,有告发的,其财产一半给告发者,一半入官。缗,穿钱的绳子,一千文为一缗。"告缗"意思是揭发人隐匿财产,逃漏税款。这里用此典,含有王瑞国被人诬告之意。怀璧,《左传·桓公十年》:"周谚有之:'匹夫无罪,怀璧其罪。'"杜预注:"人利其璧,以璧为罪。"后因以"怀璧"比喻多财招祸。而王瑞国"非怀璧"却也招致祸端,足见其冤了。

〔12〕斥:斥卖,变卖。敝裘:破旧的皮衣。

〔13〕典:典当。

〔14〕"爱子"句:据程穆衡《吴梅村先生编年诗笺注》卷一二,王瑞国少子是吴昌时的女婿。昌时早死,家产籍没。昌时次女嫁某官之子,其人有丑行,遭非议,却归罪于王瑞国少子。结果瑞国少子被革除功名,受杖刑。程注语焉不详,难以更具体了解其情况。然此句当即是指此事而言。

〔15〕万卷:据唐孙华《敕授文林郎广东增城县知县书城王公墓志铭》,王瑞国家藏书甚富,筑"万卷楼"以贮之。奚:何,怎。

〔16〕"十上"句:指王瑞国多次应考,终未能中进士事。长安,汉唐首都,代指北京。

〔17〕郁孤台:古台名。在江西赣州市西南贺兰山顶。因高阜郁然孤起,故名。此台所在之地为当时广东与江苏之间水路交通所经之地。王瑞国从广东返乡当过此。

〔18〕森刀戟:比喻恶滩之险有如剑戟林立。

〔19〕盘涡石:水流旋涡处的礁石。比喻人世间的险恶。

赠学易友人吴燕馀二首(选一)〔1〕

注就梁丘早十年〔2〕,石壕呼怒荜门前〔3〕。范升免后成何用〔4〕,宁越鞭来绝可怜〔5〕。人世催科逢此地〔6〕,吾生忧患在先天〔7〕。从今郢上田休种〔8〕,帝肆无家取百钱〔9〕。

〔1〕清顺治十八年(1661)奏销案起,江南士子被牵连者甚众,吴燕

馀即其中之一。吴燕馀,名绵祚,字燕馀,一说为太仓人(见蒋逸雪《张溥年谱》所附《复社姓氏考订》),一说为常熟人(见程穆衡《吴梅村先生编年诗笺注》卷一〇)。可能原籍太仓,后移常熟。程穆衡引许旭《秋水集》说:"燕馀杜门注《易》,捃拾自资,今日之承宫也,为墨吏所辱,抱恨而死,时年六十四。"程穆衡按:"墨吏指常熟令瞿四达。"《江左三大家诗钞·吴伟业诗》卷下注:"吴绵祚弃儒冠学《易》,弟子从游甚众。岁甲辰,以赋役毙狱。"据上述材料,可知吴燕馀被此案迫害至惨,几年后(康熙三年甲辰)竟死于狱中。吴伟业这组诗当作于奏销案兴起后不久,这里选了其中第二首。诗中描写了官吏追逼勒索的凶恶和吴燕馀被责罚凌辱的可怜。由于作者也是奏销案的受害者,感同身受,因此发而为诗,无限悲慨。字里行间,充溢着一股愤激之情。

〔2〕梁丘:指西汉儒生梁丘贺对于《易》的解说。据《汉书》卷八八《儒林传》,梁丘贺字长翁,琅琊诸(今山东诸城)人。曾从太中大夫京房学《易》。宣帝时以善说《易》而召为郎,历官太中大夫、给事中、少府,终老于官。

〔3〕石壕怒呼:语出唐杜甫《石壕吏》诗:"暮投石壕村,有吏夜捉人。……吏呼一何怒,妇啼一何苦。"石壕,这里泛指催缴赋税的官吏。荜(bì 毕)门:柴门。

〔4〕范升:据《后汉书》卷三六《范升传》,范升字辩卿,代郡(今山西、河北北部一带)人。曾学习《梁丘易》、《老子》,后来教授生徒。光武帝时征为议郎,迁博士。后为离弃的妻子所告,下狱。得释后,还乡里。明帝时,为聊城令,复因事罢免,卒于家。这里用范升的被免官喻指吴燕馀的被革除功名。

〔5〕宁越:战国时中牟(古邑名,故址在今河南南乐、河北大名、山东聊城之间)人。初务农耕,后苦学十五年,被周威王拜为老师。此以喻勤奋苦学的吴燕馀。"宁越鞭来",典出《晋书》卷七五《王承传》:有一犯

夜禁者,被吏所捕。王承问其缘故,说是跟从老师学习,不觉日暮。王承说:"鞭挞宁越以立威名,非政化之本。"派人送他回家。这里反其意而用之,以写吴燕馀被官吏鞭扑责罚。

〔6〕催科:催收租税。租税有科条法规,故称。此地:指江南苏州、松江、常州、镇江一带,奏销案中,这一带士子所受惩治最重。常熟属苏州府。

〔7〕"吾生"句:意思说我们这一辈的忧患是由时代命运所决定的。

〔8〕郫(pí皮)上田:郫为古县名,在今四川成都市西。据《汉书》卷八七上《扬雄传》,扬氏一族自扬季至扬雄均居住在郫,"有田一廛,有宅一区,世世以农桑为业"。此用其典。全句说世代相传的田地不可以再耕种了。

〔9〕"帘肆"句:据《汉书》卷七二《王贡两龚鲍传》载,严君平在成都为人占卜,每天只占卜几人,"得百钱足自养,则闭肆下帘而授(传授)《老子》"。此句用其典,意思说不如没有田产家业,在市上为人占卜,每日只得百钱足矣。帘肆,指市井坊间。

三峰秋晓[1]

晓色近诸天[2],霜空万象悬[3]。鸡鸣松顶日[4],僧语石房烟[5]。清磬秀群木[6],幽花香一泉[7]。欲参黄檗义,便向此中传[8]。

〔1〕此诗作于清康熙三年(1664)秋。三峰,山名,在常熟(今属江苏)北。山上有清凉禅寺,作者至此,主要是为拜访老友檗庵和尚,其时

蘖庵和尚正主持着该禅寺(据《常熟三峰清凉禅寺志》,蘖庵和尚从康熙元年至四年任该寺主持)。在此诗中,诗人描写了秋天拂晓三峰清凉寺一带特有的景色,并赞美了蘖庵和尚在佛学上的造诣。关于蘖庵和尚生平,请参阅《题华山蘖庵和尚画像二首》注。

〔2〕诸天:佛教语。本指护法诸天神,后亦泛指天界、天空。这句诗意思说破晓后一切都显得十分清晰,天空也好像变近了。

〔3〕霜空:秋天的晴空。万象:大自然的一切事物和景象。

〔4〕松顶日:指升到松树梢头的太阳。

〔5〕石房:石屋,常指僧人居所。

〔6〕"清磬"句:意思说清亮的磬声仿佛使林木变得更加秀丽。

〔7〕幽花:香气浓郁的花。

〔8〕"欲参"二句:意思说要想参悟禅宗黄蘖派的真谛,便应到三峰清凉禅寺来听受传布。参,领悟,琢磨。黄蘖(bò 波去)义,指禅宗黄蘖派的教义。黄蘖,寺名,一在福建省福清县黄蘖山,一在江西百丈山。唐代僧人希运在前者出家,在后者得道,开创了禅宗中的"黄蘖宗",影响深远。

戏题士女图十二首(选一)〔1〕

一舸〔2〕

霸越亡吴计已行〔3〕,论功何物赏倾城〔4〕?西施亦有弓藏惧〔5〕,不独鸱夷变姓名〔6〕。

〔1〕这组诗似作于康熙三、四年间(1664—1665)。士女图,一般指以封建社会中上层妇女生活为题材的人物画。作者题的这套士女图有十二幅,一幅画题一首诗。戏题,漫不经心地题写。

〔2〕一舸(gě葛):唐杜牧《杜秋娘诗》:"西子下姑苏,一舸逐鸱夷(范蠡)。"吴伟业题诗的这幅士女图大约即取意于此,描绘西施随范蠡乘扁舟,隐居于五湖之事。这首诗亦是就此事发表议论。舸,船。

〔3〕霸越亡吴:使越国称霸,让吴国灭亡。据《吴越春秋》载,春秋时,越国被吴国战败后,越王勾践让范蠡给吴王夫差送去美女西施,以消磨其意志。数年后,越国灭亡了吴国,成为当时的霸主。

〔4〕倾城:《汉书》卷九七上《孝武李夫人传》:"北方有佳人,绝世而独立,一顾倾人城,再顾倾人国。"后因用"倾国倾城"形容容貌绝美的女子。此指西施。

〔5〕弓藏惧:功成被害的恐惧。《史记》卷四一《越王勾践世家》载,越国战败吴国之后,范蠡离开了越国,"自齐遗大夫(文)种书曰:'蜚鸟尽,良弓藏;狡兔死,走狗烹。越王为人长颈鸟喙,可与共患难,不可与共乐,子何不去?'""弓藏"一语出此。

〔6〕鸱夷:即范蠡。《史记·越王勾践世家》载,范蠡助勾践灭吴雪耻之后,"浮海出齐,变姓名,自谓鸱夷子皮"。

古意〔1〕

欢似机中丝〔2〕,织作相思树〔3〕。侬似衣上花〔4〕,春风吹不去。

〔1〕此诗作于作者仕清以后。诗中以奇妙的构思,写出男女坚贞

不渝的相思相恋之情。

〔2〕丝:与"思"谐音。语意双关。

〔3〕相思树:据晋干宝《搜神记》卷一一载,宋康王舍人韩凭妻何氏貌美,康王夺之,并囚凭。凭自杀。何氏投台而死,遗书愿以尸骨与韩凭合葬。康王怒,不听,使里人埋之,两坟相望。不久,二坟顶各生大梓木,屈体相就,根交于下,枝错于上。又有鸳鸯雌雄各一,常栖树上,交颈悲鸣。宋人哀之,遂号其木曰"相思树",后因以"相思树"象征忠贞不渝的爱情。

〔4〕侬:吴语中称谓我。

楼闻晚角[1]

霜角丽谯闻[2],天边横海军[3]。旗翻当落木[4],马动切寒云[5]。风急城乌乱[6],江昏野烧分[7]。何年鼙鼓息[8],倚枕向斜曛[9]。

〔1〕此诗作于清康熙五年(1666)。上年,明皇室后裔朱光辅与朱拱桐,谋于松江(今属上海)起兵抗清。不久事泄,起事者遭镇压,株连死者甚众。至本年,清廷仍在松江一带驻扎重兵,以防事变,并且防范郑成功馀部的进攻。就在这年秋天,作者来至此地访友,于某一天的傍晚登上了县城城楼,并听到了军队号角之声,于是顿生感慨,写下此诗。诗中渲染了一派肃杀、紧张的气氛,流露出盼望早日结束战乱的心情。

〔2〕霜角:秋天的号角之角。丽谯:指谯楼。即城门之上用以瞭望的楼。

〔3〕横海:汉代将军名号,谓能横行海上。这里"横海军"代指清水军。

〔4〕"旗翻"句:意思说战旗翻卷的声响让人觉得好像是落叶的声音。

〔5〕切:贴近,接近。因为军队远在"天边",远远望去,马和背景中的云仿佛贴在一起。

〔6〕城乌:城头的乌鸦。

〔7〕野烧:野火。

〔8〕鼙(pí皮)鼓:古代军中所击的小鼓。代指战争。

〔9〕斜曛(xūn勋):落日的馀光。

暑夜舟过溪桥示顾伊人[1]

深岸听微风,江清不寐中[2]。舟行人影动,桥语月明空[3]。寺树侵门黑[4],渔灯飐水红[5]。谁家更吹笛,归思淀湖东[6]。

〔1〕此诗大约作于清康熙五年(1666),诗中以动写静,以明衬暗,细腻而逼真地描写出暑夜行舟所见到的景物。顾伊人,名湄,字伊人,号抱山,太仓人,是吴伟业的弟子。

〔2〕不寐:睡不着觉。

〔3〕桥语:指江水轻拍桥柱,发出微响。"桥语"是拟人写法。

〔4〕侵:这里是遮盖的意思。

〔5〕飐(zhǎn展):风吹物使颤动。

〔6〕淀湖：即淀山湖。在今上海市青浦县西部与江苏吴县、昆山之间。因湖东南有淀山，故称。作者家乡太仓在淀山湖的东北，所以说"归思淀湖东"。

过吴江有感〔1〕

落日松陵道〔2〕，堤长欲抱城〔3〕。塔盘湖势动〔4〕，桥引月痕生〔5〕。市静人逃赋，江宽客避兵〔6〕。廿年交旧散〔7〕，把酒叹浮名〔8〕。

〔1〕此诗大约作于清康熙六年（1667），抒发了伤时忧乱之情。透过似乎平静的语言，可以窥见诗人不平静的内心。吴江，县名，今属江苏，在太湖边。

〔2〕松陵：吴江县的别称。

〔3〕堤：据《大清一统志》卷五五《苏州府》，吴江县东有一道界于松江和太湖之间的长堤，长八十三里。抱城：围城，绕城。

〔4〕塔：指吴江东门外华严寺方塔，共七层，宋元祐四年（1089）建。见同治《苏州府志》卷四四《寺观六》。盘：通"磐"。本意是大石，引申为稳定坚固。湖：指太湖。这句诗意思说太湖水势浩渺动荡，以至坚稳的华严寺方塔仿佛也随着晃动。

〔5〕桥：指吴江东门外长桥，旧名垂虹桥，有七十二孔，宋庆历八年（1048）建。王象之《舆地纪胜》说垂虹桥前临太湖，横绝吴江，"湖光海气，荡漾一色，乃三吴之绝景"。引：伸展。月痕：月影。

〔6〕"市静"二句：写吴江一带由于百姓逃避赋税和兵灾而形成的

凄凉萧条的景象。

〔7〕交旧:老朋友。据靳荣藩《吴诗集览》卷一〇下,"交旧"指的是吴江惊隐诗社中的士人们。该社成立于顺治七年(1650)。康熙二年因庄廷𨱆《明史》案株连而星散。又据杨凤苞《秋室集》卷一《书南山草堂遗集后》,惊隐诗社中比较有名的人物有吴炎、潘柽章、钱肃润、归庄、顾炎武、朱鹤龄等。

〔8〕浮名:虚名。

叶君允文偕两叔及余兄弟游寒山深处[1]

投足疑无地[2],逢泉细听来[3]。松颠湖影动[4],峰背夕阳开[5]。客过携山榼[6],僧归扫石台。狂呼声撼木,麋鹿莫惊猜。

〔1〕此诗作于清康熙六年(1667)。寒山,又名韩山,在今江苏吴县西、莫厘山南。诗中扣紧"深处"二字落笔,写出了山高林密、幽深僻静的景象。叶允文,不详。

〔2〕"投足"句:形容山路狭窄得好像没有落脚的地方。

〔3〕"逢泉"句:意思说遇到泉水细听水声以判断它从何处流来。言外之意是石多林密,视线全被阻挡。

〔4〕"松颠"句:意思说透过松林梢头可以远远望见浩渺荡漾的太湖。

〔5〕"峰背"句:意思说山峰那面,夕阳照射,一片开阔。言外之意

山峰这边,阳光却是难以透得进来。

〔6〕山榼(kē棵):登山者所用的盛酒或贮水的器具。

寒山晚眺〔1〕

骤入初疑误〔2〕,沿源兴不穷〔3〕。穿林人渐小,揽葛道微通〔4〕。湖出千松杪〔5〕,钟生万壑中〔6〕。晚来山月吐〔7〕,遥指断岩东〔8〕。

〔1〕此诗与《叶君允文偕两叔及余兄弟游寒山深处》作于同时。
〔2〕"骤入"句:意思说乍一进山,最初以为走错了。
〔3〕沿源:指沿着山上溪水行走。
〔4〕揽葛:手攀着葛藤。道微通:道路狭窄,稍微可以通过。
〔5〕湖:指太湖。杪:树梢。
〔6〕"钟生"句:谓钟声回荡在千山万壑之中。
〔7〕"晚来"句:用杜甫《月》"四更山吐月"句意。
〔8〕断岩:不联属的、断开的山岩。

丁未三月廿四日从山后过湖宿福源精舍〔1〕

千林已暝色〔2〕,一峰犹夕阳。拾级身渐高〔3〕,樵径何微茫〔4〕。回看断山口〔5〕,树杪浮湖光〔6〕。松子向前落,道人开石房[7]。橘租养心性[8],取足须眉苍[9]。清磬时一声,流水穿深篁[10]。我生亦何幸,暂憩支公床[11]。客梦入翠微[12],人事良可忘[13]。

〔1〕此诗作康熙六年丁未(1667)。诗中描写了傍晚时分洞庭山景色。靳荣藩认为"起六句状难言之景如在目前,他人数十句不能到也"(《吴诗集览》卷三下)。山后,指洞庭山后。洞庭山,一名包山,在太湖中。福源精舍,福源寺。作者《福源寺》诗题下自注:"去毛公坛三里为攒云岭,有福源泉,寺以泉名。"按,攒云岭在洞庭山南。精舍,僧人、道士居住修行的处所。

〔2〕暝色:暮色。

〔3〕拾级:经由阶梯向上攀登。

〔4〕樵径:打柴人走的小路。微茫:隐约,看不清。

〔5〕断山口:两山之间所形成的缺口。

〔6〕树杪:树梢。湖:指太湖。

〔7〕道人:这里指僧人。宋叶梦得《避暑录话》卷下:"晋宋间佛学初行,其徒犹未有僧称,通曰道人。"石房:僧徒、道人所居的石头造的房屋。

〔8〕橘租:指种植橘树所得收入。《大明一统志》卷八《苏州府·山川》:"洞庭山……其间民俗鲁朴,以橘柚为常产,每秋高霜馀,丹苞朱实,与长松茂树相差。"

〔9〕"取足"句:大意说橘租收入只要能养生就足够了。苍,这里是黑色的意思。

〔10〕深篁:茂密幽深的竹林。

〔11〕支公:指东晋高僧支遁。据南朝梁慧皎《高僧传》卷四,支遁,字道林,本姓关,陈留(今河南开封东南)人,一说河东林虑(今河南林县

西)人。家世事佛,曾隐居馀杭山中,研究《道行般若经》和《慧印三昧经》等,二十五岁出家。精通《庄子》和《般若经》,为时人所钦服,世称支公、林公。诗中"支公床"泛指禅床。

〔12〕翠微:指青翠的山岚。

〔13〕人事:世俗之事。

题华山蘗庵和尚画像二首(选一)〔1〕

西南天地叹无归[2],漂泊干戈爱息机[3]。黄蘗禅心清磬冷[4],白云乡树远帆微[5]。全生诏狱同官在[6],乞食江城故老稀[7]。布衲绽来还自笑[8],箧中血裹旧朝衣[9]。

〔1〕题下原注:"和尚熊姓,字鱼山。直谏予杖,不死。后入道。"可知"华山蘗庵和尚"指的是熊鱼山,名开元,字元年,号鱼山,嘉鱼(今属湖北)人。天启五年(1625)进士,历官崇明知县、吏科给事中、行人司副。崇祯末年,因弹劾首辅周延儒,与姜埰同受廷杖,下狱,遣戍杭州。明亡,被唐王召为工科给事中,官至东阁大学士、右副都御史。唐王政权覆灭后,弃家为僧,自号蘗庵。见清徐鼒《小腆纪传》卷二四《熊开元传》。作者与蘗庵和尚相识相交几十年,康熙六年(1667),他至华山寺访问之,并为其画像题诗二首。这里选的是第二首。诗中隐括了蘗庵和尚的身世,写出他不忘故国的气节。华山在今苏州西六十多里,山东南有佛寺。

〔2〕西南天地:当指原占据着云南、贵州一带的南明永历政权。作者写此诗时,永历政权刚刚灭亡不几年。无归:无法归依。

〔3〕干戈:指战乱。息机:息灭机心。

〔4〕黄蘖:见《三峰秋晓》注〔8〕。禅心:佛教用语,指清静寂定的心境。清磬:清亮的磬声。

〔5〕乡树:家乡的树木。

〔6〕"全生"句:句下原注:"指姜如农。"姜如农,名埰,字如农,莱阳(今属山东)人。崇祯四年(1631)进士,曾官礼科给事中,崇祯末年,因上疏言事与熊开元同下诏狱,杖责一百,险些死去。崇祯十七年谪戍宣州卫。明亡后,寓居苏州,自号宣州老兵。这句诗意思说当年同下诏狱而未死的姜埰至今还活着。诏狱,奉皇帝诏令拘禁犯人的监狱。

〔7〕乞食:指和尚求人施舍。江城:原注:"松陵。"松陵为江苏吴江县别称。崇祯初年,熊开元曾任吴江县令。当时,在他的支持下,复社创立。吴江士人参加复社者颇多。但到作者写诗时,原吴江籍复社成员很多已经死去,所以说"江城故老稀"了。

〔8〕布衲:布制僧衣。绽:衣缝裂开。

〔9〕箧(qiè 窃):小箱子。血裹旧朝衣:指熊开元崇祯末年受廷杖时血染的朝服。这句诗写出蘗庵和尚不忘先朝之意。

直溪吏[1]

直溪虽乡村,故是尚书里[2]。短棹经其门[3],叫声忽盈耳。一翁被束缚,苦辞橐如洗[4]。吏指所居堂,即贫谁信尔[5]。呼人好作计[6],缓且受鞭箠[7]。穿漏四五间[8],中已无窗几。屋梁纪月日,仰视殊自耻[9]。昔也三年成,今也一朝毁。贻我风雨愁,饱汝歌呼喜[10]。官逋依旧在[11],府帖重追起〔12〕。旁人共欷歔,感叹良有以〔13〕。东家瓦渐稀,西舍墙半圮〔14〕。生涯分应尽,迟速总一理〔15〕。居者今何栖?去者将安徙〔16〕?明岁留空村,极目唯流水〔17〕。

〔1〕此诗为作者晚年所作,他将亲眼见到的一幕百姓被官吏逼得倾家荡产的惨剧如实地写了下来,为后人提供了认识当时社会状况的一段形象生动的记录。直溪,即直塘镇。据民国《太仓州志》卷四《营建》,直塘镇在太仓州城北三十里,因"水无迤逦曲折,故名。"

〔2〕尚书里:民国《太仓州志》卷二《封域下》:"仁寿堂,(明朝)兵部尚书凌云翼宅,在直塘徐家弄西,有园林。"里,乡里。

〔3〕短棹:指小船。棹,船桨。

〔4〕苦辞:苦苦哀告。橐(tuó驼):口袋。橐如洗,是说家中空空,一无所有。

〔5〕"即贫"句:意思是你说贫穷,谁信你的话。按,自本句至"缓且受鞭棰"三句是差吏所说。

〔6〕"呼人"句:意思说叫人来好好商量商量。

〔7〕棰(chuí垂):杖。

〔8〕穿漏:破漏的房屋。

〔9〕殊:很,非常。

〔10〕"贻我"二句:意思说留给我们一家是不避风雨的忧愁,却让你们(指官吏)中饱私囊,歌呼狂喜。

〔11〕逋(bū布阴平):拖欠。官逋,指拖欠官府的租税。

〔12〕府帖:指官府追逼租税的文告。

〔13〕良有以:确实是有缘故的。

〔14〕圮(pǐ痞):坍塌。

〔15〕"生涯"二句:意思说看来活路已经断绝,早晚都会是一样的

341

结果。分(fèn愤),料想。

〔16〕安徙:迁移到哪里去。

〔17〕极目:纵目远望。

临顿儿[1]

临顿谁家儿,生小矜白皙[2]。阿爷负官钱[3],弃置何仓卒[4]!给我适谁家[5]?朱门临广陌[6]。嘱侬且好住[7],跳弄无知识[8]。独怪临去时[9],摩首如怜惜[10]。三年教歌舞,万里离亲戚。绝伎逢侯王[11],宠异施恩泽[12]。高堂红氍毹[13],华灯布瑶席[14]。授以紫檀槽[15],吹以白玉笛。文锦缝我衣[16],珍珠装我额。瑟瑟珊瑚枝[17],曲罢恣狼藉[18]。我本贫家子,邂逅遭抛掷[19]。一身被驱使,两口无消息[20]。纵赏千黄金,莫救饿死骨。欢乐居它乡,骨肉诚何益[21]。

〔1〕此诗为作者晚年所作。诗中通过一个被卖给豪门成为歌舞伎的孩子的遭遇反映了当时繁重的官税造成的家散人亡的悲惨现实,正如靳荣藩所说:"此诗当于对面思之,盖写其儿被宠忆家之苦,正是写阿爷逋钱弃子之痛也。"(《吴诗集览》卷三下)临顿,即临顿里。《大明一统志》卷八《苏州府》:"临顿里,在府城东北,旧为吴中胜地。今有临顿桥,或云唐陆龟蒙尝居于此。"

〔2〕矜:值得夸耀。

〔3〕阿爷:父亲。

〔4〕弃置:抛弃。仓卒:突然。

〔5〕绐(dài怠):哄骗。适:到,往。

〔6〕广陌:大道。

〔7〕侬:我。

〔8〕跳弄:形容小孩子蹦跳玩耍。无知识:懵懂无知。

〔9〕去:指父亲离去。

〔10〕摩首:抚摸头顶。

〔11〕绝伎:绝妙的歌舞技艺。

〔12〕宠异:宠幸不同一般。

〔13〕氍毹:毛织地毯。

〔14〕瑶席:指珍美的酒宴。

〔15〕紫檀槽:原意是用紫檀木制成的琵琶、琴等弦乐器上架弦的槽格,这里代指名贵的乐器。

〔16〕文绵:带花纹的锦缎。

〔17〕瑟瑟:碧色宝石。明沈德符《野获编·外国·乌思藏》:"其官章饰,最尚瑟瑟;瑟瑟者,绿珠也。"

〔18〕恣狼藉:形容随意糟踏。

〔19〕邂逅(xiè hòu谢后):一旦。

〔20〕两口:指父母。

〔21〕"骨肉"句:意思说有了我这样的亲生骨肉对父母实在是又有什么好处呢。

感旧赠萧明府[1]

余年三十有一,以己卯七月[2],奉命封延津、孟津两王于禹州[3]。过汴梁[4],登梁孝王台[5],适学使者会课属郡知名士于台上[6],因与其人咨访古迹[7],徘徊久之而后行。逾三十三年[8],洛阳萧公涵三从道臣左官来治吾州[9],拭目惊视,云曾识余,则萧公乃台上诸生中一人也。感旧太息[10],为赋此诗。

三十张旌过大梁[11],繁台凭眺遇萧郎。黄河有恨归遗老[12],朱邸何人问故王[13]。授简肯忘群彦会[14],弃繻谁识少年装[15]。长卿驷马高车梦[16],卧疾相逢话草堂[17]。

〔1〕清康熙十年(1671),太仓州知州萧应聘见到吴伟业,说是旧曾相识。这引起吴伟业对往事的回忆,于是写下此诗。萧明府,即萧应聘,字涵三,河南洛阳人。明崇祯举人。康熙十年始任太仓州知州。见王祖畲《太仓州志》卷一一《职官》。明府,汉代对郡太守的尊称,唐以后多用以称县令。太仓州相当于县,故知州也可称为"明府"。

〔2〕己卯:指明崇祯十二年(1639)。

〔3〕延津、孟津两王:均为明皇室宗亲。延津、孟津,均为县名,今属河南。禹州:治所在今河南禹县。

〔4〕汴梁:今河南开封旧称汴梁。

〔5〕梁孝王台:即繁(bó 婆)台。在今河南开封东南禹王台公园内。相传为春秋时师旷吹台,西汉梁孝王增筑,故又名梁孝王台。

〔6〕学使者:指督学使者,又称"提督学政"。是朝廷派往各省的学官,按期至所属各府、厅考试童生及生员。会课:旧时考核生员或举人的学业称"会课"。属郡:指所领属的州县。

〔7〕咨访:询问访求。

344

〔8〕逾:经过。

〔9〕道臣:明清时布政、按察二司以辖区广大,由布政司的佐官左右参政、参议分理各道钱谷,称为分守道;按察司的佐官副使、佥事分理各道刑名,称为分巡道。统称"道臣"。萧应聘任太仓州知州前任山西副使道,故称。左官:古代以右为尊,故称降职为"左官"。

〔10〕太息:深深叹息。

〔11〕张旌:打着旗帜。大梁:今河南开封旧称大梁。

〔12〕黄河有恨:崇祯十五年,李自成起义军因久攻开封不克,决黄河水灌之。溺死者甚众,城毁坏。作者曾写下《汴梁二首》以叹之。"黄河有恨"即指此而言。遗老:作者自称。

〔13〕朱邸:古代王侯贵族的住宅大门漆成红色以示尊异,故以"朱邸"为贵族邸第的代称。故王:指明朝王侯。崇祯十四五年间,李自成和张献忠起义军在河南相继处死福王朱常洵、襄王朱翊铭、贵阳王朱常法、唐王朱聿镆等。"故王"即兼指以上诸王。

〔14〕"授简"句:意思说怎能忘记当年在梁孝王台上考核众英才的情景。授简,给予简札。此指出题让生员应试。肯忘,怎么可以忘记。彦,旧时士的美称。

〔15〕弃繻(rú如):据《汉书》卷六四下《终军传》,终军十八岁被选为博士弟子,西行入函谷关。关吏授给终军"繻",终军问有何用。关吏说出关时须凭此以合符验证。终军说大丈夫西游,就不再返还,于是弃繻而去。"弃繻"一典出此。繻,帛边。古代书帛裂而分之,合为符信,作为出入关卡的凭证。"弃繻"表示决心在关中建立功业。后用为年少立大志之典。这里用以形容当年萧应聘年少有志。少年装:年轻人的衣着。

〔16〕长卿:西汉文学家司马相如,字长卿。驷马高车:旧时显贵者所乘车马。据《太平御览》卷七三引晋常璩《华阳国志》,成都县北十里

345

有桥名为"升迁桥"。司马相如曾在桥柱上题字说:"不乘驷马高车,不过此桥。"此用其典。全句意思说萧应聘当年怀有像司马相如一样致身显贵的壮志。

〔17〕卧疾:作者当时正患病在床。草堂:作者称自己的家。

临终诗四首(选二)〔1〕

一

忍死偷生廿载馀〔2〕,而今罪孽怎消除〔3〕?受恩欠债应填补〔4〕,总比鸿毛也不如。

〔1〕康熙十年十二月(1672年初),吴伟业去世。临终前,他痛思身世,写下了这组绝笔诗。古人云:"人之将死,其言也善。"他在诗中对自己失节仕清的悔恨与自讼应该视作由衷之言。由这组诗和他仕清之初写下的著名词作《贺新郎·病中有感》便可以觇知他的后半生是处在怎样一种心境当中了。组诗四首,此选其一、其三两首。
〔2〕廿载馀:自崇祯朝灭亡到康熙十年经过了二十八年。
〔3〕罪孽:指背叛明朝、失节仕清之罪。
〔4〕受恩欠债:蒙受崇祯帝知遇之恩却未曾报答。

二

胸中恶气久漫漫〔1〕,触事难平任结蟠〔2〕。魄垒怎消医怎识[3],惟将痛苦付汍澜[4]。

〔1〕恶气:指恶劣的情绪。漫漫:充满,布满。

〔2〕触事:遇事。结蟠:郁结不解。

〔3〕磈(kuǐ傀)垒:也作"磈磊",众石堆积。比喻郁结在胸中的不平之气。医怎识:因为是心病,而非身病,所以医生难以诊知。

〔4〕汍澜(wán lán 丸兰):流泪貌。这里指眼泪。